완전한 구원

완전한 구원

에단 호크 장편소설 김승욱 옮김

Ethan Hawke

다산
책방

일러두기

• 주석은 모두 옮긴이 주다.
• 본문 중 이탤릭체는 원서에서 강조한 부분이다.

잭에게

차
례

너무나 기가 막힌

영화 촬영이 끝나고 나면 사람들은 항상 차를 불러주는 것을 깜박 잊어버린다. 촬영을 시작할 때는 모든 것이 완벽하다. 좋은 차와 숙소가 매일 준비되어 있다. 하지만 일단 촬영이 끝나면 그냥 알아서 하라는 식이다. 나는 9월 첫째 일요일 오후 늦게 집에 도착했다. 그다음 날에는 〈헨리 4세〉의 리허설이 예정되어 있었다. 집이 아니라 뉴욕에 도착했다고 말해야겠다. 집으로 간 것이 아니니까. 나는 JFK국제공항 입국장에서 밖으로 나와 택시에 몸을 싣고 기사에게 머큐리 호텔로 가자고 말했다.

기사는 백미러로 나를 빤히 바라보았다.

"윌리엄 하딩?" 그가 인도식 말씨가 살짝 들어간 발음으로 내게 물었다.

"네." 내가 대답했다.

"댁과 댁의 부인에 대해 떠들어대는 말이 사실이에요?"

나는 그동안 남아프리카 케이프타운에 있었기 때문에, 무너져 내리는 내 인생에 대해 언론이 뭐라고 떠들어대는지 아직 알지 못했다.

기사는 나의 침묵을 죄의 시인으로 받아들였다.

"댁 같은 사람들을 보면, 나 같은 사람들은 화가 나요." 그가 백미러를 향해 말했다. "모든 걸 가졌으면서도 그걸로는 부족한지… 욕심이 많죠? 안 그래요? 욕심에 휘둘리죠?"

차가 고속도로에 들어섰다.

"날 알지도 못하잖아요." 내가 조용히 말했다.

"뭐라고요?" 기사가 언성을 높였다.

"날 알지도 못하잖아요." 나는 조금 전보다 큰 목소리로 다시 말했다.

"모르긴 왜 몰라요. 옛날에 댁의 영화를 얼마나 좋아했는데."

도로를 바라보던 기사의 갈색 눈이 내게로 휙 옮겨 와서 내 얼굴과 옷을 샅샅이 훑는 것이 보였다.

"난 영화를 진짜 좋아해요. 옛날에는 댁이 번쩍거리는 가짜들과 다른 사람인 줄 알았지. 그 미래 분위기가 나는 영화가 좋았어요. 음악도. 아아… 그 음악은 진짜. 젊은 러시아 여자랑 찍은 영화도 좋았고. 엄청 섹시하면서도 멋지고 훌륭했어요. 내가 좋아하는 영화였어요. 댁 같은 사람들은 이미 망가져 있기 때문에 의미 있는 삶을 살기가 힘들어요. 좋아하는 일을 하면서 돈도 두둑하게 받고, 상도 타잖아요. 우리 집에 내가 받은 상이 하나라도 있을 것 같아요? 내가 상을 받을 자격이 없어서 못 받은 것 같아요?"

"앞을 잘 보세요." 내가 말했다.

"앞으로 불평을 늘어놓을 때는 이 말을 꼭 기억해요." 기사는 말을 계속했다. "댁의 말을 듣고 싶어 하는 사람은 하나도 없어요!

나는 열일곱 살짜리 자식 놈 때문에 하루 종일 골치가 아파요. 항상 생활비를 걱정해야 하고, 일도 두 개나 해요. 그런 내가 댁이 칭얼거리는 소리를 들어줄 거라고 생각한다면 오산이지. 내 말 듣고 있어요? 내가 댁을 위해 짭짤한 눈물을 흘릴 일은 없단 말이에요."

나는 열여덟 살에 처음 영화를 찍었고, 성인이 된 뒤로 서른두 살인 지금까지 대체로 유명인이었다. 따라서 낯선 사람들이 내 얼굴을 알아보는 일을 겪은 지도 아주 오래되었다. 보통 나는 그런 사람들을 능숙하게 무시해 버린다. 현실을 부정하는 내 능력은 아주 뛰어나다. 그럴 수밖에 없다. 어딜 가든 사람들이 등 뒤에서 자기 이름을 수군거리며 자신의 인생과 헤어진 애인들에 대해 시시콜콜 떠들어댄다고 누가 말한다면, 우리는 아마 그 사람을 편집증적인 망상에 시달리는 정신분열증 환자로 볼 것이다. 하지만 그런 일이 내게는 현실이다.

"칭찬을 하려면 선한 사람, 정직한 사람, 알맹이가 있는 사람을 칭찬해야죠. 안 그래요?" 기사가 말했다. "자기만족에 빠진 가짜가 아닌 사람을 찾아서 《피플》 표지에 싣고, 그런 잡지가 2000만 부씩 팔려나가야죠. 겸손한 사람의 이름이 구글 조회수 2000만을 기록한다면 어떨까요? 성인들만 모여서 어른다운 이야기를 나누는 시상식은 왜 없는 거예요? 예를 들면, 사람들이 세상에 태어난 이유 같은 이야기 말이에요. 물론 이런 게 전부 댁의 잘못은 아니죠." 기사는 나를 달랬다. "나도 〈엔터테인먼트 투나잇〉에 출연한다면 댁만큼 아주 못된 자식이 될까요? 이건 생각해 볼 만한 질문이에요."

"난 모르겠네요." 내가 말했다.

나는 집에 오고 싶지 않았다. 아이들이 없었다면 나는 20년이나 30년 동안 이 도시에 발을 들이지 않았을 것이다. 뉴욕으로 돌아오는 것은 잘 만들어진 올가미에 머리를 집어넣는 것과 같았다.

기사는 32번가와 1번 애비뉴가 만나는 지점으로 나를 데려다주었다. 그동안 『바가바드기타』를 인용하고, 일라이 매닝*과 뉴욕 자이언츠에 대해 이야기하고, 섹스는 중요하지 않다고 내게 말해주었다. 그는 18년 동안 아내에게 충실했는데, 그의 아내는 레즈비언이었다.

나는 아무 말도 하지 않았다. 그냥 백미러를 통해 그의 눈을 바라보며 고개를 끄덕이기만 했다.

"댁의 부인이 헤어지자고 하는 것도 이상하지 않아요." 기사가 설교하듯 말했다. "댁이 신성한 믿음, 결혼 서약을 깼으니까. 그러니 부인의 결정을 반드시 존중해 줘야 해요. 반드시 서로의 자유를 존중해야 한다는 말에 모두가 동의하지만, 그 자유 때문에 자기가 고통스러워지면 얘기가 다르지. 상대가 우리를 아프게 하면 우리는 상대의 자유에 화를 내면서, 그 사람이 제정신이 아니라는 둥, '문제가 있는 사람'이라는 둥 떠들어대요. 하지만 그 사람은 미친 것도 아니고, 문제가 있는 것도 아니에요. 그저 자신의 의지대로 행동할 뿐이에요." 기사는 웃음을 터뜨리고는 머큐리 호텔

---

*   뉴욕 자이언츠 소속의 미식축구 선수.

앞에 차를 세웠다. 반 블록을 차지한 오래된 호텔 건물은 신비로운 고딕 시대 분위기를 풍겼다. 그곳에 들어간 사람들은 갑자기 미쳐서 스스로 총을 쏘아 죽어버릴 것 같았다. 실제로도 그런 사람이 많았다. 나는 어렸을 때부터 이 호텔을 낭만적으로 바라보았다. 유명한 작가, 시인, 음악가, 화가가 이곳에 살면서 작품을 만들었다. 남북전쟁 직후에 지어진 이 건물은 이제 몹시 낡고 불편한 곳이었으나, 일본과 독일에서 온 관광객들이 가득했다. 오로지 과거의 명성만이 이 호텔을 지탱하고 있었다.

"자기 여자를 존중한다면, 그 여자가 스스로 길을 찾아가게 해줘야죠. 지금 중요한 건 댁의 부인이 아니에요. 자식들이 있잖아요. 아들에게, 딸에게 댁이 필요하다고요. 제발 몸에서 좋은 냄새가 나게 샤워를 좀 해요. 부랑자 같은 몰골에, 몸에서는 지린내랑 담배 냄새가 나니까! 재활치료라도 받아요!"

"좀 살살 해요, 응?" 나는 고개를 저었다. "비행기를 한참 타고 왔다고요."

나는 방탄유리에 마련되어 있는 구멍으로 돈을 쑤셔 넣었다.

"하나 더." 기사가 말을 이었다. "사진 한 장 찍어도 돼요?"

나는 호텔 안으로 들어가 프런트로 걸어갔다. 로비는 어둡고 진한 초콜릿 색깔 나무 패널로 장식되어 있었다. 늙은 나무 주위에서 자라는 부드러운 이끼 같은 냄새가 났다. 천장에는 말을 타듯 구름에 올라탄 아기 천사들이 그려져 있었다. 다정한 천사들이었지만, 그들이 반가이 맞이하는 대상이 산 자인지 죽은 자인지는 확실하지 않았다.

"와우, 이게 누구신가. 진짜 헤스터 프린*이시네." 이 호텔의 주인 바트 애셔가 말했다. 일흔네 살이나 되었는데도 그는 여전히 프런트를 지키고 있었다. "《포스트》에서 당신 기사를 읽고 당신 인생이 얼마나 망가졌는지 알았지. 그래서 당신을 직접 보게 되겠다 싶어서 내가 아주 들떴거든."

"방 있습니까?" 내가 물었다.

"뉴욕시 최고의 방이 있지." 그가 자랑스레 말했다.

바트는 나를 714호로 안내했다. 가구가 많지 않고, 거실은 아이젠하워 시대처럼 꾸며진 곳이었다. 전체적으로 어두웠지만, 따뜻하고 편안했다. 천장은 높고, 나무 몰딩은 크고 두툼했으며, 흐린 창문을 통해 탁한 노란색 햇빛이 스며들었다. 주방 하나, 작은 방 하나, 침실 두 개가 있었다. 침실 하나는 내 것, 다른 하나는 아이들 것.

"얼맙니까?" 내가 물었다.

"얼마나 있을 건데?"

"《포스트》에서 내 결혼 생활을 어떻게 전망하던가요?"

그는 내 가방들을 힐끔거리면서 동물 모양의 봉제 인형과 아프리카 색칠책을 유심히 살펴보았다. 그러고는 따스한 미소를 지으며 시선을 들었다.

·　　　너새니얼 호손의 소설 『주홍 글씨』의 주인공.

"난 낭만적인 사람이야. 이 방을 한 달 동안 공짜로 드리지. 당신 가족이 다시 합칠 때까지."

"우리가 다시 합치지 못하면요?"

"다시 합쳐야 할 거야." 그는 간단히 말했다.

1막

내 피에 흐르는
독한 반항의 술

1장

셰익스피어의 〈헨리 4세〉 리허설이 10시 정각에 시작되었다. 나
는 밤새 잠을 전혀 자지 못했고, 구토 때문에 목구멍 안쪽이 여전
히 타는 듯이 아팠다. 머큐리 호텔에서 보낸 첫날 밤은 끝이 좋지
않았다. 나는 엘리베이터에서 내려 리허설 장소로 들어서면서,
사람들이 내 땀구멍에서 새어 나오는 술 냄새를 맡을까 봐 걱정
했다.

나는 오래된 극장이나 땀 냄새 나는 교회 지하를 좋아한다. 벽
에서 역사의 냄새가 나는 곳. 그러나 이 리허설 장소에서는 소독
약 냄새가 났다. 사무용 건물의 27층 절반을 차지한 이 연습장의
크기는 대략 야구장 내야와 비슷했다. 벽 두 개는 바닥부터 천장
까지 모두 창문이라서, 타임스 광장의 불빛과 경찰관들과 혼란이
그 유리를 통해 소리 없이 고함을 질러댔다. 이루 말할 수 없을 만
큼 정신이 사나웠다.

그날 아침에 나는 딸을 유치원에 데려다주었다. 우리는 아이가
다니는 어퍼이스트사이드의 유치원 앞에서 걸음을 멈췄다. 아이
가 내게 물었다. "호텔이 리허설하는 데랑 더 가까워서 거기서 사

는 거예요?"

나는 숙취에 시달리며 말없이 서 있기만 했다.

"생각나는 이유가 그것뿐이라서요." 아이가 말을 덧붙였다.

"뭐, 그 이유도 있지."

"계속 거기 살 거예요?"

나는 말없이 아이를 빤히 바라보았다.

"생각해 봤는데요, 엄마랑 아빠가 이제 같이 살지 않는다면 진짜 좋을 것 같아요! 내가 강아지를 키워도 엄마가 알레르기를 일으키지 않을 거잖아요."

"오늘 오후에 네 수업이랑 내 리허설이 끝난 뒤에, 우리 같이 동물 보호소로 가서 강아지를 한 마리 구출해 주자. 어때?"

"내가 이름을 지을 거예요."

나는 고개를 끄덕이고 아이와 악수했다.

아이에게 강아지를 약속하다니. 한심하기는.

연습장 안에는 탁자들이 커다란 사각형 모양으로 배치되고, 그 탁자들을 따라 접의자가 잔뜩 놓여 있었다. 연극 리허설 첫날은 항상 똑같다. 베이글, 커피, 오렌지주스, 연필, 배우 노조 서류, 불안한 수다, 2004년에 지루한 작품 〈아이스맨이 온다〉를 공연한 뒤로 처음 만난 사람들, 노조 대표 선출, 시간 엄수와 작업 중 부상에 관한 무대감독의 연설.

오늘의 분위기는 사람이 너무 많다는 점에서 조금 다를 뿐이었다. 출연자 서른아홉 명, 그리고 디자이너, 조수, 제작자 비슷한 사람 약 스물다섯 명. 내가 도착했을 때 이 작품의 '스타'는 이미 와 있었다. 그렇다면 그건 내가 지각했다는 뜻이다. 버질 스미스 같은 스타 영화배우가 먼저 와 있다면. 놀랍게도 그는 약 네 종류의 대본을 가지고 있었다. 모두 이 연극의 다른 버전인데, 이 연극이 기가 막히게 긴 작품이니 그는 종이 더미에 포위된 형국이었다. 아마 1년 동안 길렀음이 분명한 풍성한 흰색 수염이 그의 얼굴을 덮고 있었다. 오손 웰스와 비슷했다. 아니, 사실은 팔스타프와 비슷한 모습을 염두에 두었던 것 같다. 버질은 나를 보고 일어서서 내가 서 있는 탁자로 다가와 곰처럼 나를 안아주었다. 그가 좋은 뜻에서 한 행동이라는 것은 알지만 민망했다. 동정 같아서. 심한 숙취로 머리가 어질어질한 상태였으니, 자칫 내가 그의 품에서 울음을 터뜨리거나 그의 얼굴에 주먹질을 했을 수도 있었다. 미국의 정통 영화배우 중에서 연극배우로도 널리 찬사와 존경을 받는 인물은 아마 그가 유일할 것이다. 그는 내가 뭔가를 원할 수 있는 나이가 되었을 때부터 내가 되고 싶었던 모습 그 자체였다. 영국에서는 혹시 버질 스미스 같은 인물이 흔할지 몰라도, 미국에서는 유일했다. 그는 로즈 장학생*이고, 예일 드라마스쿨 졸업생이며, 〈시민 케인〉 이후 최고의 미국 영화로 꼽히는 작품에서 조직폭력배 역할로 첫 오스카상을 받았다. 토니상은 세 번 수상했는데, 한 번은 맥베스 역할로 받았고 다른 두 번은 창작극에서 보

---

* 미국, 독일, 영연방 공화국 출신으로 영국 옥스퍼드대학에서 공부하는 학생들에게 수여되는 로즈 장학금을 받았다는 뜻.

여준 연기로 받았다. 나와는 전에 직접 만난 적이 한 번도 없었지
만 나도 웬만큼 명성이 있는 편이고 그는 초유명인이었으니 우리
가 포옹해야 한다고 생각한 것 같다.

"사실인가?" 그가 아카데미상을 안겨준 크고 촉촉한 눈빛으로
내게 물었다.

"뭐가요?"

"신문에 난 것."

"무슨 신문을 읽으셨는데요?"

"글쎄." 그는 잠시 말을 멈추고 빙긋 웃었다. 그가 수많은 영화
에서 보여준 표정이었다. "자네가 바람을 피워서 부인이 이혼을
요구한다고 하던데."

"네, 뭐 대충 그렇죠. 그런 얘기예요." 나는 이렇게 말하고 자리
를 떴다. 내가 꿈꾸던 대화는 이런 것이 아니었다.

나는 지정된 자리에 앉아 내 대본을 꺼냈다. 그리고 곧 시작될
대본 읽기를 생각하며 떨리는 마음을 가지려고 애썼다. 내 인생
에는 마땅히 떨리는 마음을 가져야 할 일이 많은데, 대본 읽기는
그중에서 가장 덜 떨리는 일이었다.

전날 밤은 내 예상보다 더 나빴다. 나는 호텔에서 나와, 아이들도
보고 아내와 대화도 하려고 집으로 갔다. 아내는 아예 아래층으로
내려와 보지도 않았지만, 위층에서 아내가 쿵쿵 걸어 다니는 소리
가 들렸다. 아내는 아이들 봐주는 사람을 시켜 내게 알렸다. 아이들
을 데리고 나가 외식하고 돌아와서 재우는 일까지 해도 된다고. 그
리고 저녁 10시에 길 건너 술집에서 만나자고 말했다. 나는 아이들

을 데리고 공원으로 갔다. 아이들도 나도 이렇게 만나서 함께 시간을 보내는 것이 몹시 즐거웠다. 나는 모래 장난을 하는 두 아이와 함께 유니언 스퀘어 공원의 모래밭에 앉아 석양을 구경했다.

"또 깜깜해져!" 세 살짜리 아들이 건물들 아래로 가라앉는 태양을 가리키며 소리쳤다. 마지막으로 남은 황금빛 햇살이 우리 얼굴을 비췄다.

"원래 매일 저러는 거야, 멍청아." 딸이 말했다.

"또 깜깜하다고!" 아들은 내 옷자락을 잡아당기더니, 얼굴을 바짝 들이대고 내 눈을 똑바로 들여다보았다.

"그래, 알아. 매일 그래."

"아냐, 안 그래. 오늘 아침에는 안 그랬어." 아들이 말했다.

"해는 밤에만 져." 딸이 대답했다.

"기적이다." 아들이 말했다.

"아냐." 딸이 아들의 말을 반박했다. "해가 뜨는 게 기적이야."

"난 해가 질 때가 좋아." 아들이 말했다.

이 두 어린 인간들에게 내가 느끼는 사랑은 편안하고, 단순하고, 끊임없었다. 물, 별, 빛, 숨, 음식을 사랑하는 마음과 같았다. 내 결혼 생활은 일그러졌지만, 부모 노릇은 자연스럽고 즐거운 반사작용과 같았다. 피넛버터와 잼을 바른 샌드위치 만들어주기, 수채화 그리기, 우디 거스리와 엘리자베스 코튼의 음악 듣기, 크레이지 에이트˙ 하기, 공 던지기, 피클볼 놀이, 신발 신기, 보물찾기, 웅

━━━━━

˙　　카드 게임의 일종.

덩이 걷기, 노래하기, 종이비행기 만들기, 나는 이 모든 것을 할 수 있었다. 이 두 아이를 위해 책임을 다하는 것은 내게 잠보다 더 영양가 있는 일이었다.

나는 아이들을 침대에 눕히고, 책을 읽어주고, 등도 긁어주었다. 그러고 나서 길 건너 술집으로 가서 아내를 기다렸다. 메리는 나타나지 않았지만, 나는 세 시간 넘게 혼자 앉아 그녀를 기다리며 푹 잠기도록 위스키를 마셨다. 고주망태가 된 뒤에는 바람맞은 것에 화가 났다. 술기운에 화가 난 것 같지는 않다. 고약한 냄새가 나던 가스파초 때문이었을 것이다. 어쨌든 나는 뉴욕으로 돌아온 첫날, 화장실 변기를 끌어안고 창자가 뒤집어지도록 속을 게워내며 발작하듯 울다 말다 하는 것으로 하루를 끝냈다. 알고 보니 내가 엉뚱한 술집에서 기다린 거였다. 메리는 그 블록의 다른 술집에서 나를 기다렸다. 이상한 건 우리 둘 다 전화를 걸어볼 생각을 하지 않았다는 점이다.

정말로 깜깜해지고 있었다.

40대 후반의 근육질 남자가 내 옆자리에 앉았다. 이름이 이지키얼인 그 남자는 래스터패리언* 스타일의, 코바늘로 뜬 비니를 쓰고, 금팔찌를 대여섯 개 차고, 올리브그린색의 미국 군복 재킷을 입고 있었다. 이 모든 것이 남성적인 활기를 뿜어냈다. 우리는 두

* 에티오피아의 옛 황제 하일레 셀라시에를 믿는 자메이카 종교의 신자. 흑인들이 언젠가는 아프리카로 돌아갈 것이라고 믿고 독특한 복장과 행동 양식을 따른다.

어 시간 동안 다른 출연진과 함께 그 자리에 앉아서, 제작을 시작하기 전에 항상 제대로 알아두고 정리해야 하는 배우 노조 정보를 훑어보았다. 머리 위에서 윙윙거리는 형광등 소리 때문에 누군가를 죽이고 싶은 기분이 들었다. 노조 대표의 주도로 계약서를 훑어보는 작업은 말로 표현하기 힘들 만큼 지루했다. 노조원 대우를 받으려면 몇 주를 일해야 하는지. 노조 대표는 노동자들이 받는 보상과 노조의 미래에 대해 일장 연설을 했다. 노조 대표로는 언제나 일거리가 없는 배우들이 나오는데, 이런 연설을 할 때마다 자기 솜씨를 과시하려고 진심으로 노력을 기울인다. 마치 오디션을 보는 것 같다. 공식적인 리허설은 계약서 검토에 이어 15분 동안 휴식 시간을 거친 뒤에야 시작될 예정이었다. 그러나 나는 나 자신과 단둘이서 보내는 시간이 전혀 반갑지 않았다.

나는 담배를 피우러 엘리베이터를 타고 27층을 내려가 42번가로 나가서 타임스 광장 한복판에 섰다. 사람들이 파도처럼 내 옆을 지나가면서 나와 부딪혀 손에 든 쇼핑백과 함께 흔들렸다. 어딘가의 관광지로 가는 길이었다. 마담 튀소의 밀랍 인형 전시관, 디즈니 스토어… 이런 것들이 모두 거기에 있었다. 예전에 아들이 내게 이렇게 물었다. "밀랍 인형 전시관에 엄마는 둘이나 있는데 아빠는 하나도 없어. 왜 없어요?"

나는 담배에 불을 붙였다. 다른 출연진 몇 명도 내 주위에서 어른거리며 담배를 피우거나 조각 피자를 샀다. 하지만 나는 그 사람들에게 말을 걸고 싶지 않았다.

이틀 전 나는 케이프타운에서 영화를 찍고 있었다. 의미 있고 눈이 번쩍 뜨이는 촬영이 되었어야 했는데. 나는 영혼이 망가질 만큼 가난한 남아프리카 흑인 동네를 보았다. 아홉 살짜리 사내아이가 가족을 위해 전기를 훔치려고 고속도로 변의 전신주를 올라가고, 어린 소녀는 제 남자 형제들을 위해 아이스크림 샌드위치를 셋으로 나눴다. 아이들 모두 한 달은 굶은 것 같았다. 사파리를 나갔을 때 나는 내 얼굴에서 1미터 거리까지 다가온 사자의 눈을 똑바로 바라보았다. 표범이 영양을 먹다가 제 새끼들에게 주려고 그 사체를 끌고 나무 위로 올라가는 것도 보았다. 하이에나가 그 사체를 채 가려고 했다. 나는 바다에서 나흘을 보내며 야생 펭귄, 고래, 돌고래를 보았다. 넬슨 만델라가 27년의 수감 기간 중 18년을 보내면서 이 나라를 조용히 변화시킨 감방도 보았다. 하지만 그동안 내내 내가 생각한 것은 내 결혼 생활을 청산하는 일뿐이었다.

메리와 나는 6년 전 처음 만났다. 현재 살아 있는 사람들이 기억하는 한 가장 심했던 눈보라를 무릅쓰고 메리가 콘서트를 마친 뒤였다. 그녀가 춤추고 노래하는 모습을 보면서 나는 내 세대에도 저렇게 자신감 넘치는 사람이 있다는 사실에 넋을 잃고 말았다. 그녀가 발산하는 빛 때문에 어빙 플라자 전체가 따뜻해진 것 같았다. 무대에 선 그녀는 강렬하다 못해 뜨겁고 사나웠다. 휴게실에서도 마찬가지였다. 나는 그녀와 악수를 했다. 이제 막 무대에서 내려온 그녀는 땀을 흘리고 있었다. 우리는 만나자마자 서로에게 끌렸지만, 그 매력이 불편하기도 했다. 내가 처음 대형 영화사에서 찍은 영화가 개봉된 직후였다. 메리는 그 영화에 나온 나를 칭찬했다. 나는 그녀가 가장 최근에 내놓은 앨범에 찬사를 보냈다. 그녀는 그동안 내게 있었던 일들을 모두 이해했다. 우리 둘 다 유명세를 톡톡히 치르고 있었으므로 상대에게 이해받는 느낌이었다. 우리가 느낀 유대감은 중력처럼 단순하고 불가피했다. 나는 친구가 생긴 것이 고마웠다. 몇 시간 동안 이야기를 나누다가 주위를 둘러보니 휴게실에는 우리 둘뿐이었다. 메리의 밴드와 매니저는 버스에서 기다리는 중이었다. 우리는 작별 인사로 악수를 했지만, 바로 그 자리에서 옷을 다 벗어 던지고 주전부리와 맥주가 가득한 탁자 위에서 섹스를 하고 싶은 충동을 참는 것이 정말로 고역이었다. 벌써 우리 사이에 태어날 아이들의 체취가 느껴지는 듯했다. 나는 이스트빌리지의 내 아파트로 돌아가 창밖을 바라보았다. 가로등 불빛에 아직도 내리는 눈이 보였다. 나는 기도했다.

누군지는 모르지만 그녀를 창조하신 분, 당신께 경배합니다.
제 인생을 당신께 바치니, 창조주시여, 부디
제가 그녀의 남편이 되게 해주소서, 당신의 피조물을 제가 보살피겠나이다.
그녀의 걸음 하나하나에 경의를 바치겠나이다.

하늘이 자물쇠를 열어 세상의 모든 눈을 쏟아내는 것 같았다.

"여어, 당신 그 망할 영화에 나온 사람이죠?" 여드름투성이 청년이 내게 다가왔다. 그러고는 혼이 달아날 듯한 타임스 광장의 소음을 뚫고 친구 두 명을 소리쳐 불렀다.

"신경 쓰지 말고 그냥 가요. 난 아무도 아니니까."

"그럴 리가. 자자, 사진 한 장 찍어줘요." 밝은 빨간색 아디다스 트레이닝복을 입은 청년이 지나치게 적극적이어서 불편했다.

"내 사진을 어디에 쓰려고요." 나는 우리 옆을 지나가는 사람들의 물결에 청년을 합류시키려고 애썼다.

"있으면 좋죠." 그는 간단히 대답하고는 휴대폰을 꺼내면서 계속 자기 친구들을 불렀다.

"내 이름도 모르잖아요." 내가 말했다.

"그 영화에 나왔잖아요." 청년이 들뜬 얼굴로 말했다. "그러니까 알죠."

"그래도, 하여튼, 난 사진 찍는 것 싫어해요. 내가 구경거리가 된 것 같거든. 무슨 소리인지 알겠어요?" 나는 재빨리 자리를 뜨려고 했다.

"비싸게 굴지 맙시다." 청년이 내 어깨를 붙잡아 돌려세웠다. "팬들을 위해 이 정도는 해주셔야지."

"네, 뭐…" 나는 적당히 자리를 뜨려고 했다.

"그냥 사진만 한 장 찍어줘요." 청년보다 덩치가 더 크고 힘도 세 보이는 친구가 다가와서 말했다.

"그 망할 놈의 영화에서 당신 아주 죽여줬다고. '여어, 재키, 뽀오뽀나 좀 해봐!'" 또 다른 친구가 한 발짝 다가서며, 내가 가장 싫어하는 영화에 나온 내 대사를 흉내 냈다. 영화의 질과 배우가 받는 돈 사이에는 반비례 관계가 있다. 황당한 영화일수록 돈을 많이 준다. 이 청년이 흉내 낸 영화는 내게 가장 많은 돈을 벌어주었다.

"그래요, 고마워요." 나는 한 손을 내밀어 악수를 청하며 말했다. "감사합니다. 여러분을 이렇게 만나니 기쁘네요. 그저 개떡 같은 내 사진이 인터넷에 영원히 박제되는 게 싫어서 그래요. 이해하죠?" 나는 미소를 지었다.

청년들은 멍한 표정으로 나를 빤히 보았다.

나는 말을 이었다. "그래도 어쨌든 고마워요."

빨간 아디다스 트레이닝복을 입은 청년과 두 친구, 그리고 새로 합류한 그들의 여자 친구 두 명은 그대로 물러나려 하지 않았다. 그들이 모두 팔을 뻗어 나를 둘러쌌다. 그들보다 나이가 좀 더 있는 남자 하나가 휴대폰을 꺼내 사진을 찍었다.

솔직히 말해서 나는 어렸을 때 사람들에게 사인을 해주거나 사람들이 내 사진을 찍는 공상을 한 적이 있다. 사람들이 모두 나를 우러러보는 상상이 대부분이었다. 증오 메일이 올 거라는 상상은 한 번도 하지 않았다.

빨간 아디다스 트레이닝복을 입은 청년이 내게 귓속말을 했다. "당신 진짜 멍청해." 그는 한 팔을 내 어깨에 걸치고 포즈를 취하면서 말을 이었다. "고마운 줄 알아야지. 빨리 웃기나 해."

다시 엘리베이터를 타고 리허설 장소로 돌아가는 길에 나는 벽에 몸을 기대고 울었다. 전에는 이렇게 울고 나면 대개는 기분이 나아졌으나, 요즘은 울음을 멈출 수도 없고, 울고 난 뒤에 바뀌는 것도 없었다. 내가 마음을 추스르고 눈물을 닦자마자 엘리베이터 문이 열렸다. 혹시 내가 지각했나 싶어서 불안감이 내 혈관을 타고 흘렀다. 연출자가 실망하면 어쩌나. 나는 연출자가 내 지각을 빌미로 다른 출연자들에게 경고를 하기 위해 나를 마구 혼내는 상상을 했다. 지난 며칠 사이에 나는 내가 서른두 살의 성인 남자라는 사실을 완전히 잊어버렸다.

내가 27층에 내렸을 때, 다른 사람들은 아직도 커피를 마시며 이리저리 돌아다니고 있었다. 내가 늦었다는 사실을 알아차린 사람은 하나도 없었다. 누군가의 부드러운 손이 내 어깨를 건드렸다. 나는 뒤를 돌아보았다.

"내가 당신 아내 역을 맡았어요." 매력적인 젊은 여자가 세심하게 손질한 빨간 머리 아래에서 나를 올려다보았다. 투명한 피부, 값비싼 옷, 밝은 초록색 눈이 어찌나 매력적인지 마치 르네상스 시대의 그림에서 방금 빠져나온 사람 같았다. 심지어 체취에도 품격이 있었다. '아, 이 사람이 레이디 퍼시로군. 무슨 수를 써서라도 이 여자 옆에 있지 말아야겠다.' 나는 속으로 생각했다.

"누구한테 버림받았어요?" 그녀가 연극을 위해 훈련받은 따스한 목소리로 물었다.

"무슨 소리예요?"

"어머니예요, 아버지예요? 부모 중 한 사람한테 버림받지 않은 배우치고 실력 있는 사람을 못 봤어요." 그녀는 윙크를 하고는 다른 곳으로 가버렸다. 나는 그녀를 빤히 바라보지 않으려고 애썼다.

나는 어색하게 몸을 돌려 '환영' 테이블로 가서 커피를 한 잔 따른 뒤 이지키얼 옆에 섰다.

"어떻게 된 겁니까?" 내가 물었다.

"디바가 저 안에서 또 불평을 하고 있어." 우리 팔스타프 얘기였다. 오전 내내 우리의 '스타'께서는 다양한 버전의 대본을 훑어보면서 대본상의 사소한 차이를 놓고 대본 담당자와 입씨름을 벌였다.

"알려진 것만큼 실력이 있는 사람이어야 할 텐데." 이지키얼이 한숨을 내쉬었다.

나는 고개를 끄덕였다.

"페이스트리 좀 먹었어?" 그가 물었다.

"아뇨, 별로 배가 안 고파서요." 나는 거리를 유지하려고 애썼다.

"어떻게 버티고 있어?" 그가 심각한 어조로 물었다.

"간신히 버티고 있죠." 나는 커피를 한 모금 마시면서 중얼거렸다.

"뼈만 남은 것 같아. 잘 먹어야 돼." 그가 미소를 지었다.

긴 침묵 속에서 우리는 나른하게 서성거리는 다른 출연진을 지켜보았다. 이지키얼은 내 상황을 열심히 생각하는 것 같았다. 마침내 그가 내게 몸을 기울이고, 무슨 음모를 꾸미는 사람처럼 속삭였다. "그녀도 거기 털을 깎았어?"

나는 그를 바라보며 따뜻하게 웃고 있는 갈색 시선을 받아들였다. "네." 나는 고개를 끄덕였다.

"세상에나." 그가 탄식했다. "요샌 다들 깎는다니까." 그는 어이가 없다는 듯이 고개를 끄덕였다. "정말 슬픈 일이야… 내가 어렸을 때는 무성했는데. 요즘 여자들은 포르노를 보면서 자라지. 입이 아주 더럽고 속물적이야. 뱃사람도 얼굴을 붉힐 만큼 고약한 문자들을 보낸다고. 문신은?"

"있죠." 나는 기억을 떠올리며 고개를 끄덕였다.

"그렇겠지." 그가 자신을 나무라듯 말했다. "그럼 내가 제일 먼저 이 말을 해줘야겠네. 당신 잘 생각한 거야."

나의 젊은 애인은 열기구처럼 애교가 있었다. 물이 떨어지는 소리, 벚꽃 향기 등등 소박하고 아주 오래된 엉터리 클리셰들. 케이프타운의 나이트클럽에서 이 젊은 남아프리카 여자를 소개받고 얼마 되지도 않아서 나는 앞으로 내가 무엇을 할지 정확히 깨달았다. 이 번지르르한 불륜 소동이 매 순간 미치도록 좋기만 하지는 않았다는 사실을 내가 모르지는 않는다. 나의 부정행위에 뭔가 알맹이가 있었던 건 전혀 아니지만, 내 느낌은 달랐다. 톨스토이의 소설 같았다. 웅장하고, 광범위하고, 서사적인 소설. 그녀는 일종의 타임머신이었다. 나는 다시 젊어졌다. 신비로운 존재였다. 몸에서 좋은 냄새도 났다. 인생은 생기 있고, 위험하고, 미지의 것이었다. 나는 멋들어지게 담배에 불을 붙였다. 젊은 애인은 내게 삶을 되돌려주면서 즐거워했다. 여기서 분명히 밝힐 것이 있다. 그때 내가 감사의 마음으로 흘러넘치고 있었다는 것. 그녀의 아버지는 ANC* 소속이었으며, 독립서점을 소유하고 있었다. 서점의 경영은 그녀가 맡았다. 두 부녀는 힘을 합쳐 문학 저널을 발간

---

*   아프리카민족회의, 남아프리카의 집권당.

하고, 다양한 정치행사를 기획했다. 그녀는 만만한 사람이 아니었다. 그녀의 언니는 당시 출산 중이었다. 그녀는 계속 휴대폰을 확인했다. 이모가 된다는 생각에 흥분한 상태였다. 나는 그녀에게 춤을 청했다. 그리고 그녀의 숨소리에 귀를 기울이며 그녀에게 키스할 순간을 기다렸다. 음악이 나오는 무도장에서 잔뜩 흥분한 고등학생처럼 나는 그녀를 가까이 끌어당겼다. 남들에게 창피한 모습을 보이지 않기 위해서였다. 그녀는 자신을 끌어당기는 내 손길을 느끼고, 다 안다는 듯 촉촉한 갈색 눈으로 나를 올려다보았다.

"당신 유부남 아니에요?" 그녀가 물었다.

나는 술집 뒷문으로 내 파트너를 무사히 몰래 데리고 나왔다. 그날 클럽에서 우리가 춤추는 모습을 사람들이 사진으로 찍었다는 사실은 사진이 인터넷에 전부 퍼진 뒤에야 알았다. 우리는 비상구 계단을 살금살금 내려와 주차장으로 가서, 남들이 볼 수 없는 곳에 이르자마자 입을 맞췄다. 키스가 어떤 것인지 나는 잊고 있었다. 내 품에 안기고 싶어 하는 사람을 품에 안는 것이 어떤 느낌인지도 잊고 있었다. 내 손길에 녹아내리는 사람. 내가 자신의 치마 속으로 손을 넣어주기를 바라는 사람. 내 손이 더 멀리까지 닿기를, 더 심하게 밀어붙이기를 바라는 사람. 그럴 때 작게 소리를 내는 사람. 이런 식의 허튼짓만 맹목적으로 좇다가는 진정성과 알맹이가 있고 의식이 깨어 있는 인생을 살 수 없다는 사실을 나도 알고 있다. 아는 것 같다. 아마 알 것이다. 아니, 이렇게 말해야 할 것 같다. 오랫동안 그렇게 믿고 있었으나, 그 순간에는 그 여자의 손을 놓느니 차라리 죽고 싶었다고. 총알이 내 뇌를 휙 가르며 지나가고 내 피가 아스팔트에 뿌려지는 편이 나을 것 같았다고. 그녀는 신의 도구 같았다. 그녀가 나를 데리고 어느 문을 통과하고 있었다. 내가 통과하자마자 등 뒤에서 그 문이 갑자기 닫히면, 그때까지 내가 알던 내 인생은 끝날 것이다. 내 가정이 깨지고, 내가 오랫동안 구축해 온 삶이 10분의 1로 졸아들 것이다. 나는 낙담해서 자살 충동을 느낄 것이고, 아이들도 나로 인해 영원한 상처를 입을 것이다. 이런 일이 일어날 것임을 거의 분명하게 알고 있었는데도, 그런데도 이 젊은 여자를 너무나 강렬히 원했기 때문에 속으로 이렇다 할 갈등조차 느끼지 않았다.

"그 록스타가 부인이죠?" 그녀가 간결하게 물었다.

"우린 지금 '시험 별거 중'이야." 나는 무표정하게 대답했다.

"아직 반지를 끼고 있는데도요?"

"그렇긴 하지." 내가 조용히 말했다. "부부 상담사가 우리더러 너무 서두르지 말라고 했거든. 그래서 우리는 다른 사람하고 자면 안 돼. 그냥 따로 살기만 하는 거야. 지금도 우리 결혼 생활을 구할 수 있을지 모른다는 희망은 남아 있어. 하지만 동시에 내가 사고로 죽어서 곧 다가올 폭풍을 겪지 않게 됐으면 좋겠다는 희망도 품고 있지. 아내는 내 근성을 싫어해. '아내'라는 말이 꼭 자기 어깨뼈 사이에 박힌 포크 같대. 우리 집에는 애가 둘인데, 난 그 애들을 세상 무엇보다 사랑해. 지금의 이 가정을 이루는 게 내가 지금껏 시도했던 어떤 일보다도 중요한 일이었어. 지금도 이게 나한테 가장 중요해. 난 절대 우리 부모처럼 멍청하고 이기적으로 굴지 않겠다고 나 자신에게 약속했어…. 내가 결혼 생활을 유지하고 싶어 하는 건 확실하지만, 이젠 아내를 사랑하지 않아. 그래서 겁이 나서 미치겠어. 사랑이 없이 어떻게 살아야 할지 모르겠어."

　그녀는 차로 나를 집까지 데려다달라는 부탁을 받아들였다.

우리는 내 아파트 앞에 차를 세웠다. 나는 그녀가 내 초대를 거절해 주기를, 그래서 내가 하려는 일에서 나를 구해주기를 아직도 바라고 있었다.

　"내가 올라가면 또 나랑 춤출 거예요?"

　케이프타운에서 내가 살던 아파트는 엘리베이터가 없는 3층짜리였는데, 우리는 계단을 올라가는 데 20분이나 걸렸다. 계단을 한 단씩 올라갈 때마다 서로를 만졌다. 집 안에 들어온 뒤에 내가 튼 음악을 그녀는 '슬프고 섹시하다'고 생각했다. 아내는 이 곡을 몹시 싫어했다. 세상에, 내가 라디오로 손을 뻗을 때마다 움찔거릴 정도였다.

　"슬프네요." 젊은 아가씨가 내 귓가에서 속삭였다.

　"무슨 뜻이야?"

　"알잖아요." 그녀는 연한 미소를 지었다.

　나는 내 발등 위에 선 그녀와 방 안을 빙빙 돌며 춤을 추었다. 그녀의 허파 안으로 들어가 그녀 안에서 헤엄치고 싶었다. 나는 그녀를 안아 들고 침실로 갔다. 만약 내 자신감이 더 강했다면, 내 자아의식이 더 탄탄했다면, 내 마음이 그렇게 움직이지 않았을 것이다. 이것은 욕망이 아니었다. 그렇게 단순한 것이 아니었다. 몇 년 만에 처음으로 나는 인간이 된 기분이었다. 이 세상에서 나고 죽는 인간. 지금 이곳에 나는 살아 있었다. 나는 그녀를 침대에 눕히고 가벼운 면 치마를 걷어 올린 뒤, 속옷을 아래로 내렸다. 고관절 바로 아래에 새겨진 구식 열쇠 모양의 작은 문신과 털을 모두 깎은 그곳이 드러났다. 나는 그녀의 열쇠에 입을 맞추고, 내 셔츠를 벗었다. 그리고 청바지를 벗으려고 꿈틀거리기 시작했다.

"콘돔 있어요?" 그녀가 치마를 벗으면서 달콤하게 속삭였다.

"아니." 이 말이 나를 간음으로부터, 아니 이름이야 어찌 됐든 지금 내가 하려는 지옥 같은 짓으로부터 나를 구해줄 종소리라면 좋을 텐데.

"잠깐만요. 차에 하나 있어요." 그녀가 벌떡 일어나서 밖으로 나가 계단을 뛰어 내려갔다. 벌거벗은 엉덩이를 가리려고 티셔츠 자락을 자꾸만 아래로 끌어 내리면서 거리로 나갔다. 나는 침대에 누워 불안감에 사로잡혔다. '내가 뭘 하고 있는 거지? 내가 뭘 하고 있는 거지? 내가 뭘 하고 있는 거지?' 물론 나는 지금 내 행동이 무엇인지 정확히 알고 있었다.

손에 콘돔을 들고 다시 계단을 올라와 케이프타운의 내 아파트로 들어온 어린 연인은 언니가 건강한 딸을 무사히 낳았다며 잔뜩 들떠 있었다. 나는 엉망진창이었다. 발기했다 가라앉은 그것이 다시 일어서는 일은 없을 것이다. 그래서 나는 몇 시간 전보다 더 심하게 아내를 미워했다. 눈앞의 아가씨는 가무잡잡한 피부에 밝은 파란색 티셔츠만 걸친 모습이 몹시 사랑스러웠다. 그런 그녀를 실망시키게 되었으니 비참한 기분이었다. 조금 전만 해도 아주 커다란 남자가 된 기분이었는데. 지금은 작고 연약한 존재였다. 나는 의지력으로 내 몸의 기능을 살리려고 애쓰면서 그녀의 몸 위로 올라가 오만한 지배자처럼 굴었다. 하지만 내 성기는 나를 배신했다. 가짜 키스를 한 번 할 때마다 그것은 더 작게 쪼그라들었다. 정말 웃기지도 않는다는 생각이 들었다. 아내를 속이고 가족을 바람 앞에 던져버리고 싶은데, 사내구실을 못해서 그걸 할 수 없다니. 모든 면에서 한심하기 짝이 없었다.

"괜찮아요?" 그녀가 물었다.

"죽을 것 같아."

"심장이 엄청 빨리 뛰어요." 그녀가 속삭였다.

아래를 내려다보니 내 가슴이 옛날 만화 속의 세탁기처럼 덜컹거리고 있었다.

"죽을 것 같아." 내가 다시 말했다.

"내가 안아줄게요." 그녀가 귓속말을 했다. 나는 그녀의 가슴에 얼굴을 묻은 채 울고, 울고, 또 울었다. 그때 시작된 바람이 나중에 절대적인 허리케인이 되었다. 내 얼굴을 타고 눈물이 흘러내린 시간이 얼마나 되는지는 모르겠지만, 몇 시간 뒤 정신을 차리고 보니 그녀가 내 밑에서 몸부림치고 우리는 그걸 하는 중이었다.

"아까 그 콘돔을 가져올게." 내가 말했다.

"괜찮아요." 그녀가 내 귓가에 숨결을 불어넣었다. "내 배에다 해요."

나는 어둠 속에서 흐릿하게 보이는 그녀의 진한 갈색 눈동자를 빨아들였다. 애정과 열정이 넘치는 눈이었다. 그녀의 젊은 젖가슴, 희미하게 빛나는 피부, 내 팔을 붙잡은 팔, 체취… 섹스의 냄새. 나는 왜 이 냄새를 그렇게 오랫동안 맡지 못했지? 나는 그녀의 머리카락에 얼굴을 문지르다가 그것을 꺼내 배 위에 사정했다. 그녀의 아주 정중한 요청에 따라. 그러고는 그녀의 다리 사이에 얼굴을 묻고 그녀의 엉덩이를 붙잡았다. 그녀는 꿈틀거리다가 절정에 도달했다. 내가 그녀를 꽉 끌어안자, 그녀는 내 귓가에서 기분 좋은 소리를 냈다. 우리는 한 시간 정도 서로를 안고 있다가 다시 시작했다.

"이번에는 어디에다 할까?" 내가 속삭였다.

"가슴에. 내 가슴에 해요, 자기."

나는 그 말을 따랐다.

그러고는 곧장, 그것이 힘을 잃기 전에 다시 그녀 안으로 들어갔다. 멈출 수가 없었다. 무작정 격렬하게 움직이는 카사노바가 된 것은 아니었다. 그보다는 조증 발작에 더 가까웠다. 내가 이 젊은 아가씨와의 정사를 멈추는 순간, 고약해진 현실이 비처럼 쏟아질 것을 나는 알고 있었다. 그래서 섹스를 계속했다.

"이번에는 내 얼굴에 해요." 그녀가 말했다. "입술이랑 목에."

나는 그렇게 했다. 하지만 아직 끝이 아니었다.

"이번에는 네 엉덩이에 할 거야." 내가 말했다.

우리 둘 사이에 내려앉은 침묵, 우리 둘이 함께 들어간 깊은 지하의 어느 공간에서 그녀가 진지하게 물었다. "날 해치려는 거예요?"

"응." 나는 생각나는 대로 곧장 대답했다.

"무서워요."

"나도 그래."

나는 마지막으로 사정했다. 그녀는 나의 것으로 범벅이 되어 있었다.

"슬프네요." 그녀가 다시 귓가에서 속삭였다. "당신이 벌써 추억이 된 것 같아요."

곧 리딩을 재개하겠다고 무대감독이 말했다. 우리는 연습장으로 들어가 자리에 앉았다. 펼쳐진 대본, 심을 날카롭게 깎아놓은 연필, 커피, 생수병이 우리 앞에 놓여 있었다. 출연진 서른아홉 명이 조용히 기다리는 가운데, 무대감독이 돌아다니면서 제작자들을 각자의 자리로 안내했다. 출연자인 우리는 커다란 사각형 모양으로 놓인 탁자에 둘러앉아 맞은편 사람들을 바라보면서 각자 자기 나름의 방법으로 서로를 평가했다. 누가 내 편이 될까? 내가 원하는 것을 얻는 데 방해가 될 사람은 누굴까? 형광펜을 들고 대본을 뒤적이는 사람이 많았다. 디자이너들과 조감독들이 벽 앞에 놓인 의자에 마지막으로 앉았다. 버질 스미스는 혼자만 조명을 받는 것처럼 모든 것의 중심에 있었다. 그의 수염도, 쌓아놓은 대본도.

내가 셰익스피어를 처음 접한 것은 열세 살이 가까웠을 때였다. 어느 날 밤늦게까지 잠을 안 자고, 공영방송 채널에서 로런스 올리비에의 〈리어왕〉을 보았다. 싸구려 작품이라서 처음 한 시간 동안은 넋을 잃을 만큼 지루했다. 대사를 한마디도 이해할 수 없었고, 도대체 왜 저 난리들인지 조금도 짐작이 가지 않았다. 그런데 어쩌다 보니 그 연극의 마법에 걸리고 말았다. 세 시간이 흐른 뒤 엔딩크레딧이 올라가는 것을 보며 나는 흑흑 흐느끼고 있었다. 셰익스피어를 이해하지는 못했으나, 그 작품을 사랑하게 되었다. 잘은 모르겠지만 대가의 솜씨임이 분명한 것 같다는 그 수수께끼 같은 느낌이 좋았다. 그 수수께끼에 충분히 갈망을 느껴 주의를 기울인다면, 답을 찾게 될지도 모른다는 약속을 본 것 같았다. 그 해 크리스마스에 엄마가 로런스 올리비에의 《연기에 대하여》를 내게 줬다. 그 책의 거의 끝부분에서 올리비에는 자신이 왕좌에 앉아 있다고 단언하면서 젊은 배우들에게 한번 도전해 보라고 말 했다…. 누구든 진지한 노력을 기울여 자신의 왕관을 빼앗아 보라 고. 자신이 공짜로 왕관을 벗어줄 생각은 없다고 했다. 음, 로런스 올리비에는 이미 오래전에 세상을 떠났고, 그의 황금 왕관은 높은 대본 더미 뒤에 앉은 버질 스미스의 머리에 당당히 놓여 있었다.

연출을 맡은 J. C. 캘러핸이 우리 앞에 섰다. 60대 초반인 그는 점 점 벗어지는 머리를 아예 깨끗이 밀어버렸고, 맞춤 트위드 양복 에 나비넥타이를 매고 있었다. 그는 우아한 권력자지만, 크고 파 란 눈은 상냥하고 촉촉했다. 그가 어떻게 저토록 엄청난 자신감 을 갖게 되었는지 수수께끼였다. 키가 167센티미터인 그가 우리 앞에 아일랜드인 부처처럼 섰다. 그의 발아래에, 우리가 앉아 있 는 탁자와 의자, 그리고 신발 아래에 수많은 테이프가 펼쳐져 있 었다. 색깔이 아마 열 종류는 될 것 같은 테이프를 다양한 무대세트의 모양대로 붙여놓은 것이다. 빨간색은 1장 세트, 노란색은 2장 세트, 초록색은 전투 장면… 우리 미래를 지도로 그려놓은 것 같았다. 우리를 에워싼, 티끌 하나 없이 깨끗한 창문을 통해 타임스 광장이 미친 듯이 깜박거리는 불빛들을 흘려보내며 조용히 군림했다.

"자자, 좋습니다." J. C.는 엄청나게 오랫동안 불편한 침묵을 유지하다가 다시 말을 이었다. "여러분이 뭘 기대하는지 압니다. '이제 시작해 봅시다'라는 식의 일반적인 말이겠죠." 그는 말하는 동안 몸을 거의 움직이지 않았다. "하지만 나는 여러분에게 느긋하게 가자고 말할 시간이 없습니다. '서로 친분을 다져봅시다'라거나, '편안한 분위기를 만들어봅시다'라는 말을 할 시간이 없어요. 정말로 시간이 없습니다." 그의 모습은 미동도 없이 눈을 한곳에 고정하고 있지만 뒤에서는 꼬리를 휙휙 흔들어대는 사자를 연상시켰다.

"6주 동안 이 연극을 준비해야 합니다. 그러니까 여러분이 느긋하게 가면 안 됩니다. 긴장을 풀면 안 돼요. 오늘 우리는 대본을 끝까지 읽어볼 겁니다…. 착한 연출자라면 이렇게 말하겠죠. '대본에 익숙해집시다.' '말을 더듬어도… 다시 하면 돼요.' 하지만 나는 '착한' 연출자가 아닙니다. 그러니까 '더듬지 마세요'라고 말할 겁니다. 여러분이 이미 '대본에 익숙해져 있어야' 한다고 말할 겁니다. 6주입니다. 시간이 없어요. 오늘 이 연극의 중요한 부분을 꽉 움켜쥐고 힘을 줄 겁니다. 놈의 비명 소리가 온 세상에 울려 퍼질 만큼. 알겠습니까?" 그의 말투는 꾸밈없고 명확했다.

"셰익스피어 공연에는 두 종류가 있습니다. 사람들의 인생을 바꿔놓는 공연과 엿같은 공연. 둘뿐입니다. 관객의 인생을 바꿔놓지 못하는 공연은… 실패작입니다." 그는 극적인 효과를 위해 잠시 말을 멈추고 사람들을 둘러보았다. 그는 겁을 먹지도 않았고, 자신을 과신하지도 않았다. 그저 엄청나게 정신을 바짝 차리고 있을 뿐이었다. 나는 전에 딱 한 번 그를 만나, 커피를 마시면서 내가 홋스퍼˙역을 맡는 것에 대해 이야기를 나눴다. 그때 나는 영화배우라서 연극을 감당할 '여유'가 없다고 말했다. 훈련을 제대로 받지 못했다고. 그 밖에도 여러 이유를 늘어놓았다. 그러자 그는 묵직한 역할을 해내는 것, 과거의 자신과 겨루는 것, 이전 세대와 기개를 다투는 것, 스스로 최고의 모습을 보여주자고 욕심을 부리는 것, 자신이 지닌 재능의 벽을 만나는 것의 가치를 30분 동안 역설했다. 결국 내가 불쑥 말했다. "하겠습니다." 그리고 곧바로 그와 악수했다.

"셰익스피어는 아름답지 않습니다." 그가 말을 이었다. "시적이지도 않습니다. 셰익스피어는 연극 역사상 가장 위대한 정신을 보여줍니다. 셰익스피어는 나이아가라폭포나 북극광 같은 자연이에요. 그랜드캐니언 같은. 셰익스피어는 삶이고 삶은, 그러니까 위대한 삶은 유순하지 않습니다. 삶에는 피, 오줌, 땀, 정액, 질 분비물, 눈물이 가득한데, 난 이 모든 것을 무대에서 보고 싶습니다." 몇몇 사람이 킥킥 웃는 것 같은 소리를 냈다. "웃지 마세요. 우리

˙   헨리 퍼시 경의 별명.

가 그 일을 해낼 겁니다. 관객들이 여러분의 냄새를 맡을 수 있어야 합니다. 친구가 죽는 장면에서는 여러분의 눈물이 바닥에 철썩 떨어지는 소리가 나야 합니다. 여러분이 싸울 때는 내 혈관이 활활 타오르게 만들어야 합니다. 폭력은 공간을 감전시킵니다. 우리가 무대에서 벌이는 싸움은 관객들이 극장을 떠나고 싶어질 만큼 리얼해야 합니다. 그리고…" 그는 강한 어조로 말을 이었다. "누구도 다치면 안 됩니다. 우리는 칼날 위를 걷게 될 겁니다. 하지만 우리는 진지한 장인이자 예술가로서 우리 자신보다 훌륭한 어떤 것에 삶을 바친 사람들이니 그걸 해낼 수 있습니다."

그가 처음으로 미소를 지었다. 방 안은 쥐 죽은 듯 조용했다.

"겨우 몇 달밖에 안 되는 짧은 기간 동안 우리는 자신의 소명에 전적으로 헌신하는 수도사, 수녀가 될 겁니다. 우리의 관심사는 오로지 아름다움뿐입니다. 여기서 아름다움이란 완전한 정직성을 뜻합니다. 우리는 서로의 가장 좋은 점을 칭찬하며 그것을 밖으로 끌어내 무대에 심을 겁니다. 그것이 거기서 자랄 수 있게. 그러고 나서 우리는 죽을 겁니다."

그는 자신의 바로 오른편에 앉아 있는 노배우를 흘깃 보았다. 두 사람이 눈빛을 주고받는 표정을 보니, 서로 오래전부터 알던 사이임이 분명했다. 그 노배우가 맡은 역할은 국왕 헨리 4세였다. 그는 지금까지 수십만 개의 연극상을 수상한 경력도 있었다. 그 배우를 너무 오래 바라보면 나는 불안해졌다. 비록 그는 출연진 중에 가장 성공한 대스타가 아니었지만(이미 말했듯이 그 자리는 팔스타프 역을 맡은 A급 영화배우 몫이었다), 배우로서는 가장 훌륭했다.

"여러분 중에는 이런 생각을 하는 분도 있을 겁니다. '아아, 저건 큰 역할을 맡은 사람들에게 하는 말이구나…' 분명히 말하지만, 그렇지 않습니다. 우리는 한 팀입니다. 모두 가만히 둘러앉아서 귀족을 연기하는 배우만 지켜보는 식의 공연을 보면 나는 콘크리트 블록으로 내 머리를 후려치고 싶어집니다. 아무도 알아듣지 못하는 농담에 자기들끼리만 웃어대는 꼴이라니. 나는 정말로 속이 뒤집어집니다. 우리의 목표는 이 팀의 목표입니다. 무대에 삶을 올리는 것. 셰익스피어와 그의 시가 주문처럼 우리를 이끌어주겠지만, 우리 각자가 정신을 집중해야 합니다. 예술과 아름다움의 중요성을 우리가 믿지 않는다면 누가 믿겠습니까?"

우리는 조용히 앉아 있었다.

"이 연극은 눈이 아니라 귀를 위한 작품입니다. 눈은 앞도 보고 뒤도 볼 수 있습니다. 주의가 산만해질 수도 있고, 감길 수도 있습니다. 하지만 귀는 항상 현재에 있죠. 지금 존재하는 것을 들을 뿐입니다. 배우는 작가의 의도를 청자가 '볼 수 있게' 만들어야 합니다. 그 방법은 명확한 발음, 그리고 대사 마지막에 하는 호흡입니다. 대사 중간에 숨을 쉬면 안 됩니다. 듣고 있습니까?"

듣고 있었다.

"우리가 셰익스피어의 목소리가 될 겁니다. 나는 이 일을 평생 해왔습니다. 열네 살 때 미니애폴리스에서 내가 다니던 감리교회 지하에 내 또래 아이들을 모아놓고 이 작품을 처음으로 연출했죠. 난 이걸 하기 위해 태어났습니다. 분명히 말씀드리지만, 이

걸 해내려면 팀이 되어야 합니다. 우리가 서로의 영감을 자극해
야 합니다. 이건 학생들에게 맞는 작품이 아닙니다. 어른들의 작
품이에요. 그래서 항상 형편없는 작품이 만들어지는 겁니다. 지금
이 방에 앉아 있는 우리는 누구보다 뛰어난 실력을 보일 가능성
이 있습니다. 불지옥 속을 날아가면서 점점 녹아내리는 눈덩이처
럼, 우리는 문제의 해결책 중 일부가 될 수 있습니다. 우리는 하느
님의 그 젠장맞을 주먹처럼 이 도시에 쾅 내려앉아 *역사상 가장
훌륭한 미국의 셰익스피어*를 만들어낼 겁니다. 이것이 우리의 목
표예요. 우리 작업은 오늘부터 시작입니다. 1막 1장부터.”

　방 안의 모든 것이 미동도 하지 않았다.

나의 세계가 모두 무너져 내리고 있었지만, 내 소유물로 남은 것
이 아직 하나 있었다. 그것이 중요하지는 않은 것 같다. 나중에 이
것 덕분에 천국에서 성 베드로의 심사를 통과하거나 진줏빛 문을
통과할 수 있을 것 같지도 않다. 나도 대개 그것을 조롱하는 편이
지만, 내 연기력은 언제나 좋다. 내 몸이 알아서 움직일 때가 항상
있었다. 내가 잘하는 일, 그런 것이 내게 있다는 사실만으로도 충
분했다. 지금이야말로 내게는 내 직업이 어느 때보다 간절히 필
요했다. 내 일에 의지하며, 그 팔에 기댈 필요가 있었다. 대단한 일
도 아니고, 이 일을 하면서 당황스러울 때도 많았다(다른 사람 행
세를 하는 일에 뛰어나다는 사실이 괜찮은 건가 싶었기 때문에). 그러나
연기를 하는 사람으로 살아가는 삶이 내 자존감의 절대적인 핵
심을 차지하고 있다. 이 일을 사랑하게 된 것에 대한 감사의 마음

을 잊어버린 적도 없다. 내가 무슨 대단한 일을 해서 이런 삶을 누리게 된 것도 아니고, 재능을 더욱 키우기 위해 기울인 노력도 별로 없다. 이 삶은 내게 주어진 선물이었다. 그래서 나는 항상 내가 행운아라고 생각했다. 그러니 아일랜드 출신의 이 괴짜 연출가가 내 화를 부추기려고 굳이 그렇게 장광설을 늘어놓을 필요가 없었다. 그가 두 번째 문장을 말했을 때 벌써 내가 쥐고 있던 연필이 부러졌다. 빨리 연기를 하고 싶어서 안달이 났다. 내가 이 일을 잘 해낼 수 있다면 손을 뒤로 뻗어 어둠 속에 있던 내 자부심을 끌어낼 수 있을지도 모른다. 내 자부심이 커다란 우물 속으로 빠져버린 것 같았으니까. 내가 평생 절대 망쳐서는 안 되는 일이 있다면, 바로 이번 공연이었다.

J.C.는 자리에 앉아 넓은 연습장을 한번 둘러보았다. 우리 모두와 각각 시선을 맞추는 듯싶더니 대본을 덮고, 마치 꿈에 빠져들려고 준비하는 사람처럼 눈을 감았다. 버질 스미스는 조증 환자처럼 마구 밑줄을 그어놓은 대본의 구깃구깃한 페이지들과 자신의 풍성한 흰색 수염을 손으로 만지작거렸다. 왕은 수첩을 펼친 뒤 지극히 최소한의 동작으로 자신의 자리를 찾아갔다. 이지키얼은 커피를 한 모금 마시고서, 내 아내 역을 맡은 빨간 머리의 젊은 여자가 입술에 립글로스를 톡톡 바르는 모습을 확인했다. 모두들 계속 침묵을 지켰다.

나의 바로 맞은편에는 프린스 핼* 역을 맡은 배우가 있었다. 나

---

* 셰익스피어의 연극에 등장하는 헨리 5세의 별칭.

와는 지난 몇 년 동안 각종 오디션과 공연 개막식 등에서 수천 번이나 만난 사이였다. 나이도 체형도 나와 같았다. 배우로서 그는 소박하고 근면한 길을 걸어왔다. 줄리어드, 런던, 브로드웨이. 우리는 항상 같은 배역의 물망에 올랐다. 그는 오비상**을 수상했고 토니상에 두 번 후보로 올랐으나, 지금도 가난하기 짝이 없었다. 나는 돈이 아주 많고, 멍청하기 짝이 없는 짓을 해서 전 세계 타블로이드 신문에 실렸다.

　나는 그를 향해 빙긋 웃었다. 그도 마주 웃었다. 무대감독이 리딩을 시작했다.

　"〈헨리 4세〉, 1부와 2부, 윌리엄 셰익스피어…."

대본을 처음부터 끝까지 읽는 연습이 시작되자 나는 전사 홋스퍼의 대사를 낭송하는 것만으로도 산들바람이 나를 훑고 지나가며 나의 들끓는 분노를 정화하는 듯한 기분이 들었다. 내 장기들이 뜨거운 분노에 데어서 나는 실제로 통증을 느끼고 있었다. 내 위장도 항상 통증에 뒤틀려 있었으나, 대사의 리듬이 나를 달래주었다. 긴 대사들이 저절로 내 입에서 튀어나왔다. 연극의 리듬이 내 배 속으로 가라앉았다가 차가운 물처럼 솟아오르며 나의 분노에 철썩철썩 부딪치고, 타는 듯한 위장을 편안하게 해주었다. 연기가 잘될 때는 머릿속에 아무런 생각이 없다. 자신의 '연기'가 얼마나 좋을지 생각하며 즐거워하지도 않는다. 연기하는 사람 자신

_____

** 　오프브로드웨이 우수 연극상.

이 존재하지 않기 때문이다. 그래서 연기가 어떻게 진행되었는지 기억하지 못한다. 상황을 분별할 정신이 없다. 내 장면이 끝난 뒤에도 나는 정신을 바짝 차리고 앉아서 다른 배우들을 지켜보며 그들의 목소리에 귀를 기울였다. 그때도 여전히 나는 아무 생각이 없었다. 의견도 없었다. 그러다가 멀쩡한 정신으로 환각 속에 발을 들여놓는 것처럼 나는 다시 연극 속으로 들어갔다. 다른 배우의 불안한 모습, 반짝이는 눈, 어색한 손짓 때문에 가끔 주문이 깨질 뻔하기도 했다. 아니면 내가 잠시 한눈을 팔면서, 연출자가 그 무서운 시선으로 레이저빔을 쏘듯이 나를 노려보던 기억을 떠올리기도 했다. 그러면 순간적으로 '현실' 세계를 알아차리고 연극 속에서 빠져나왔지만, 곧 대사의 리듬에 다시 휩쓸렸다. 연습을 시작하고 두 시간 반이 마치 정류장을 잊어버린 지하철 열차처럼 지나갔다.

우리는 내가 죽는 장면에 도달했다. 나는 입에 거품을 물고 '프린스 핼'에게 심판을 받으라고 도전장을 던졌다. 셰익스피어의 언어가 지닌 열기와 에너지가 강렬하게 나를 가득 채웠다. '증오'가 느껴져서 나는 모든 것을 잡아먹는 분노 덕분에 기분이 좋아질 수 있다는 사실을 생전 처음으로 이해했다. 고민할 것도 없이 명확했다. 그 순간에 나는 이 연극의 은유에 깊숙이 잠겨, 텍스트를 본능적으로 이해했다. 머큐리 호텔도, 이혼도, 내 아이들도, 망신스러운 일도 일순 존재하지 않았다. 연극의 아이디어, 리듬, 언어, 나의 호흡이 모두 동시에 느껴질 뿐이었다.

바깥세상은 배우를 플라스틱으로 만든 신 같은 위치로 올려놓고 배우의 삶에서 가장 하찮고 피상적인 측면만을 떠받드는 경향이 있지만, 연기의 진짜 즐거움은 배우 자신이 사라지는 데에 있다. 다른 존재의 외견, 즉 그들의 출신, 말씨, 옷차림, 개인적인 배경 등을 몸에 걸치고 나면 배우는 자신을 구성하는 모든 요소가 쉽게 이리저리 바뀔 수 있다는 사실을 깨닫는다. 해낼 수 있다. 다른 사람의 껍데기를 쓸 수 있다. 그래도 여전히 나는 나다. 이 사실이 작게나마 심오하게 느껴진다. 자신이 *정체성*이라고 생각하는 요소들 중 어느 것도 내재적이지 않다는 것을 잘 보여주기 때문이다. *나*는 단순히 재미있는 사람, 화난 사람, 상처받은 사람, 말버러 담배를 좋아하는 사람, 장로교인, 바람둥이, 나이지리아인, 레알마드리드 팬보다 훨씬 더 신비로운 존재다. 이 모든 요소는 겉모습일 뿐이다. 물론 나는 연기를 하면 기분이 좋아진다. 연극 속에 빠지다 보면 불륜, 애정 없는 부모, 거짓말, 아버지로서 실패작이라는 말로만 정의되는 존재가 아닌 것 같다. 나를 정의하는 다른 말이 있을 것 같다.

지금보다 젊은 나이에 처음 연기를 직업으로 삼았을 때 나는 오로지 '진정'하고 '진실'해지기만을 원했다. 하지만 서른 살이 넘은 지금은 그 단어들의 의미가 무엇인지 잘 알 수 없었다. 나는 예전에 끝내주는 배역을 거절한 적이 있었다. 내가 영국식 말씨를 쓰면 가짜처럼 보일 것 같아서. 마치 내 '자연스러운' 말씨가 연기가 아닌 것처럼. 나의 모든 것, 그러니까 빗질하지 않은 자연스러운 머리, 낡은 청바지, 낡아빠진 티셔츠 등 '외모'에 관심이 없는 사람 같은 인상을 능숙하게 풍기는 모든 요소들에 연기는 전혀 포함되지 않았다는 듯이. 내 모습은 사실적이었다. 연기는 원래 몹시 '사실적'이다. 영화에서 내게 큰 성공을 가져다준 것은 1920년대에 소년원에 수감된 열일곱 살의 말더듬이 비행 청소년 역할이었다. 모두들 그게 정말로 나라고 생각했다. 그러나 진짜 나(말하자면 그렇다는 얘기다)는 '말 더듬는' 연습을 하고, 분장실에서 분장을 하고 나온 배우였다. 진짜 나는 발성 수업을 너무 많이 빼먹은 탓에 연극학교에서 쫓겨난 사람이었다. 나중에 나는 체호프의 〈갈매기〉를 원작으로 한 영화에 출연했다. 그 영화의 팬들은 내게 다가와 뺨에 입을 맞췄다. 내가 정말로 내 머리에 총을 쏘지 않은 것이 다행이라면서. 나는 모든 종류의 이야기에 따라붙은 기만의 힘, 절대적인 핵폭탄 같은 힘을 금방 터득했다.

2장

리허설이 끝난 뒤 나는 아이들 엄마의 집으로 가서(여전히 그녀는
눈에 띄지 않았다) 아이들을 데리고 나와 강아지를 사러 갔다. 바
로 근처에 구출된 유기 동물들을 나눠주는 동물병원이 있었는데,
작은 우리 안에 작은 강아지가 들어 있었다. 검은색과 흰색이 섞
인 그 녀석은 북쪽의 어느 농장에서 바로 얼마 전에 구출되었다
고 했다. 우리는 그 아이를 보자마자 만장일치로 마음을 정했다.
아이들은 머큐리 호텔의 내 방을 처음 보았는데도 우리가 왜 이
곳에 있는지 전혀 관심이 없었다. 나이트스노라고 이름을 지어준
그 강아지를 쫓아 온 방 안을 돌아다닐 뿐이었다. 강아지는 오줌
을 싸고, 똥도 싸고, 켕켕 짖어대고, 물건을 씹어대면서 아이들의
마음을 차지해 버렸다. 아이들은 자기들 방이 무척 마음에 드는
지, 이층 침대의 위층을 누가 쓸 건지에 대해서도 금방 합의를 보
았다. 아들 녀석은 사다리를 무서워했다. 나는 아이들을 다시 아
이들 엄마 집으로 데려가려고 나이트스노를 화장실에 두고 나왔
다. 아이들에게 아이스크림을 사주면서 순간적으로 누군가가 나
를 사랑한다는 자신감을 느꼈다. 아무리 싼값에 산 사랑이라 해

도 나는 행복했다. 다시 아이들 엄마의 집으로 돌아간 나는 아이
들을 침대에 눕히고, 등을 긁어주고, 동화책을 읽어주었다. 이 아
파트에서는 아이들 엄마가 쓰는 위치하젤˙ 냄새가 났다. 나는 이
냄새에 차츰 소름이 끼치기 시작했다. 이미 그만큼 내가 멀어지
고 있다는 뜻이었다. 나는 정신을 집중하지 못하고, '그녀'가 언제
집에 올지 계속 생각했다. 큰아이가 마침내 잠에 빠진 뒤, 내가 부
엌에 갔더니 '그녀'가 있었다. 내 아내가. 우리는 5주 만에 처음으
로 시선을 마주했다. 《포스트》의 표지에 실린 음탕한 가십, 즉 케
이프타운에서 내가 저질렀다는 이상한 짓이 사실이라고 그녀에
게 털어놓은 뒤 처음이었다. 우리의 시선에서 사랑의 신비라는
베일이 완전히 사라진 것도 처음이었다. 지금 우리는 모든 것이
드러나 있었다. 지상의 누구보다, 우리들 각자의 어머니보다 더
서로를 잘 알았다. 그리고 서로를 미워했다.
    "나가서 저녁이나 먹을까?" 내가 물었다.

메리와 나는 지금은 사라진 식당에 앉아 한참 동안 이야기를 나
눴다. 둘 다 손을 떨면서, 친구가 되는 법을 잊어버린 부부가 늘 주
고받는 증오의 대화를 나눴다. 나는 우리가 함께 살던 집 앞의 계
단까지 그녀를 바래다주었다. 우리 둘 다 어떻게 작별 인사를 해
야 할지 알 수 없었다. 내가 계단을 올라갈 일은 없었다. 우리는 끔
찍했던 첫 데이트를 끝내는 사람들 같았다.

˙   허브 추출액.

"당신한테 말하고 싶은 게 있어." 그녀가 출입문을 향해 계단을 올라갈 때 내가 말했다. "'사랑'의 의미는 모르지만, 인생에서 고통 없이는 결코 진지해질 수 없다는 걸 알아. 사랑과 고통이 어쩌면 서로 아주 깊이 관련되어 있을 수 있다는 것도. 우리가 죽은 뒤에 천국이든 뭐든 내세가 있다면, 당신과 나는 그곳에 함께 가게 될 거야. 우린 가족이니까."

그녀는 모자의 그림자 아래에서 나를 바라보다가 돌아서서 건물 안으로 들어가 버렸다.

술이 필요했다. 열 잔은 마셔야 했다. 손이 계속 떨렸다. 머큐리 호텔 바로 옆에 술집이 있다. 루시즈 엘 아도브라는 이름의 낡고 형편없는 멕시코 술집이다. 적어도 그때는 있었다. 지금은 틀림없이 없어졌겠지만, 어쨌든 그때는 혼자 있고 싶지 않았다. 나는 루시즈 안으로 들어가 마르가리타 한 잔과 칩과 살사를 주문한 뒤 페이퍼백으로 출간된 『헨리 4세』를 들고 앉아 처음에 나오는 홋스퍼의 독백을 외우려고 했다.

아마 믿기 힘들겠지만, 내게서 의자 대여섯 개를 사이에 두고 유진 R. 휘트먼이 앉아 있었다. 그 순간 내 눈에는 그가 살아 있는 극작가 중 가장 위대한 인물로 보였다. 어쨌든 미국 극작가 중에서는. 기분이 묘했다. 삶이 완전히 어긋나 버린 것 같은 기분으로 앉아 있는 내게서 의자 여섯 개쯤 떨어진 자리에, 마치 신의 손이 불러오기라도 한 것처럼, 내가 생각하는 궁극의 아버지, 미국의 대표적인 아버지인 그가 앉아 있다니. 열여섯 살 때 그의 작품

을 처음 접한 나는 그 뒤로 2년 동안 그 작품을 아마 스무 번쯤 읽
은 것 같다. 뒤표지에 실린 그의 사진은 존 웨인, 제임스 볼드윈,
조니 캐시, 사뮈엘 베케트, 부처, 보들레르, 빌리 더 키드*가 하나
로 합쳐진 스냅사진 같았다. 순수한 예술가, 교육은 전혀 받지 못
했고, 허튼소리는 절대 안 하는 성마른 독불장군, 로데오에 출전
한 반항아. 나는 그의 연극 세 편에 출연했다. 그가 공연을 보러 한
번 왔던 것 같은데, 중간 휴식 시간에 술에 취해서 사라져 버리는
바람에 모든 출연자가 크게 슬퍼했다. 우리는 그가 우리를 싫어
한다고 확신했다.

　그는 맥주를 마시면서 20대 초반의 어떤 여자와 수다를 떨고
있었다. 그러다가 거칠고 자연스러운 몸짓과 함께 이렇게 말했
다. "아아아, 젠장!" 나는 그가 그대로 자리를 박차고 나가버리는
모습을 지켜보았다. 댈러스 카우보이의 티셔츠 그림 같은 매력을
지닌 그 20대 아가씨는 나를 돌아보면서 이렇게 말했다. "저분이
누군지 아세요?"

　"그럼요." 나는 무심한 척했다.

　"저분이 정말로 퓰리처상을 탔을까요?" 그녀는 퓰리처상이라
는 이름을 힘들게 발음했다.

　"두 번 받았어요." 내가 말했다.

　"와, 세상에, 완전 거짓말인 줄 알았는데." 그녀는 미안한 표정으
로 이렇게 말하고는, 휴대폰을 확인하더니 이제 막 안으로 들어

•　　미국 서부의 무법자.

오며 시끄럽게 떠들어대는 젊은이 무리에게 달려가 합류했다.

　얼마 뒤, 그가 고약한 담배 냄새를 풍기며 다시 술집 안으로 들어와 내게서 의자 두 개쯤 떨어진 자리에 앉았다. 십중팔구 내 몸에서도 같은 냄새가 날 것 같았다. 그는 얼음을 넣은 테킬라 한 잔과 테카테 맥주 한 잔을 더 주문했다. 그리고 곧 내게 무심히 말을 걸었다.

　"그래, 여자 때문에 문제가 있다고?"

　"여자 문제요?" 나는 웃음을 터뜨렸다. 그는 내게 절대적인 영웅이었다. "그렇게 말할 수도 있겠죠."

　"자네 심장이 기름에 튀겨지는 물고기 같은가? 그녀의 존재를 확인하지 않으면 숨도 쉴 수 없어? 마치 손이 사라진 것 같은가?" 그가 나를 강렬하게 쏘아보며 이렇게 묻는 바람에 나는 웃음을 터뜨렸다. 나의 영웅께서는 전격작전에 당한 사람처럼 술에 취해 있었다.

　"아뇨. 그런 게 아닙니다." 내가 말했다.

　"다행이군." 그는 날카로운 말투로 이렇게 말하고 나서, 테카테 맥주 반 잔을 단번에 마셨다. "다행이야. 우리가 멍청한 대화를 하게 될까 봐 걱정했더니."

　한참 침묵이 흘렀다. 그의 카리스마와 수려한 외모가 굉장했다. 일흔 살인데도 그의 동작을 보고 있으면 홀릴 것 같았다. 나는 그를 흉내 내면서, 그가 사내답다고 말해줄 것 같은 느린 동작으로 마르가리타를 마셨다.

　"그래, 말해보게." 그가 두 의자만큼 내게 다가오면서 말했다.

"진짜 중요한 얘기. 응? 알맹이 정보를 줘." 그는 나의 시련과 고난이 틀림없이 재미있을 거라고 확신하는 사람처럼 웃고 있었다.

"제가 바람을 피우다 걸려서 아내가 엄청 화가 났어요." 나는 간단히 말했다.

"그래, 그건 이미 신문에서 읽었어."

"신문은 읽지 마시요." 나는 그의 거친 카우보이 말투를 흉내 내려고 시도해 보았다.

"누구나 식료품점에 가잖아, 안 그래? 치과에도 가야 하고."

"그렇겠죠." 나는 내 술잔을 향해 말했다.

"그 쓰레기들한테 붙잡힌 자네가 바보인 게지."

"피하기가 힘들어요."

"자네 입장에선 그렇겠지." 그는 순간적으로 술이 완전히 깬 사람처럼 자세를 바꿨다. "그래, 아내를 두고 바람을 피웠다고. 그게 뭐 어때서. 짝은 필요하잖아, 안 그래? 자네 부인도 그건 알 텐데. 자네 몇 살이지? 서른?"

"서른둘." 내가 웅얼거렸다.

"그래, 부인은 무슨 생각을 한 거야? 자네가 무덤에 들어갈 때까지 그걸 숨겨둘 줄 알았나?"

"아내가 무슨 생각을 했는지는 모르죠."

"뭐, 시간이 지나면 괜찮아질 거야." 그가 이런 일은 아주 잘 안다는 듯이 말했다.

"아내는 자존심이 강해요."

"그렇겠지. 자네는 혼자가 아니야, 안 그래?"

"무슨 말씀이세요?"

"자네 부부가 내리는 결정에 두 사람만 관련된 게 아니라는 얘기야. 책임져야 할 사람들이 있잖아, 안 그래? 어린아이들."

"애들요?" 나는 바보처럼 물었다.

"그래, 애들. 애들을 위해서 부모가 잘 해결해야지. 부모가 행동으로 애들한테 가르쳐줘야 한다고. 그러니 자네 부부가 서로를 사랑하고, 용서하고, 겸허해져야 돼."

"저는 아내와 사는 게 너무나 불행해요. 차라리 제 머리를 잘라버리는 편이 나을 것 같아요." 나는 내 말에 귀를 기울여주는 사람이라면 누구에게든 내 문제를 이야기하고 싶었다.

"당연히 불행하겠지. 록스타랑 결혼했잖아." 그가 웃음을 터뜨렸다. "나도 록스타 두 명이랑 자봤는데, 그 사람들한테 상대는 항상 그저 음악의 소재일 뿐이야." 그는 빈 잔을 계속 빙글빙글 돌리면서 장난을 쳤다.

"그래, 자네가 원하는 건 뭔가? 이-이-혼?" 그가 조롱하듯이 말했다.

"아뇨, 이혼을 원하지는 않지만, 아내와는 더 이상 함께 살 수 없을 것 같아요. 그게 제 고민입니다. 그래서 말씀인데요…" 나는 자세한 이야기를 시작했다. "그 아가씨랑 섹스할 때 누가 내 기관지에서 더러운 긴 양말을 쑥 뽑아내는 것 같은 느낌이었어요. 그 양말을 다시 기관지에 집어넣고 싶지 않습니다. 이제야 숨을 쉴 수 있게 돼서 산소가 머리까지 도달하는 것 같아요."

"이제 어른이 되고 있군." 그가 내 어깨를 철썩 쳤다. "어른이 되고 있어. 사람들은 짝사랑을 하면 가슴이 아프다고 하는데, 그렇지 않아. 짝사랑은 축복받은 우울 상태야. 사랑이 죽는 과정을 지켜보는 것, 그것이야말로 갑옷을 꿰뚫는 비열한 총알이지. 아이들을 학교에 데려다줄 때, 빨래하러 갈 때, 아침에 아직 불꽃이 남은 모닥불에 오줌을 싸듯이 마지막 남은 사랑의 불꽃에 설거짓거리가 비처럼 쏟아질 때. 자신에게 남은 것이 숨통을 막는 연기뿐일 때. 가슴이 죽는 건 그때야. 만약 자네가 서른두 살에 그런 일을 겪고 있는 거라면, 정말 슬픈 일일세."

그는 우리 두 사람 몫으로 각각 맥주 한 병과 얼음을 섞은 테킬라를 주문했다.

"저는 항상 사랑이란 궁극적으로 자신이 결정하는 거라고 믿었습니다." 내가 말했다. "감정은 생겼다가 없어지잖아요? 저는 항상 아이들에게 가정을 주고 싶었습니다."

"내가 보기에 자네는 지금 자네 아버지 이야기를 하는 것 같은데?"

"저는 이 결혼이 그 무엇보다 잘되기를 원했어요."

"왜?"

나는 멍청하게 그를 바라보았다. 나도 이유를 몰랐기 때문에.

"우선 가서 부인 마음부터 돌려. 할 수 있지?" 그가 아이처럼 물었다. "거기서부터 시작하는 거야."

"만약 제가 오로지 아이들만을 위해 그렇게 한다면 아내가 알아차릴 겁니다. 그러면 잘되지 않을 거예요."

"1년 동안 쉬어." 그는 내 상황을 진심으로 생각해 주는 듯했다.

"휴식을 좀 취하라고."

"아내는 그런 식으로 살 수 없다고 말합니다. 저더러 변호사를 구하라고 해요."

"그럼 자네도 과격한 방법을 써야지."

"무슨 말씀입니까?"

"자네가 자취를 감추는 거야." 그는 손짓으로 술을 한 잔 더 주문했다. 우리가 함께 앉은 지 아직 10분도 되지 않았는데, 그가 주문한 술이 벌써 세 잔째였다.

"술을 계속 가져와." 그가 웨이트리스에게 말했다. "내가 다시 말하지 않아도. 자꾸 주문하다 보면 내가 무슨 알코올중독자 같단 말이야. 그리고 자네는 내 말 잘 들어." 그가 나와 눈을 마주치며 말했다. "자네가 1주일 동안 자취를 감추면 무책임한 아이야. 한 달 동안 자취를 감추면 쓸모없는 놈이지. 1년 동안 자취를 감추면 부인은 자네가 살아 있기만 해도 다행이라고 생각할 거야. 자네가 1년 동안 자취를 감추면 아무도 자네한테 변호사를 구하라고 말하지 않을 거야. 자네가 아이들을 만날 수 있는 시간에 제한을 두려고 하지도 않을 테고. 부인은 자네더러 제발 아이들을 데려가라고 간청할걸. 자네가 1년 동안 자취를 감추면, 다시 나타나자마자 부인이 자네 거시기를 빨아줄 거야. 이건 내가 완전 보장해. 내가 자네한테는 헛소리를 안 한다고. 그런데 자네, 자취를 감추는 법을 알기는 하나?"

"아뇨."

"몬태나, 아이다호, 노바스코샤, 남북 다코타, 현금 1만 달러, 낡"

싯대, 괜찮은 낚시 도구, 픽업트럭, 이것만 있으면 올 한 해를 뒤집어 버릴 수 있어. 생애 최고의 시간을 보내고 돌아오면, 골치 아픈 일은 이미 저절로 해결되어 있을 거야.”

“아이들은 어쩌고요?” 나의 이 질문에 그가 보낸 시선 때문에 내 거시기가 기껏해야 2센티미터 남짓밖에 안 되는 크기로 졸아든 것 같은 기분이 들었다.

“몇 살이지?”

“다섯 살, 세 살요.” 내가 대답했다.

“그럼 문제없어. 애들은 자네가 사라졌는지 알아차리지도 못할 거야. 애들은 여덟 살이 돼서야 비로소 아버지의 존재를 알아차리거든. 부인은 좋은 엄마지? 애들을 사랑할 거야. 그러면 애들 걱정은 할 필요 없어. 부인한테 자네가 남자라는 걸 보여줘. 자네도 스스로 그 점을 깨달아야지. 남들이 자네의 결점이 아니라 재능을 보고 자네를 판단하게 하라고. 그들이 뭘 놓치고 있는지 다 알게 해. 그리고 제발 부탁이니, 변호사니 시간표니 이런 것과 씨름하면서 아무 의미도 없는 시시콜콜한 이야기들에 신경 쓰는 짓은 하지 마.”

휘트먼 씨는 나를 한참 바라보더니 그만 가보라고 손을 휘휘 저었다. “자네는 내 말을 따르지 않겠지만, 꼭 그렇게 해야 돼. 살다 보면 때로 과격해질 필요가 있다고.”

그는 잔 속의 얼음을 이리저리 굴렸다.

“이런 거야.” 그가 말했다. 취해서 뱀처럼 변한 그의 눈이 점점 사시로 변하고 있었다. “자네가 차를 운전하고 있다고 쳐. 그 차를 몰고 어딘가로 가려고 하는데, 거기가 어딘지도 몰라. 그냥 계속 움직여야 한다는 것만 알지. 그런데 마음에 걸리는 게 있어. 뭔가가 이상하다는 생각이 드는 거야. 어쩌면 차에서 이상한 소리가 나는 것일 수도 있지. 그래서 엔진을 살펴보지만, 자네는 정비사가 아니니 이런 생각이 드는 거야. 젠장! 내가 뭘 잘못 건드리면 전부 망가질지도 몰라. 난 뭐가 뭔지 모르잖아. 그래서 그냥 다시 차를 몰고 출발해. 무작정 두서없이 달리는 거야. 이러다 보면 좋은 결과가 나오겠지, 이렇게 바라면서. 그러다 거슬리는 소리를 덮어버리려고 노래를 틀지만 소용이 없어. 음악이 잠시 멈출 때마다 그 지겨운 소리가 들리는 거야. 그러니 자꾸 움찔움찔하게 되지. 게다가 어차피 자네는 팝 음악을 아주 싫어해. 자네는 차를 세우고 어떤 여자를 태워. 이 여자랑 수다를 떨면서 몸도 좀 더듬고 그러다 보면 저 덜컹거리는 소리가 가려지겠거니, 하고. 여자의 입술이 자네의 혼을 쏙 빼놓긴 하는데, 젠장, 짜증나는 여자야. 여자를 잘못 태운 거야. 그래서 그 여자를 쫓아내고 더 눈에 띄는 여자를 태우는데, 이 여자는 너무 재미가 없네…. 게다가 주머니에서 동전이 떨어지는 것 같은 그 망할 놈의 소리가 계속 들려. 이제는 점점 겁이 나기 시작하지. 어쩌면 재미가 없는 건 여자가 아니라 혹시 난가? 자네는 와일드터키*를 5분의 1쯤 마시고 싶은데 누가 술병을 갖고 사라져 버렸어. 그래도 몰래 숨겨둔 술이 더 있지! 하지만 그걸 마셔봤자 곧 술이 깰 테고, 그때는 숨겨둔 술

•   위스키의 상품명.

도 더 없을 거야. 그래서 자네는… 이러지 말고 아예 완전히 생각을 바꿔서 새 차를 사야겠다! 이런 생각을 해. 이렇게 생각을 바꾸려면 지금 운전하는 차를 버려야 한다는 사실을 깨닫지 못하고. 걸어야지. 아니, 그보다 지금 도대체 어디로 가는 길인가? 앉아." 그는 이것이 내가 영원히 기억해야 할 만큼 통찰력 있는 말이라고 생각하는 사람처럼 나를 빤히 바라보았다. "뭔가를 잃을 때마다 자네는 이렇게 소리쳐야 돼. '천만다행이다.' 몸이 좀 더 가벼워졌으니, 그만큼 더 자네다워진 거야. 자동차든 생각이든 신념이든 여자든 자네가 잃어버릴 수 있는 건 자네 것이 아니거든."

  한 시간쯤 그와 함께 앉아 있다가 나는 다시 몸을 가누지 못할 만큼 술에 취했다. 유진 영감은 춥고 거룩한 밤에 대한 실망감을 영감답게 계속 쏟아놓았다. 나는 뉴욕에 돌아온 뒤 두 번째로 맞는 밤을 첫 번째 밤과 똑같이 머큐리 호텔에서 혼자 보내며 속을 게워냈다. 내장이 1미터쯤 같이 쏟아져 나온 것 같았다. 나는 문자 그대로 변기를 끌어안은 채 잠을 청했다. 하지만 이번에는 고작해야 내 손바닥 크기만 한 흑백 강아지 한 마리가 굶주림에 지쳐 내 신발을 씹어대고 있었다. 욕실 바닥의 차가운 타일이 상냥하게 내 뺨에 닿았다. 영웅을 직접 만나는 건 큰 실수라고 생각하던 기억이 난다.

2막

충돌 행진곡

1장

나는 금주禁酒를 실천하는 이 빌어먹을 복사服事˙의 뜻대로 해줄 생각이었다. 아드레날린이 내 주먹을 휘돌았다. 오른손으로는 검을 빙빙 돌리고 왼손에는 단검을 든 내 손가락에서 칼자루에 닿은 혈관들이 펄떡거렸다. 나는 묵직하게 두 번 칼을 휘둘러 이 시시한 프린스의 목을 몸에서 곧바로 분리해 버릴 것이다. 내 심장 속 고대의 동굴에서부터 분노가 출렁출렁 솟아올랐다. 나는 프린스를 뚫어져라 바라보았다. 불안해하는 그의 눈 속으로 땀방울이 뚝뚝 떨어졌다. 주위의 다른 사람들, 이 폭력적인 광경에 홀린 듯이 서 있는 서른 명가량의 사람들은 나의 모든 움직임에 찬성했다. 그것이 느껴졌다. 그들은 나를 사랑했고, 그들의 동의는 기분 좋았다. 마치 뜨거운 인두에 물이 떨어진 것 같았다. 열기를 누그러뜨릴 만큼 차갑지는 않지만, 김을 살짝 피워 올려 내 증오를 벌겋게 달아오른 면도날처럼 날카롭게 만들기에는 딱 알맞았다.

 '아, 세상에. 오, 하느님.'

˙   미사 때 사제를 도와서 시중드는 사람.

내가 어쩌다 이렇게 미친 듯이 분노하게 된 거지?

그리고 이 분노가 왜 이렇게 웅장하게 느껴지는 거야?

"진정해, 진정해." 군중 속에서 친구가 외치는 소리가 들렸다.

'진정하는 것 좋아하시네.' 나는 모든 사람에게 내 혈통을 보여줄 생각이었다. 나한테 전사의 심장이 없는 것 같다고? 왜 나의 갈비뼈를 찢어발겨 심장이 펄떡거리는 모습을 보여주지 않느냐고? 내 심장은 늙었고, 내 뼈는 튼튼하고, 내 피는 신선하다. '믿어라. 제군들. 너희 모두에게 충분히 돌아갈 수 있어. 시험해 봐라.'

"*내 이름은 해리 퍼시다.*" 나는 몇 마일 이내의 사람들이 모두 들을 수 있게 선언했다. 이 우주에는 지켜야 할 형식이 있는데, 사람이 그 형식을 존중하면 형식도 사람을 존중해 준다. 그러니 그 형식에 따라 항상 자신이 누군지 밝혀야 한다. 그것이 옳은 일이다. 설사 어느 멍청한 놈의 등뼈에 칼을 박고, 어깨에서 머리를 베어내는 일을 눈앞에 두고 있다 하더라도. 놈이 내게 헛소리를 내뱉었다. 보잘것없는 프린스라는 놈이 힘없는 목소리로 미리 연습한 대사를 던졌다.

나는 놈이 뭐라고 하든 신경 쓰지 않았다. 놈의 말을 듣지 않았다. 부드럽고 섬세한 피부로 둘러싸인 놈의 목 안쪽에서부터 미친 듯이 두려움을 펌프질하고 있는 동맥만 빤히 바라보았다. 바로 저 자리다. 첫 칼질이 바로 저 자리에 들어갈 것이다. 나는 기분이 얼마나 좋을지 상상했다.

"*우리 둘 중 하나의 숨이 끊어질 시간이 왔다.*" 나는 그 하찮은 놈에게 소리쳤다. "*전장에서 그대의 이름이 내 이름만큼 위대했*

다면 좋을 것을!"

나는 이렇게 말하는 것이 좋다. 구식 화법. 내가 머리도 있고 배짱도 있는 사람임을 모두에게 보여주는 것. 나는 강하고 자신 있는 목소리로 그를 향해 소리를 지르면서 움직였다. 그는 날듯이 뒤로 물러났다. 내가 예상했던 것처럼. 다른 사람들이 두려움에 차서 조용히 내 앞에서 물러나는 것을 느끼며 나는 돌진했다. 모두들 몸을 움츠리고 벌벌 떨면서도 몰래 힐끔거렸다. 그들이 보고 싶어서 그러는 것이 아니었다. 그들은 반드시 보아야 했다. 시간이 느려졌다. 동작 하나하나가 내게는 아주 쉬웠다. 그가 물러날 생각을 하기도 전에 나는 그가 어디로 물러날지 미리 볼 수 있었다. 나는 그를 왼쪽으로 쓰러뜨린 뒤 허둥지둥 물러나는 그를 찍어 눌렀다. 좌우의 사람들이 내게 그를 죽이라고 간청하고 있었다. 그들이 왜 나를 사랑하는지 나는 알 수 없지만, 어쨌든 그들은 나를 사랑했다. 사람은 약하고 어리석어서 힘을 우러러본다. 그리고 젠장, 나는 힘을 갖고 있었다.

최후의 일격. 나는 마법처럼 활짝 열려 있는 바로 그 지점을 향해 칼을 휘두른다. 그의 머리를 몸에서 절반쯤 잘라버릴 수 있을 것이라고 확신했는데, 실패다. 이 계집애 같은 놈이 고개를 홱 숙이는 바람에 내 칼이 완전히 빗나가고, 프린스는 쓰러진 병사의 손에서 흘러내린 창을 바닥에서 주워 내 흉갑을 향해 곧바로 찔러 넣는다.

"아아아아악." 나는 비명처럼 소리를 지른다.

원래 창날은 안으로 접혀 들어가게 돼 있었다. 격투 장면의 합을 그렇게 짜두었다. 하지만 지금은 드레스 리허설일 뿐이다. 의상을 차려입고 무대에서 처음으로 연기를 해보는 날. 그래서 그 망할 놈의 창이 갑옷 틈새에 끼어 내 명치를 직격한다.

가슴에서부터 솟아오르는, 눈앞이 하얘지는 통증보다 더 나쁜 것은 목구멍이 찢어지는 소리다. 방금 내 성대가 나가버렸다.

나는 내 죽음의 독백을 끝까지 해내려고 사투를 벌였다. 반드시 해내야 한다.

목구멍이 찢어지는 소리가 들렸다. 마지막으로 남은 대사 몇 줄을 끝내려면 더 깊은 곳에서 소리를 끌어내야 했다. 관객이 없는 극장이 동굴 같았다.

생각은 삶의 노예,
삶은 시간의 어릿광대.
온 세상을 지켜보는 시간은
결국 멈출 수밖에.

나는 죽어서 쓰러졌다. 우리의 첫 시연은 다음 날 저녁으로 예정되어 있었다. 그 뒤로 예정된 공연은 81회였다. 나는 신경이 잔뜩 곤두선 채로 눈을 감고 쓰러져 있었다. 딱딱한 나무 바닥에 얼굴이 뭉개진 채로. 내 주위에서 극이 계속 진행되었다. 위에서 들리는 목소리, 내 머리의 좌우에서 쿵쿵거리는 발소리. 〈헨리 4세〉 1부와 2부를 6개월 동안 1주일에 여덟 번씩 연습한 결과가 나를 직격해서, 나는 망할 놈의 드레스 리허설 중에 성대가 나가버렸다.

눈을 감고 무대 중앙에 누워 시체 연기를 하면서 나는 조용히 혼자 콧소리를 냈다. 성대에 대한 내 걱정이 기우이기를 바라면서.

하지만 아니었다. 목소리가 망가져 있었다. 어떻게 목소리를 잃어버릴 수 있지? 방금 회전하는 프로펠러 속으로 걸어 들어온 것 같은 기분이었다. 이 연극은 내게 모든 것이었다. 나를 살아 있게 해주는 유일한 것이었다. 나는 지금도 머큐리 호텔에 머물렀고, 아내는 나를 증오한 나머지 말도 하지 않으려고 했다. 아들과 딸은 나와 함께 있을 때 혼란한 기색이다가 헤어질 때마다 울었다. 추수감사절에 조각조각 잘리는 칠면조처럼 나는 살이 빠졌다. 지난 4주 동안 7킬로그램 가까이 체중이 줄어서 다시 체중계에 올라가기가 무서웠다. 음식을 먹을 수가 없었다. 도무지 배가 고프지 않았다. 광대뼈가 점점 튀어나왔다. 불안감이 핏줄을 타고 솟아올랐다. 아니, 불안감이 아니었다. 심장이 벌렁거리는 공포였다. 나는 남편으로서, 아버지로서 실패했다. 그리고 지금 드레스 리허설을 하면서 나의 예술을 실망시켰다. 나의 예술이 내가 가진 가장 좋은 점이었는데.

목소리를 잃을 수는 없었다.

다른 배우들은 연기를 계속했다. 그들의 대사가 누워 있는 내 몸 위에서 불꽃을 튀겼다. 나는 계속 맹렬하게 눈을 꾹 감고 있었다. 연극의 등장인물들 중 일부는 내 죽음을 슬퍼하고, 다른 일부는 기뻐하는 것 같았다.

그날 아침에 나는 이를 닦고 옷을 갈아입으면서 텔레비전에 출연한 아내를 지켜보았다. 아내가 '차트 상위권을 차지한' 신작 앨범을 착실하게 홍보하는 동안, 토크쇼 사회자는 달콤하면서도 애잔한 목소리로 전국의 시청자들을 향해 나의 창피한 행동들을 모두 이야기했다. 사실을 밝히는 것이 항상 이롭지만은 않다. 여론이라는 법정은 내가 틀림없이 유죄라는 쪽으로 점점 기울어지는 중이었다. 연기 수업에서 가르쳐주지 않는 것이 너무 많다.

죽은 사람을 연기하는 지금이 내게는 가장 기분 좋은 순간이었다.

오늘은 일주일 동안 이어진 테크 리허설의 마지막 날이었다. 테크 리허설은 리허설 중에서도 가장 지루한 과정으로, 기술 담당자들이 조명, 의상, 음향 등을 설치하고 갖가지 기술 요소들을 섬세하게 조정하는 동안(보통 사나흘 정도) 배우들도 극장에서 살다시피 해야 한다. 한밤중까지 작업이 이어졌기 때문에, 내가 의상을 갈아입고 집으로 향한 것은 새벽 1시가 가까운 시각이었다. 그날 낮에 머리카락을 모두 밀어버려서(홋스퍼는 그 망할 놈의 머리에 빗질을 하는 법이 없었다) 두피가 얼어붙을 것 같았다. 전화벨이 울렸을 때, 나는 피곤해 죽을 지경이었다. 목에 스카프를 두르고, 모자는 없었다. 전화를 건 사람은 딘이었다.

이제 나는 다른 사람이 뭐라고 하든 신경도 쓰지 않는다. 내 생각에 딘 데드와일더는 훌륭한 배우다. 물론 그는 파파라치와 호텔 직원에게 멋대로 욕설을 퍼부어대고, 제작자에게 주먹질을 한다고 악명이 높았다. 모두 유명 연예인들이 저지르는 기행이었다. 나와 지난번에 이야기를 나눴을 때 그는 촬영장에서 십중팔구 마약 때문에 신경쇠약 발작을 일으켜 병원에 입원한 상태였다. 나는 신문에서 그 기사를 읽고, 메시지나 하나 남기려고 그의 휴대폰으로 전화를 걸었다. 그런데 그가 전화를 받았다.

"내가 의식을 잃고 스튜디오에서 구급차에 실려 나갔는데, 5개월 동안 촬영을 함께한 출연진, 스태프, 제작진 중 누구도 나더러 아직 살아 있느냐고 확인하는 전화가 없네⋯. 내가 얼마나 거물급 망나니가 돼버렸는지 짐작이 가지?"

하지만 이번에는 그가 내게 전화를 걸어 나를 걱정했다(우리는 5년쯤 전에 같은 영화에 출연했다). 그는 3분 뒤 극장 앞으로 나를 데리러 오겠다고 말했다. 엄청나게 힘든 테크 리허설을 마치고, 최종 드레스 리허설을 하다가 목소리를 망가뜨린 나는 이렇게 해서 그의 리무진에 오르게 되었다. 운전기사는 검은 차단막 뒤에 숨어 있었다. 딘은 이야기를 하면서 아주 커다란 코카인 봉지에 열쇠를 살짝 넣었다가 꺼내서 아무렇지도 않게 내게 권했다. 나는 여러 번 코카인을 시도해 보았지만, 마약에는 도통 마음이 끌리지 않았다. 오늘 밤은 달랐다. 오늘 밤 나는 마치 마법의 치유 능력을 지닌 요정 가루를 들이마시듯이 코카인을 흡입하기 시작했다.

하지만 요정 가루가 아니었다.

리무진 안은 어두웠지만 밖에서 지나가는 불빛들이 딘의 얼굴을 비췄다. 그는 전형적인 미남이 아니다. 남자다운 얼굴이다. 모든 열다섯 살 소년들이 되고 싶어 하는 남자의 모습. 덩치가 크고, 힘이 세고, 깊숙한 눈은 그윽하게 영혼을 담고 있다.

"윌리엄, 네가 지금 힘든 것 같지? 난 사흘 전에 아버지를 땅에 묻고, 무려 사흘 동안 이 리무진에 타고 있었어. 앨버타에서 아버지를 땅에 묻었는데, 그 뒤로 계속 이 차로 돌아다니는 중이야. 엄마랑 누이들이랑 내 딸이랑 전처한테서 도망쳐야 했거든…. 아버지가 없으니 다들 미쳤어."

그는 슬픈 얼굴로 뉴욕시의 풍경을 내다보았다. 창밖으로 빨간색, 초록색, 파란색 불빛들이 지나갔다. 상점의 불빛들이 그의 얼굴을 비추고, 리무진이 계속 달리는 중이기 때문에 그의 얼굴이 변덕스럽게 움직이는 것처럼 보였다.

"세상이 그래." 그는 거의 새된 소리처럼 들리는 그 유명한 목소리와 혀짧은소리로 말을 이었다. "남자라서 좋은 점은 나이를 먹을수록 더 남자다워진다는 거야. 여자도 마찬가지라는 점이 안타깝지만." 그는 자기가 말한 농담에 웃음을 터뜨렸다. "지금 젠더 전쟁이 벌어지고 있어. 그렇지 않은 척은 하지 마. 네가 거시기를 놀린 것에 다들 어찌 반응하는지 봐. 이건 변변찮은 남편들이 바지에서 함부로 좆을 꺼내지 못하게 하려고 여자들이 너한테 아주 확실하게 창피를 주는 모계사회야."

나는 코카인 봉지에 열쇠를 찔러 넣었다가 꺼내서 콧구멍으로 밀어 넣었다.

"확실한 사실을 말해주지. 나는 이다 헤이스랑, 이건 그 여자가 겨우 스물네 살 때의 일이야, 어쨌든 그 여자랑 오스카 시상식장 엘리베이터에서 섹스를 했어. 절정에 도달할 때까지 내가 잠금 버튼을 손가락으로 누르고 있었지. 그다음에 손가락을 떼고, 좆을 집어넣고, 밖으로 나가 내 자리에 앉아서 전국 방송에 출연했어.

어때, 끝내주는 이야기지?" 딘은 맨해튼 북쪽으로 달리는 차 안에서 활짝 웃었다. "난 칸에서 최우수 배우상을 받았어. 그게 내 인생의 목표였는데. 나는 베네수엘라의 어느 호수에서 동틀 녘에 낚시를 하면서 빅토르 차베스와 개별 영혼의 계몽에 대해 이야기했어. 아우슈비츠의 가스실에서는 생존자들과 함께 기도했고, 르완다에서는 떡을 나눠줬고, 몽골에서는 한 달 동안 동굴에 앉아 혼자 조용히 명상을 했고, 페요테*를 피웠어. 내가 이걸 다 했다고. 그랬더니 어떻게 된 줄 알아? 전부 무의미한 일이었어. 전부. 진짜는 사람의 내면에서 일어나는 일이야. 네가 이 말에 겁을 먹는 건 내가 알지. 네가 무슨 말을 하든, 아직 하느님을 믿는다는 걸 네 눈을 보면 알 수 있거든."

코카인이 내 코를 타고 텅 빈 두개골 꼭대기까지 환한 빛을 비췄다. 머릿속에는 아무 생각도 없었다. 하느님에 대한 생각은 말할 것도 없었다. 그가 내 얼굴의 무엇을 보고 내가 하느님을 믿는다고 생각했는지 궁금했다.

"우리는 무無라는 현실을 감당하지 못해." 그가 말처럼 고개를 이리저리 휙휙 내두르며 말했다. "세상에는 아무것도 없어. 개인이라는 것은 존재하지 않아. 윌리엄 하딩도 딘 데드와일더도. 앞으로 35년이 흐른 뒤에는 너도 결혼 생활이 무너져 간다고 슬퍼하지 않게 될 거야. 왜 그런 일에 신경을 썼는지 모르겠다는 생각뿐일걸. 옛날 엄마가 널 데리고 할머니 댁에 가면서 네가 가장 좋

•   페요테 선인장에서 채취한 마약.

아하는 담요 친구를 깜박 잊고 가져가지 않았을 때의 감정을 지금 다시 떠올리면서 느끼는 기분, 결혼 생활을 생각할 때의 기분도 딱 그 정도가 될 거야. 아이들은 그럴 때 계속 울어대지. 발버둥을 치면서 떼를 써. 부당한 일을 당했다고 생각하거든. 아이가 카시트에서 몸부림을 치면 어른들은 아이를 달래려고 애쓰지만, 아이는 풀이 죽어 있어. 하지만 세월이 흐른 뒤에는 그 파란색 담요 친구를 생각하면서 웃을 수 있게 돼. 그게 얼마나 하찮은 물건인지 이제는 알거든. 그냥 담요일 뿐이야. 그게 없어도 아무 문제 없어. 그 담요가 곧 너의 정체성을 결정하지는 않아. 너의 어여쁜 아내도 마찬가지고. 알겠나? 지금 일어나고 있는 모든 일, 그건 전부 내면에서 일어나는 일이야. 그 내면의 자아가 무엇이든, 그건 영화배우 윌리엄 하딩도 간통을 저지른 윌리엄 하딩도 아니야. 그 자아가 무엇이든, 네가 죽어 눈구멍에서 구더기가 기어 나오게 되더라도 그 자아는 죽지 않아."

우리는 빠른 속도로 시내를 가로지르고 있었다. 밝고 다정한 노란빛이 그의 얼굴을 비추는가 하면, 순식간에 창백한 초록색 빛으로, 무시무시한 빨간색 빛으로 색이 휙휙 바뀌었다.

"네 광대뼈가 피부를 뚫고 나오려고 난리를 치는 걸 보니, 너는 아직도 결혼 생활을 사랑하는 게 분명하군. 넌 네 '여자'를 되찾고 싶어 해. 정상적인 사람, 가정적인 남자가 되고 싶어 해. 사람들에게 존중받고, 좋은 사람이라는 평가를 받고 싶어 해. 하지만 말이야, 넌 지금 귀로 걸어보려다가 마음대로 안 되니까 울고 있는 꼴이야."

이 순간 코카인이 내 뇌를 완전히 차지해 버렸다.

"내가 젠더 전쟁에 대해 한마디 하지." 딘이 말을 이었다. "그와 그녀의 대결. 남자와 여자의 대결. 금성과 화성의 대결. 남자는 행동하고, 여자는 존재한다. 이건 전투야. 남녀 관계에서도, 우리 내면에서도 이 전투가 벌어지고 있어. 진짜 투쟁이라고. 남자는 이렇게 말하지. 난 '행동'하고 싶어! 그러면 여자는 이렇게 말해. 난 '존재'하고 싶어! 두 욕망 모두 우리 내면에 존재해. 그러면서 서로 갈등 관계야. 강을 즐기고 싶다는 쪽과 물고기를 전부 잡아버리고 댐을 쌓아 저 망할 여자가 내 수확물을 망쳐버리지 못하게 하겠다는 쪽의 싸움. 하지만 모두 평화를 원해. 나와 결혼해 줘. 우리 하나가 되자. 우린 힘을 합칠 수 있어. 남성과 여성이 저 커다란 분열, 최초의 구렁을 치유할 수 있어. 처음 세포가 분열했을 때부터 환상이 만들어지고 전쟁이 시작되었어. 그런데 그 환상이 뭔지 아나? 우리가 과거에도 현재에도 미래에도 결코 하나의 세포가 아니라는 거야. 우린 그걸 이해 못 해. 우리를 갈라놓는 것이 우리의 몸이든 나라든 젠더든, 전부 '진짜'가 아니야. 너랑 네 아내가 갈라서든 말든 그건 중요하지 않아. 너희 두 사람이 서로 별개의 존재라는 인식 자체가 허상이니까."

내가 멍청한 표정을 짓고 있었는지, 딘이 벌떡 일어서서 나를 향해 거의 고함을 지르다시피 말했다.

"잘 들어. 어떤 파도가 있는데, 얘는 자기가 옆에 있는 파도랑 다른 줄 알아…. 자기와 옆의 파도 모두 옛날에도 앞으로도 결국 물이라는 사실은 알지도 못하지. 무슨 말인지 알겠어? 널 봐…. 내 말을 한마디도 알아듣지 못하잖아."

맞는 말이었다. 나는 또 열쇠를 코 안에 밀어 넣고 텅 빈 얼굴로 그를 빤히 바라보았다.

"이걸 한번 물어보자." 그가 말했다. "네 인생의 의미가 뭐야? 네가 아침에 일어나서 화장실에 가고 지하철을 타고 담배를 피우고 의상을 입고 대사를 외우고 인사하고 친구에게 전화하고 집에 가서 저녁을 먹고 영화를 보다가 자위를 조금 하고 잠자리에 드는 이유가 뭐야? 왜 그런 행동을 하지? 전에도 이미 다 해본 거잖아. 내 말은, 세상에는 목표에 도달해 본 적이 한 번도 없는 사람들이 있다는 거야. 그러니까 그 사람들은 자기 목표에 의미가 있어서 거기에 도달하면 '변화'가 생길 거라고 계속 생각하지. 그런가 하면 아예 노력을 안 하는 사람도 있어. 그 사람들은 언제든 자기가 노력을 기울이기만 하면 자신의 목표에 의미가 생길 거라는 생각을 계속 남몰래 품고 있어. 하지만 우리처럼 목표에 도달한 소수의 사람들, 또는 평생 진심으로 노력을 기울였는데도 목표에 도달하지 못해 실망감으로 괴로워하는 사람들, 이 두 종류의 사람들은 그 망할 놈의 목표가 무의미하다는 걸 알아. 1919년 마이너리그 우승팀이 어디든 중요하지 않은 것과 같아. 애당초 목표니 뭐니 하는 헛소리가 중요하다는 생각 자체가 우리 모두의 환상이야. 사람들은 게임에, 직장에, 인간관계에, 정치에 몰두하는 걸 좋아해. 뭔가 의미가 있다는 환상을 만들어내는 거지…. 내 어깨가 낫기만 하면 나도 쿼터백이 될 수 있을 거야! 이 다큐멘터리를 완성해서 우리 종조할아버지의 이야기를 세상에 알릴 수만 있다면,

그러면 나는 중요한 사람이 될 거야. 내가 영화배우로 성공한다면 존재감이 생길 거야. 사람들은 오로지 존재감을 느끼기 위해서 대마초를 피우거나 텔레비전을 훔쳐. 정말로 모종의 일이 일어나고 있다는 걸 더 강하게 느끼고 싶어서. 아니면 그냥 비디오게임을 하다가 잠자리에 드는 사람들도 있어. 할 일이 하나도 없다는 현실과 똑바로 마주하고 싶지 않거든. 어쩌면 사람들은 그 무의미함을, 인생의 철저한 무가치함을 마주 본다면, 그 공허의 무게에 짓눌려 휘청거릴까 봐 무서워하는 건지도 몰라. 어쩌면…”

  딘은 심호흡을 하면서 코카인으로 달아오른 뇌를 조금 진정시킨 뒤 다시 말을 이었다. “만약 내가 이렇게 말한다면 어떨까? 잠깐만, 잠깐만, 잠깐만, 내가 그런 말을 믿을 것 같아? 내 인생이 덧없다는 것도, 내 존재 자체가 이 은하에서 맡은 역할은 온타리오 오지의 비버 역할과 다를 게 없다는 것도 다 알아. 나도 안다고! 내 눈에도 은하수가 보이니까. 그러니 내가 성취한 일에, 어느 빌어먹을 영화평론가가 나를 바라보는 시각에, 잉마르 베리만이 나를 바라보는 시각에 내 인생을 걸고 싶지 않아…. 하지만 그렇게 되면 내 자아의식은 어떻게 되는 거지? 나한테도 정체감이라는 게 어느 정도는 필요하잖아, 안 그래? 난 훌륭한 ‘배우’야. 상도 많이 받았어! 이게 내 정체성이야. 하지만 이런 건 아무리 봐도 겉치레일 뿐이지, 안 그래?” 그는 거의 여자처럼 들리는 그 이상한 혀 짧은소리로 내게 물었다.

  “그건 모두가 알아. 상을 받는 것도 성공도 그 자체로서 원래 의미 있는 일은 아니라는 것. 빈센트 반 고흐는 한 번도 상을 받은

적이 없어. 그러니까 내가, 오케이, 알았어, 난 그냥 순수한 삶의
기쁨을 위해 살고 싶어, 라고 말한다면 어떨까? 그냥 게임을 즐기
는 아이처럼, 훌륭한 게임 선수라는 정체성을 추구하지 않는 거
야. 오로지 게임을 할 뿐! 만약 우리가 무無와 빌어먹을 만큼 익숙
해진다면, 존재냐 행동이냐 하는 젠더 전쟁에 붙잡히지 않고 그
위대한 무無를 옹호하지도 않으면서 그냥 끌어안는다면 어떻게
되겠어? 네가 허세만 가득하고 불안정한 마초 새끼이며 그런 자
신을 바꿀 생각이 없다는 사실을 인정하더라도 우리 가슴 한복판
에 총알이 뚫어놓은 구멍이 있다는 걸 깨닫는 데에는 시간이 걸
릴 수 있어. 우리는 그 자리에 자신의 정체성이 있을 줄 알았는데,
알고 보니 그 자리에 아무것도 없다는 걸 알게 되겠지. 만약 우리
가 그 공허함을 받아들이고 그 안을 들여다본다면, 한없이 깊은
그 어두운 우물 안에 평화가 있다는 걸 알게 될지도 몰라. 자아가
없는 건 무서운 일이 아니야. 안도할 일이지. 거짓말을 옹호하지
않고 진실을 말하는 것처럼…. 존재하지도 않는 현실, 그러니까
너 자신을 옹호하는 건 그만둬."

그는 잠시 말을 멈췄다가, 열쇠에 두 번 더 코카인을 채워 코 안
에 넣었다.

침묵이 흘렀다. 그는 나를 빤히 바라보며 내 대답을 기다렸다.

"지금은 내 성대를 쉬게 해줘야 할 때 아닌가요." 나는 빙긋 웃
었다. "게다가 당신이 나한테 코카인을 준 직후부터 당신 말을 잘
듣지 못한 것 같아요."

그가 따스하고 커다란 웃음을 터뜨리는 바람에 차가 흔들렸다.

딘은 피에르 호텔 꼭대기 층의 스위트룸에서 파티를 열고 있는 언론계의 어느 거물과 아는 사이라고 했다. 로비에는 유리로 만든 거대한 샹들리에가 있고, 도어맨들은 맵시 있는 정장을 입었다. 우리는 쉴 새 없이 수다를 떨면서 펜트하우스 층으로 갔다. 우리 둘 다 눈을 가늘게 뜨고 입술을 씹으면서 마약쟁이들처럼 혀를 내돌렸다. 적어도 나는 그랬다. 딘은 나보다 더 침착했을지도 모른다.

파티장에 들어서자, 유명 영화배우의 야간 유흥에 대한 십 대의 상상을 커다란 화면에 옮겨놓은 영화 속으로 들어온 기분이었다. 나는 슬로모션으로 움직였다. 내 모습이 사진에 우아하게 잡힐 것 같았다. 나는 플레이보이 맨션에 한가로이 걸어 들어가는 사람처럼 손을 흔들며 걸었다. 나의 시선에는 다 알 것 같다며 빈정거리는 기색이 배어 있었다. 속옷 모델들이 차례로 내 옆을 지나치며 키득거리거나 친구를 부르거나 유행가를 불렀다. 우리는 담배 연기와 쿵쿵거리는 음악을 헤치며 호텔이 꾸며놓은 가짜 간이 주방을 향해 뒤쪽으로 들어갔다. 딘이 식탁에 가져온 코카인을 던져놓고, 우리 몫으로 맥주를 한 캔씩 딴 다음 냉장고 옆에 서 있던 젊은 남미 여성과 이야기를 하기 시작했다.

  이렇게 겉만 번지르르한 싸구려 80년대 분위기, 파티, 마약, 모델 같은 것들과 마주치면 난 항상 당황스럽다. 내 직업의 이런 면에는 정말 구역질이 난다. 아니, 적어도 나는 그런 기분이 되고 싶었다. 아니면 마땅히 그런 기분을 느껴야 한다고 믿었거나. 지금보다 젊은 나이에 처음 명성을 얻었을 때 나는 이런 상황에서 속으로 이런 질문을 던지곤 했다. 잭 런던이 이걸 보면 뭐라고 생각할까? 그가 여기에 오려고 할까? 그러고 나서 나는 대개 자리를 떴다. 하지만 이제는 내가 잭 런던을 그렇게 잘 아는 것 같지 않다.

나는 스물한 살 때의 브리지트 바르도를 쏙 빼닮은 여자와 곧바로 눈을 마주쳤다. 이 여자는 완전히 여우였다. 걸어 다니는 키라임파이˙였다. 키라임파이를 좋아하는 사람 눈에는 그렇게 보인다는 뜻이다. 이성애자인 여자들조차 그녀의 알몸을 보고 싶다는 마음이 생길 것 같았다. 엄청나게 커다란 젖가슴은 중력에 저항하고 있었다. 그녀가 청바지를 한 번도 갈아입지 않고 한 달 동안 차를 몰아 전국을 가로질러도 그녀의 그 부위에서는 여전히 으깬 장미꽃잎 냄새가 날 것이다. 그녀가 고개를 움직일 때마다 머리카락이 유니콘의 갈기처럼 움직이다가 부드럽게 내려앉았다. 그녀는 내게 다가와 술에 취한 듯한 중서부 말씨로 말했다. 12학년 때 학교 사물함 안쪽에 내 사진을 붙여놓았다고. 무려 3년 전에!

"그건 전혀 부끄러워할 일이 아니에요." 나는 점잔을 빼면서 잘난 척을 했다.

"어이." 딘이 끼어들었다. "두 사람이 어디로 가기 전에 말할 게 있어." 내가 '어디로 갈' 예정인 줄은 나도 모르고 있었던 것 같은데.

"좋아요." 나는 이렇게 말하고 나서 그의 눈을 바라보았다.

그가 몸을 내게 기울여 귓속말을 했다. "이런 순간에는 나도 어

˙ 미국 플로리다주의 요리.

떤 행동을 해야 할지 잘 모르겠어. 그래도 모험을 한번 해봐야지. 행동으로 저지른 죄가 태만의 죄보다는 나으니까, 그렇지?"

나는 머뭇머뭇 고개를 끄덕였다.

그가 나를 부드럽게 뒤로 밀면서 마치 함께 각오를 다지자는 듯이 내 눈을 한 번 더 바라보더니 다시 앞으로 몸을 기울여 내게 말했다. "네 아내 말이야. 어제 아침 6시 30분에 포시즌스 호텔 로비에서 그 발렌티노 칼비노랑 서로 몸을 더듬고 있었어. 넌 네 아내를 전혀 몰라. 처음부터 그 여자를 제대로 이해한 적이 없어. 솔직히 난 네 아내 메리가 마음에 들어. 메리는 표범 같은 여자인데, 아마 너보다는 내가 그 여자를 더 많이 알걸. 하지만 너희 둘은 끝났어. 아내를 놔줘. 변호사부터 구하고. 내가 아는 변호사한테 내일 연락하라고 할 테니까 그 친구한테 일을 맡겨."

그는 등을 기대고 내 눈을 보면서 내 기분을 살핀 뒤, 코카인이 든 커다란 봉지와 파란 알약 10알을 내게 건네며(곤두선 신경을 달래기 위해서였다) 금발의 브리지트 바르도를 닮은 여자를 가리켰다. 그리고 미소를 지으며 이렇게 말했다. "가서 이 밤을 즐겨."

사실 나는 발렌티노 칼비노가 도대체 누군지 알지 못했고, 딘의 말을 믿지도 않았다. 메리는 내게 돌아올 것이다. 그건 확실했다. 그녀에게는 내가 필요했다. 나는 뒤로 물러날 생각이 없었다. 딘은 모든 걸 너무 연극처럼 과장했다. 게다가 내가 아내를 놓아주지 않을 거라는 생각을 그가 왜 하게 되었는지도 알 수 없었다. 내 계획은 이랬다. 일단 아내를 놓아주면, 아내가 돌아오리라는 것. 내가 스물한 살의 브리지트 바르도에게 여전히 눈을 번득이고 있었던 건 말할 필요도 없었다.

나는 딘이 자리를 뜨기 전에 마침내 이 질문을 던질 수 있었다. "발렌티노 칼비노가 누구예요?"

"이탈리아 패션계의 종마야. 왜 이래? 너도 그놈이 누군지 알잖아."

"게이 아니에요?"

"글쎄, 게이라면 네 아내랑 놀아나는 게이겠군." 딘은 세계적으로 유명한 특유의 태평한 미소를 지으며 내 입에 키스하고 가버렸다. 키스할 때 그의 수염이 내 얼굴을 긁어댔다.

이제 브리지트와 나만 남았다. 그 옛날 역마차 마부가 땀을 뻘뻘 흘리는 가여운 말에게 채찍질을 할 때처럼, 코카인이 내 머리에 마구 채찍질을 했다. 순간적으로 머릿속에서 소심한 목소리 하나가 이따가 첫 번째 시연이 있으니 목소리 보호를 위해 잠을 좀 자두는 게 좋을 거라고 일깨워 주었다. 하지만 이런 '공짜 연기 강의'를 듣자마자 나는 브리지트에게 말을 걸기 시작했다. 발렌티노 칼비노든, 내 목소리든, 그 망할 놈의 연극이든 될 대로 되라지. 이제야 비로소 나는 기분이 좋아졌다.

"배우인가요?" 내가 말문을 텄다.

"아뇨…. 배우가 되고 싶지만… 모델이 뚫고 들어가기가 어려워요. HB에서 수업을 듣고는 있지만…"

나는 그녀의 말을 잘랐다. "그 사람들 말은 믿지 말아요. 당신이 기막히게 매력적인데 거기에 재능까지 있지는 않을 거라는 사회적 허구를 받아들이면 안 돼요. 〈프랜시스〉 봤어요?"

그녀는 고개를 저었다.

"제시카 랭이 나온 영화인데요."

그래도 그녀는 그 영화를 아는 것 같지 않았다.

"뭐, 제시카 랭이 젊었을 때 사람들은 인류의 섹스를 위해 제우스가 이 섹시녀를 직접 보냈구나, 하고 생각했어요. 내가 이런 말을 하는 건, 제시카 랭이 거의 당신만큼 관능적인 요부였다는 사실을 당신에게 알려주기 위해서예요. 알았죠? 하지만 제시카는 사람들의 그런 생각에 매이지 않았어요. 세 편에서 다섯 편쯤 되는 영화에서 제시카의 연기는 로버트 드니로나 진 해크먼이 보여준 어떤 연기와 견줘도 뒤지지 않을 거예요. 브리지트 바르도의 초기작은 엄청난 화제를 일으켰죠. 〈경멸〉 봤어요?"

그녀는 이번에도 고개를 저었다.

"남자들이 여자를 유리벽 뒤에 가둬놓고 유린할 때가 있죠. 지금 당신한테도 남자들이 그럴 거예요. 제시카는 거기서 자신이 얼마나 소외감을 느끼는지를 관객이 이해할 수 있게 화면 속에서 표현할 수 있었어요. 그런 게 바로 연기예요. 인간적인 의식을 끌어내고, 측은지심을 불러내고, 수치심을 덜어주는 것. 당신이 아름답다고 해서, 인간으로서 위대한 역할을 할 수 없는 건 아니에요. 버네사 레드그레이브, 엘리자베스 테일러, 캐서린 드뇌브, 이런 여자들의 작품을 꼭 봐요. 강박적으로 봐요. 그러면 당신도 알게 될 겁니다. 당신의 그 신비스러운 분위기, 당신의 외모…. 그래요, 당신은 정말 무진장 여우 같고 너무나 관능적이라서, 내가 솔직히 말할게요, 당신 앞에서는 말을 제대로 하기가 힘들어요. 하

지만 그보다 더 중요한 건, 당신이 졸라게 엄청 상냥한 사람이라
는 거예요. 그건 가식으로 만들어낼 수 있는 상냥함이 아니에요."
말이 저절로 술술 흘러나왔다. "남자든 여자든 전부 그걸 씹어 삼
켜버리려고 하겠지만 당신은 그러라고 가만히 있을 수 없겠죠.
당신의 총명함에서 미치게 슬픈 향수鄕愁 같은 것이 뿜어져 나와
요. 여기에 당신의 빛나는 피부까지 더해지면, 당신은 틀림없이
가끔 외로움을 느낄 거예요. 이미 느끼고 있는지도 모르고…. 내
말이 무슨 뜻인지 알겠어요?"

그녀는 고개를 끄덕였다. 나는 깔끔하게 다진 대사로 그녀를 공
격했다.

"봐요." 나는 어색한 척 말을 잠시 멈췄다가 다시 이었다. "나는
지금 당장 당신에게 키스하고 싶어요. 하지만 키스하고 싶지 않
은 마음이 그보다 더 커요. 지금 우리가 나누고 있는 이 대화 전체
를 당신이 유혹으로 생각할 것 같으니까. 톡 까놓고 말하자면…
당신《인스타일》잡지를 읽죠?《어스 위클리》와《피플》도?"

그녀는 또 고개를 끄덕였다.

"음, 내 인생은 지금 공중에서 폭발해 버린 그놈의 우주왕복선
과 같아요. 텔레비전에서 자꾸만, 자꾸만 방송되니까. 난 이제 사
귀고 싶은 남자가 되지 못하겠죠. 당신도 알 거예요. 난 그걸 받아
들이려고 노력해야 하고.

그래도 내 말을 들어줘요. 별 볼 일 없는 유명 배우가 여자의 팬
티 속에 손을 집어넣는 건 어려운 일이 아니에요. 특별히 당신을 겨
냥해서 하는 말이 아닙니다. 나도 그렇게까지 뻔뻔하지는 않아요.

내 말을 믿어줘요. 현대의 영화배우라면 같이 잘 여자를 구하는 게
어렵지 않아요. 아무리 간통을 저지른 난봉꾼이라 해도. 그렇죠?
그러니까 마음 놔요. 난 당신한테서 딱히 원하는 게 없어요. 다만
앞으로 17년 뒤 당신의 모습을 보고 싶을 뿐…. 나는 턱시도 차림
으로 어느 영화사의 재미없는 중역과 이야기를 하고 있을 테고,
당신은 인간의 상상력을 뛰어넘는 매력적인 모습으로 남편과 나
란히 서 있겠죠. 그러다 눈이 마주치면 우리 둘 다 깨닫는 거예요.
당신에게 나는 문제가 아니라 해결책의 일부였구나, 하고. 나는
당신이 앞으로 나아갈 수 있게 도운 사람 중 하나가 될 거예요. 듣
고 있어요?"

"네."

"여기서 나가고 싶어요?" 내가 물었다.

"네. 그리고 코카인은 이제 그만하셔야 될 것 같아요. 코카인을
한 번에 이렇게 많이 하는 사람은 처음 봤어요." 그녀는 진심으로
걱정하는 기색이었다.

나는 완전히 무표정한 얼굴로 그녀를 보았다. 내가 코카인을 하
고 있었다는 의식 자체가 없었는데, 이제 보니 내가 우리 두 사람
분의 코카인을 두 줄로 정리해 놓고는 전부 나 혼자 흡입하고 있
었던 모양이었다. 딘의 봉지에 남은 것이 별로 없었다.

"그래요, 그 말이 맞는 것 같네요." 나는 주위를 둘러보며, 파란
알약 하나를 맥주와 함께 꿀꺽 삼켰다.

우리가 들어간 호텔 옥상에는 온수 수영장이 있었다. 내 목소리

에는 좋지 않았지만, 오늘 밤에 나는 반드시 주의해야 하는 일들을 하나도 지키지 않았다. 나는 수영을 하러 가자고 젊은 브리지트 바르도를 꾀었다. 그녀는 꼭 친구 한 명을 데려가야겠다고 고집을 피웠다. 일반적인 기준에서 보면, 이 친구도 대단히 매력적인 여성이었으나 브리지트 옆에 알몸으로 서 있는 것을 보니 자그마한 낙타가 물에 젖은 모습과 비슷했다.

　나는 내 하반신이 물에 잠길 정도로 계단에 앉아 있고, 여자들은 따뜻한 수영장 위를 떠도는 10월의 수증기 속에서 물을 튀기며 장난을 쳤다. 이 여자들에게 홋스퍼의 독백 일부를 읊어주다 보니 에롤 플린*이 된 것 같았다. 얼마나 근사했는지 말로 다 설명할 수가 없다. 새벽 4시. 우리 주위에서 반짝거리는 맨해튼의 불빛들이 상쾌한 가을 공기 속에서 무슨 뮤지컬을 공연하는 것 같았다. 별빛도 밝았다. 브루클린도, 센트럴파크도 볼 수 있었다. 두 젊은 인어들이 젖가슴을 들썩거리며 물속에서 출렁출렁 장난치는 모습도 볼 수 있었다. 그들이 키득거리는 소리, 꿈틀꿈틀 움직이는 소리가 들렸다. 내 아이들의 웃음소리가 생각났다. 작은 파란색 알약 덕분에 나는 내 아이들에게 아무 문제가 없을 것이라고 순간적으로 확신했다. 곧 두 여자가 수영장 계단에 앉은 내게 노래를 불러주기 시작했다. 물에 젖은 젖꼭지가 추워서 꼿꼿해졌고, 그들의 다리는 질膣을 꽉 조였다. 따뜻한 물방울들이 그들의 머리카락에서 뚝뚝 떨어졌다. 그들은 요정 같은 목소리로 선율을

---

*　1909~1959, 오스트레일리아 출신의 영화배우.

살려 노래했다.

평생 동안
행복해지고 싶다면
예쁜 여자와 결혼하지 마요
내 개인적인 생각인데
못생긴 여자에게 결혼하자 해요!

그러고 나서 그들은 머리카락을 내 얼굴 앞에 늘어뜨리고, 내 입 옆에서 그 마법 같은 젊은 젖꼭지를 흔들어댔다. 나는 별들을 향해 고개를 들어 올리며 생각했다. '말도 안 돼.'

새벽 5시쯤, 마침내 나는 브리지트만 택시에 태워 머큐리 호텔로 달려가고 있었다. 우리는 시내를 달리는 동안 내내 서로를 만지작거렸다. 그녀에게 키스할 때는 생일케이크에 내 얼굴을 비비는 것 같은 기분이었다.

"부탁이에요." 그녀가 속삭였다. "오늘 밤은 너무나 완벽했어요. 그래서 성급하게 굴고 싶지 않아요. 여기까지 와서 팅기는 것처럼 보이고 싶지는 않지만, 지금까지 내가 같이 잔 남자는 정말로 두 명뿐이라서 이렇게 진도가 빨라도 되는 건지 잘 모르겠어요."

"걱정 마." 내가 말했다. "난 너한테 원하는 거 없어. 그냥 잠들 수 있게 도와줄 사람이 필요할 뿐이야. 그리고… 난 너를 사랑해." 나는 제정신이 아니었다. 연극의 첫 시연이 몇 시간 뒤에 있을 것이라는 사실을 일시적으로 잊어버린 것만으로도 기분이 좋았다.

내 호텔방으로 들어온 우리는 해가 높이 뜰 때까지 함께 뒹굴었
다. 아마도 9시나 10시쯤 되었을 때, 그녀가 마침내 속옷을 벗으
며 말했다. "해요." 나는 즉시 내 그것을 그녀의 몸속에 넣으려고
시도했다. 이 여자와 섹스하면 내 자부심이 한껏 올라갈 것 같았
다. 내게는 이런 것이 필요했다. 내게 중요한 일이었다. 연극 공연
도 역시. 하지만 생각을 너무 많이 하면 내 그것이 힘을 잃고 수그
러들 것이 분명했다. 그러니 무조건 돌진해야 했다.

"잠깐, 잠깐, 잠깐." 그녀가 나를 밀어내며 말했다. "하나만 물을
게요. 나도 어쩔 수 없어요. 꼭 물어야겠어요." 그녀의 목소리가 부
드러웠다.

"얼마든지." 나는 숨을 참으며, 이러면 내 그것이 고개를 숙이는
걸 방지할 수 있을 것이라고 생각했다. 그녀는 침대에서 알몸으
로 일어나 앉았다. 헝클어진 이불이 그녀의 몸을 우아하게 감싸
고 있었다. 부드러운 아침 햇빛 속에서 머리카락에 눈이 가려진
그녀가 진지하게 물었다.

"나 당신 아내만큼 예뻐요?"

2장

봉우리가 있으면 반드시 골이 있다. 브리지트 바르도와 사랑을 나누는 데 실패한 뒤 나는 밝은 아침 거리로 그녀와 함께 나가 택시를 기다렸다. 그녀는 내게서 벗어날 수 있어 기쁜 것 같았다. 내가 스스로를 증오하는 방식들이 콧구멍 속에 사는 전갈 같은 형태를 취하면서 점점 증식하는 것 같았다. 엘리베이터를 타고 다시 방으로 올라가는 길에 나는 자살을 갈망했다. 출산의 고통을 겪는 여자가 빨리 아이가 태어나기를 고대하는 심정이 이럴까 싶었다.

그날 오후 어머니가 아이티에서 비행기를 타고 날아와 내 첫 번째 시연을 보고, 나를 욕하는 여론도 어떻게든 조금 돌려볼 예정이었다. 메리의 비서는 메리가 앨범 발표와 관련된 홍보 활동이 급하게 잡혀서 다른 지역으로 떠날 것이라고 전화로 알려주었다. 아이들이 방과 후에 머큐리 호텔로 올 것이라는 얘기였다. 내가 잘 수 있는 시간이 조금도 없다는 뜻이기도 했다.

신기하게도 내 목소리 상태는 오히려 조금 나아졌다. 과자, 주스, 감자칩, 에너지바, 이머전-C,[*] 아스피린, 담배를 사려고 들어

간 가게의 잡지 진열대에 《롤링스톤》 최신호가 있었다. 나와 사
이가 멀어진 아내는 그 잡지에 실린 사진 속에서 내가 지금껏 본
표정 중에 가장 행복하고 사람을 설레게 하는 표정을 짓고 있었
다. 아내의 사진을 표지에 실은 잡지는 《롤링스톤》 외에 세 개쯤
더 있었다. 《보그》《엘르》《코스모》. 전부 쓰레기 같은 잡지들. 하
지만 《롤링스톤》 표지에 실린 그녀의 얼굴은 편안하고 상냥했으
며, 침실에서 졸음에 겨운 것 같은 눈으로 카메라 렌즈를 응시하
고 있었다. 갑자기 그녀가 너무나 자랑스러워졌다. 물론 나는 그
녀와 몇 주 동안 이야기를 나누지 못했다. 내가 전화하면 항상 아
내의 비서가 받아서 아이들의 이동 경로에 대해 나와 협상했다.
하지만 이 잡지 표지를 보니 기분이 좋았다. 하얀 테디**를 입은
아내는 정말로 따스하고 흡족해 보였다. 그 사진 속 그녀는 내가
기억하는 최고의 친구 그대로였다. 나는 이 여자를 사랑하고, 이
여자를 위해 기도하고, 이 여자의 명예를 지키겠다고 약속했다.
잡지를 들어 기사를 펼쳐 보니, 굵은 검은색 글씨로 인쇄한 헤드
라인이 눈에 들어왔다.

　'이 여성을 두고 바람을 피우시겠습니까?'

　이 문장을 세 번째로 읽었을 때, 나는 가게 바닥에 속을 게웠다.

　나는 잠깐 눈이라도 붙일 수 있을까 하고 첫 번째 시연이 열릴
극장의 분장실에 일찍 도착했다. 'W에게'라는 글자 아래에 엘비

•　　　발포성 음료 형태의 비타민 보충제.
••　　슈미즈와 팬티를 이은 여성용 속옷.

스 프레슬리가 무대에 섰을 때의 심정을 묘사한 "심장이 터질 것 같다"는 인용문이 적힌 종이가 문에 테이프로 붙어 있었다. 나도 그 심정을 알았다. 종이에 서명은 없었다. 이걸 누가 붙여놓고 갔는지 궁금해서 주위를 두리번거렸지만, 복도에는 아무도 없었다. 나는 그 종이를 내 자리의 거울에 테이프로 붙였다. 이지키얼은 아직 오지 않았다. 몇 시간만 지나면 나는 브로드웨이 무대에 데 뷔할 것이다. 하지만 지금은 내 정신이 내 몸 안에 잘 들어 있는지 도 확신할 수 없었다. 나 자신이 내 몸의 머리 위에 둥둥 떠서 좌 우로 조금씩 움직이고 있는 것 같았다. 나는 작은 소리로 혼자 콧 소리를 냈다. 목소리가 잘 버티고 있었다. 분장실의 작은 침대에 서 나는 마침내 잠들었다.

문을 두드리는 소리에 잠에서 깼다. 분홍색 클래시 밴드 티셔츠 를 입은 '레이디 퍼시'였다. 그녀도 긴장했는지 머리의 움직임이 이상했다.

"혼자예요?" 그녀가 조용히 물었다.

"네." 나는 여전히 졸렸다. "들어오세요."

"그러면 안 될 것 같아요." 그녀는 문간에서 어색하게 머뭇거렸 다. 그러고는 아무 말 없이 한참 동안 나를 빤히 바라보는 바람에 불편해졌다. 갑자기 터무니없는 생각이 들었다. 저 여자가 나한테 키스하려는 건가.

"연기학교에 다시 다니는 것 같은 기분이에요." 그녀는 일그러 졌지만 섹시해 보이는 표정으로 이를 드러내고 을러대듯이 미소를 지었다. "당신도 같은 기분인지 궁금해서요."

또 한참 동안 무거운 침묵이 흘렀다.

"무슨 뜻이에요?" 내가 물었다.

"아, 젠장. 당신 진짜 그렇게 이상한 사람이에요?"

그녀는 쿵쿵거리며 자신의 분장실로 가버렸다.

'아이고, 이를 어쩌나.' 나는 속으로 생각했다.

무대 뒤, 저녁 8시 2분, 첫 번째 시연이 시작되기 약 3분 전. 나는 두꺼운 검은색 가죽옷을 입고, 칠흑 같은 무대에서 무릎을 꿇고 있었다. 박박 깎은 머리가 추웠다. 목구멍은 상처가 난 것처럼 아팠다. 손이 너무 심하게 떨려서 나는 양손을 꽉 모아 쥐고 손마디를 깨물어 가며 기도했다.

성 크리스토퍼시여,

용서하소서. 무책임한 저를 용서하소서.

관객들이 자리에 앉고 시계가 8시를 지나고 있는 오늘 밤… 제 인생과 이렇게 기여할 기회를 주신 것에 감사합니다.

또한 다가올 시간에 이 무대에 설 저를 축복해 주소서.

그 보답으로 대의를 향해 봉사하고자 하는 진실한 욕망과 저의 사랑을 바칩니다. 앞으로 더 잘하겠습니다.

나는 의식적으로 숨을 쉬어야 했다. 숨을 내쉬는 순간에 살짝 소리를 내며, 내 성대가 여전히 소리를 낼 수 있는 상태인지 하루

동안 벌써 3764번째로 확인했다. 내가 왜 코카인을 했던가. 나 자신에게 너무 화가 나서 내 얼굴을 후려치고 싶은 것을 힘들게 참았다.

잘 해내고 싶습니다만, 그러기 위해서는 제가 그런 생각 자체를 놓아버려야 한다는 걸 압니다. 그동안 준비한 것, 저의 상상력, 저의 호흡을 믿어야겠지요.
동료 연기자들과 관객들, 그리고 저를 이어주는 것이 바로 저의 호흡입니다. 저의 호흡은 살아 있습니다. 저보다 앞에 있지도 뒤에 있지도 않습니다. 바로 제 옆에 살아 있습니다.
저도 그렇습니다.

나는 다시 조용히 목으로 소리를 냈다. 지난 24시간 동안 이렇게 이상한 짐승 같은 소리를 내는 것이 본격적인 틱 증상처럼 자리를 잡았다. 멈출 수가 없었다. 내가 이런 행동을 한다는 사실을 의식조차 못 할 때가 대부분이었다. 목소리의 워밍업 또는 아직 목소리가 나오는지 확인하는 것이 목적이었다. 내 성대가 너덜너덜한 상태라서, 내 한심한 목소리를 생각할 때면 눈에 짠 눈물이 고이곤 했다. 하루 종일 이상한 근육통처럼 목이 아팠다. 무대에서 성대가 완전히 나가버린다면 어떤 무서운 일이 벌어질지 상상하는 것을 멈추기가 힘들었다. 나를 조롱하는 수천 명 앞에서 혀가 잘린 개구리처럼 꽥꽥거리는 내 모습이 보였다. 요즘은 모두가 나를 너무나 미워했기 때문에, 만약 내가 브로드웨이 무대에서 아주 화려하고 굴욕적인 실패를 한다면 틀림없이 온 세상이 엄청 기뻐할 것 같았다. 만약 내가 아주 극적으로 망신을 자초한 다면, 인터넷에서는 즐거워하며 조롱하는 사람들이 불을 뿜을 것이다.

저는 연극을 믿습니다.

대사, 생각, 표현, 소통 속에서 치유가 이루어질 수 있음을 믿습니다.

저는 그 치유의 일부가 되고 싶습니다.

제가 봉사할 수 있다면 모든 것을 내놓겠습니다. 제 인생을 모두 내놓겠습니다.

용서하소서. 제가 당신의 목소리가 되어 봉사할 수 있게 해주소서.

나는 달을 향해 발사될 순간을 코앞에 둔 사람처럼 불안감에 휘청거리고 있었다. 어떤 사람들은 이걸 보고 10단계 불안증 발작이라고 할지도 모른다. '이러니 영국의 엉터리 배우들이 전부 주정뱅이지. 무대공포증이야.' 나도 위스키 두 잔이 간절했다. 신경이 발작하면 시야가 정말로 흐려진다. 초점이 흐려지면서 이미지들이 내 맥박과 함께 붉은색으로 진동하는 듯하다. 나를 에워싼 공연장의 검은 어둠 너머에서 관객들이 자리에 앉는 소리, 휴대폰을 끄는 소리, 가벼운 잡담을 나누는 소리, 겉옷을 벗어 접는 소리가 들려왔다.

객석의 모든 사람이 오늘 밤 직조된 천에 깔끔하게 들어가 맞물리는 아름다운 천 조각처럼 각자 자기 인생의 큰 맥락 속에 들어가 앉을 수 있기를 기도합니다. 관객들이 나의 부족한 점을 용서하거나, 아니면 하다못해 그 결점 속에서 약간의 가치라도 찾아주기를 기도합니다.

오, 하느님, 차마 말할 수가 없다. 나는 고작 열세 살 때 처음 연극을 했는데, 그때는 빨리 무대에 올라가고 싶어서 참을 수가 없었다. 깃털처럼 가볍고, 행복하고, 세상에 대한 감탄으로 반짝거렸다. 서른두 살이 된 지금은 내가 하는 일을 잘 알고 있어야 한다. 최고의 사람들과 큰 무대에 섰으니. 그놈의 브로드웨이에. 대사가 두세 줄밖에 안 되는 배우들도 제대로 교육을 받은 재능 있는 사람들이었다. 애리조나의 어느 극장에 전속되어 있다면 모두 국왕 존의 역할을 할 만한 사람들이었다. 나는 멍한 영화배우였다. 불륜을 저지른 놈이었다! 바람을 피운 놈! 내게는 주홍 글씨가 달려 있어! 《레드북》 잡지에 '올해의 어머니'로 선정된 사람을 배반한 놈! 아냐아아. 나는 속으로 비명을 질렀다. 진정해. 숨 쉬고, 기도해.

모든 작가를 위해 기도합니다. 살아 있는 작가도 죽은 작가도. 셰익스피어도, 셰익스피어에게 사기를 당한 자도. 두 번째 극본을 쓴 젊은 극작가, 나보다 더 긴장해서 더 많은 책임감을 느끼는 모든 작가들, 그들이 쓴 것이 조금이라도 좋은 작품이라면, 그들의 것이 아님을 그들이 알게 되기를 기도합니다.

연출자들을 위해 기도합니다. 무대 뒤편에 서서 객석의 빈자리를 헤아리는 사람들…. 마지막까지 자신이 통제할 것을 찾는 사람들.

숨을 들이쉬고 내쉬며 기도를 하니 맥박이 정상에 가깝게 돌아왔다. 지속 가능한 리듬이었다.

지상 모든 곳의 극장들을 위해 기도합니다. 전쟁터의 극장, 모스크 지하의 극장, 아르헨티나 공원의 극장, 웨스트엔드와 도쿄의 극장. 모종의 마법, 신비, 신성한 요술의 가능성이 거기에 있기 때문입니다.
생각이 행동으로 이어지듯, 상상은 의식으로 이어집니다. 그리고 극장은 세상의 살아 있는 의식입니다. 관객, 조명, 음악, 세심하게 선택된 단어들의 리듬, 몇몇 여배우가 자기도 모르게 왼손을 움직이는 동작 속에 상처를 치유해 주는 상상력의 춤이 있습니다. 이 춤은 이렇게 선언합니다. *우리는 오늘 살아 있으나 내일은 아닐지도 모른다. 이것이 현실, 이것이 지금이다.* 이것이 나의 기도입니다. 오늘 밤 제가 이곳에 존재하게 해달라는 것.

나는 일어서서 배 속 깊이 숨을 들이쉬고 또 혼자 목으로 소리를 내며 오늘 3775번째로 목소리를 확인했다. 아주 조금 상태가 좋아진 것 같아서 살짝 마음이 놓였다. 점차 앞이 다시 보이기 시작했다. 막 가장자리 근처에 객석을 몰래 내다볼 수 있는 지점이 있었다. 나는 거기서 내다보았다. 배심원석을 보면 안 된다는 걸 알면서도, 그녀가 와 있는지 알고 싶었다. 내 아내, 메리. 그녀가 내게 불같이 화가 나서 발렌티노인지 뭔지 하는 놈과 입을 맞췄

다는 건 알지만, 그래도 어쩌면 여기에 나타날지 모른다는 생각
이 들었다. 내가 지금 얼마나 겁에 질렸는지 감지하고, 아이 볼 사
람을 구한 뒤 나의 엉터리 연기를 보러 와줄지도 모른다. 극이 끝
난 뒤에는 무대 뒤로 들어와 내 분장실로 올 것이고, 그러면 우리
는 서로를 끌어안고 울음을 터뜨릴 것이다. 우리가 느끼던 고통
과 소외감이 어깨에서 떨어져 나가고, 우리의 우정이 되살아나
치유의 과정으로 안내할 것이다.

　나는 객석을 내다보며 사람들의 얼굴을 모두 훑었다. 이유는 잘
모르겠지만, 만약 아내가 연극을 보러 온다면 우리가 다시 합칠
수 있을 것이라는 믿음이 내게 있었다. 그것이 내 육감이었다. 나
는 거기에 모든 희망을 걸었다. 만약 그녀가 연극을 보러 온다면,
지금도 나를 사랑한다는 뜻이 될 것이다. 내가 충분히 벌을 받았
음을 그녀가 알고 있다는 뜻이 될 것이다. 우리의 신성한 결혼 서
약이 해소될 뻔한 데에는 내 탓만 있는 것이 아님을 인정하는 행
동이 될 것이다. 우리가 화해하면 우리 딸이 얼마나 좋아할지 생
각하다 보니 어깨에서 긴장이 풀렸다. 그 작은 아이가 웃으면서
나를 깨우러 올 것이다. (여느 때처럼 '봄'이라는 단어와 '아침'이라는
단어를 혼동해) 내게 이렇게 말할 것이다. "아빠, 봄이에요. 일어나
요." 이런 상상에 기쁨의 조각들이 내 온몸으로 퍼졌다.

　나는 객석을 눈으로 훑었다. 메리는 없었다. 라이시엄 극장의
객석은 약 1200석이지만, 나는 아내가 그 좌석들 중 어디에도 앉
아 있지 않다고 확신할 수 있었다. 새로이 가슴이 아파왔다. 어렸
을 때 나는 항상 부모님이 다시 합치기를 바랐다. 그것이 정상이

라서가 아니라, 내가 이해할 수 있는 사랑의 논리를 원했기 때문에. 스물한 살이나 스물두 살 때에도 자동차 뒷좌석에서 부모님이 키스하는 모습이 꿈에 나오곤 했다. 사랑이 그냥 사라져 버릴 수도 있나? 아내가 내게 던진 무시무시하고 잔인한 말들이 다시 머릿속에 재생되었다. 이미 내 입에서 튀어 나가 되돌릴 수 없는 문장들도 생각났다.

'아, 젠장, 아내와 아이들을 위해 기도하는 걸 잊었어.' 나는 이제야 깨달았다.

그래서 무대 뒤에서 막의 그림자 속에 아직 숨은 채로 나는 허리에 찬 검을 옆으로 돌리고 무릎을 꿇었다. 그리고 기도를 계속하면서 하마터면 크게 소리를 낼 뻔했다.

성 크리스토퍼시여,
제가 제 아이들을 잊지 않게 해주소서.
그 아이들을 기억하게 도와주소서…. 아이들의 행동을 축복하시고, 아이들의 기도에 답해주소서….

기도를 하고 나서 나는 아이들의 엄마에게 다정한 미소를 지어달라고, 메리의 행동에 축복을 내려달라고 성 크리스토퍼에게 부탁하기 위해 나라는 존재가 지닌 모든 힘을 동원했으나, 실패했다. 아내를 위해 기도할 수 없었다. 아이들 엄마가 잘 사는 것이, 만족감과 충족감을 느끼며 사는 것이 아이들을 위해 가장 좋은 일이라는 것을 알기 때문에… 나는 다시 시도했다. 무릎을 꿇고 하늘을, 그러니까 "목줄에 매인 사냥개처럼 붙들려" 곧 불타오를 조명들이 줄줄이 붙어 있는 천장을 올려다보았다. 평화를 위해 기도하고 싶었다. 그러면서 내 배 속에서 비명을 질러대며 끓어오르는 피를 식히고 싶었다. 하지만 여전히 할 수 없었다. 아내는 나를 속였다. 영원히 나를 사랑하겠다고 했으면서 지금은 내게 호감조차 느끼지 않았다. 아니, 내가 아내를 속인 건가? 왜 아내가 우리 아이들을 데려갔지? 우리 집은? 우리 인생은? 왜 온 세상을 향해 내 얘기를 하고 있지? 성 크리스토퍼든 하느님이든 누구든 아내에게 미소를 지어주는 것이 싫었다. 내가 성 크리스토퍼에게 부탁하고 싶은 것이 무엇인지 나는 확실히 알고 있었다. 내 아이들을 원한다는 것. 하지만 차마 그 말을 할 수 없었다. 아무 말도 할 수 없었다. 거대한 증오의 몰록*이 내 목구멍 안에서 몸을 부풀려 단단히 자리를 잡았다. 숨을 쉴 수 없었다. 혈관들이 가죽 옷깃을 향해 게걸스레 몸을 불리는 바람에 옷깃이 점점 조여들면서 숨이 막혔다.

이래서야 버틸 수 있을까? 머리가 어지러웠다.

누군가가 내 어깨를 손으로 짚었다. 쇠사슬 갑옷을 입은 새뮤얼이었다. 샘은 홋스퍼의 충실한 부하, 내 오른팔인 무명의 인물을 맡았다. 2막에 우리가 나오는 강렬한 전투 장면이 있었다. 키가 198센티미터나 되고 몸무게가 적어도 130킬로그램을 훌쩍 넘는

---

* 성서에 나오는 이교의 신. 이 신을 믿는 신자들은 아이를 제물로 바쳤다.

샘은 고등학교와 대학 시절 주州 대표팀의 미들 라인배커[**]였다. 그가 마치 미식축구공에 다가가는 사람처럼 굴면서 내게 다가왔다. "난 계속 주위를 살피면서 문제가 생기는 걸 막지." 그는 이렇게 말하곤 했다. 그는 내 친구였다.

"어이, 가자고." 그가 차분하게 말했다. "우리 큐사인이 켜졌어."

동료들 앞에 서 있을 때 목소리가 떨리고, 고환이 배 속으로 올라붙고, 무릎이 덜덜 떨리는 건 무엇 때문인가? 우리는 왜 동료들이 우리를 미워할 거라고 생각하는가? 고등학교 시절이 그렇게나 힘들었나?

덩치 큰 샘과 나는 어둠 속에 서 있었다. 발 옆에 피 양동이가 있었다. 우리는 검과 팔을 따뜻하고 걸쭉한 빨간색 시럽 속에 깊이 담갔다. 그렇게 해서 연출자가 원하는, 폭력적인 분위기가 몸에서 뚝뚝 떨어지는 모습이 되었다. 그러고 나서 기다렸다. 조명을 뚫어져라 보면서, 그 불빛이 꺼지기를 기다렸다. 모니터에서 무대감독의 목소리가 들려왔다. "1막 준비."

극장 전체의 조명이 희미해지자 곧바로 관객들이 숨을 죽였다.

혹시 중간에 사탕을 먹고 싶어질 것 같다면 지금 미리 포장을 벗겨두고, 휴대폰의 전원도 꺼달라는 안내방송이 시작되는 순간, 우리의 팔스타프가 무대 뒤의 문으로 들어오는 소리가 들렸다.

[**] 미식축구에서 수비선의 뒤쪽 중앙에 있는 선수. 달리는 힘과 체격 조건이 좋은 선수로, 필드의 중앙으로 달려오는 상대 팀의 공격을 방어한다.

버질은 제정신이 아닌 노숙자처럼 혼자 중얼거리며 자기 위치로
느릿느릿 기어가고 있었다. 그의 분장사가 뒤를 따라가면서 이
뚱뚱한 남자에게 허리띠와 검을 건네려고 했다.

"이 십새끼들아, 휴대폰 그냥 켜놔. 싸구려 리무진이나 타고 다
니는 비겁한 새끼들." 그가 객석을 향해 소리쳤다. "네 시간짜리
셰익스피어 연극을 보면서 끝까지 깨어 있을 수 있을 것 같아?
응? 몇 시간쯤 대학에 돌아간 기분을 맛보려고? 마티니를 목구멍
에 콸콸 쏟아붓는 생활에서 잠시 벗어나 그래도 머리가 제법 있
는 사람인 척하려고? 문화를 조금 맛보고 싶은가 보지? 노예를
부리는 이 쓰레기 꼰대들아!" 객석까지 이 소리가 들리지는 않았
지만, 그래도 위험할 정도로 아슬아슬했다.

무대 뒤에서 긴장감을 처리하는 방식은 사람마다 다르다.

"요트클럽 친구들한테 네놈들이 그래도 완전히 얼간이는 아니
라고 과시하려고 150달러를 투척한 거지. 아니면 그냥 늙은 마누
라 입을 다물게 하려고 온 건가? 네놈들은 이 연극을 볼 자격이
없어. 내 방귀나 받아라. 아니지, 엘리트주의에 물든 이 쓰레기들
한테 주기에는 내 방귀가 너무 귀해. 내 장담하는데, 저기 앉은 놈
중에 괜찮은 놈은 하나도 없어. 아아아아!" 버질은 무대 바닥을 발
로 차면서 억지로 일어나 섰다. "왜 내가 사는 듯이 살지 않느냐
고?" 그는 고개를 돌려 무대 일꾼 한 명과 마주 보았다. 무거운 소
도구를 옮기는 그 일꾼을 향해 그가 물었다. "왜 내가 이런 식으로
스스로 창피한 짓을 하느냐고? 저 시체 같은 놈들을 위해 왜 내가
원숭이처럼 재주를 부리느냐고?"

음악 소리가 부풀었다.

나는 숨을 깊이 들이쉬었다.

이다음 순서를 나는 알고 있었다.

나의 큐사인이 꺼졌다. 나는 새뮤얼과 함께 앞으로 나섰다. 50만 와트의 불빛이 우리 얼굴을 비췄다.

주요 등장인물들의 모습이 연달아 지나가면서 연극이 시작되었다. 조명이 환하게 들어온 무대 중앙에 프린스 핼과 팔스타프가 옷을 반만 걸친 여자 세 명과 함께 쓰러져 있었다. 조명이 꺼졌다. 조명이 켜지자 혼자 고립된 왕이 오른쪽에 나타났다. 조명이 꺼졌다. 조명이 켜지자 분노와 전의로 불타는 홋스퍼와 부하들이 중앙에 나타났다. 조명이 꺼졌다. 이런 식으로 모든 주요 인물들이 소개되었다. 조명이 내 얼굴을 뜨겁게 비출 때, 나는 내 배 속으로 깊이 파고 들어가 내 안의 모든 영혼들과 호흡으로 닿으려고 했다. 브로드웨이의 관객들을 뚫어져라 바라보면서 그들을 모두 풀어놓으려고 했다. 나는 1200명의 주의 깊은 시선을 순식간에 흡수했다. 그다음 위치에 귀와 신발과 장갑에서 피를 뚝뚝 떨어뜨리는 모습으로 금방 다시 나타난 내 귀에 객석 왼편의 어떤 노부인이 조용하지만 선명한 목소리로 속삭이는 소리가 들렸다. "저 사람이야. 부인을 두고 바람 피운 사람."

그리고 조명이 꺼졌다.

끈적끈적한 피에 양팔이 여전히 흠뻑 젖은 채로 무대에서 물러나면서 나는 새뮤얼의 어깨를 잡아 몸을 지탱했다. "이러다 미칠 것 같아, 친구. 내가 정신줄을 점점 놓치고 있는 것 같다고."

"아냐, 그렇지 않아." 새뮤얼이 말했다. "넌 이제부터 네 생애 최고의 연기를 보여줄 거야."

"그러면 내 기분이 좀 나아질까?"

새뮤얼은 어깨를 으쓱했다.

"아까 그 할머니가 말하는 것 들었어?"

새뮤얼은 계면쩍게 고개를 끄덕이며 내 어깨를 두드려주고는, 다음 등장을 준비하기 위해 무대 오른편 끝의 문까지 130킬로그램이 넘는 몸으로 쌩하니 달려가 버렸다.

나는 분장실로 가서 문을 닫고 팔을 씻었다. 내가 정말로 무대에 등장하는 첫 장면까지 13분이 남아 있었다. 나와 분장실을 같이 쓰는 이지키얼은 무대에 있었으므로(모니터에서 그의 목소리가 들렸다), 지금이야말로 혼자서 마음을 다스리고 목소리를 예열할 기회였다. 라이시엄 극장은 작지 않다. J.C.가 계속 요구하듯이 t발음을 객석 뒤편 벽까지 전달하는 것은 쉬운 일이 아니었다.

먼저 싸움꾼처럼 보이는 또 다른 검은색 가죽옷으로 의상을 갈아입어야 했다. 이건 내가 입어본 의상 중 최고라고 할 만했다. 나는 거울과 화장대 아래, 분장실 바닥에 누워서 워밍업을 시작했다.

모 노 로 소 보 조
무 누 루 수 부 주
마 나 라 사 바 자

이유는 잘 모르겠지만, 아까 객석에서 멍청한 소리를 한 그 할머니 때문에 나는 오히려 기운이 나서 긴장감도 사라져 버렸다. 분노가 강했다. 버질이 옳았다. 저들은 우리의 연기를 볼 자격이 없었다. 목소리가 잘 나왔다. 힘 있는 목소리였다. 오늘 잘할 수 있을 것 같았다. 이제 워밍업이 지루해졌다. 어차피 이 워밍업이 여자 같은 남자나 하는 짓이라는 생각을 항상 하고 있었다. 무대로 나갈 때까지 아직 9분이 남았다. 나는 분장실 문에서 고개를 빼꼼 내밀었다. 복도 저편, 무대 오른쪽 문에서 사랑스러운 중견 여배우가 연기하는 '미스트리스 퀴클리'가 나왔다. 내가 좋아하는 분이었다. 항상 내게 쿠키와 브라우니를 주면서 좀 잘 먹고 다니라고 말했다. 내가 꼬챙이처럼 말랐다면서, 매일 밤 나를 위해 기도한다고 했다. 그녀와 눈을 마주치기만 해도 나는 눈시울이 조금 뜨거워졌다. 내 분노가 비틀리고 꼬여서 한심한 자기 연민의 눈물로 변하는 것이 느껴졌다. 지금은 울 수 없었다. 무대에 나갈 때까지 8분밖에 남지 않았다.

무대 뒤의 복도 어디서나 모니터를 통해 무대 위의 공연 소리를 들을 수 있었다. 신중하게 궤도를 따라 움직이는 기차처럼 극은 대본을 따라 전진하고 있었다. 만약 미스트리스 퀴클리가 나를 건드리지 않았다면, 나는 참을 수 있었을 것이다. 그녀의 시선을 피하려고 바닥만 바라보는데, 그녀가 내 어깨를 툭 쳤다. 나는 그녀를 보면서 나를 끌어안는 그녀의 부드러운 팔에 몸을 맡겼다. 왜 나를 안고 난리야.

나는 분장실 문을 닫을 때까지 간신히 참고 있다가, 곧바로 폭발하듯이 소리를 질렀다. 짐승 같은 소리였다. 무대에 나갈 때까지 7분 남았는데, 눈물방울이 낙하산을 멘 공수부대원들처럼 내 눈에서 뛰어내리고 있었다. 주먹이 아프면 울음이 멈출까 싶어서 주먹으로 벽을 치기 시작했지만, 아무것도 느껴지지 않았다. 지난 5주 동안 내가 한 거라고는 걱정밖에 없었다. 내 아이들, 내 목소리, 결혼 생활, 구실을 하지 못하는 내 거시기(브리지트 바르도와 섹스에 실패했을 때의 굴욕감이 지금도 사라지지 않았다), 연기에 대한 걱정. 무대에 오를 때마다 목소리를 내지 못할 것 같다는 두려움에 시달렸다. 목이 아플까 봐 외출도 내키지 않았다. 저녁마다 해가 짧아지고, 오후마다 날이 더 추워졌다. 친구들도 만나고 싶지 않았다. 만나기만 하면 위스키를 말도 안 되게 마셔대면서 내 전처에 대해 쉬지 않고 떠들어대는 것을 나 자신도 막지 못하기 때문이었다.

난 정말로 메리가 오늘 공연을 보러 올 줄 알았다. 우리 가정이 깨지는 것을 그녀가 가만히 두고 보지 않을 거라고 생각했다. 그녀가 내 호텔방을 찾아올 것이라는 생각이 계속 들었다. 그녀가 어떻게든 화해의 제스처를 보여주기를 갈망했다. 그러면서도 나 자신이 그런 제스처를 하지는 못했다. 그녀에게 손을 뻗지 못했다.

우리 결혼식 때, 메리가 입장해 통로를 따라 걸어오기를 기다리는 동안 나는 너무나 행복하고 자랑스러웠다. 나는 턱시도 차림으로 서서 떨리는 마음으로 교회 천장을 올려다보았다. 다섯 살 여자아이가 오르간파이프 근처에서 놀고 있는 것이 보였다. 그것은 환상이었지만, 왠지 그 아이가 진짜처럼 느껴졌다. 아이가 내게 손을 흔들며 장난스러운 미소를 지었다. 전염성이 있는 미소

였다. 그러다 오르간이 속에서부터 우러나오는 소리로 울부짖기
시작하자 아이가 웃음을 터뜨렸다. 천사의 현현이었다. 확실했다.
지금까지 나는 이 이야기를 누구에게도 하지 않았다. 심지어 아
내에게도 하지 않았다. 너무나 비밀스럽고 딱 꼬집어 말할 수 없
는 일 같아서, 귀여운 일화를 말하듯이 떠들어댈 수 없었다. 천사
가 나타났다고 말하면 그 일의 의미가 왠지 가벼워질 것 같아서
혼자만의 비밀로 간직했다. 그 천사 소녀는 나의 딱딱한 자세와
나비넥타이를 놀렸다. 나도 웃음을 터뜨렸다. 메리가 통로를 걸
어오기 시작하는 순간, 나는 내가 바로 그 순간 딱 있어야 할 곳에
있다는 확신을 생전 처음으로 느꼈다. 지금 어두운 분장실에서
나는 왜 이렇게 일이 어긋나 버린 건지 알 수 없었다. 시詩가 이렇
게 끝나는 건가? 스스로 결혼 서약을 쓰고, 시를 짓고, 음악이 울
리는 가운데 천사를 본 사람들이 고약한 독설을 퍼부으며 이혼을
하는 건 아니지 않은가. 나는 결혼 서약을 할 때 내 결혼 생활에
대해 추호도 의심하지 않았다. 그런데 내 천사는 지금 어디 있는
가? '아, 설마, 내가 아내를 두고 부정을 저질러서 천국의 지품천
사˙들이 내 목소리를 가져가려는 거야!'
  무대 등장까지 7분이 남았는데, 내 얼굴은 점점 더 벌겋게 얼룩
덜룩해졌다. 과호흡 증세도 있었다. 내 눈동자 주위로 하얀 점들
이 날아다녔다. 내 호흡조차 찾을 수 없었다. 그게 원래 어디 있는
거더라? 가슴이 소리 없이 거대하게 부풀었다. 그네에서 떨어진

˙   구품천사 중에 상급에 속하는 천사.

열 살 아이의 가슴처럼.

착하고 젊은 청년인 내 분장사 마이클이 문을 두드렸다.

"괜찮아요? 도움이 필요한가요?"

말이 나오지 않았다. 나는 분장실 안의 화장실로 가서 그의 목소리가 들리지 않게 문을 잠갔다.

가슴이 마침내 큰 소리를 내며 경련하듯 흐느꼈다.

내가 진정한 고통에 대해 쥐뿔만큼도 모른다는 사실은 잘 알고 있다. 세상에서 벌어지는 일들은 안다. 신문을 읽으니까. 북극의 얼음이 녹아내린다는 사실. 빈곤과 질병도 안다. 인류가 크고 강력한 투쟁에 푹 잠겨 있다는 점도 이해하고 있다…. 하지만 나는 내가 완성된, 완전히 성숙한 성인 남자 인간인 줄 알았다. 이런 일들이 일어나기 전에는. 스물여덟, 스물아홉, 서른 살 즈음, 그러니까 내 아이들이 태어난 뒤, 나는 성인기라는 정체기에 도달했다고 생각했다. 그 상태가 약 40년 동안 평탄하게 유지되면서 내가 훌륭한 작품도 하고 흥미로운 경험도 하다가 평탄하게 쇠퇴하기 시작해 죽음을 맞을 거라고 믿었다. 하지만 그렇지 않았다. 나는 정체기에 있지 않았다. 발을 헛디디고, 휘청거리고, 불에 타면서 아래로 내려가고 있었다. 나라는 존재 전체, 인격, 자아, 하여튼 뭐가 됐든 내가 자리 잡고 있는 그것, 또는 내 머릿속의 영혼이 당근에서 빠져나가는 풍미처럼 거대한 쇠솥 안에서 바글바글 끓다가 증발하고 있었다.

"나를 죽일 생각이에요?" 마이클이 손에 열쇠를 들고 첫 번째 문을 열면서 소리쳤다. "얼른 씻고 무대로 가요."

나는 아직 닫혀 있는 화장실 문 뒤에서 그냥 울기만 했다.

"슬픈 거 알아요." 마이클이 좁은 문틈 사이로 조용히 말했다. "나도 신문에서 읽었어요. 하지만 지금은 그럴 때가 아니에요. 지금은 어른답게 굴거나 아예 아이가 되어야 해요."

나는 거울을 보고 싶은 유혹이 생길까 봐 화장실 불을 껐다.

"그만 울고 잘 들어요." 마이클이 잠시 침묵하다가 말을 이었다. "나는 당신의 분장사예요. 그러니 모르는 게 없어요. 오늘 밤 집으로 가서 문 앞에 '자아도취에 빠진 년 출입 금지!'라고 쓴 팻말을 걸어놓아요. 내 말 들려요?"

어둠 속에서 나는 울음을 멈추려고 한쪽 관자놀이를 주먹으로 세게 쳤다.

"당신은 지금 이혼할 것 같으니까 슬픈 거예요. 하지만 당신이 모르는 게 있어요. 애당초 결혼한 적이 없다는 것. 내 말 들려요? 나는 밤에 침대에 누워서 내 남편이 나를 사랑하는지 고민하지 않아요. 남편이 날 사랑하는 걸 아니까! 당신은 결혼한 사람들이 전부 당신처럼 '미지의' 삶을 살거나 남들 모르게 불행한 삶을 사는 건지도 모른다는, 지식인 같은 생각을 하는 것 같은데, 틀렸어요. 난 남편을 사랑하고, 남편도 날 사랑해요."

멍 든 머리가 욱신거렸다.

"남편은 내게 최고의 친구이기도 해요. 작년에 내가 〈바이 바이 버디〉 공연으로 투어를 돌 때 남편이 모든 걸 맡아서 해줬어요. 빨래, 학교 서류 작성, 아들 목욕시키기, 축구 연습, 세금 신고, 모든 걸. 나도 필요해지면 남편을 위해 똑같이 할 거예요. 우린 서로 *사*

랑하니까. 우린 같은 *믿음*을 갖고 있어요. 사랑은 *감정*이 아니에
요. *행동*이에요."

내가 너무 심하게 울고 있어서 어떻게 해도 멈출 수 없을 것 같
았다. 마이클이 무대감독이든 누구든 찾아가서 내가 나갈 수 없
을 것 같다고 말해야 하지 않나.

"당신은 기억도 못 하겠죠. 당신 부부가 워낙 자기중심적이니
까. 어쨌든 나는 당신의 화려한 아내와 당신과 함께 추수감사절
을 보냈어요. 당신 집에 간 적이 있다고요."

이 말에 나는 멈칫했다. 전에 이 남자를 만난 기억이 전혀 없었
다. "내 남편 헨리가 당신 아내의 뮤직비디오에 무용수로 출연해
서 거기 초대받은 거예요. 얼마나 시끌벅적했는지! 나는 당신 딸
의 장난감 집으로 가서 당신 아내의 비서, 과테말라 출신의 청소
부, 가슴이 큰 보모랑 같이 시간을 보냈어요. 당신 부부는 우리가
당신들과 같은 공간에 있게 된 것이 엄청난 특권이라도 되는 듯
이 굴었지만, 내 남편과 내가 당신들을 불쌍해하면서 그 집을 나
섰다는 사실은 눈치도 못 챘죠. 난 당신의 귀여운 아이들을 훔치
고 싶었어요. 와우! 요리사가 솜씨가 아주 좋던데요. 와우! 가슴이
큰 보모는 게임을 아주 잘했어요. 아이들은 숨이 막힐 것 같은 식
사 시간에 우리 대화를 전혀 방해하지 않았어요! 그까짓 것! 난 차
라리 피자를 주문해서 텔레비전이나 보고 싶었어요!"

나는 저게 다 무슨 소리인지 궁금해서 열심히 귀를 기울이기 시
작했다.

"이혼 때문에 우울해할 필요 없어요, 카우보이. 금방 죽을 것 같

겠지만, 내 분명히 말하는데, 당신은 이미 죽었어요! 그런데 말이
죠, 죽은 사람들은 자기가 죽은 줄을 몰라요. 당신이 우는 건 지금
재탄생을 위해 일종의 산도産道를 통과하는 중이기 때문이에요.
얼른 정신 차리고 아이들을 돌봐요. 최대한 접견권을 얻어내요.
1년에 고작 하루만 만날 수 있다 해도 상관없어요. 아이들은 1년
에 하루만이라도 어른인 아버지와 지낼 수 있어야 해요. 당신은
좋은 남자니까 좋은 여자를 찾아봐요. 그렇게 둘이 잘 살아봐요.
'좋다'는 말은 나쁜 단어가 아니에요. 좋은 파트너는 곧 좋은 인생
이죠. 정신 나간 파트너는 곧 정신 나간 인생이고. 무슨 말인지 알
겠어요?"

"내가 왜 그녀와 결혼했지?" 나는 문 뒤에서 중얼거렸다.

"미쳤어요? 미친 거예요? 당신 아내는 돌아버리게 예쁘잖아요!
나도 그 사람을 사랑해요! 내가 제일 좋아하는 사람이라고요! 모
두 그 사람을 제일 좋아해요, 알아요? 그러니까 그런 걸로 혼자
열 내지 말아요. 당신 아내는 진짜 완전 전설이라고요! 당신이 진
짜 궁금해할 건 따로 있어요. 그 여자가 당신과 결혼한 이유."

나는 침묵했다.

"유머 감각을 찾아요, 대스타님!" 그가 소리쳤다. 나는 시계를
올려다보았다. 관객 앞에 다시 서야 할 때까지 4분 20초가 남아
있었다. 마이클은 계속 화장실 문을 열려고 애썼다.

"난 무대에 나갈 수 없어." 나는 콧물을 줄줄 흘리며 중얼거렸
다. "이놈의 눈물이 멈추질 않아. 가서 내가 나갈 수 없다고 말해
요."

"전부 실패한 것 같은 기분이겠죠. 맞아요. 당신은 정말로 실패했어요. 하지만 누구나 살다 보면 실패도 하고 그러는 거예요. 그렇게 발버둥 치면서 징징거리기만 할 거예요, 아니면 계획을 다시 훑어보면서 어디서 왜 실패했는지 따져볼 거예요? 그래야 내일은 이길 수 있잖아요. 계획을 다 포기할 필요는 없어요. 그냥 반짝거리고 섹시하고 차갑고 거만한 공주님과 결혼한 부분만 포기하면 돼요. 당신은 항상 똑똑했잖아요. 난 오래전부터 당신 팬이었어요. 지금은 서른두 살이나 됐으니 이제 모두가 날 좋아해 줬으면 좋겠다고 매달리지 말고 그보다 성장한 최고의 모습을 보여줄 때예요. 당신 직업에서 도무지 마음에 안 드는 부분이 바로 그거예요. 배우들을 전부 응석받이로 만든단 말이에요. 어느 공연 팀과 일하든 항상 똑같아요. 지금 당신한테 필요한 건, 5년 뒤 어떤 모습이 되고 싶은지 알아내는 거예요. 당신이 해야 할 일을 정리한 목록도 필요하고요. 한 번에 하나씩 해요. 얼마 되지도 않는 평생 동안 내가 성취하고 싶은 일이 무엇인가? 그것을 어떻게 성취할까?"

"난 결혼을 유지하고 싶어요." 내가 중얼거렸다. 남은 시간은 3분 10초.

"이런, 문 앞에 걸어둔 팻말을 잊어버렸네요. '자아도취에 빠진 년 출입 금지!' 젠장. 그러니까… 그건 그 여자랑 결혼을 유지할 수 없다는 뜻이에요. 좋은 인생을 살고 싶다면, 그러면 안 돼요. 당신 부부는 흔들리는 땅 위에 집을 지었어요. 그러니 그동안 배운 지식을 바탕으로 단단한 땅을 찾아서 다시 집을 지어요. 사실 메리도 그렇게 해야 해요. 항상 메리를 바꾸고 싶어 하는 사람이 아니라, 메리를 있는 그대로 사랑해 주는 사람을 만나야죠. 내 생각에 당신은 메리를 바꾸고 싶어 한 것 같거든요."

"맞아, 내가 그랬어요!" 나는 이렇게 말하고 나서 좀 더 울었다. 남은 시간은 3분도 되지 않았다. 마이클의 목소리에 필사적인 기색이 드러나기 시작했다.

"이러지 마세요, 윌리엄." 그가 말을 이었다. "아빠가 역경에 맞설 수 있다는 걸 애들한테 보여줘야죠. 아빠가 훌륭한 결정을 내릴 수 있다는 걸 보여줘요. 당신은 아이들 엄마와 함께할 때 보여준 것보다 더 깊은 뿌리를 갖고 있어요. 살다 보면 가끔은 상대의 공격을 반드시 맞받아쳐야 해요. 하비 밀크. 로자 파크스. 넬슨 만델라가 왜 감옥에 갇혔는지 알고 싶어요? 아주 세게 맞받아쳤기 때문이에요. 멋들어진 젊은 시절에 만델라는 무기를 비축했어요. 사람들은 만델라를 무슨 설교자처럼 보는데, 실제로는 에티오피아의 하일레 셀라시에한테서 탱크를 사려고 시도했던 사람이에요. 나중에 당국은 만델라를 풀어주고 싶어 했어요. 만델라가 비폭력 노선에 발가락을 얹기만 한다면. 그런데 만델라는 이렇게 말했죠. 만약 자기가 감옥에서 풀려난 뒤에도 아파르트헤이트가 여전히 시행된다면, 자기는 가장 먼저 중국에서 탱크를 구할 수 있는지 알아볼 거라고. '웃기지 마, 이 나치 돼지 새끼들아!' 이렇게 말했다고요. 상대의 공격을 맞받아친 거죠. 당신도 용기를 내서 끝내주는 변호사를 구하세요. 그렇게 해서 소리를 질러대는 그 대스타께 아이들의 아빠가 아이들을 사랑하기 때문에 양육권을 주장할 생각이라는 사실을 알리는 거예요. *당신의 인생이 스스로를 대변할 겁니다.* 일어서서 당신 자신을 되찾아요. 내가 당신 연기를 처음 봤을 때 나이가 열세 살쯤이었는데, 그때 당신이 연기한 건 말을 더듬는 비행 청소년이었어요. 그때 당신한테 얼마나 질투가 나던지. 당신은 정말 아름다웠어요. 지금 생각하니 또 질투가 나네요."

그는 잠시 말을 멈췄다. 남은 시간은 1분 5초.

"*윌리엄!*" 그가 고함을 질렀다.

1분 1초.

"어서요, 윌리엄." 마이클이 말을 이었다. "당신은 지금 당신 자리를 제대로 찾았어요. 분명히 말하지만, 우리 모두 그래요. 대부분의 사람들은 자신에 대해 그리 잘 알지 못하죠. 그래서 연극이 무지막지하게 중요한 거예요."

나는 흐느끼며 울었다. 남은 시간은 45초.

"*윌리엄!* 당신이 무대에 오르지 않으면 난 여기서 잘린다고!"

나는 화장실 문을 열었다.

"정신 차려, 이 자식아. 뚝 그치라고. 아직 할 수 있어." 그는 이렇게 말하면서 내 의상을 정돈하고, 젖은 천으로 내 얼굴을 닦았다. 이런 황당한 상황을 다뤄본 경험이 있음이 분명했다. "빛을 발해봐." 그가 속삭였다. "여긴 브로드웨이라고, 젠장. 그러고는 집에 가서 파스타를 좀 먹는 거야. 지금은 꼭 망할 놈의 마약중독자처럼 보이니까. 알았어?"

"알았어요." 나는 마침내 허리를 똑바로 펴고 꼿꼿이 섰다. 남은 시간은 12초.

"당신 문에 어떤 팻말을 내건다고?" 그가 복도에서 나를 밀면서 물었다.

"난 내 자리를 제대로 찾았다?" 남은 시간 8초.

"아냐." 그는 무대 왼편 문 안으로 나를 밀어 넣었다.

"자아도취에 빠진 년 출입 금지?" 남은 시간 4초.

"그렇지." 그가 이렇게 속삭인 뒤 모든 것이 사라졌다.

내가 등장하는 첫 장면은 왕과 홋스퍼의 대결 비슷한 것으로 시작되었다. 나는 빨갛게 부어오른 얼굴에 전혀 당황하지 않은 척하면서 뒷짐을 지고 무대로 걸어 나갔다. 왕이 고함을 질러대며 나를 질책하자 나는 참다못해 자기변호를 시작한다. 길고 아름다운 이 독백은 연극학교 입학시험 때 과제로도 자주 출제되곤 한다. 아주 부담스럽고 힘든 장면이라, 열 번째 문장을 말할 때쯤에는 관객이 흥미를 완전히 잃어버리는 경우도 있다. 하지만 오늘은 그렇지 않았다. 나는 왕에게 시선을 고정한 채 그냥 연극 속으로 사라져 버렸다.

왕은 결코 '연기'를 하지 않았다. 대사가 그에게서 저절로 떨어져 나왔다. 그의 시선을 깊숙이 들여다보면 성과 태피스트리가 보였다. 심지어 600년 전 런던의 어느 여름날 오후 공기에서 나던 냄새까지도 맡을 수 있었다. 왕은 온몸으로 말하면서 회의적인 시선으로 내게 다음 대사를 할 수 있는 의욕을 불어넣었다. 그는 계속 내 말을 방해하려 시도하면서 자연스럽게 나를 인도하고,

대사를 한 줄 한 줄 말할 때마다 나의 분노와 성급함에 불을 붙였다. 현실 속에서 나는 한 번도 분노에 접근하지 못했다. 속이 꼬여서 벽에 주먹질을 할지라도, 언제나 갈등 상황이 불편해서 분노에 정면으로 다가가지 못했다.

그런데 지금 뭔가가 변하고 있었다. 아내에 대한 나의 분노가 산에서 흘러내리는 개울물처럼 점점 힘과 속도를 얻었다. 무대에서는 이 분노를 얼마든지 터뜨릴 수 있었다. 나는 왕을 향해 고함을 질렀다. 그가 퇴장한 뒤에도 그에 대해 고함을 질러댔다. 목소리가 어떻게 될지도 모른다는 걱정은 하지 않았다. 다음 공연 같은 것은 존재하지 않았다. 내일도 존재하지 않았다. 나는 포효했다.

그 첫 번째 시연과 그 뒤로 4주 동안 이어진 시연 기간에 나는 하루 종일 파란 사과, 차, 꿀, 레몬, 아연 보충제, 목캔디, 할라페뇨 등으로 목을 아기처럼 돌봤다. 무엇이든 목에 좋다는 것이라면 다 써보았다. 그러다 무대에 오르면 목이 터져라 고함을 질러댔다. 나도 어쩔 수 없었다. 사람들은 복식호흡이니 뭐니 목이 상하지 않는 방법들을 말해주었다. 내가 내 몸을 상하게 하면서 즐기고 있다는 사실을 모르기 때문이었다. 내가 연기하는 인물은 불을 뿜는 대포 같았으므로, 나는 그런 모습을 보이고 싶었다. 이글거리는 대포알을 내뿜게 하고 싶었다. 나는 아내가 나를 무시하고 나무라는 모습, 나를 비판하는 모습, 나를 놀리는 모습, 나를 깎아내리는 모습을 생각했다. 그 여자는 도대체 왜 아이들이 자기와 함께 살아야 한다고 생각하는 건지 곰곰이 생각해 보았다. 그러다 정신을 차려보면, 나는 다른 배우의 면전에 달려들어서 머

리를 뽑아버릴 것처럼 굴고 있었다. 나는 결혼 생활이 지긋지긋
하게 싫었다. 그 여자와 함께 묻히고 싶지 않았다. 아니, 누구와도
함께 묻히고 싶지 않았다. 나만의 묘비를 원했다.

첫 번째 시연 때 나는 1200명이 에워싼 무대 중앙에서 환한 조
명을 받으며 야만적으로 소리를 질러댔다. 내가 몸짓을 할 때마
다 검은 가죽옷이 탁탁 꺾였다. 나는 살아 있었다. 관객은 우리가
원하는 바로 그 자리에 있었다. 설명하기는 힘들지만, 1000명이
넘는 사람들이 자신의 말 한마디 한마디에 집중하고 있다는 사실
이 느껴질 때가 있다. 그 기분이 얼마나 좋은지.

내 첫 장면은 운을 맞춘 2행 연구로 끝난다.

숙부님, 안녕히. 길지 않아야 할 텐데요.
전장과 충돌과 신음이 우리의 전쟁 게임에 갈채를 보낼 때까지!

내 장면이 끝나면, 나는 무대 뒤로 가서 담배를 피우고 목에 김
을 쐬기를 반복했다.

무대에서 연기를 할 때만 행복했다. 연극이 92시간짜리라면 좋
을 텐데.

나는 공연 개막일까지 내가 버틸 수 있기만을 기원했다. 그 뒤
에 내가 죽든 말든 상관없었다.

두 번째 휴식 시간 때, 그러니까 연극이 세 시간째로 접어들었을
때, 홋스퍼가 죽고 내 삶이 돌아왔다. 이제는 기분이 좋았다. 정화
된 기분으로 담배를 피우려고 극장 뒤편 골목으로 살짝 나갔다. 나

처럼 '죽은' 사람들 몇 명이 거기 나와 있었다. 독특한 광경이었다. 피투성이가 된 기사 여섯 명이 갑주를 완전히 차려입고, 45번가 옆의 골목에서 라이터와 담뱃갑을 손에서 손으로 넘기며 쓰레기통에 기대서서 '극장'에 대해 말하는 모습이라니.

　다른 사람들은 다시 안으로 들어갔다. 아직 장면이 남은 사람들이었다. 하지만 나는 커튼콜 때까지 48분을 때워야 했다. 거의 평화로운 기분이었다. 어느 날이든 내가 가장 긴장을 풀 수 있는 시간이었다. 내 연기가 끝날 때까지 목소리가 버텨주었고, 내일 공연을 걱정하기에는 아직 너무 일렀다. 그 걱정은 커튼콜 때 허리숙여 인사한 직후부터 시작될 것이다. 나는 비상계단 아래에 혼자 앉아서 도시가 서서히 휴식에 들어가는 소리에 귀를 기울였다. 공연 도중에 나온 사람 몇 명이 우리를 욕하는 소리가 들렸다. 이런 일은 거의 매일 일어나겠지만, 나는 전혀 신경 쓰지 않았다. 셰익스피어를 싫어하는 사람은 아주 많다. 내가 어떻게 할 수 없는 일이다.

　내 분장실 탁자 위에 25센트 동전을 비롯해서 여러 동전이 흩어져 있었다. 아직 의상을 입은 채로 나는 뒤편 복도의 자동판매기에서 아이스크림 샌드위치를 샀다. 그때 레이디 퍼시가 나를 발견했다.

　"오늘 연기 정말 좋았어요." 그녀가 수줍어하며 말했다. 검은색 장례식 의상을 아직 그대로 입고 있었다.

　"당신 연기도 좋았어요." 나는 진심으로 말했다. "마지막으로 발언하는 장면을 전부 들었는데, 항상 좋은 장면이지만 오늘은 특히 좋았어요."

"내가 당신 때문에 우니까 좋은 거겠죠."

나는 빙긋 웃었다. 오늘 공연이 좋았을 수도 있고 나빴을 수도 있지만, 레이디 퍼시의 연기가 눈부시다는 점에는 의심의 여지가 없었다.

"공연 전에는 미안했어요." 그녀가 말을 이었다. "전에는 그런 일이 한 번도 없었는데. 나는 남편과 아이를 사랑해요. 나 때문에 신경 쓰지 않아도 돼요."

"걱정 마세요." 나는 이렇게 말하면서도 그녀가 정확히 무슨 얘기를 하는 건지 아직 알 수 없었다. "연기를 하다 보면 머리에 영향이 가기도 하잖아요."

"네, 그런 것 같아요." 그녀는 바닥을 내려다보았다. 그러고는 다시 말을 이으면서 내 손에서 아이스크림 샌드위치를 가져가 깔끔하게 포장을 벗긴 뒤 다시 돌려주었다.

"오늘 같이 무대에 있을 때 당신 심장이 뛰는 소리를 듣고 조금 겁이 났어요. 내가 지금 말을 안고 있나 하는 생각이 들 정도라서. 가끔 당신이 너무 슬퍼 보여서 저러다 속으로 터져버리거나 기절할지도 모르겠다 싶을 때가 있어요. 그럴 때면 당신을 안고, 정말 멋지게 잘하고 있다고 말해주고 싶지만… 그랬다가는 당신한테 키스하게 될까 봐 걱정이 되네요." 그녀는 미소를 지었다. "그래도 키스하지는 않을 거지만."

그녀는 이 말을 하고 나서 자신의 분장실을 향해 걸어갔다. 긴 복도를 따라 또각또각 구두 소리가 멀어졌다. 세상에, 그녀는 밀을 수 없을 만큼 대단한 여자였다.

곧바로 다른 방향에서 버질이 폭풍처럼 나타났다. 그는 새 국왕의 대관식 장면을 향해 서둘러 가고 있었다. 그가 등장하는 마지막 장면이었다. 그가 내게 시선을 돌렸다.

"내가 조금 격려를 해줘도 괜찮겠나?" 그는 사이비 영국식 발음으로 이렇게 말했다.

나는 스스로 생각하기에 품위 있는 태도로 대답했다. "그거 아세요, 버질? 이번 공연이 저한테는 최초의 셰익스피어 작품이라서 저는 완전히 학습 모드예요. J.C.한테서 엄청나게 많은 메모가 오는데, 그냥 연출자한테서 직접 말로 들을 수 있게 선생님이 귀띔을 해주시면 좋겠어요. 무슨 뜻인지 아시죠?"

"그래." 그는 점잖게 대답한 뒤 말을 이었다. "자네의 t 발음은 엉망이야. t 발음을 연습하게. t와 d가 없으면 가끔 모음만 가지고 말하는 것처럼 들리거든."

"감사합니다. 정말 도움이 되는 말씀이에요."

"자네는 잘 해낼 거야." 그는 이렇게 말하고 나서 걸어갔다. "a에도 신경을 쓰게." 그가 큰 소리로 외쳤다. "그 발음 때문에 홋스퍼가 알라모에서 멕시코인들과 싸워야 할 것처럼 들리니까."

그는 갑자기 걸음을 멈추더니, 불편한 기색으로 뚱뚱한 배 주위의 검을 만지작거리며 되돌아왔다.

"이 대본을 쓴 사람이 위대한 시인이었던 건 사실이지. 하지만 그가 아주 훌륭한 배우이기도 했다는 점을 명심하게. 문학을 사건으로 만드는 게 우리 일이야. 우리가 사용하는 수단은 '왜'와 '어떻게'이고. 이 인물이 '왜' 이런 말을 하고, '어떻게' 이런 말을 하나. 자네는 '왜'를 잘 다루네, 윌리엄. 그래서 영화에서 좋은 모습을 보여준 거야."

언뜻 칭찬처럼 들릴지 몰라도, 사실은 칭찬이 아닌 말이었다.

"자네가 노력해야 하는 건 '어떻게'일세. t와 d부터 시작해." 그는 마침내 검의 위치를 흡족하게 고정하고 나를 올려다보았다.

"삐친 표정은 짓지 말고." 그가 펄쩍펄쩍 뛰어다니는 양치기 개처럼 웃음을 억누르지 못하고 씩 웃었다. "체호프 작품을 하면 잘할 거야. 그게 자네한테 더 잘 맞아. 체호프는 배우한테 이파리를 주고, 우리는 나무를 세워야 하지. 하지만 셰익스피어는 나무 전체를 줘. 우리 것은 이파리밖에 없다고. 습관을 버리게. 자음을 올바르게 발음하면, '자네'가 조용해지고 극 중 인물이 말하게 될 거야." 이 말을 마친 뒤 그는 무대 왼편 문을 향해 복도를 냅다 달려갔다. 그 와중에 그의 검이 바닥에 떨어지면서 쨍그랑 소리를 냈다. 그러자 세 명이 달려와 각자 자기가 먼저 검을 주워주겠다고 다퉜다.

열기가 느껴지지 않는 커튼콜만큼 우울한 일은 인생에 별로 없다. 우리 〈헨리〉 공연의 첫 번째 시연은 쉽사리 실망하는 사람들과 잘 맞지 않았다. 수백 명의 노인들이 졸다가 깨서 움직이는 소리, 사고를 쫓아다니는 사람들(첫 번째 시연의 표를 사는 사람들은 일이 아주 잘못되는 꼴을 보고 싶어 한다) 몇 명이 내는 시시한 소리, 점잖은 박수 소리가 한데 섞였다. 우리가 기대했던 것처럼 우리를 끌어안아 주는 반응은 아니었다. 우리가 마지막으로 허리를 숙여 인사할 때 사람들이 일어서기 시작했다. 순간적으로 나는 '잠깐! 잠깐. 설마 기립 박수?'라고 생각했지만 아니었다. 그들은 그냥 밖으로 나가는 사람들이었다. 밤 11시 40분에 떠나는 트렌턴행 뉴저지 통근열차를 타려는 사람들이었다. 아니면 시간당 요금이 더 붙기 전에 주차장에서 차를 꺼내려는 사람들일 수도 있었다. 누가 알겠는가? 하지만 우리는 무대에서 빨리 내려갈 수 없었다. 우리의 사랑하는 팔스타프 버질 스미스가 분장실로 내려가는 계단에서 검을 빼들고 할복하는 시늉을 했다. 몇 명이 웃음을 터뜨렸다.

"우울합니까?" 연출자가 우리에게 물었다. "당연히 우울해야죠."
　서른아홉 명의 출연진이 모두 극장의 객석에 모여 있었다. 겨우 20분 전만 해도 관객들이 앉아 있던 자리였다. 우리는 여느 때처럼 연출자가 우리에게 의욕을 북돋우는 메모를 전달하는 시간을 참을성 있게 기다리고 있었다. 그것이 이제는 우리의 일상이 되어 있었다. 출연진 대부분은 겉옷을 입고 앞좌석 의자에 발을 올린 편안한 자세였다. 방금 분장을 지우고 나온 배우들은 모두 창백한 얼굴로 쉽게 상처받을 것 같은 표정을 짓고 있었다.
　"여러분의 시간을 너무 잡아먹지는 않겠습니다." 연출자가 입을 열었다. "시간도 늦었고, 여러분 모두 피곤할 테니까요. 하지만 오늘 내가 얼마나 넌더리가 났는지 여러분에게 말하지 않는다면 너무 화가 나서 잠을 못 잘 것 같습니다." 그의 목소리에 체념의 기색이 배어 있었다. "여러분에게 솔직하게 사실대로 말하겠습니다.

오늘 밤 여러분의 연기를 보면서 나는 이 직업을 그만두고 싶은 생각이 들었습니다."

J.C.는 무대에 서서 우리를 노려보았다. 정말로 몸이 아픈 사람 같았다. 눈도 촉촉이 젖어 있었다. 우리는 앞좌석에 걸쳐놓았던 발을 천천히 내리고, 좀 더 예의 바른 자세를 취했다.

"지나치게 호들갑을 떨고 싶지는 않습니다." 연출자가 무대 정 중앙에서 말했다. "개인으로서 여러분은 모두 괜찮은 사람들일 겁니다. 하지만 하나의 극단으로서 여러분은 실패했습니다. 나 도 실패했습니다." 그는 말을 멈추고 제자리에서 발을 조금 움직 였다. "오늘은 '주점 장면'에 초점을 맞추고, 거기서부터 시작합시 다." 그는 다시 말을 멈추고 재킷에 묻은 뭔가를 털었다. 나는 안 도의 한숨을 내쉬었다. 홋스퍼는 주점 장면에 단 한 번도 등장하 지 않는다.

"도대체 뭡니까! 젠장!" 그가 한 손으로 다른 손 손바닥에 주먹 질을 하자 무대 바닥이 흔들렸다. "다들 어디 있었어요? 지난 6주 동안 내가 혼잣말을 한 겁니까? 고등학교 때 연기 지도 선생님을 무대 위로 모셔 와서 감사 인사를 하고 싶어요? 그만큼 아마추어 같은 연기였다고요. 아, 정말이지, 다들 날 봐요. 여긴 브로드웨이 입니다! 재미있지 않느냐고요? 아뇨. 값만 비싸고 지루합니다. 남 들이 자위행위를 하는 모습을 볼 바에는 차라리 집에 가서 내가 직접 하겠습니다."

팔스타프가 앉은 자리에서 불안하게 움찔거리기 시작했다.

"당신은 아닙니다, 버질." J.C.가 흰 수염의 우리 스타에게 고개

를 꾸벅 숙였다. "당신은 훌륭했어요. 지구상의 모든 사람에게 위
대한 배우로 알려져 있는 그 이름에 온전히 걸맞은 모습이었습니
다. 오늘 〈헨리 4세〉 1부와 2부를 고등학교 극단과 함께 공연했다
는 점이 안타까울 뿐이죠." 그는 잠시 말을 멈추고 눈물을 닦으며
마음을 추슬렀다. 그리고 다시 말을 이었다. "내 말은… 아, 시팔."
그는 버질을 제외한 우리 모두를 바라보았다. "아까 무대로 올라
가서 여러분 모두의 엉덩이를 차버리고 싶었습니다. 내가 여러분
에게 의지하고 있다는 걸 모르겠어요? 우리는 서로에게 의지하
고 있습니다. 그런데 어떻게 됐습니까?" 그는 우리들 중 누가 답
을 내놓을지도 모른다고 기대하는 사람처럼 잠시 말을 멈췄다.
"우리가 그동안 노력한 건 다 어디로 갔습니까?"

　J.C.는 덩치 큰 새뮤얼을 똑바로 바라보았다. 내 옆자리에 앉은
새뮤얼의 130킬로그램짜리 몸이 극장 객석의 접의자를 꽉 채웠
다. 눈물 때문에 눈이 따끔거릴 것 같았다. 새뮤얼은 버질을 빤히
바라보면서 입술을 깨물었다. 새뮤얼은 모든 주점 장면에 등장
했다.

　전날, 손님들을 초대한 드레스 리허설이 끝난 뒤 버질은 방금
언급한 주점 장면에 나오는 모든 배우들의 분장실을 돌면서 좀
더 얌전한 연기를 해달라고 직접 부탁했다. 그들이 모두 자신을
깔아뭉개는 것 같다는 생각 때문이었다. 버질은 관객의 웃음이
터져야 할 대목에서 아무 소리도 들을 수 없었다고 주장했다. 그
는 관객의 시선을 놓고 다른 배우들과 어쩔 수 없이 경쟁해야 하
는 처지로 몰리는 것 같은 생각이 강하게 든다면서, 정말 마음에

들지 않으니 제발 그만하라고 말했다.

"새뮤얼, 난 해명을 들어야겠습니다." 연출자가 새뮤얼에게 직접 말했다. 새뮤얼은 아무 말 없이 가만히 앉아 있기만 했다.

"당신의 직업은 배우입니까?"

"네, 그렇습니다." 새뮤얼이 말했다.

"무대에 선 당신의 얼굴에서 내가 뭘 봤는지 압니까? 주점 장면에 나오는 모든 사람의 얼굴에서도 똑같은 것을 봤습니다…. 와, 세상에, 내가 버질 스미스랑 같이 무대에 서 있어, 버질은 오스카상 트로피를 어디에 보관해 둘까?

그래요, 우리는 관객의 웃음을 끌어내려고 합니다. 그래요, 관객이 우리의 대사를 듣고 호감을 느끼기를, 우리의 연기를 이해하고 제대로 평가해 주기를 바랍니다. 무대에 서는 사람은 모두 그런 걸 원해요. 아이들도 모두 그걸 원합니다. 하지만 우리가 왜 어른입니까? 우리가 왜 프로입니까? 그것이 우리의 목표가 아니기 때문입니다. 기립 박수를 받는 것이 우리 목표입니까? 표를 매진시키는 것이 목표예요? 좋은 평을 받는 것? 토니상을 받는 것? *아닙니다.* 우리 목표는 항상 연기에 최선을 다하는 겁니다. 우리가 스스로 정한 기준에 도달하는 겁니다. 우리가 사는 세상에는 이른바 승자들이 가득합니다. 겉으로는 성공한 것처럼 보이지만 속으로는 남몰래 실패를 거듭하는 사람들과 실패한 것처럼 보이지만 사실은 성공한 사람들. 겉모습이 전부가 아닙니다. 버질은 웃음이 터지는 장면에서 모두 반응을 이끌어냈습니다. 관객들은 버질의 연기에 넋을 놓고 웃어댔어요. 그러면서 속으로는 이런 생각을 했을 겁니다. 내가 주차 티켓을 어디에 뒀더라? 이 공연은 몇 시간짜리지? 집에 가서 할 일이 많은데.”

우리는 잘못을 저지른 학생들처럼 아무 말도 못 하고 앉아 있었다.

“날 믿어요. 연습실에서 우리가 노력한 것을 모두 무대로 옮겨 놓는다면, 여러분은 내가 평생 함께 일해본 최고의 배우들이 될 겁니다. 새뮤얼 당신도 포함해서요. 여러분이 최고의 모습을 보여 줘야 합니다. 난 여러분을 밀어붙일 거예요. 목표에 거의 도달했으니까.” 그는 발바닥까지 닿도록 숨을 깊이 들이쉬었다. “‘연기’하는 티를 내지 마세요, 네? 버질이나 나를 상대로도 안 되고, 여러분 자신을 상대로도 안 됩니다. 명심하세요. 목소리를 얼마나 멀리까지 전달하는지가 중요한 게 아닙니다. 영혼을 얼마나 전달하는지가 중요해요.”

나는 버질을 빤히 바라보았다. 뚱보 자식. 오늘의 형편없는 무대가 사실은 자기 탓이라고 나서서 말하지 않을 셈인가? 새뮤얼을 비롯한 다른 배우들이 자기 말 때문에 쓰러지는 걸 내버려두는 거야?

그래, 그럴 생각인 것 같았다.

“좋습니다.” J.C.가 마무리 발언을 시작했다. “가서 좀 쉬고 내일 다시 시작합시다.”

나는 일어나서 내 겉옷을 움켜쥐었다. 아이들이 있는 집으로 한 시라도 빨리 가고 싶은 마음이 여전했다.

“아, 그렇지.” J.C.가 말을 이었다. “프린스 핼은 어디 있습니까?”

"여기 있습니다." 프린스가 외투 소매에 팔을 꿰면서 일어섰다.

"프린스 핼의 아버지가 몇 명인 것 같습니까?" J.C.가 물었다.

"네? 뭐라고요?"

"세상에는 많은 사람이 있습니다. 집배원, 열차 차장, 사서, 배우, 경찰, 의사, 군인, 미용사… 사람이 많아요, 그렇죠?"

프린스는 고개를 끄덕였다.

"사람들 각자에게 아버지는 한 명뿐입니다. 한 명. 당신 아버지는 5막 2장에서 숨을 거두죠. 만약 당신이 담배를 사려고 9번 애비뉴를 걷다가 어떤 노인이 넘어져서 신음하는 모습을 알아차린 몽유병 환자처럼 군다면, 관객들은 내가 왜 180달러나 되는 돈을 내고 여기 앉아 저런 거지 같은 연기를 보고 있는 거지, 하고 생각할 겁니다. 알겠어요? 아버지는 한 명입니다. 그 아버지가 죽었어요. 다시 살아날 수 없습니다. 이미 문이 닫혔어요. 다음 차례는 당신입니다. 알겠어요? 잘 연구해 보세요. 제대로 해내지 못한다면, 우리가 아예 막을 열지 않을 수도 있습니다."

"죄송합니다, J.C. 그게…"

"왜 그렇게 됐는지는 별로 알고 싶지 않아요. 난 제대로 된 연기를 원합니다."

프린스 핼은 미동도 없이 서 있었다. 나는 그가 안쓰러웠다. 그가 오늘 밤 집에 가서 울음을 터뜨릴 것 같았다.

"윌리엄, 얘기 좀 합시다." 사람들이 천천히 밖으로 나가고 있을 때 J.C.가 나를 불렀다.

프라이팬으로 한 대 얻어맞은 것처럼 내 몸이 두려움으로 징 하고 울렸다. J.C.는 출구 옆에서 따로 이야기하자고 손짓했다. 다른 사람들 앞에서 입에 담을 수도 없을 만큼 심한 얘기인가.

무대 뒤편 계단통 아래에서 나는 J.C.의 시선을 피하지 않으려고 애썼다. 그가 내게 작은 소리로 속삭이는 것이 무서웠다.

"오늘 당신 연기는 거의 활활 타는 것 같았습니다. 홋스퍼 연기는 바로 저래야 한다는 느낌이 왔어요. 아주 마음에 들었지만, 그런 연기를 계속 유지하는 건 전적으로 불가능합니다. 일주일 동안 매일 그렇게 소리를 지르고 울부짖다가는 병원에 입원하게 될 겁니다."

나는 혼란스러웠다. 늪 같은 어둠 속에서 찬사를 받은 것에 마음이 들뜨는 한편, 이 사람이 무슨 말을 하려는 걸까 싶어서 무서워하는 마음도 있었다. "몸 관리를 잘하세요. 목소리에 신경을 써서 주의 깊게 들어봐요. 내가 전에도 이 작품을 연출해 봐서 하는 말인데, 홋스퍼를 허투루 보면 안 됩니다. 미친놈처럼 굴어야 하는 역할이라, 배우가 정말로 미치게 될 겁니다. 거의 미친 것처럼 되는 건 괜찮지만, 완전히 미치면 안 돼요.. 이해합니까?"

아니, 이해 못 했다. 나는 무서웠다.

"난 괜찮을 겁니다." 내가 말했다.

"지금도 괜찮습니까?" 그가 물었다.

나는 고개를 끄덕였다. 그가 눈으로 내 얼굴을 샅샅이 훑었다.

"나의 유일한 문제는 프린스 핼이 나를 능가하는 것 같아서 가끔 불안해진다는 겁니다." 나는 미소를 지으면서, 대범하게 농담하는 척했다.

"두 사람이 모두 뛰어난 연기를 할 수도 있는 것 아닙니까?"
J.C.가 대답했다. "이건 영화가 아닙니다, 윌리엄. 알겠어요?" 이건
내게 훈련이 부족하다는 점을 강조하고, 애당초 나는 이 무대에
설 자격이 없는 사람이라는 나의 강박을 일깨우는 최고로 잔인한
말이었다. "오늘 무대에서 당신은 모공에서 휘발유가 새어 나와
온몸에 불이 붙은 것 같았어요. 솔직히 그걸 보면서 남몰래 즐거
웠습니다만, 계속 그러다가는 당신 성대든 등이든 뭔가가 망가질
거예요. 속에서 뭔가가 고장 날 겁니다."

그는 잠시 말을 멈추고 다시 나를 관찰했다. 침묵이 너무나 무
서웠다.

"우리의 마음이 아주 넓다는 사실만 알아두세요." 그가 나를 보
면서 말했다. "알겠습니까? 우리 마음은 작고 하찮은 게 아니에
요. 기가 막히게 큽니다. 게다가 심장은 우리 가슴 한복판에 걸려
있죠. 심장은 쌔가 빠지게 일을 하고 있지만, 당신이 심장을 도와
줄 필요는 없어요, 알겠습니까? 각자의 내면에 자리 잡은 재능은
그렇게 연약하지 않습니다. 폐는 가슴이 아니라 등에 있죠. 목소
리는 목구멍에서 나오는 게 아니라, 척추에서부터 시작됩니다. 알
겠어요?"

하나도 알아듣지 못했지만, 그가 내 자신감을 북돋우려 한다는
사실은 확실히 알 수 있었다. 그래서 내가 한심하다는 생각에, 그
의 칭찬이 진심인지 자꾸 의심하게 되었다.

"내 말은… 우리가 아는 게 그리 많지 않다는 거예요. 그냥 조금
긴장을 풀어봐요. 딱 알맞게 긴장을 풀고 무대에서 분노를 분출

한다면, 무대가 그걸 받아서 당신을 치유해 줄지도 모릅니다. 가능한 일이에요. 무대는 꿋꿋합니다. 무게중심을 유지해요. 알겠습니까?”

나는 고개를 끄덕였다.

그러고는 자기도 모르게 이렇게 물었다. “한 가지 말씀드려도 됩니까?”

“네.” J.C.는 내 전신을 살펴볼 수 있게 한 걸음 뒤로 물러나며 대답했다.

“아까 그건 새뮤얼이나 다른 사람들의 잘못이 아니었습니다. 버질이 모두에게 와서…” 연출자가 내 말을 잘랐다.

“내가 그걸 모르는 것 같습니까? 내가 멍청한 것 같아요? 내일 태양이 떠오른다는 사실을 밤새 사람들에게 설득하는 짓은 안 합니다. 태양이 스스로 그 사실을 증명할 테니까요. 가끔은 누가 옳고 누가 그른지가 중요하지 않습니다. 새뮤얼이 연기를 망친 건 스스로 자신을 믿지 못했기 때문이에요. 버질은 무대에서 천재적입니다. 그건 분명해요. 그러니 거기에 익숙해지세요. 또한 당신이나 내가 떠들어댈 수 있는 어떤 문제보다도 더 잔인한 문제들을 버질 스스로 안고 있기도 해요. 곧 그 괴물들과 마주하게 될 겁니다. 혼자가 되자마자. 걱정 마세요.” J.C.가 빙긋 웃으며 말했다. “내가 하고 싶은 말은 이겁니다. 고삐를 쥔 사람은 당신이 아니라는 것.”

나는 그에게 감사 인사를 하고 돌아섰다.

“하나 더.” 그가 내 어깨를 잡았다. “악평을 감당할 수 있습니까?"

"네?"

"비평가들 말이에요." J.C.가 간단하게 말했다. "당신의 홋스퍼 연기에 나처럼 반응하지 않을지도 모릅니다. 하지만 그 사람들이 틀린 겁니다."

나는 멍하니 그를 바라보았다.

"그들은 당신이 너무 현대적이고, 너무 웃기고, 너무 미국적이고, 너무 화를 낸다고 생각할 겁니다. 대부분의 비평가들은 W. H. 오든의 『셰익스피어 강의』를 즐겨 인용하죠. 오든은 훌륭한 시인이었습니다만, 이 작품을 잘못 이해했어요. 당신이 원한다면, 좋은 평을 받을 수 있게 내가 만들어줄 수는 있습니다. 어렵지 않아요. 의상을 조금 바꾸고, 동작 몇 개를 없애고, 손을 주머니에 넣으라고 하고, a와 t 발음을 손보면… 그 발음은 정말 형편없어요. 하지만 이런 식으로 바꾸고 나면 당신의 연기는 지금만큼 재미있지 않을 겁니다. 그러니까 생각해 봐요. 《뉴욕타임스》가 유독 당신을 콕 집어서 완벽한 작품 속의 유일한 문제점이라고 지적하는 걸 참을 수 없다면, 당신이 연기를 바꾸는 데 필요한 도구를 내가 제공해 주겠습니다. 하지만 공연을 위해 총알받이가 되는 편을 택해주면 좋겠습니다. 당신 연기를 지켜보는 게 엄청 재미있으니까요."

"비평에는 신경 쓰지 않습니다." 나는 거짓말을 했다.

"다시 말해봐요." J.C.가 말했다.

"비평에는 신경 쓰지 않습니다."

"좋군요." 그가 웃음을 터뜨렸다. "내가 충고 하나 할까요? 비평을 읽지 마세요. 그냥 살아남아요. 마약은 절대 하지 말고. 잠도 좀 자고. 담배는 실내에서 따뜻한 음료를 마실 때만 피우세요. 그리고 *절대 공연에 빠지면 안 됩니다.*"

그는 내 등을 툭 치고는 자리를 떴다.

3장

나는 브로드웨이에서 남쪽으로 내려가는 6번 전철을 기다렸다. 셰익스피어가 천천히 내게서 빠져나갔다. 내가 그 많은 코카인을 하지 말았어야 하는 건데. 그건 확실했다. 코카인은 전혀 도움이 되지 않았다. 오히려 그 후유증으로 나는 아주 깊은 이혼남 우울증 속으로 곤두박질치고 있었다. 6번 전철에서 플랫폼으로 나오는데, 차 안에서 내 맞은편에 앉았던 중년 백인 여성이 나를 향해 똑똑히 말하는 소리가 들렸다. "연극이 아주 엉망진창이었어요."

나는 고개를 돌려 그녀를 보았다. 여자가 빙긋 웃었다. 지하철 문이 닫혔다.

머큐리 호텔로 걸어 들어가면서 나는 생각했다. 그 코카인 봉지랑 거기에 딸려 온 작은 파란색 알약을 내가 어쨌지? 어머니가 아이들을 봐주고 있었다. 첫 번째 시연을 놓치게 됐다며 잔뜩 화를 냈지만 아이들을 봐줄 사람이 어머니밖에 없었다. 아이들이나 어머니가 코카인을 발견하면 안 되는데. 만약 호텔 청소부가 코카인 봉지를 발견한다면 끝장이었다. 호텔 측에서는 경찰에 신고할 것이다. 이 생각에 나는 망연자실했다. 복지국에서 아이들을 데려가는 상상을 했다. 신문에는 '마약굴 아빠'라는 헤드라인이 실릴 것이다.

머큐리의 내 스위트룸에 도착할 무렵에는 마약을 어디에 숨겨뒀는지 확실히 기억해 낸 것 같았다. 내 기타 케이스 안이었다. 내가 스위트룸 문을 열고 들어간 때는 자정이 가까웠으므로, 나는 틀림없이 모두가 곤히 잠들어 있을 거라고 확신했다. 그러니 마약 봉지를 찾아 변기에 내린 뒤, 무릎을 꿇고 연극의 신에게 용서를 구하고는 잠자리에 들면 될 일이었다.

하지만 안에 발을 들여놓자마자 나는 문제가 생겼음을 알았다. 은은하고 낭만적인 조명이 밝혀져 있었다. 윌리 넬슨의 노래 〈스타더스트 메모리즈〉가 들려오고, 바나나 빵 냄새가 났다. 스위트룸 전체가 티끌 하나 없이 깨끗하고 따뜻했으며, 노먼 록웰*의 그림 같은 평화로운 분위기가 가득했다. 상자에 담겨 바닥에 널려 있던 내 책들은 책꽂이에 알파벳 순서로 깔끔하게 꽂혀 있고, 내 음반, 서류, 옷가지, 아이들이 쓰는 수채화 물감, 병정 인형, 레고 등 모든 것이 깨끗이 정돈되어 있었다. 어머니는 이런 시각에 허리에 앞치마를 맨 모습으로 주방에서 분주히 움직이며 약 일곱 가지 일을 한꺼번에 해내는 중이었다. 딸이 키우는 강아지는 가죽 소파에서 자고 있었다.

나는 꼬박 1분 동안 어머니를 지켜보며, 이 스위트룸 내부가 얼

---

*   미국의 화가.

마나 아름다워졌는지 감상했다. 그러다 내 기타가 나와 있는 것
을 보았다. 기타는 피아노 위에 무심히 놓여 있었다. 보기에 좋은
광경이긴 했으나, 케이스는 어디로 갔지?

어머니가 내 존재를 알아차리고 돌아섰다.

"왔니? 오늘 공연은 어땠어? 여긴 아주 좋았지. 보다시피 내가
청소를 좀 했거든. 괜찮지? 애들이 너무 일찍 너무 쉽게 잠들어
버려서 말이야. 밤새 이메일을 쓰는 데도 한도가 있으니, 결국 손
으로 뭔가 생산적인 일을 하게 돼. 그렇지?" 어머니는 내게 부드
러운 미소를 지었다. 질문에 내가 굳이 대답할 필요는 없는 것 같
았다. 어머니는 차분히 돌아서서 하던 일을 계속했다.

"어쨌든, 내가 채소만 들어간 칠리를 만들어서 냉장고에 넣어
놨어. 네가 항상 건강한 음식을 금방 먹을 수 있게. 네가 좋아하는
콩 소스도 만들고, 애들이 먹을 바나나 빵도 좀 구웠지. 편히 먹을
수 있을 거야."

어머니는 아름다운 분이다. 나랑 나이 차이가 열일곱 살밖에 안
나기 때문에, 아직도 40대 끝자락에 머물러 있었다. 사람들이 항
상 나더러 어머니가 정말 젊어 보이신다고 말하면, 나는 이렇게
대답했다. "젊어 보이시는 게 아니라, 진짜로 젊은 거예요."

그런데 오늘 어머니는 평소보다도 더 젊어 보였다. 머리에 두른
스카프는 약 2주 전에 받은 리프팅 수술의 멍 자국을 가리기 위한
것이었다. 어머니가 그런 수술을 받는 것에 나는 마음이 아팠다.
어머니가 지금껏 내게 가르쳐준 모든 것과 어긋나는 일 같았다.
어머니는 지난 8년 동안 아이티의 포르토프랭스에서 평화봉사단

으로 활동했다. 그 도시 최대의 고아원을 운영했으며, 학교에 다니지 않던 어린이 3000여 명을 학교에 등록시키는 데 성공했다. 이번에 뉴욕에 온 데에는 세 가지 목적이 있었다. (1) 자꾸 질문을 던져대는 아이티 아이들이 없는 곳에서 수술 상처가 나을 때까지 지내는 것. (2) 기금 모으기. (3) 내가 잘 지내는지 확인하는 것.

인도적인 활동으로 엘리노 루스벨트처럼 무게 있는 상을 곧 받을 것 같은 어머니가 성형수술을 받은 이유를 나는 이해할 수 없었다. 심지어 어머니는 아직 젊은 나이가 아닌가. 나는 정말 말문이 막혔다. 어머니의 피부가 너무 세게 당겨져 있어서 보기만 해도 아플 것 같았다. 게다가 어머니가 필사적으로 젊음에 집착하는 모습이 자식에게는 특히 무서웠다. 사람들은 늙어가는 것을 걱정할 필요 없다고, 자신이 우아하게 나이를 먹어갈 것이라고 믿고 싶어 한다. 하지만 어머니가 얼굴을 반으로 잘라 귀 뒤로 잡아당긴 것 같은 모습으로 나타나면, 그렇게 믿기가 힘들어진다. 어머니가 지나치게 분주히 움직이며 청소를 하고 요리를 하는 모습도 조금 '이상'했다. 그때 깨달음이 왔다.

"엄마." 나는 어머니를 빤히 바라보며 말했다. "코카인 했어요?"

어머니가 얼어붙었다. 그러다 천천히 나를 향해 빙긋 웃었다. "왜 거기 그렇게 서서 신부님처럼 구는 거니? 그거 네 거잖아." 어머니가 한쪽 눈을 찡긋하며 말했다. 그러고는 돌아서서 하던 일로 돌아가, 오븐에서 바나나 빵을 꺼냈다.

"나는 육식을 싫어하는 것처럼 코카인도 싫어해." 어머니가 말했다. "혐오스럽다는 뜻이야. 도덕적으로 비난받아 마땅한 일이고.

하지만 내 돈을 내고 산 것이 아니라면, 상당히 재미있는걸."

나는 주방을 마주 보는 자리에 놓인 커다란 가죽 의자에 앉아 양손에 얼굴을 묻었다. 이러니 내가 배우가 됐지.

"정말 믿을 수가 없네요, 엄마." 내가 말했다. "뭐가 문제인지 모르겠어요?" 나는 거의 꼼짝도 할 수 없었다. "내가 아이들을 좀 봐 달라고 했잖아요. 어머니 평생 처음으로 혼자 손주들을 맡으신 거라고요. 그런데 내가 돌아와 보니, 어머니는 콧속에 코카인을 잔뜩 밀어 넣으셨네요."

"세상에, 너무하잖니! 정말이지. 네가 그렇게 깨끗한 사람이라면, 무슨 키스 리처즈*라도 되는 것처럼 기타 케이스 안에 코카인을 넣어서 들고 다니는 짓은 하지 말았어야지." 긴 침묵 속에서 어머니는 양푼 하나를 씻었다. 마침내 강아지가 내 존재를 알아차리고 잠에서 깨어 컹컹 짖으며 방 안을 뛰어다녔다.

"이 얘긴 그만하자, 응?" 어머니가 밝게 말했다. "그냥 우리 둘 다 조금 무책임하게 군 것 같다고 인정하는 게 어때? 아무 일도 없었다는 점을 다행으로 여기고 이야기를 나누는 거야. 내가 줄곧 네 생각을 좀 해봤는데, 이혼이니 뭐니 하는 이번 일에 네가 왜 그렇게 정신을 못 차리는지 정말 모르겠거든. 너랑 메리가 전부 그렇게 흥분한 이유를 모르겠어. 이혼은 좋은 일이야. 난 메리한테 보낸 편지에도 똑같은 말을 썼어. 내가 잘못한 거 아니지?"

"뭐라고 하셨는데요?"

영국 가수.

"그 애가 이해하지 못하는 게 뭔지 설명했지. 그러니까, 네가 네 아버지랑 아주 똑 닮았다고."

"그게 무슨 뜻이에요?"

"애, 그렇게 화내지 마." 어머니가 주방에서 소리쳤다. "목소리에 날이 아주 잔뜩 서 있네. 내가 *네* 코카인을 아주 조금 했어. 말이 나온 김에 말하자면, 네가 그걸 집으로 가져온 건 진짜 못돼 처먹은 행동이야. 메리라면 양육권을 얻기 위해 사립 탐정을 고용해서 네 오명을 온 세상에 퍼뜨릴 수도 있을걸. 똑똑하고 강한 애니까. 그러니 멍청하게 굴지 마. 정신 좀 차려." 어머니는 빙긋 웃었다. "처음 네가 불법으로 소지한 마약을 발견했을 때, 나는 변기에 넣고 내려버리려고 했어. 그러다 이런 생각이 들었지. 잠깐, 내가 거의 쉰 살이 됐는데… 1987년 이후로 코카인을 한 적이 없잖아. 오늘 한번 해보지, 뭐. 그래서 했어. 이렇게 기분이 좋은 게 정말 얼마 만인지. 너도 내 기분을 망칠 생각은 하지 마. 여기 스위트룸을 청소하면서 정말 기분이 반짝거렸으니까." 어머니는 설탕 통을 수납장에 다시 넣으면서 환히 웃었다. "서른두 살의 나이에 마약을 들고 다니고, 우울하게 처져 있는 이혼남 아들이 이렇게까지 화를 낼 줄은 미처 몰랐네. 내가 다 해치웠으니까 다행인 줄 알아. 어차피 처음부터 갖고 있으면 안 되는 물건이었잖아. 아침에는 애들 때문에 일찍 일어나야 할 거고."

"나한테 코카인이 필요한 게 아니에요, 엄마." 나는 망연자실했다. "나도 버릴 생각이었어요."

"그럼 다행이고." 어머니는 앞치마를 벗고 주방에서 나와 내게 다가왔다. "얘, 난 너를 이 세상 무엇보다 사랑해. 넌 정말 훌륭한 아들이야. 하지만 인정할 건 인정하자… 메리는 샴페인을 터뜨려야 할 거야. 너든 누구든 남자가 필요하지 않은 여자니까. 너한테는 여자가 꼭 필요하지. 파트너와 아내가 필요해. 공연을 하며 전 세계를 돌아다니는 록스타는 네게 필요한 파트너가 아니야!" 어머니는 내 맞은편에 앉아 내 재킷 주머니에서 담배를 꺼낸 뒤, 성냥을 찾아 두리번거렸다. "난 메리를 이해해. 축복받은 아이지. 지금은 그 애가 스스로 축복받았다는 사실을 모르는 것 같지만, 축복받은 게 맞아. 혼자 힘으로 먹고 살 수 있으니, 땀 냄새 나는 남자의 양말이나 빨면서 인생을 보내지 않아도 되잖아. 그게 얼마나 행운인지 아니?" 어머니는 성냥을 찾아 담배에 불을 붙이고는, 소녀처럼 아주 조금씩 연기를 내뱉었다.

"메리 같은 여자는 이 지구상에서 아주 한 줌밖에 안 돼. 자기가 하고 싶은 일을 하기 위해 남자한테 아부를 떨지 않아도 되잖아. 메리는 무대에서 아주 뛰어난 사람이고, 사람들의 존경도 받고 있어. 엄청난 재능이지. 머리를 제대로 쓴다면, 사람들의 존경, 타고난 재능, 돈을 이용해서 이 세상을 제대로 바꿔놓을 수 있을 거야. 그렇게 흐름을 바꿔놓을 수 있는 사람은 별로 없다고. 강물이 우리를 밀치면서 흘러가면, 우리는 여기저기 헛되이 부딪히며 살아가지. 하지만 메리는 강물의 힘에 맞설 수 있어. 내가 메리만큼 돈이 많았다면, 절대 남자 따위 신경 쓰지 않았을 거야." 어머니는 내 무릎을 툭툭 두드리고, 담뱃재를 턴 뒤 소파에 등을 기댔다.

"내가 얼굴 수술 받은 걸 네가 못마땅해하는 거 알아. 그건 외모가 나한테는 전혀 중요하지 않다는 걸 네가 몰라서 그래."

나는 어이가 없어서 웃었다.

"진짜야. 신경 쓰는 건 남자들이지. 그런데 나한테는 남자들의 관심이 필요하거든. 기금을 모금하는 모임에 가서 부유한 백인 남자들이 자기들 핸드폰이나 들여다보면서 멍청한 수작을 부리는 걸 지켜볼 때 기분이 어떤지 아니? 세계 인구의 20퍼센트가 전 세계 자원의 80퍼센트를 소비한다는 얘기를 하는 쉰 살 여자의 말을 듣다가 지루해져서 그냥 딴짓을 하는 거야. 수백만 명의 어린이들에게 먹을 것이 부족하다는 얘기를 듣다가…" 어머니는 극적인 효과를 위해 잠시 말을 멈췄다. "젊고 아름다운 여자가 걸어 들어오면, 아이고, 아이고, 이런…. 내가 뭐 도울 일이 없을까, 아가씨? 그렇지, 창의적인 해법을 찾아야겠구먼, 큰 승리를 위해 모두 힘을 합치자고! 이렇게 되는 거지. 알겠어? 난 '예뻐지고' 싶은 게 아니야. 의미 있는 사람이 되고 싶은 거야! 이 피상적인 세상에 내가 맞춰주는 거라고." 어머니는 한참 입을 다물고 마음을 추슬렀다. "참고로 말해두는데, 내 수술 비용은 공짜야. 이런 일에 굳이 돈을 낭비하기 싫었어."

"무슨 뜻이에요?"

"수술을 해준 아이티인 의사가 네 전처의 열혈 팬이야. 그 애의 CD도 전부 갖고 있더라. 그래서 그 애가 훌륭하게 변한 내 얼굴을 보면 의사에 대해 물어보겠다 싶어서…. 무슨 뜻인지 알지? 투자 삼아 내 수술을 해준 거야!" 어머니는 짓궂게 웃었다. "내가 하는 일도 존경한다더구나."

"내가 아버지랑 똑같다는 말은 무슨 뜻이에요?"

어머니는 대답하지 않았다.

대신 이렇게 말을 이었다. "넌 항상 그래…. 네가 살면서 겪는 모든 일을 소재로 이야기를 만들어내지. 무슨 일이 생기자마자 넌 그 일에 대한 '이야기'를 하기 시작했어. 지금도 마찬가지야…. 너의 이혼이라는 '이야기'를 만들어내려고 하지. 네가 좋은 사람으로 보일 수 있게. 하지만 현실은 그렇지 않아…. 엄밀히 말해서 네 아버지와 내 관계에서 '나쁜 사람' 역할은 내 몫이었어. 하지만 지금 넌 코카인이나 흡입하는 나쁜 놈이 됐잖아. 적어도 나는 내가 하는 말을 실천해. 아이들이 거리를 헤매지 않게 돕고 있다고. 아이들을 학교에 보내고, 성매매와 범죄에 빠지지 않게 구해주지. 빈곤 타파를 위해 일주일에 100시간씩 일하고 있어. 너는 하루에 네 시간만 일하면서 사진을 찍히지. 다들 너한테 정말 멋지다고 칭찬하고, 기립 박수를 쳐줘. 네가 한 일이라고는 운을 맞춘 2행 연구 200개 정도를 실수 없이 외운 것뿐인데 말이지."

"우린 기립 박수를 받지 못했어요."

"공연이 안 좋았니?" 어머니가 다정하게 물었다.

"엉망이었죠."

"나도 봤어야 하는데. 너도 한 쉰 살쯤 돼봐. 그 연한 파란색 눈동자 위로 눈꺼풀이 늘어져서 아무도 널 쓰려고 하지 않을걸. 네가 이런 미남이 아니었다면 친구가 지금의 절반도 안 됐을 거야…. 진짜야. 넌 그렇게 재미있는 사람이 아니니까! 결국 성형수

술을 하려고 병원을 몰래 찾게 되겠지. 틀림없이 모발이식도 하
게 될 거야. 그러면 나 같은 사람한테 그렇게 쉽사리 돌을 던질 수
없겠지. 나이를 먹는 건 힘든 일이야. 얌전한 사람들은 늙어가는
걸 견디지 못해. 내 어머니도 돌아가시고, 아버지도 돌아가셨어.
세월이 어찌나 빠른지. 넌 못 믿겠지만, 내 어머니 일, 내가 네 아
버지와 이혼한 것, 이 모든 게 너한테는 먼 옛날 일이라도 나한테
는 어제 일 같아. 네 딸도 어느새 어른이 돼서 아이 엄마가 돼 있
을걸. 그렇게 네 손을 잡고 너를 내 장례식장으로 인도하겠지. 헛
소리로 듣지 마, 아들."

　어머니는 나더러 자기 옆에 앉으라는 듯 소파를 툭툭 두드렸다.
나는 그럴 수 없었다. 강아지가 소파로 뛰어올라 어머니에게 몸
을 붙였다.

　"언젠가 네가 지금 이 순간을 그리워할 때가 올 거야. 네가 집에
왔더니 집이 깨끗해져 있고, 바나나 빵 냄새가 나고, 엄마는 코카
인에 취해 있던 이 밤이 그리워질 거야. 아름답고 재미있는 밤이
었다고 생각할걸. 메리와의 결혼 생활이 슬퍼할 거리도 안 되는
일이었다는 것도 알게 될 거야! 그게 고통스러운 시기였던 건 맞
아. 네가 몹시 불편한 상태였으니까. 프레츨처럼 몸이 배배 꼬였
으면서, 왜 팔이 아픈지 몰라 고민하는 꼴이었지. 난 이렇게 말해
주고 싶구나. '축하한다, 아들. 넌 지금 프레츨 같은 절박함 속에서
조용한 삶을 살지 않으려는 거야.' 이제 네 자식들이 널 더 잘 알게
되고, 아빠와 엄마에게서 가장 좋은 점만 배울 수 있게 되겠지."
어머니는 빙긋 웃었다. 나는 강아지 옆에 앉아, 창문으로 뉴욕시

의 불빛들을 바라보기 시작했다. 새벽 1시인데도 많은 것이 움직이고 있다. 어머니가 일어서서 담배를 끄고 내 뒤로 걸어와 내 등을 긁어주기 시작했다.

"어떤 때는 그냥 죽는 날을 고대하게 되지 않니?" 어머니가 물었다.

"그건 무슨 격려예요?"

"죽음을 고대하는 게 왜 격려가 되지 못해? 난 죽음이 근사한 거라고 생각하는데."

어머니는 내가 어렸을 때처럼 손톱으로 계속 등을 긁어주었다. "네가 죽음을 두려워하는 건, 네 삶의 모든 '특별함'이 죽음으로 증발할 테니까. 네가 죽고 나면 네가 출연한 영화, 잡지 표지, 돈, 예술, 커튼콜, 이 모든 게 의미를 잃을 거야. 1956년에 있었던 불꽃놀이와 비슷해지는 거지. 이 삶이 지속되는 동안에는 재미있기는 해, 그렇지? 넌 자신이 특별하다는 망상을 즐기고 있고, 세상도 그 망상을 뒷받침해 주니까. 그러니 죽음이 무서울 만도 하지. 하지만 말이야, 너와 내가 특별하다면 다칠 것을 두려워하는 모든 생물도 특별해."

어머니는 등을 긁어주던 손을 멈추고 내 정수리에 입을 맞춘 뒤 주방으로 돌아가 다시 청소를 시작했다.

"정말 이상해." 어머니가 말했다. "지난 세월 내내 네 아버지와 싸우면서 미워하고, 돈 때문에 다투고, 추수감사절을 함께 보내며 살았는데, 내가 세상에서 가장 사랑하는 네가 나한테 가장 많은 고통을 준 그 사람처럼 변해가는 걸 지켜봐야 한다니! 언젠가 너도 네 딸이랑 이야기하다가 그 아이의 머릿속에 메리의 시선이 들어 있다는 걸 깨닫게 될 거다. 지금도 같은 일이 벌어지고 있다는 얘기야. 그 무엇도 끝이 아니야. 지금도 여전히 벌어지고 있다고." 어머니는 거실과 주방을 가르는 입구 쪽으로 걸어와 몸을 기댔다. "내가 네 아버지와 더 좋게 끝낼 수도 있었겠다 싶어. 더 성숙했다면. 내가 너한테 해줄 수 있는 충고도 이것뿐이야. 끝이 좋아야 한다는 것. 정중하게 예의를 갖추라는 것." 어머니는 다시 주방 안으로 물러나 손을 씻기 시작했다.

부모님이 갈라선 것은 내 아홉 살 생일 무렵이었다. 어머니와 나는 애틀랜타의 교외에 살고 있었는데, 아버지가 휴스턴에서 차를 몰고 와서 마지막으로 한 번 더 화해를 시도했다. 그날은 세계 최고의 생일날이었다. 당시 아버지는 겁나게 멋진 1964년식 컨버터블 플리머스 바라쿠다를 몰았다. 그날 애틀랜타의 날씨도 너무나 아름다웠다. 10월이라 조금 쌀쌀했지만 아버지는 자동차 지붕을 열고, 나와 내 친구 네 명을 차에 태워 존스 피자하우스에 데려가고 영화도 보여주었다. 버크헤드에 있는 낡은 재상영관에서 그날 상영 중인 영화는 아버지가 가장 좋아하던 작품인 〈왕이 되려던 사나이〉였다.

옛날 영화를 보는 것이 재미있었다. 내 친구들도 그 영화를 좋아했다. 낯선 땅에서 기괴하고 장대한 모험을 하면서 점점 우정을 잃어가는 두 친구의 이야기였다. 영화 말미에서 두 친구 중 한 명은 사로잡혀 밧줄 다리에 갇히고, 다른 한 명인 피치는 안전한 곳에서 모든 것이 자기 잘못임을 알게 된다. 피치는 친구에게 이렇게 소리친다. "지독하게 멍청하고 지독하게 오만했던 나를 용서해 줄 수 있겠나?" 그러자 죽음을 앞둔 친구는 이렇게 말한다. "피치, 할 수 있지. 용서하네!" 그는 친구의 뜻을 이해했음을 알리기 위해 미소를 짓는다. 우리는 모두 불완전하다. 우리 모두 잘못을 저질렀다. 그때 휙, 밧줄이 잘리고 친구는 아래로 떨어져 죽는다.

끝이 이렇게나 씁쓸하고 슬픈 영화를 그때 처음 보았기 때문에 나는 눈물을 멈출 수 없었다. 친구들이 모두 나를 보았다. 우리는 바라쿠다를 향해 주차장을 걷던 중이었는데, 내 친구 한 명이 나더러 콧물을 줄줄 흘린다며 놀리기 시작했다. "야, 너 진짜 마마보이구나!"

그러자 아버지가 단호하게 말했다. "마마보이가 아니야. 네가 울지 않는 건, 영화를 제대로 보지 않았다는 뜻이다."

친구들은 입을 다물었다.

차를 몰고 가다가 정지신호에 걸린 아버지는 시동을 끄지 않은 채 음악을 크게 틀었다. 주위 사람들이 짜증을 낼 정도였다. 아버지는 우리에게 아이스크림을 사주었다. 우리는 배가 아플 정도로 웃어댔다. "너희 도넛* 해본 적 있니?" 우리는 모두 고개를 저었다.

아버지는 즉시 플리머스를 몰아 인도로 올라가서 어느 고등학교 옆의 야구장으로 쳐들어갔다. 그리고 빛의 속도처럼 느껴지는

---

* 자동차를 몰아 작은 원을 그리며 계속 도는 것.

속도로 계속 빙글빙글 돌았다. 충격흡수장치가 잔뜩 긴장하고, 우리는 차 안에서 이리저리 튀었다. 믿을 수가 없었다. 우리는 공포와 흥분을 동시에 느꼈다. 이렇게까지 황당하게 규칙을 깨는 일에 내가 참가한 건 처음이었다. 은행 강도와 비슷했다. 우리는 심지어 안전벨트도 매지 않았다. 아버지는 이제 차를 빠르게 몰아 덜컹거리며 야구장 두 개를 가로질러 투수 마운드까지 가더니 운전대를 세게 돌리면서 기어를 올렸다. 자동차가 원을 그리며 돌았다. 흙이 사방으로 날리고, 우리는 모두 기쁨과 두려움으로 아우성을 쳤다. 엄마의 집에 도착했을 때 우리는 무법자들처럼 흙먼지투성이였다. 친구들이 한 명씩 자기 집으로 돌아가면서 하나같이 우리 아버지가 제일 멋지다고 내게 말했다.

아버지는 멋졌다. 스물일곱 살에 머리를 길게 기르고 존 레넌의 안경을 쓴 아버지.

아버지는 리모컨으로 움직이는 자동차 경주 세트를 내게 생일 선물로 주었다. 우리는 자동차 경주장 모형을 내 방에서 조립해서, 잠자리에 들 시간이 될 때까지 우리만의 포뮬러 1 대회를 열었다. 그러고 나서 작별 인사를 했다. 아버지는 "네 엄마가 여기서 밤을 보내도 좋다고 허락하지 않는다면" 곧바로 차를 몰고 텍사스로 돌아갈 것이라고 했다. 그러면서 잘되기를 바란다는 듯이 윙크를 했다. 엄마가 갖고 있는 구식 피아노로 아버지는 스콧 조플린의 래그타임 곡을 연주했다. 내가 그런 노래를 좋아한다는 걸 알기 때문이었다. 아버지가 떠나자마자 나는 또 울었다. 엄마가 잘 자라고 뽀뽀해 주려고 들어왔을 때 나는 날 그냥 내버려두라고, 내가 울었다는 걸 아빠한테 말하지 말라고 말했다. 하지만 내가 미처 알아차리기도 전에 아버지가 돌아와 내 방의 어둠 속에서 내 등을 긁어주며 내 기분을 달래줄 부드러운 말을 잔뜩 해주었다.

　아버지의 자동차가 떠나는 소리가 들린 뒤, 나는 거실로 나와 엄마에게 물었다. "내가 울었다고 아빠한테 말했어요? 말했어요? 그래서 아빠가 다시 온 거예요?"

　"당연하지." 어머니가 대답했다.

　"엄마 미워요." 나는 이렇게 말하고 나서 내 방으로 돌아갔다.

　침대에 몇 시간은 누워 있었던 것 같다. 한참 뒤 낡은 바라쿠다가 불안한 엔진 소리를 내며 다시 집 앞으로 돌아오는 소리가 들렸다. 침대에서 느릿느릿 일어나 앉아 밖을 내다보니 아버지가 차에서 내려 하이힐 한 켤레와 여자 속옷으로 우리 집 앞마당의 나이 많은 단풍나무를 탕탕 두드리는 것이 보였다. 나는 창문을 열고 불을 켰다. 아버지는 마당 저편에서 나를 보았다. 어둠 속에서도 우리는 쉽사리 시선을 맞출 수 있었다.

　빛이라고는 자동차의 헤드라이트 불빛밖에 없는 곳에서 아버지가 소리쳤다. "피치, 지독하게 멍청하고 지독하게 오만했던 나를 용서해 줄 수 있겠나?"

　나는 방충망이 달린 창문을 통해 대답하려고 했다. "할 수 있지. 용서하네!" 하지만 아버지가 들을 수 있을 만큼 큰 소리를 내지 못했다. 목소리에 감정이 너무 가득했다. 아버지는 차를 몰고 떠났다.

○

머큐리 호텔 침실에서 나는 외출복을 벗으면서 목소리를 확인하기 위해 습관적으로 음음 소리를 내고, 홋스퍼의 대사를 머릿속으로 읊조렸다. 과연 내가 잠들 수 있을지 궁금했다. 그때 이런 생각을 한 기억이 난다. '아이들과 나의 관계가 나와 내 부모의 관계만큼 복잡해질까?'

그때 어머니가 완전히 새 옷으로 갈아입고 내 방으로 들어왔다.

"어디 가세요?" 내가 물었다.

"친구 만나러 갈 거야." 어머니가 한쪽 눈을 찡긋했다.

"지금 새벽 1시인데요."

"죄송한데요, 아빠, 지금 통행금지 시간인가요?" 어머니가 십대의 목소리를 흉내 내며 비꼬듯이 말했다.

"엄마가 나랑 아이들이랑 함께 여기서 주무실 줄 알았어요."

"생각이 바뀌었어. 너한텐 이제 내가 필요하지 않잖아." 어머니가 빙긋 웃었다. "애들도 너하고만 시간을 보낼 필요가 있고. 게다가 도무지 잠이 올 것 같지 않아. 코카인을 다 해버렸다는 말도 거짓말이었어."

"누굴 만나러 가시는 거예요?"

"그건 너랑 상관없는 일이지." 어머니는 무표정한 얼굴로 이렇게 말하고는 밖으로 나갔다.

첫 번째 시연이 있던 밤이 지나고 아침에 해가 떠오르자 나는 강아지를 데리고 산책을 나가서 도넛을 샀다. 벌써 또 목소리가 잘못될까 봐 겁이 나기 시작했다. 아이들은 호텔방에 저희끼리 남아 만화를 보고 있었다. 얼어붙을 듯이 추운 날씨에 바람까지 불어서 내 목소리에 전혀 도움이 되지 않았다. 휴대폰 벨이 울렸다.

아내였다. 혈관의 피가 멈추는 기분으로 나는 전화를 받았다.

"여보세요." 내가 힘들게 말했다.

내 귀에 들리는 것이라고는 내가 영원히 사랑하겠다고 약속했던 여자가 걷잡을 수 없이 흐느끼는 소리뿐이었다. 그녀는 말도 제대로 하지 못하고 울기만 하다가 숨을 몰아쉬고는 또 엉엉 울었다.

"미안해, 미안해, 당신을 정말 사랑해." 내가 말했다. 메리는 거의 숨도 쉬지 못하는 것 같았다.

나는 다시 말했다. "당신을 정말 사랑해. 미안해."

그녀가 전화를 끊었다. 내가 곧바로 다시 걸었지만 그녀는 전화를 받지 않았다. 손이 얼어붙은 것 같았다. 지금 메리가 어디 있는지, 어쩌다 아침 7시 43분에 일어나 울게 된 건지 궁금했다.

메리가 첫째를 임신 중일 때 우리가 캠핑을 갔다가 깨어보니 가을인데도 지금처럼 날씨가 얼어붙을 듯이 추웠다. 우리는 애디론댁산맥의 작은 호수 위로 해가 떠오르는 모습을 지켜보았다. 검은 곰 네 마리가 호수 건너편에서 우리를 빤히 바라보았다. 엄마 곰, 아빠 곰, 새끼 곰 두 마리였다. 녀석들이 물속에서 장난치며 물을 마실 때 입김이 허옇게 보였다. 메리와 나는 서로 손을 잡고 뻣뻣하게 굳은 손가락을 녹였다. 그리고 우리 자신을 '동물 가족'으로 명명했다.

○

머큐리 호텔의 내 방에서 나는 피아노 앞에 앉아 스콧 조플린의 〈충돌 행진곡〉을 연주했다. 내가 아내의 전화에 대해 생각하는 동안 우리 아들은 내 발치에서 병정 인형들을 어설프게 만지작거렸다. 아이의 손과 얼굴에 도넛 속 잼이 묻어 있었다. 우리 딸은 검은색의 긴 깃털 목도리를 어깨에 두르고 스위트룸의 복도에서 내 형편없는 연주에 맞춰 춤을 추었다. 아이의 잠옷에는 도넛을 장식했던 당의가 묻어 있었다. 바나나 빵은 엉터리였다. 내 딸은 피루엣˙을 서툴게 흉내 내면서 빙글빙글 돌았다. 내가 어렸을 때와 아주 비슷하다는 생각이 문득 들었다. 어머니와 아버지가 이혼한 뒤, 아버지가 지금과 똑같은 곡을 쾅쾅 연주할 때면 나는 아버지의 피아노 아래에서 놀았다. 그때 아버지에게 스콧 조플린이 내가 가장 좋아하는 '가수'라고 말한 기억이 난다.

"언젠가는 너도 네 취향의 음악을 좋아하게 될 거야." 아버지가 대답했다.

"아뇨, 안 그럴 거예요." 내가 말했다.

거의 25년이 빙글빙글 돌며 지나가 버린 지금도 모든 요소가 정확히 똑같았다. 이혼, 음악, 퀴퀴한 담배 냄새, 미국 인디언들의 깔개, 빈 커피 잔, 쓰레기통 안의 맥주병. 심지어 플라스틱으로 만든 작은 병정 인형조차 정확히 똑같았다. 다른 점이라고는 아이가

˙   발레에서 발끝으로 돌기.

한 명이 아니라 두 명이라는 점뿐이었다.

이런데도 사람들은 우주가 팽창하지 않는다고 말한다.

3막

허영심의 로켓 발사

1장

공연 개막일 아침에 나는 상태가 괜찮았다. 머리에 삼지창이 박힌 뱀의 상태를 괜찮다고 말할 수 있는 거라면. 목요일이었다. 대형 공연은 항상 목요일에 개막한다. 그래야 금요일 자 신문에 비평이 실리기 때문이다. 아무래도 모두들 금요일 자 비평을 읽는 모양이다. 개막 전날은 핼러윈이었다. 마지막 시연이 끝난 뒤 나는 호텔까지 걸어서 돌아왔다. 메리가 〈네 무덤에 오줌을 쌀 거야〉의 뮤직비디오에서 입고 나온 옷이 그해의 최고 인기 의상이었다. 10월의 마지막 밤에 내가 고개를 숙여 얼굴을 감춘 채 군중 속을 걷던 기억이 난다. 사이가 멀어진 내 아내와 비슷한 옷을 입고 하이힐을 신은 채 술에 취해 비틀거리며 내 옆을 지나친 여자가 10여 명이나 되었다. 쓰레기가 날아다니는 6번 애비뷰에서 경찰들이 핼러윈 퍼레이드의 차단선 구조물 잔해를 철거했다. 내 아내처럼 옷을 입은 젊은 여자가 똑바로 나를 향해 걸어와 나를 불러 세웠다. 약이나 술에 취했음이 분명한 그녀는 목성 뒤편에 정신을 팔고 있는 듯한 표정으로 나를 보며 갑자기 웃음을 터뜨리더니, 아내의 히트곡을 불렀다.

난 네가 내 가족인 줄 알았어,

하지만 네 마음속엔 죄가 가득해

내가 네 노예가 되면 좋겠어?

내가 얌전히 굴기를 원해?

그녀는 드럼 솔로를 입으로 흉내 냈다. "붐 치키 붐. 네 무덤에
오줌을 쌀 거야."

그러고는 그녀가 바닥에 떨어진 사탕 포장지, 빈 레드불 캔, 쏟
아진 맥주 사이로 춤을 추며 멀어지는 모습이 마치 꿈속 풍경 같
았다.

아이들이 머큐리 호텔에서 일주일 내내 나와 함께 지내는 동안
메리는 '네 무덤에 오줌을 쌀 거야 투어'로 계속 엄청난 화제를 모
으면서 샌프란시스코의 필모어 극장에서 공연을 했다. 관객들을
가까이에서 만날 수 있는 이 공연의 표는 모두 매진되었다. 메리
는 밤 비행기로 돌아올 예정이라면서, 나더러 아이들을 학교에
데려다준 뒤 자신과 만나자고 했다. 우리가 반드시 만나야 한다
는 내용의 이메일에서 한 말이었다. 그녀의 비서가 아니라 그녀
가 직접 보낸 이메일. 엄청난 기밀을 다루듯이 신비롭고 짜릿한
느낌이었다. 나는 아프리카에서 돌아와 6주 동안 리허설을 하고
4주 동안 시연을 했는데, 처음 며칠을 빼면 메리와 이야기를 나눈
적이 거의 없었다. 거센 물살이 우리를 서로에게서 점점 멀리 떼
어놓고 있었다. 머큐리 호텔에서 시험 삼아 공짜로 방을 제공해

준 한 달이라는 기간은 이미 끝났다. 내가 묵는 방의 숙박비는 천문학적이었다. 바트 영감이 내게 아주 멋진 술수를 부린 셈이었다. 그날 아침 아이들의 옷을 갈아입히면서 왜 내 손이 덜덜 떨리는지 잘 알 수 없었다. 브로드웨이에서 나의 셰익스피어 공연이 개막하기 때문인지, 아니면 사이가 멀어진 아내와 아침 식사를 함께하기로 했기 때문인지.

  좋은 소식도 몇 가지 있었다. 딘의 코카인에 딸려 온 파란색 작은 알약 봉지를 내가 깜박 잊고 버리지 않았다는 것. 그 약의 정체가 퀘일루드*인지 자낙스**인지 옥시코돈***인지 전혀 알 수 없었지만, 나는 그 알약을 반으로 잘라 공연 전에 반드시 하나씩 먹고 있었다. 도움이 되었다. 어쨌든 단기적으로는. 알약 덕분에 나는 목소리를 덜 혹사하게 되었고, 높이 솟아올라 척추를 타고 잘게 떨리며 오르락내리락하던 불안감이 참을 수 있는 수준으로 진정되었다. 이제 남은 알약은 두 알이었다. 아이들이 다른 데 정신을 팔고 있을 때, 나는 시리얼 한 입과 바나나를 먹으면서 파란 알약 반 개도 함께 먹었다. 나는 딸을 먼저 유치원에 데려다준 뒤, 아들이 다니는 놀이방까지 아들과 함께 걸었다.

  "휘파람이랑 손가락 튕기기 중에 뭐가 더 멋있어, 아빠?" 아들이 내 손을 잡고 신호등을 기다리며 물었다.

  "흠. 내 생각에는 휘파람이 더 멋진 것 같은데."

---

*   미국에서 금지된 진정제의 일종.
**   향정신성의약품에 속하는 신경안정제.
***   마약성 진통제.

"아빠가 그럴 줄 알았어." 아들은 어깨를 으쓱했다. "난 손가락 튕기기가 더 멋진데."

아들은 나와 함께 길을 건너는 동안 계속 침묵하다가 이렇게 고백했다. "근데 내가 휘파람 부는 법을 모르긴 해요."

"손가락 튕기기도 멋지지." 내가 말을 얹었다.

"네." 아들은 풀이 죽었다.

그러다 다시 말을 시작했다. "풍선껌을 부는 거랑 풍선껌을 삼키지 않는 것 중에 뭐가 더 어려워?"

"둘 다 힘들지." 내가 대답했다.

"경찰 아저씨들한테도 생일이 있어?"

아들의 교실에 도착한 뒤 나는 아이의 도시락을 냉장고에 넣고, 아이가 데님 재킷을 사물함에 거는 걸 도와주었다. 그리고 아이를 안아주면서 이렇게 말했다. "뉴욕시에서 제일 멋진 아빠가 누구지?"

"아빠라는 말을 듣고 싶은 거잖아. 근데 난 다른 아빠는 몰라." 아이가 단호하게 말했다.

나는 아이를 보면서 영국식 말씨로 말을 이었다. "아아, 피치, 지독하게 멍청하고 지독하게 오만했던 나를 용서해 줄 수 있겠나?"

아들은 어리둥절한 얼굴로 나를 보다가 제 친구들에게 뛰어가 버렸다. 다다음 주 주말이나 되어야 아이를 다시 만날 수 있을 것이다. 아들과 딸에게 작별 인사를 할 때마다 나는 독을 삼키는 기분이었다. 몇 번을 반복해도 전혀 쉬워지지 않았다. 나는 아이들이 사용하는 작은 식수대에서 파란 알약 반 개를 먹은 뒤 아들의 교실을 나왔다. 이제 한 알 남았다.

놀이방 근처에 '티 앤드 심퍼시'라는 카페가 있었다. 내가 메리를 만나기로 한 곳이었다.

메리는 공항에서 곧장 오는 길이었다. 그녀가 무슨 말을 할까? 내 생일은 이미 지났으니 그건 아니었다. 무대감독과 출연진이 그날 극장에서 작은 당근케이크를 생일 선물로 주었다. 아이들은 보모 덕분에 내게 전화를 걸어주었지만, 메리의 전화는 없었다. 어쩌면 메리가 미안해서 내게 생일 겸 공연 개막 선물을 주려는 걸까? 알 수 없었다. 나는 그냥 카페에 앉아 기다렸다.

내 삶을 돌아보면 볼수록 서부영화의 정교한 세트장처럼 보였다. 언뜻 보면 모든 것이 고풍스러운 진짜 같고, 수수께끼와 가능성이 가득한 것 같다. 방금 바람에 불어온 고운 흙먼지, 나무로 만든 낡은 스윙도어, 물결무늬처럼 일그러진 유리창, 손으로 그린 간판, 이 모든 것이 모험을 약속한다. 하지만 안으로 들어가 보면, 늙은 카우보이들이 포커를 치고 비극적인 매춘부들이 얼굴을 붉히며 남몰래 나를 사랑하는 시끄러운 술집이 아니다. 그냥 합판으로 지은 빈 건물일 뿐이다. 난방기 옆에서 기술자가 토마토수프를 끓이면서 곰 모양 젤리를 한 입 먹고, 비타민 C를 사람들에게 나눠준다. 여기서 무슨 사건이 벌어지는 일은 없다. 그냥 몇 사람이 여기저기 서서 라테 한 잔을 바라고 있을 뿐이다.

메리는 예정된 나와의 아침 식사를 위해 오전 9시 10분에 나타났다. 몇 주 전 전화기 속에서 흐느낄 때처럼 약한 모습은 전혀 찾아볼 수 없었다. 메리는 긴 회색 모피 외투를 입고 테의 양쪽 끝이 얼굴에 밀착되는 검은 선글라스를 썼다. 손에 선물을 들고 있지는 않았다. 새까만 머리카락은 뒤로 모두 넘겨서 정교하게 모양을 잡았으며, 세심하게 수분을 먹인 피부에서는 광택이 났다. 메리는 연극이 아직 개막하지 않았다는 사실도, 내 생일이 이미 지났다는 사실도 전혀 모르는 것 같았다. 운전기사는 밖에서 대기했다. 메리는 안으로 들어와 전날 밤 공연 때의 분장이 고스란히 남은 모습으로 내 맞은편에 앉았다. 그녀의 말을 들으면서 그녀의 선글라스를 열심히 보다 보니 나는 한 가지 사실을 금방 깨달을 수 있었다. 내가 바보라는 것. 이미 우리는 서로에게서 100만 킬로미터쯤 멀어져 있었다. 내가 알던 메리가 맞는지 알아보기도 어려울 지경이었다. 언제 우리가 이렇게 멀어졌을까? 도무지 생각이 나지 않았다. 우리는 계속 싸우면서 3년 넘게 부부 상담을 받았다. 그리고 함께 있을 때 대체로 비참한 기분이었다. 하지만 그런 와중에도 나는 여전히 우리가 서로를 잘 안다고 생각했다. 우리는 주말, 추수감사절, 봄방학, 크리스마스이브, 아이들의 이동 방법 등에 대해 아주 교양 있는 사람들처럼 의논했다. 그다음에는 내가 메리에게 지불해야 하는 돈의 액수를 비롯해서 여러 세밀하고 거지 같은 문제들을 의논했다. 만난 지 한 시간밖에 안 된 여자들이 메리보다 더 가깝게 느껴질 것 같았다. 메리는 나더러 변호사와 함께 검토해 보라며(난 아직도 변호사를 구하지 않았다) 중요 표시를 한 스무 가지 사항의 목록을 준비해 왔다.

　메리는 왜 선글라스를 벗지 않을까?

　우리는 서로 사랑했다. 침대에서 알몸으로 결혼 서약을 함께 작성했다. 사과를 따러 간 적도 있었다. 메리가 집에서 내게 파이를 직접 구워줄 때 그녀의 손에서는 흑설탕 맛이 났다.

메리가 나더러 얼굴이 아주 안 좋아 보인다고 말했다. 내가 마약을 한다는 소문으로 인터넷이 시끄럽다면서. 그녀는 나를 위해 단백질이 들어간 건강 셰이크를 주문했다. 그리고 마침내 오늘 만남의 이유, 그러니까 우리가 오늘 굳이 얼굴을 맞대고 만나야 했던 이유에 대해 말했다. 자신이 다른 남자를 사랑하게 되었다고 차분하게 말했다. 이 말을 내가 다른 사람에게서 듣기 전에 자신이 직접 해야 할 것 같았다고 말했다. 그녀는 간신히 시간을 맞췄다. 그들의 사랑에 관한 뉴스가 이미 CNN 자막 뉴스에 나간 모양이었다.

단백질, 딸기, 바나나가 들어간 스무디를 여전히 손에 든 채 구르듯이 극장 안으로 들어간 나는 이지키얼이 오기 전에 분장실에서 눈을 좀 붙이려고 했다. 마지막 리허설까지 꼬박 네 시간이 남아 있었다. 내 분장실 문에는 또 다른 인용문이 테이프로 붙어 있었다. 나는 어둠 속에 앉아서 그것을 읽었다. 쏙독새 무리, 나뭇잎, 그리고 유령이 사람들에게 자기 뜻을 전달하지 못해 슬퍼하면서 내는 소리에 대해 허클베리 핀이 한 말이었다.

"떨립니까?" 몇 시간 뒤 J.C.가 출연진에게 마지막으로 지시를 내리는 자리에서 이렇게 말했다. "당연히 떨릴 겁니다."

우리는 모두 떨리는 마음과 흥분을 동시에 안고 라이시엄 극장 객석에 앉아 있었다. 오늘 마지막 리허설을 마쳤다. 약 네 시간 뒤면 개막 공연의 막이 오를 것이다. 배우들은 아직 외투를 입고 있었고, 보온병에 담아 온 차를 마시는 사람도 몇 명 있었다. 우리의 왕 에드워드는 가만히 앉아서 조용히 신문을 읽었다. 프린스 핼은 등을 문질러주는 레이디 퍼시의 손에 몸을 맡겼다. 내게는 상관없는 일이었다. 두 사람은 친구였다. 겨울이 가까워지면서 날씨가 추워졌다. 우리는 개막 공연 때 자신감을 북돋아 줄 말, 떨리는 마음을 가라앉혀 줄 말을 기대했다.

"오늘 이곳에서 무슨 일이 벌어질지 아무도 모릅니다." J.C.가 발언을 시작했다. "18킬로그램짜리 조명이 천장에서 여러분의 머리 위로 떨어질 수도 있고, 여러분과 대사를 주고받아야 할 상대 배우가 대사를 잊어버릴 수도 있고, 여러분 자신이 대사를 잊어버릴 수도 있습니다. 의상이 찢어져 엉덩이가 드러나는 바람에 뉴욕에서 가장 세련된 사람들이 모두 여러분을 조롱하며 연말까지 즐거운 시간을 보내게 될 수도 있습니다. 오늘 일어날 수 있는 문제가 너무나 많습니다." 그는 잠시 멈췄다가 다시 말을 이었다. "오늘 가족을 초대하신 분 있습니까?"

배우들 중 약 절반이 고개를 끄덕였다.

"가족들이 오늘 공연을 엄청 싫어할 수도 있습니다. 아시죠? 모두가 싫어할 수도 있습니다. 여러분이 끔찍한 평을 받을 수도 있습니다. 저는 아무것도 장담하지 못합니다."

오랜 침묵이 흐르는 동안 J.C.가 우리들 각자의 눈을 빤히 바라보는 바람에 우리는 꼼짝도 할 수 없었다.

"하지만 사실 제가 절대적으로 장담할 수 있는 것이 하나 있습니다." 그는 몸을 돌려 무대 위를 서성거리기 시작했다. "바로 이겁니다. 여러분이 떨면서 긴장해야 할 일이 아주 많다는 것. 그러니까 만약 배 속에서 벌새들이 마구 돌아다니는 것 같은 기분이 들거나 손이 덜덜 떨리면서 땀이 차기 시작한다면, 혹시 여러분이 실수로 양말을 두 켤레나 신는다면, 대본에 차를 쏟아 자신이 나오는 장면이 지워진다면, 만약 이런 일들이 일어난다 해도… 이런 일들은 *전혀 걱정할 필요 없습니다.*"

그는 말을 멈췄다.

연출자의 말과 시선에 꼼짝도 못 하고 있는 우리 중 유일하게 에드워드만이 계속 신문의 과학면을 읽고 있었다. 다른 배우들은 스승의 발 앞에 엎드린 사도들 같았다. 심지어 버질도 J.C.에게 주의를 집중했다.

"여러분이 긴장한 것은 이 일에 애정을 갖고 있기 때문이고, 여기 무대에서 하는 연기를 중요하게 생각하기 때문입니다. 손이 떨려도 그냥 두세요. 입안이 말라도 그러려니 하세요."

아무도 J.C.에 대해 잘 알지 못했다. 에드워드만 빼고 모두. 에드워드와 J.C.는 40년 지기 친구였다. 에드워드가 스트랫퍼드에서 로미오 역할을 했을 때 J.C.가 조연출이었다. 하지만 다른 배우들에게 J.C.는 친해지기가 엄청나게 힘든 사람이었다. 단둘이 있을 때 그는 지나치다 싶을 만큼 직설적이었다. 눈빛은 상대를 꿰뚫어 버릴 것 같아서 마치 그가 내 마음을 직접 주무르는 것 같았다. 무대에서 나는 그가 나를 쿡쿡 찔러대는 것 같은 기분을 자주 느꼈다. *더 빨리, 더 느리게, 참을성 있게, 그만 밀어붙여.* 크리스 마스 아침에 집에서 형제자매와 조카들이 한자리에 모였을 때 그가 어떤 사람이 되는지는 전혀 모른다. 아마 아주 다른 사람이 될 것이다. 하지만 우리 앞에서는 그가 아주 신중하게 계산된 모습을 내보였으므로, 우리는 그가 우리에게 보여주는 것만 볼 수 있었다.

"오늘 공연은 여러분의 것입니다." 그는 무대 끝에서 서성거리며 말을 이었다. "너무 밀어붙이지 말고 자연스럽게 흘러가게 두세요. 진심이 아닌 거라면 무엇도 무대에 올리면 안 됩니다. 고함, 울음, 비명… 이런 격렬한 연기는 진정한 감정이 뒷받침될 때에만 효과가 있습니다. 진짜 분노. 진짜 웃음. 가짜는 안 됩니다. 도움이 안 돼요."

그는 말을 멈추고 주위를 둘러보았다. 조명등이 올라가 있고, 사방에서 아직 무대 작업이 진행 중이었다. 조명 디자이너와 무대 디자이너는 뒤편에서 객석 의자들 위에 임시로 탁자 상판을 얹어놓고 회의 중이었다. 화가들은 마지막 손질을 하는 중이고, 무대감독은 소방기사와 함께 안전문제를 검토하고 있었다.

"나는 여러분 모두가 자랑스럽습니다. 여러분이 이 공연을 선택해 준 것이 제게는 정말 행운입니다. 약속대로 돈을 투자해 주고 우리에게 필요한 것을 딱 필요한 만큼 모두 제공해 주신 제작자 여러분께도 감사합니다."

이것은 순전히 정치적인 발언이었다. 제작자들이 무대 뒤편에서서 극장 관리자와 이야기를 나누고 있었기 때문이다. 남자 두 명과 여자 한 명인 제작자들이 동시에 J.C.에게 고개를 끄덕했다. 우리는 자세한 사정을 몰랐지만, 예산을 놓고 그동안 막후에서 약간의 전투가 있었다. 내가 부당하게 살해당하는 전투 장면에서 J.C.는 무대 전체를 화재가 난 것처럼 연출하고 싶어 했으나, 결국 4분의 3만 불을 지르는 것으로 제작자들과 합의했다.

"오늘 공연을 여러분께 바칩니다." J.C.는 이렇게 말하고 나서 무대 가장자리에 앉았다. "오늘은 여러분의 날입니다. 지금까지 이 작품은 여러 면에서 내 것이었습니다…. 내가 마음대로 비틀 수도 있고 밀어붙일 수도 있었죠. 우리가 서로 파트너였던 건 맞습니다만, 내가 여러분의 선장이었습니다. 영광으로 생각합니다. 이제 이 공연은 여러분의 것입니다."

그는 우리의 얼굴을 둘러보았다.

"이제 잘 들으세요. 여러분 모두 이 공동의 노력에 책임을 져야 합니다. 에드워드도, 버질도, 다른 출연진도 모두. 여러분은 혼자가 아닙니다. 이건 350마력짜리 공연입니다. 모두 더 큰 역할을 바랍니다, 이지키얼. 누구나 그래요."

나와 같은 분장실을 쓰는 이지키얼은 순간적으로 핸드폰 화면을 내려다보다가 J.C.에게 걸렸다. 그가 왜 자신을 콕 집어 말했는지 몰라서 어리둥절한 표정이었다. J.C.는 몇 년 전 시카고에서 〈오셀로〉를 연출해 많은 관심을 받았다. 그때 이지키얼은 오셀로 역할이었다. 우리 출연진 중 많은 배우들이 그렇듯이 그도 여기서 확실히 비중이 너무 적었다. 하지만 바로 그런 이유 때문에 우리 공연이 점점 특별해 보이기 시작했다. 무대에 나오는 모든 배우가 가장 중요한 자리를 차지할 능력이 있다는 점에서.

나는 뒷자리에 앉아 앞줄 팔걸이에 발을 올리고 있었다. 빨간색 면 체크 남방 안에 옛날 고등학교 시절의 미식축구 유니폼을 받쳐 입었다. 등번호는 13. 행운의 번호였다. 나는 줄리어드에서 공부한 우리의 프린스 핼을 보았다. 이제는 레이디 퍼시가 그의 등을 문질러주고 있지 않았다. 그가 나를 보며 빙긋 웃었다. 그는 매일 자전거를 타고 극장에 출근했으며, 점심 도시락을 가지고 다녔다. 자식은 둘이고, 아내는 사회복지사였다. 그들 가족은 브루클린에 살았다. 그는 정치와 관련된 책을 읽었으며, 배우로서 나보다 실력이 좋았다. 《뉴욕타임스》가 나중에 공연에 대해 뭐라고 하든, 나는 그 점을 이미 분명히 알고 있었다. 무대에서 그가 조명을 받으며 대사를 할 때면 부드러운 구름 같은 것이 입에서 나왔다. 다른 배우들처럼 역겨운 침방울이 튀는 것이 아니라, 난초에 물안개처럼 물을 주는 것에 가까웠다. 그는 자신의 목소리를 완벽하게 통제했다. 소리를 질러대도 나처럼 목소리가 갈라진 적은 한 번도 없었다. 며칠 동안 칼싸움을 할 수도 있었다. 관객들이 그를 얼마나 좋아하는지 느껴졌다.

"바람은 그냥 불어올 뿐입니다." J.C.가 말했다. "알겠습니까? 그게 바람이에요. 비도 그냥 내릴 뿐입니다. 비니까. 여러분도 굳이 연기를 하면 안 됩니다. 자연스럽게 하세요. 알겠습니까?"

레이디 퍼시는 운동복 바지와 티셔츠 차림으로 통로에서 요가 동작을 하면서 J.C.의 말을 들었다. 그녀의 긴 빨간색 머리가 허리까지 내려왔다. 그녀와 섹스하고 싶다는 욕망이 갑자기 강렬해졌다. 나도 어쩔 수 없었다. 매일 밤 나와 입을 맞추고, 내 배를 부드럽게 만져주고, 손을 잡는 사람의 손을 커튼콜 때 그냥 놓아주는 건 힘든 일이다. 대사를 암기하는 건 쉽다. 자신의 감정을 다스리며 소모하는 건 어렵다. 레이디 퍼시가 자기 엉덩이를 빤히 보는 내 시선을 느끼고 내 쪽을 흘깃 보았다. 미소 짓는 얼굴에 긴장이 역력히 드러났다. 그녀의 입술 움직임이 이상했다.

나는 객석 저편의 우리 왕, 에드워드를 보았다. 그는 솔직한 미소를 지었다.

"여러분이 맡은 인물이 여러분 자신만큼 흥미롭고 풍요로워야 합니다. 재능 있는 여러분이 이미 준비를 갖췄습니다. 자신감을 가지세요. 모든 것이 저절로 흘러갈 겁니다. 나는 오늘 공연만 지켜보고, 폐막 때까지 다시는 보지 않을 겁니다. 그러니 여러분이 서로를 잘 보살펴야 합니다. 여러분 자신의 건강도 챙기세요. 손도 잘 씻고, 술도 너무 많이 마시지 말고. 자기 연민은 연기에 도움이 안 되는 유일한 감정입니다." 그가 나를 똑바로 바라보는 것 같았다. "자기 연민에 굴복하지 마세요. 무대에서도 현실에서도. 자기 연민은 저 뒤의 쓰레기통에나 어울립니다. 알아들었습니까?"

그는 여전히 나와 눈을 마주친 채로 잠시 말을 멈췄다. 그의 눈에 불안한 기색이 언뜻 스쳤다. J.C.는 걱정하고 있었다. 뭘 걱정하는 거지? 나인가? 나의 자기 연민?

"맞는 말이야." 내 뒤에서 누군가가 속삭였다. 나의 대역인 스코티였다. 나는 겁이 났다. 그의 눈이 파랗다 못해 거의 흰색으로 보였다. 리허설 내내 나는 그가 내 움직임을 메모하는 모습을 자주 포착했다. 그가 복도에서 내 대사를 읊는 소리도 가끔 들었다. 나는 그를 무시하려 했지만, 그는 이가 갈릴 정도로 친절했다. 가끔 스코티는 이렇게 말했다. "감기 걸리셨어요? 오늘 목이 좀 쉰 것 같던데요." 그러면 나는 그의 목을 비틀어버리고 싶어졌다.

"이제 연출자로서 저의 마지막 작업이 남았습니다." J.C.가 손뼉을 한 번 짝 하고 쳤다. "리허설은 끝났으니, 커튼콜 연습을 할 때입니다."

"아이고, 세상에." 십자말풀이를 하던 에드워드가 앓는 소리를 내며 고개를 드는 것을 우리 모두가 보았다. "고문이 아직도 안 끝난 거야?"

"불복종은 용납할 수 없습니다. 에드워드, 당신도 마찬가지예요. 이제 우리가 그놈의 기립 박수를 받을 때입니다. 우리 모두 그럴 자격이 있어요."

"뭐, 그럼, 깃발을 가져와요." 에드워드가 한숨을 내쉬었다.

대부분의 연출자는 첫 번째 시연 전에 커튼콜도 연출하지만, J.C.는 구식이었다.

시연 때 우리는 팡파르 없이 작업용 조명을 받으며 모두 허리를 숙여 인사했다. 관객, 비평가, 우리 자신에게 아직 작업이 진행 중임을 알리기 위해서였다. 우리의 노고가 완성될 때까지, 그 노고의 결실을 즐기는 것은 우리에게 허락되지 않았다. 커튼콜 연출은 J.C.가 연출한 모든 작품에서 항상 마지막 순서였다. 그의 자세는 진지했다.

J.C.는 조연출의 수첩에서 종이를 한 장 찢은 뒤 우리 이름을 부

르기 시작했다. 무대감독이 10여 개의 깃발을 들고 무대 왼쪽 문
으로 들어왔다. 깃발에는 각각 작품에 등장하는 여러 가문의 문
장이 그려져 있었다. 퍼시 가문의 깃발, 즉 홋스퍼의 깃발에는
'Esperance'˙가 자수로 새겨져 있었다. 나는 그 깃발을 보자마자 몹
시 마음에 들었다.

　허리를 숙이는 마지막 인사는 프린스 헬, 왕, 팔스타프, 홋스퍼
가 군중 사이를 걸어오는 것으로 시작되었다. 우리는 깃발, 트럼
펫, 창이 늘어선 곳을 나란히 걸어와야 했다. 박수치는 사람이 하
나도 없는 가운데 그렇게 걷는 기분이 이상했다. 내가 가장 먼저
허리 숙여 인사한 뒤 무대 앞쪽 출구로 나가면, 프린스가 인사를
했다. 연습 중에 나는 인사를 끝내고 자신 있게 펄쩍 뛰어 무대를
벗어났다. 그러자 갑자기 J.C.가 모든 것을 중단시켰다.

　"윌리엄, 무슨 짓입니까? 그렇게 펄쩍 뛰면 어떻게 해요? 당신
이 그러면 모두 당신만 볼 것 아닙니까. 프린스 헬을 봐야 하는데.
당신이 헬과 함께 걸어 나와서 얌전히 인사하면, 관객들은 당신
들 두 사람이 무대 뒤에서 치유의 시간을 가진 것 같다는 느낌을
받을 겁니다. 관객의 상상 속에 줄거리가 아직 생생할 테니 우주
의 불확실성에 다시 소리를 지르면서 모두 벌떡 일어나 보통 자
기 자식에게나 보여주는 엄격함으로 박수를 칠 겁니다! 그러니까
무대에서 그렇게 뛰어내려 시선을 끌지 말고 그냥 뒤로 들어가
요. 당신이 얼마나 대단했는지 아무도 알아주지 않을까 봐 걱정

˙　영어에서 '희망'을 뜻하는 고어.

하는 것처럼 보이니까."

나는 시키는 대로 했다.

"자." J.C.가 고함을 질렀다. "지금은 버질, 당신이 나올 차례입니다. 앞으로 나와서 인사하세요. 이 순간 모두가 일어설 겁니다. 심호흡을 하면서 그 분위기를 빨아들이고, 최대한 빨리 돌아서서 바로 뒤에 있는 왕을 보세요. 전하에게 손짓을 한 뒤 무대를 벗어나는 겁니다. 왕이 마지막으로 인사하게 해요. 그리고 테디?" J.C.는 에드워드를 소리쳐 불렀다. "무대 앞으로 나와서 정중앙에 확실히 자리를 잡은 뒤에 미소를 지어요. 그렇게 미소 짓는 순간에… 잘 들어요, 모두!" J.C.는 무대를 담당한 사람들이 들을 수 있게 목소리를 높였다. "조명, 음악 등 모든 것이 꺼집니다. 그리고 막이 내려오죠. 그 뒤로는 침묵이 흐릅니다. 그러면 관객들은 두 번째 인사를 간청하며 극장의 지붕을 날려버릴 기세로 박수를 칠 겁니다. 여러분은 기진맥진한 몸으로도 그 요구에 따를 거고요. 모든 출연진이 동시에 마지막 인사를 하는 겁니다."

"아아, 잠깐만요." 버질이 목소리를 냈다. 그는 불편한 표정으로 아직 무대 중앙에 서 있었다. "아아, 이런…. 내가 아주 초대형 개차반처럼 굴고 싶지는 않지만…. 아아…. 이걸 어떻게 말해야 하나…."

"버질." J.C.가 일어서서 객석 통로를 걸어왔다. "당신의 기분이 어떤지, 지금 무슨 말을 하고 싶은지 잘 압니다만, 말하지 마세요. 배우들의 과시용으로 만들어지는 〈헨리 4세〉 공연에서는 팔스타프가 마지막으로 인사합니다. 그게 아주 흔한 일이라는 걸 알고 있어요. 그러니 당신이 그런 걸 기대하는 것도 당연합니다. 마지막 인사를 하겠다고 나선다고 해서, 개차반이 되는 건 아닙니다. 훌륭한 배우니까 확실히 마지막 인사를 맡을 자격이 충분하죠. 하지만 팔스타프가 마지막 인사를 자주 맡는 건 얼간이 연출자가 어떤 스타 배우를 위해 공연을 기획할 때가 많기 때문입니다."

J.C.는 말을 이었다. "하지만 〈헨리 4세〉 1부와 2부를 정말로 웅장하게 만든다면, 주인공인 헨리 4세가 마지막 인사를 하는 게 당연합니다. 게다가 버질 당신이 지금까지 제작된 최고의 〈헨리 4세〉 공연 중에서도 뉴욕은 물론 어쩌면 미국 전역에서도 일찍이 볼 수 없었던 최고의 연기를 보여주고 있으니 얼마나 다행인지 모릅니다. 지금처럼 마지막 인사를 맡지 못해 마음이 불편해지는 순간들이 있을지도 모릅니다만, 존 레넌도 폴 매카트니와 함께 무대에 서야 한다는 사실에 똑같이 불편함을 느꼈을 겁니다. 관객들이 키스 리처즈에게 공감한다는 사실을 깨달은 날 믹 재거의 기분이 어땠을지 상상해 보세요. 괴롭지 않았을 것 같습니까? 폴 로브슨과 유타 헤이건˙은 어땠을까요? 그들이 각자의 짐을 짊어진 것이 얼마나 고마운 일인지. 당신이 느끼는 불편함은 거인들이 서로를 향해 고개 숙여 경의를 표할 때의 기분과 같습니다. 그들 중 누구도 서로 인사하고 싶은 마음이 없다는 점에서요. 우리 같은 평범한 인간들은 그냥 보상을 수확할 뿐이죠. 아시겠습니까? 나를 믿고 에드워드에게 무대를 넘겨주신다면, 관객들은 이

˙　1943년 〈오셀로〉에서 각각 오셀로와 데스데모나 역을 맡았다.

연극에 대해 생각하며 자리를 뜰 겁니다. 당신 한 사람만 생각하
는 게 아니라, 우리가 힘을 합쳐 만들어낸 훌륭한 작품을 생각할
거예요."

"난 바로 그게 마음에 안 드는 거예요." 버질이 흐릿한 미소를
지었다. 다른 사람들은 모두 웃음을 터뜨렸다.

"좋습니다. 고마워요. 해결됐네요." J.C.는 거침없이 말을 이었
다. "자, 연극이 끝난 순간부터 에드워드가 마지막 인사를 할 때까
지 쭉 가봅시다." 그는 뒤편의 무대감독을 향해 목소리를 높였다.
"그다음에 그 로켓을 쏘는 겁니다."

그의 말대로 모든 것이 단번에 이루어졌다.

리허설이 끝났다.

공연 준비가 끝났다.

이제 액션의 합을 맞추는 연습이다.

모든 공연 전에는 '액션 연습'이 있다. 배우들이 작품 중 폭력적인
순간들을 모두 되짚어 보면서 동작을 완전히 몸에 익혔는지, 사
고가 일어날 가능성은 없는지 확인하는 시간이다. 굳이 의상을
차려입을 필요는 없지만, 무기는 가지고 나와야 한다. 그 상태로
위험한 동작들을 연습해 보는 것이다. 연습이 끝나고 배우들이
무대로 나가기 30분 전이 되면, 우리 모두 각자의 분장실에 있어
야 한다. 모니터는 켜져 있고, 극장 안내인들이 통로를 줄지어 내
려오면서 진공청소기로 좌석을 청소하고, 상자에서 공연 소식지
를 꺼내놓고, 이리저리 돌아다니며 장내를 정돈하는 소리가 들

린다. 각자의 분장실 탁자에서 모든 출연진은 저마다 공연 전에 반드시 하는 일들을 한다. 우리의 왕 에드워드는 문을 열어놓고 차분히 앉아서 십자말풀이를 할 것이다. 버질은 문을 닫아놓고 소리를 지르며 목소리 워밍업을 할 것이다. 젊은 배우들은 언제나 빈둥거리면서 웃어대기도 하고 헤어 담당자의 방까지 뛰어서 오가기도 한다. 무대감독의 조수는 출석 신고를 잊어버린 배우들의 분장실을 일일이 확인할 것이다. 의상 담당자 세 명은 덩치 큰 버질이 꿈틀꿈틀 옷을 입을 수 있게 도우려고 그의 의상을 들고 복도를 걸어갈 것이다.

　공연 개막에 대한 기대감이 있는데도 차분한 순간이었다. 복도에 평소보다 많은 긴장감이 흐르는 것은 분명했지만, 우리 모두 그런 분위기를 가라앉히려고 애썼다. 사방에 꽃이 있었다. 대부분의 출연자에게 엄마든 여자 친구든 남편이든, 아니면 하다못해 매니저든 비닐로 포장한 장미, 붓꽃, 백합 꽃다발을 보낼 만큼 신경을 써주는 사람이 있기 때문이었다. 여자 배우들은 장미 꽃다발을 두세 개씩 받을 때가 많았다. 버질의 방은 아예 식물원이었다. 이지키얼과 내가 쓰는 방에도 어설픈 꽃병이 몇 개 있었다. 이지키얼의 아내가 보낸 꽃다발 하나, 그의 여자 친구가 보낸 꽃다발이 또 하나. 내게는 매니저가 보낸 버번 한 병과 어머니가 보낸 봉투가 있었다. 봉투 안에 든 것은 홋스퍼 역을 연기하는 로런스 올리비에의 사진이었다. 사진 뒷면에는 다음과 같은 말이 적혀 있었다.

광야의 교부들이 전한 지혜:

패스터 수도원장이 말했다. "사람이 무엇보다 싫어해야 할 것은
둘뿐이다. 그것들을 싫어함으로써 사람은 자유로워질 것이다."

한 수도사가 물었다. "그것이 무엇입니까?"

"편안한 생활과 허영심."

사랑을 담아,

허영심 많은 네 엄마가

나는 이 사진을 거울에 테이프로 붙였다. 그동안 내가 계속 받은
익명의 인용문들 옆에.

우리 분장실에는 각자의 구역이 확실히 구분되어 있었다. 이지
키얼은 깨끗하고 소박한 것을 좋아했다. "천국에는 먼지가 없어."
그가 자주 하는 말이었다. 그래서 그는 책상 한 귀퉁이에 대본을
단정하게 놓고, 분장도구는 거울의 불빛 아래에 깔끔하게 정리했
으며, 자기 앞에는 김이 피어오르는 박하차 한 잔을 놓았다. 다른
물건은 전혀 없었다. 그의 의상은 벽장 안에 조심스럽게 걸려 있
었으며, 쇠사슬 갑옷은 벌써 어깨에 걸치고 있었다. 분장실에서
그가 쓰는 구역을 보면, 우리 할아버지의 지하실이 생각났다. 할
아버지의 지하실 나무못 판에는 망치, 집게, 렌치, 톱이 모두 깔끔
하게 걸려 있었다. 할아버지는 각각의 도구 뒤에 마치 그림자처
럼 해당 도구의 형태를 그려 놓았다. 그래서 지하실이 엉망이 되
더라도, 어떤 도구를 어느 자리에 놓아야 할지 분명히 알 수 있었
다. 질서가 완벽했다.

내가 쓰는 구역은 엉망이었다. 나는 이런 편이 좋았다. 옷가지
와 에너지바 포장지가 사방에 널려 있었다. 인용문 쪽지들이 거
울 여기저기에 테이프로 붙어 있고, 팬레터는 내 책상 밑에 널려
있었다. 내 목을 위한 환기팬, 목캔디, 클린트 이스트우드가 〈무법
자 조시 웰즈〉에서 그 멍청한 머리가 터지도록 소리를 질러대는
모습을 담은 엄청나게 큰 포스터, 데릭 지터가 사악한 슬라이딩
을 하는 모습을 담은 또 다른 포스터(이 두 사람은 내가 연기하는 홋
스퍼의 모델이었다)도 있었다. 아주 많은 종이들도 사방에 흩어져
있었다. 메모, 반쯤 읽다 만 책, 매니저가 보내주었지만 열어보지
도 않은 대본들. 담배, 성냥, 기타. 사방에 쓰레기가 없는 곳이 없
었다.

이지키얼은 내가 내 구역에서 무슨 짓을 하든 상관하지 않는다
고 말했다. 나는 그 말을 믿었다. 그는 정말로 신경 쓰지 않았다.
나는 내 잡동사니들이 선을 넘게 한 적이 단 한 번도 없었다. 이지
키얼은 향을 첨가한 작은 양초를 가져와서, 내 몸에서 냄새가 난다
싶을 때마다 불을 붙였다. 우리는 그것을 두고 웃음을 터뜨렸다.
사이좋게 지내면서 자주 진지한 이야기를 나눴으나, 공연 30분 전
이 되자 우리 둘 다 아무 말도 하지 않았다. 적어도 처음 10분 동
안은 그랬다. 우리 둘 다 지각한 적이 한 번도 없으므로, 처음 10분
동안 일종의 암묵적인 동의로 조용히 명상을 하며 시간을 보냈
다. 그러다 상대방이 준비가 되었음이 직감으로 느껴지면, 둘 중
한 명이 침묵을 깨고 가벼운 이야기를 건넸다.

"오늘 내 아내가 올 거야." 이지키얼이 말했다. "아주 대단한 여

자야. 나더러 이렇게 묻더라고. '당신이 맡은 인물이 죽은 다음에 내가 집에 가도 돼? 아니면 연극이 다 끝날 때까지 있어야 돼?' 나는 대충 이렇게 말했지. '이 여자야, 아예 오지를 마. 난 상관없으니까.' 아내는 오늘 연극을 보고 아주 싫어할 거야. '왜 그렇게 작은 역을 맡았어? 왜 굳이? 〈로 앤드 오더〉에 출연할 때가 더 나았어!' 아내는 J.C.를 엄청 싫어해서, 데이비드 코레시*라고 불러."

나는 아직 셔츠를 입지 않은 상태였다. 내 몸이 강철 케이블처럼 단단히 꼬여 있었다. 가슴 전체에 그려 넣은 가짜 흉터들이었다. 2막에서 홋스퍼가 웃통을 벗고 나오는 장면이 있는데, 이 전사가 많은 싸움을 거쳤음을 관객들이 알아차리는 그 순간이 좋았다. 그런 효과를 위해서 나는 뜨거운 촛농을 가슴 전체에 떨어뜨린 뒤 거기에 색을 칠했다. 그러면 내가 엄청나게 거칠어 보였다.

"내가 출연한 셰익스피어 공연을 아내가 이미 2만 번쯤 본 건 사실이야. 우리가 아직 서로를 사랑하던 시절에 아내는 내가 〈템페스트〉에 캘리밴으로 출연한 걸 열여덟 번쯤 봤을걸. 그때는 아내도 셰익스피어를 좋아했어."

뜨거운 촛농이 갈비뼈를 타고 흘러내리는 것을 느끼면서 나는 고개를 끄덕이고 미소를 지었다.

"아내가 오늘 아침에 나한테 이렇게 물었어. '우리한테 아이들이 없었으면 갈라섰을 거야, 그렇지?' 그래서 내가 이렇게 말했지. '당

---

*   1993년 텍사스주 웨이코에서 신도들을 이끌고 당국의 진압 시도에 저항하다 사망한 사이비종교 지도자.

신 미쳤어?' 내가 우리 관계의 결실을 즐기려고 이 집에 사는 것
같아? 농담하시나? 당연히 우리는 갈라섰겠지. '애들이 다 크면
어떻게 될까?' 아내가 이렇게 물어서 나는, 아이고 세상에…. '공연
이 개막하는 날에 이런 걸 물어? 이건 중력이 사라져서 발이 자꾸
떠오른다며 우는 것과 같아, 알아? 애들이 없었다면 나는 당연히
떠났겠지. 하지만 애들이 있으니까 난 이 자리를 지킬 거야. 간단
해. 애들이 커서 집을 떠난 뒤에 우리가 어떻게 될지는 주님만이
아시겠지. 그때는 상황이 다를 테니까.'"

　이지키얼은 차를 한 모금 마셨다. 그는 가끔 나를 보았지만, 대
개는 거울을 보며 자신에게 말을 걸고 있었다. 나는 빨간색과 파
란색 가루를 꺼내 가슴에 떨어뜨린 촛농 위에 붓으로 발라서 엉
망으로 헤집어지고 멍든 흉터를 만들고 있었다.

　"샬리즈도 올 거야." 이지키얼은 내게 윙크를 하며, 거울 아래쪽
에 꽂아둔 두 꽃다발의 카드들을 가리켰다.

　"진짜 엄청날 거야." 그가 빈정거리듯이 앓는 소리를 했다. "하
지만 내가 뭘 어쩌겠어? 샬리즈가 공연을 보고 싶다는데. 그녀는
날 사랑해. 날 믿어줘. 그녀가 날 위해서 이 칼을 골라줬어." 그는
허리띠의 칼집 안에 넣어두었던 칼을 들어 올렸다. "내가 맡은 역
이 어떤 삶을 살아왔는지 연구하는 것도 도와줬지. 우리는 침대
에 누워서, 흑인 남자가 어떻게 런던으로 흘러들어 갔는지, 내가
어쩌다 왕 밑에서 일하게 됐는지 상상했어." 그는 칼을 다시 집어
넣었다. "샬리즈는 내가 텔레비전 드라마의 뒤편에서 썩어가면
안 되는 인물이래. 샬리즈는 예술을 아주 좋아하거든. 예술을 이

해한다고. 우리는 같이 현대미술관에 갔어. 샬리즈는 남자가 위대한 포부를 가질 필요가 있다는 걸 알아. 훌륭한 사람이 되고 싶다는 희망을 포기하면 영혼이 죽는다는 것도 알고. 그리고…" 그는 효과를 위해 잠시 말을 멈췄다가 다시 이었다. "섹스할 때 내가 뒤에서 움직이면서 그녀의 엉덩이에 손가락을 넣어 휘젓는 것도 좋아해." 그가 갑자기 편안한 얼굴로 활짝 웃었다.

나는 거울 앞에 서서 내 흉터를 확인했다.

"무대에서도 근육을 그렇게 많이 움직여? 발달이 느린 십 대처럼 보이는데." 이지키얼이 말했다.

나는 화장실로 들어가 문을 열어둔 채 환기팬을 켜고 변기 위에 서서 담배에 불을 붙였다. 나는 매일 공연 15분 전에 이렇게 환기구 바로 아래에서 담배를 피웠다. 이지키얼은 상관하지 않았지만, 무대감독은 담배 냄새 비슷한 것만 나도 이성을 잃었다.

"아이고, 어젯밤에 아내가 샬리즈도 오냐고 물었을 때 내가 뭐라고 했는지 알아?" 이지키얼이 내게 큰 소리로 말했다. "'여보, 지난 2년 동안 일요일마다 내가 몰래 이 집을 빠져나간 건 프로스펙트 공원으로 가서 아주 이상한 모양의 멋진 송충이를 수집하기 위해서라고 해두자.' 이렇게 말했지."

"네?" 내가 물었다.

"내가 아내한테 이렇게 말했다고." 이지키얼이 내게 다시 말했다. "'내가 희귀한 송충이를 좋아해서 장갑을 끼고 공원 같은 데로 가서 그 녀석들을 사냥한 걸로 치자고. 녀석들이 나한테는 의미가 있으니까. 어쩌면 내가 어려서 아무것도 책임질 필요가 없던 행복한 시절을 연상시키는지도 모르지.'"

그의 손이 가볍게 떨리고 있었다. 나는 변기 위에 서서 그의 말을 들으며 담배를 피웠다. 마치 우리가 곧 달로 발사될 로켓 꼭대기에 앉은 우주비행사 같았다. 가끔 나는 환기팬을 향해 조심스레 연기를 뱉은 뒤, 연기가 사라지는 모습을 지켜보았다.

"'이유는 잘 모르겠지만, 그 송충이가 내 손 위를 기어가면 나는 다시 열두 살 때로 돌아간 것 같아서 가슴이 콩닥거려. 하지만 내가 송충이를 좋아한다고 말하면 사람들은 나더러 유치하다고 하겠지. 안 그래? 날 멋대로 판단할 거야. 내가 무슨 징그러운 벌레 애호가라도 되는 것처럼 볼 거야. 그러니까 비밀로 하는 거야. 그냥 그런 순간들을 혼자 즐기면서. 내가 살인을 저지르는 것도 아니잖아. 마약을 하는 것도 아니고. 그냥 단순한 기쁨을 느낄 뿐이야. 내가 내 인생을 싫어하는 것도 아니고, 이혼을 원하는 것도 아니야. 매일 그놈의 송충이랑 놀고 싶다는 것도 아니고. 그냥 가끔 그렇게 놀고 싶다는 얘기일 뿐이야.' 그랬더니 아내의 반응은 이랬어. '*무슨 개소리야?*'"

"나도 같은 말을 하려고 했는데요." 나는 세면대에 담뱃재를 털면서 말했다.

"아냐, 그러지 말고 내 말 들어봐. 너는 세련된 사람이니까 내 말을 이해할 거야." 이지키얼은 심호흡을 하며 날카로운 시선으로 나를 보았다. "내가 아내한테 말했어. '여보, 샬리즈를 송충이라고 생각하면 안 될까? 그냥 내가 즐기는 괴상한 일이라고. 내가 개인적으로 좋아하는 것. 나는 왜 나만의 것을 가지면 안 돼? 왜 항상 당신과 관련되어야 하는데? 내가 당신한테 상처를 주는 것도 아니고, 당신이 그걸 그렇게 받아들일 뿐이잖아.' 그랬더니 아내가 소리를 질러대는 거야. '*당신이 내 **남편**이고 내가 당신을 사랑하니까 그렇지. 당신을 송충이랑 나누고 싶지 않다고. **그러다 그 여자가 나비로 변하면 어떻게 되는 건데!**'* 그래서 내가 이렇게 말했어. '그건 그냥 비유야.'"

"설마 부인이 그 말을 정말로 납득할 거라고 생각한 건 아니죠?" 나는 담배를 변기 안으로 던져 넣으면서 말했다.

"너라면 여자한테 어떤 상황에서든 다른 사람의 농담에 절대 웃음을 터뜨리지 않을 거라고 약속할 수 있어?" 이지키얼은 이렇게 묻고 나서 얼빠진 변호사 같은 목소리를 흉내 냈다. "누구를 막론하고 다른 사람을 재미있게 보는 일은 결코 없을 거라고 서약합니다." 나는 흡입기에 머리를 파묻을 듯이 갖다 댔다. 담배를 한 개비 피울 때마다 이렇게 흡입기를 빨아들이려고 노력했다.

"그런 건 어리석잖아." 이지키얼이 말을 이었다. "그런데도 사람들은 자기가 평생 다른 인간에게 성적인 매력을 느끼지 않을 거라고 서로에게 서약하는 행위를 괜찮다고 생각한단 말이야."

"매력을 느끼지 않겠다고 서약하는 게 아니에요. 그 느낌을 행동으로 옮기지 않겠다고 서약하는 거죠." 나는 흡입기에 얼굴을 고정한 채로 그의 말을 바로잡았다. 이런 율법의 전문가가 된 기분이었다.

"그러니까 다른 사람을 재미있게 생각하는 건 괜찮지만, 웃으면 안 된다?" 그는 이 말을 하면서 거울에 비친 자신의 눈을 알아차렸다. 아직 아이라인을 그리지 않은 상태였다. 그는 정신없이 자신의 화장품을 향해 손을 뻗었다. 이지키얼처럼 냉정한 사람이 이렇게나 긴장하고 있다면, 다른 배우들은 과연 공연을 끝까지 할 수 있을지 상상이 가지 않았다.

　이지키얼은 무대 분장에 대해 자기 나름의 생각을 갖고 있었다. 특히 흑인 배우라면 특별한 파란색 아이라이너를 쓰는 것이 아주 중요하다는 믿음이었다. 실제로 효과가 있었다. 3미터쯤 떨어진 곳에서 보면, 그의 눈이 표범의 눈처럼 보였다. 나는 바닥에 누워 윗몸일으키기 50번을 하기 시작했다. 공연 10분 전에 내가 항상 하는 일이다. 운동을 마친 뒤에는 의상을 마저 차려입었다. 곧 새 뮤얼이 문을 두드리면, 우리는 핏물에 몸을 담가야 할 것이다.

　나는 주머니에 부적을 채우기 시작했다. 내가 상상 속으로 더 깊이 빠질 수 있게 해줄 작은 물건들이었다. 소도구로 쓰는 옛날 동전 몇 개, 종이쪽지, 행운의 부적인 늑대 털. 이 물건들에 나는 내가 맡은 인물과 관련된 의미를 부여했다. 무대에서 주머니에 손을 넣었을 때 이것들이 실제로 손에 잡히면, 나는 내가 입고 있는 옷이 단순한 의상이 아님을 알게 될 것이다.

　내 진짜 바지는 바닥에 떨어져 있었다. 나는 1초 동안 바지를 바라보며 그 주머니에 무엇이 들어 있는지, 그것이 내 성격과 관련해서 어떤 의미를 지니는지 생각해 보았다.

　"여러분." 스피커에서 무대감독의 목소리가 울려 나왔다. *"객석을 정돈하는 데 어려움을 겪고 있습니다. 그래서 아직 10분이 남았습니다. 막이 오를 때까지 10분입니다."*

관객들의 소리가 들렸다. 엄청나게 커다란 소리로 떠들어대면서 안달하고 있었다. 개막 공연 날에는 서로 잘 아는 사람들이 객석에 가득하기 때문에 공연이 늦어지는 경우가 허다하다.

내 머릿속에는 묘하게도 한 가지 생각밖에 없었다. 아내가 올까? 아까 오후에 아내가 다른 사람을 사랑하게 되었다고 내게 말했지만, 나중에 내가 아이들에게 잘 자라는 인사를 하려고 집에 전화를 걸었더니 딸이 이렇게 말했다. "엄마가 오늘 밤 외출한대요. 공연을 보러 간댔어요." 십중팔구 패션계의 거물인지 뭔지 하여튼 그 남자와 데이트를 하러 나가는 것이겠지만, 그래도 나는 이런 생각이 들었다. '어쩌면 내 개막 공연에 올지도 몰라. 자기가 날 사랑한다는 말을 깜박 잊고 안 한 건지도 몰라.' 만약 아내가 무대 뒤로 날 찾아온다면 난 뭐라고 말할까? 음료수 자판기 뒤의 어둠 속에서 우리가 섹스를 하게 될지도 모르는 일이었다.

이 연극에서 나는 근사했다. 검은색 일색인 가죽옷을 입은 모습이 끝내줬다. 나는 갑옷을 입은 채 그녀와 섹스하는 상상을 했다. 그다음에는 어떻게 될까? 아내가 머큐리 호텔로 거처를 옮길까? 헹, 그럴 리가. 아내는 그곳을 무척 싫어했다. 그럼 내가 집으로 갈까? 아, 그건 싫은데…. 나는 아내의 집에서 숨을 쉴 수 없었다. 보모들, 가사도우미들, 헤어디자이너들, 그리고 그 지긋지긋한, 털 없는 고양이. 오, 하느님. 하지만 쇠사슬 갑옷을 입고 음료수 자판기 뒤에서 아내와 섹스하고 싶은 건 사실이었다. 그 모습을 생생히 그려볼 수 있었다. 아내의 드레스가 허리께까지 밀려 올라가 있을 것이다. 근사한 모습일 것이다. 아내는 항상 근사하니까.

이지키얼이 의자에서 뛰어 내려와 발을 굴렀다.

"*아아*, 시팔, 떨려 죽겠네. 난 지금 마흔여덟 살이라고, 망할. 그런데 왜 이렇게 떨리는 거야?" 그는 숨을 깊이 들이쉬고 몸을 아래로 쭉 뻗어 발끝에 손을 댔다. 그러고는 이렇게 말했다. "나도 담배 한 대 줘봐."

"담배 안 피우잖아요." 내가 말했다.

"시끄러. 넌 나에 대해 아무것도 몰라. 그 백인 담배나 한 대 줘."

내가 담배를 주자 그는 화장실로 가서 변기 위에 섰다. 하지만 담배에 불을 잘 붙이지 못했다. 나는 일어서서 대신 환기팬을 켜주고, 담배에 불도 붙여주었다.

아내는 오지 않을 것이다. 그런 생각을 한 것이 터무니없었다. 아내는 연극을 싫어한다. 셰익스피어라면 진저리를 친다. 내가 왜 그런 생각을 했는지. 그래도 혹시⋯. 아내가 한때 나를 사랑했던 건 사실이다.

갑자기 내 첫 대사가 생각나지 않았다.

배 속이 뒤집혔다. 목소리를 확인할 기운도 나지 않았다.

"내가 당신 대본을 열어봐도 돼요?" 나는 이지키얼에게 물었다. 그의 대본이 내 것보다 훨씬 더 깔끔하게 정리되어 있었다.

"손 깨끗해?"

"네." 나는 인상을 찌푸렸다.

"그래도 씻어. 네가 손으로 뭘 만졌는지 어떻게 알아?"

"아이고, 세상에." 나는 화장실 안으로 들어가, 그의 아래에 서서 손을 씻고 물기를 닦았다. 그는 내가 그랬던 것처럼 환기구를 향해 똑바로 연기를 내뿜고 있었다.

이지키얼의 대본을 넘기다 보니, 모든 페이지의 여백에 그가 자신의 '내면 독백'을 길게 써놓은 것이 보였다. 다른 사람들이 말하는 동안 그가 맡은 인물이 무슨 생각을 할지 상상한 내용을 적은 것이었다. 그런 상상들이 다음 대사로 그를 이끌어줄 것이다. 나는 내 첫 대사를 찾았다. "전하, 저는 포로를 부정하지 않았습니다." 이걸 어떻게 잊어버렸지?

"젠장, 내가 그놈의 팔스타프 역을 맡았어야 하는데." 이지키얼이 변기에서 뛰어 내려와 물을 내려 담배를 처리한 뒤, 연기를 흩어버리려고 문을 열었다 닫았다 하기 시작했다.

"《뉴욕타임스 매거진》 표지에 실린 버질 기사 봤어? '미국에서 가장 과소평가된 배우!' 집의 벽난로에 오스카 트로피를 세워둔 그 망할 놈이 브로드웨이에서 팔스타프 역을 맡았어. 그런데 미국에서 가장 과소평가된 배우라고? 그럼 나는 뭔데, 어? 내 아들이 그 기사를 읽더니… '아빠, 어떻게 여기에 아빠 이름도 사진도 없을 수가 있어요? 네? 진짜로 작은 역할을 맡으신 거죠?' 그런데 J.C.는 이렇게 말했지…. '우리 모두 꼭 필요한 사람들입니다!'" 이지키얼은 속을 알 수 없는 표정으로 고개를 저었다. "남자가 되는 게 너무 힘들어. 징글징글하게 힘들어." 그는 화장실 문을 닫고 다시 앉았다. 그리고 내 손에서 자기 대본을 가져가 더러워진 부분이 없는지 꼼꼼히 확인했다.

"*여기서 로켓이라도 좀 쏘면 안 되나!*" 그가 고함을 질렀다. "*숨을 쉴 수가 없잖아!*" 그의 목소리가 어찌나 큰지 복도에 쩌렁쩌렁

울려 퍼졌다. 다른 배우들이 각자 분장실 안에서 폭발하듯 박수를 치는 소리가 들렸다.

"진짜야. 진짜 숨을 못 쉬겠어. 떨려 죽겠다고." 그가 내게 조용히 말했다. "이 공연을 망치려 드는 여자 두 명이 객석에 있는데 나더러 어떻게 내 인생을 건 공연을 하라는 거야?"

"두 분 모두 공연 뒤에 이쪽으로 올까요?" 나는 이 좁은 공간에 그 두 명을 포함한 우리 모두가 모여 있는 광경을 상상했다. 우리가 무슨 대화를 나누게 될까?

"그 걱정은 그때 가서 해." 이지키얼이 손톱을 씹으며 말했다.

"좋은 평이 나올까요?" 내가 물었다.

침묵이 분장실을 덮쳤다.

"오, 하느님, 그러기를 바라야지. 그런 것에 구애받지 말아야 한다는 걸 아는데… 그래도 좋은 평이 필요해. 우리 식구들한테도 필요하고. 딱 한 번만,《뉴욕타임스》가 딱 한 번만이라도 내 연기에 대해 무조건…. 그러면 우리 식구들이 날 자랑스럽게 여기면서 내가 의미 있는 삶을 살고 있다고 믿어줄 거야. 그게 정말 도움이 될 거야." 그는 열 살짜리 아이처럼 보였다.

"부탁 하나 해도 돼요?" 나는 이 말을 꺼낼 기회를 기다리고 있었다.

"그래. 뭔데?"

"나는 평을 읽지 않을 거예요." 이 말이 내 입에서 자연스럽게 흘러나왔다. "스스로 약속했어요. 평론가들의 생각을 내가 꼭 따를 필요는 없잖아요. 안 그래도 나는 자기혐오가 강하고 신문이며 인터넷이며 〈엔터테인먼트 투나잇〉이며 나에 대해 말도 안 되는 소리를 엄청나게 쏟아냈어요. 그래서 내가 아는 게 적을수록 더 낫다는 사실을 점점 깨닫고 있어요. 그런 소리 중에 진짜는 없잖아요, 그렇죠? 게다가 그 사람들이 나더러 몽고메리 클리프트의 환생이라면서 좋은 점은 그것뿐이라고 말하지도 않을 테고요. 나는 이 작품과 이번 공연이 정말로 마음에 들어요. 그래서 누가 이 공연에 대해 고약한 말을 쓰는 걸 생각만 해도 참을 수가 없어요. 그러니까 그냥 행복한 무지를 택할 거예요. 알겠죠? 날 도와줘요. 나는 평론에 대해서는 조금도 이야기하고 싶지 않아요, 네? 처음에는 힘들겠지만, 공연이 2회차쯤 진행되고 나면 별로 상관없는 일이 될 거예요. 도와줄 수 있죠?"

"무슨 말인지 알아들었어." 이지키얼이 말했다. "하지만 이건 알아둬. 몬티 클리프트는 네 발끝에도 못 미친다는 게 내 평이야. 클리프트는 자식이 없었어. 너에 비하면 반쪽짜리라고. 배우로서도. 알았지? 웃기지 말라고 그래. 이 분장실은 100퍼센트 순수한 로큰롤이야. 나랑 너 둘만. 무대에서 하는 우리 연기는 화염방사기처럼 뜨겁지. 그걸 다른 사람들도 다 알아."

3막의 전투 장면 직전에 우리 둘이 나오는 좋은 장면이 있는 건 사실이었다. 솔잎 한 줌에 불을 붙이는 것처럼 쉽고 재미있는 장면이었다. 나는 항상 대본대로 하고 싶었지만 이지키얼은 절대 허락하지 않았다.

"그러면 사람이 느슨해져." 그는 이렇게 말했다. "네가 뭘 할 건지 나는 알고 싶지 않아. 네가 날 놀라게 하는 게 좋아. 우리가 분장실에서 훌륭하게 해낸 연기를 다시 데워서 무대에 올려 관객들에게 보여주고 싶지 않아. 대본대로 하는 건 네 연극 선생님하고 나 해." 그는 이렇게 스스로 기운을 불어넣으면서 우쭐거렸다. 그의 말이 옳았다. 우리 장면은 내가 매일 공연 때마다 가장 좋아하는 5분이 되었다.

"때가 되었습니다." 무대감독이 마침내 말했다. *"모두 위치로.*"

새뮤얼이 우리 방 문을 두드렸다. 그는 양손에 내 검과 자기 검을 각각 들고 있었다. "피를 묻히러 갑시다." 그가 빙긋 웃었다. 이제 시작이었다. 나는 마지막으로 남은 파란 알약을 입에 넣고 물도 없이 삼켰다.

무대에 오르면 나는 특정한 시공 속으로 들어간다. 그곳 외의 다른 곳에는 전혀 가고 싶지 않다. 반드시 누군가에게 전화할 일도 없고, 이메일에 답장을 쓸 일도 없다. 아이들이 다니는 도서관에 반납 지연 벌금을 물지 않아도 되고, 할 일을 다 마치지 않아도 상관없다. 중요한 것은 '지금'뿐이다.

1막이 술술 흘러갔다. 연극이 우리 모두를 휘어잡고 있었다.

2막 3장이 여느 때보다 빨리 다가왔다. 나는 약 15미터 높이에서 가로세로가 모두 1미터쯤 되는 단에 서 있었다. 무대 오른쪽에서 중앙으로 굴러 나온 계단통 꼭대기. 이 움직이는 무대장치는 전체가 두껍게 자른 참나무로 되어 있었다. 나무를 보면 나는 차분해졌다. 이전 장면이 진행되는 동안 나는 어둠 속에서 소리 없이 사다리를 올라가야 했다. 꼭대기에 도착한 뒤, 소도구 담당자인

데이브가 내게 횃불을 건넸다. 데이브는 화재 안전과 관련된 문
제를 모두 담당했다. 그는 토치로 횃불에 불을 붙인 다음 내게 경
례를 하고 사다리를 내려갔다. 나는 횃불을 들고 서서, 무대 조명
이 완전히 새까맣게 꺼지기 전에 무대 중앙으로 나가야 했다. 무
대가 암전되면 이 거대한 계단통이 굴러 나가고, 극장 내에 불빛
이라고는 내 횃불밖에 없다. J.C.는 규정을 우회해서 극장 뒤편의
비상구 불빛조차 이 장면에서 꺼지게 했다. 나는 웃통을 벗고 맨
발이었다. 몸에 걸친 것이라고는 흉터와 검은 가죽 바지뿐이었다.
내 평생 이렇게까지 마른 적은 처음이었다.

　이 장면은 여러 면에서 내가 매일 밤 연기해야 하는 장면들 중
가장 어려웠다. 섬세함과 자제력이 필요한데, 나는 이 두 가지에
모두 뛰어나지 않았다. 또한 홋스퍼가 등장하는 거의 모든 장면
이 강렬한 데 비해, 이 장면은 정반대였다. 나는 무대로 굴러 나가
면서 내 안전을 위해 부착된 손잡이를 손마디가 하얗게 되도록
쥐곤 했다. 여기서 떨어진다면 이 장면을 제대로 시작할 수 없을
것이다. 나는 높은 곳이 불편하지 않다고 J.C.에게 몇 번이나 확인
해 주었다. 하지만 그냥 멋져 보이려고 한 말이었다. 망할 놈의 계
단이 움직이면 나는 겁에 질렸다.

　2막 3장에서 홋스퍼는 한밤중인데도 잠을 이루지 못한다. 어떤
'친구'가 폭력적인 쿠데타를 연출하려는 홋스퍼의 계획에 대해 무
모하다고 말한 편지 때문에 고민 중이다. 불안해진 홋스퍼는 어
떻게든 편지 내용을 이해하든지, 아니면 하다못해 무시하고 던져
버리기라도 하고 싶다. 이 장면을 연기하기가 힘든 것은, 홋스퍼

가 큰 동작이나 대사 없이 무대에 나와 있는 시간이 길기 때문이
다. 그냥 잠을 이루지 못하는 한 남자이자 전사로서 편지를 읽고
또 읽을 뿐이다. 그는 편지 내용을 혼자 중얼거리면서 이걸 어떻
게 생각해야 하는지 고민한다. 이것은 나쁜 징조인가? 홋스퍼가
그 '친구'에게 먼저 편지를 썼음이 분명하다. 친구에게서 연대하
겠다는 말과 병력 지원을 기대하면서. 그러나 그의 요청은 거부
되었고, 이제 그는 한때 한편이 되기를 바랐던 이 친구가 자신의
반란 계획을 누설해 기습이 불가능해질지도 모른다는 점을 걱정
해야 한다.

　그러니 잠이 오질 않지.

　이 장면의 또 다른 장애물은 홋스퍼가 자신과 대화하는 독백으
로 시작된다는 점이다. 셰익스피어 연극에서 인물이 혼자 무대에
나와 있을 때는, 직접 관객을 향한 독백이 이어지는 경우가 많다.
하지만 이 장면은 그렇지 않다. 기본적으로 홋스퍼가 혼자 중얼
거리는 장면이라서 어느 정도 자연스러운 연기가 필요한데, 대사
의 양식화된 문체 때문에 그런 연기가 힘들다.

　하지만 이 장면의 가장 큰 장애물은 따로 있다. 웃통을 벗고, 한
손에는 긴 양피지를 들고, 얼굴에는 다른 손에 쥔 횃불의 불빛이
비치는 상태로 1200명 앞에 서야 한다는 것. 언뜻 봐서는 문제가
뭔지 모를 수 있다. 하지만 브로드웨이 공연이 개막하는 날 웃통
을 벗은 채 한 손에 종이를 들고 1200명 앞에 서 있다 보면, 손이
떨리지 않게 하기가 빌어먹게 힘들다. 손가락이 조금만 떨려도
종이가 덜거덕거린다. 그러면 누구도 이런 생각을 할 수 없게 될

것이다. 정말 훌륭한 배우야! 이 장면 진짜 재미있는걸! 대사가 너무 아름답잖아! 대신 관객들은 이런 생각을 한다. 옷을 반만 걸치고 나온 저 남자는 왜 저렇게 떠는 거야? 저 사람 전문 배우가 아닌가? 왜 손을 떠는 거지? 남아프리카에서 서점 주인이랑 섹스를 하는 바람에 메리 마키에게 상처를 주었다던 그 사람인가? 게다가 손이 떨리는 걸 걱정하기 시작하면, 문제가 점점 커진다.

내가 직업적인 배우로 살아온 세월이 15년이나 되는 만큼, 이런 것이 가장 큰 걱정거리에 속하지는 않을 거라고 생각하겠지만, 그건 틀린 생각이다. 사람들은 항상 이렇게 묻는다. "대사가 정말 많던데요! 그걸 다 외우기가 힘들지 않아요?" 대사를 외우는 데에는 시간만 들이면 된다. 모든 출연진이 힘을 합쳐 상상력을 발휘해서 관객들이 가족의 항암 치료에 대한 걱정을 잊어버리고 시로 된 대사를 읊는 600년 전 사람들에게 주의를 기울이게 만드는 것, 여기에는 뭔가 신비로운 요소가 필요하다. 그런데 고등학교 때 학생들 앞에서 독후감을 발표할 때처럼 손이 떨리기 시작하면, 연극의 신은 절대 나타나지 않을 것이다.

이걸 이기는 방법은 하나뿐이다. 자신의 상상력 속에 뛰어드는 것. 지금은 틀림없이 한밤중일 것이다. 맨발에 밟히는 건초가 분명히 느껴진다. 말 냄새도 나고, 올빼미 소리도 들리고, 다가오는 아침의 습기도 살갗에 느껴진다. 내게 이 편지를 쓴 그 친구, 사시가 있는 겁쟁이 친구의 얼굴을 떠올린다. 자신이 왕을 얼마나 싫어하는지도 떠올린다. 너그러운 척하는 그 자식은 죽어 마땅하다. 놈이 내 아버지를 죽였단 말이다, 젠장. 나는 아버지를 사랑했다.

내가 이 친구에게 쓴 편지 내용도 반드시 정확하게 기억하고 있어야 한다. 실제로 그 편지를 쓴 사람이 되어야 한다. 애당초 이 친구라는 녀석에게 이야기를 털어놓는 것이 현명한 일인지를 놓고 삼촌과 나눈 대화를 처음부터 끝까지 상상해야 한다. 꼭 친구에게 이야기해야 한다고 주장하는 내게 삼촌은 경고했다. 이제 삼촌은 뭐라고 할까? 이러니 잠이 오질 않지. 잠을 자지 않는 것은 현명한 일이다. 손이 떨리는 게 당연하다!

그리고 조금 은밀하기는 해도(여기서 모든 것이 신비하고 낯설어진다), 나는 관객의 존재를 알아차리지 못한 척 가장하는 것조차 할 수 없다. 여기에 진실이 있다. 관객은 분명히 객석에 있고, 나는 심지어 앞줄에 앉은 사람들 몇 명의 얼굴까지 알아볼 수 있다. 그들을 무시할 수 없다. 그들의 눈을 내가 이해한 홋스퍼의 현실에 어떻게든 통합시켜야 한다. 그들의 눈은 우리를 지켜보는 하느님의 눈이다.

나는 무대에 나가 이렇게 말한다. "안녕하십니까, 하느님. 당신이 모든 걸 보시는 걸 압니다. 내 심장이 생각하는 소리도 들으시고, 내 몸짓을 모두 이해하시죠."

그리고 반드시 숨을 쉬어야 한다. 그 덩치 큰 러시아의 개 스타니슬랍스키*도 자신의 두려움과 친해져야 했다. 여왕에게서 기사 작위를 받은 존 길구드 경도 그렇게 해야 했다. 주위에서 헤엄치는 그림자들과 자신을 연결하는 방법은 그것뿐이다.

•   러시아의 연출가 겸 배우.

　열세 살 때 자전거를 타던 기억이 난다. 내가 목줄을 손에 쥐고 있는 우리 집 개는 내 옆에서 뛰었다. 개와 나는 기차역을 향해 올드 트렁크 길을 쌩쌩 달렸다. 그러다 개가 다람쥐를 보았다. 나도 다람쥐를 보았다. 다람쥐와 눈이 마주친 뒤 고작 3초쯤 지났을까. 나는 얼굴 반쪽이 길바닥에 갈려 피투성이가 된 모습으로 일어섰다. 나는 공중을 날면서 우리 개한테 욕을 퍼붓고, 목줄에서 손을 풀려고 했다. 자갈밭이 나를 향해 다가오는 걸 지켜보면서 얼마나 아플지 생각했다. 그 시간이 한 시간쯤 되는 것 같았다. 무대에서도 그렇게 시간이 흐른다. 순간 안에 순간이 있다.

　참나무로 만든 계단 세트가 목적지를 향해 굴러가는 동안 나는 손잡이를 단단히 붙잡았다. 머리로는 극 속에 완전히 빠져들려고 시도하고 있었다. 거대한 계단이 멈춰서 제자리에 단단히 고정된 것이 느껴지자 나는 손잡이를 놓고 바지에서 편지를 꺼냈다. 내게 신호를 주는 불빛이 검게 변한 것을 보고 나는 계단을 내려가기 시작했다. 내 아내랑 잔다는 그 패션계의 호색한 발렌티노 칼비노가 이 편지를 썼다고 상상했다. 그러면 피가 끓어오를 것 같았다. 그것이 나만의 요령이었다(어쨌든 내가 항상 시도하는 방법이다). 극 중 인물과 나 사이의 구분이 점점 흐려지게 만드는 것. 나는 계단에서 무대로 내려설 때까지 편지를 읽었다. 그리고 한 번 더 읽었다. 극장 안의 침묵이 천둥 같았지만, 나는 그것에 저항하며 말하지 않을 것이다. 내가 그 침묵을 전혀 의식하지 않게 될 때까지. J.C.는 리허설 때 내게 이렇게 말했다. "마음껏 느긋하게 시간을 끌어요. 중앙에 올 때까지 입을 열면 안 됩니다. 하얀 침묵이 보일 때까지 기다리는 겁니다. 관객이 모두 주목하게 만들었으니 그 상태를 유지하면서…" 여기서 그는 빙긋 웃으며 말을 덧붙였다. "그냥 시간을 너무 끌지만 마세요."

"*제가 맡은 역할만 아니라면, 기꺼이 그 자리에 갈 수 있을 겁니다. 경의 가문에 그만큼 애정을 갖고 있으니까요.*"

내 목소리에는 힘이 있었다. 속삭이는 소리를 낼 때도 모든 관객이 귀를 기울이는 것이 느껴졌다. 나는 다시 한번 배 속 깊이 공기를 빨아들인 뒤 시선을 들고 혼잣말을 계속했다. 훌륭한 관객들이었다. 나는 곧장 깨달았다.

"*기꺼이 갈 수 있을 거라고? 그럼 왜 여기 없는데?*"

쿵. 엄청난 웃음이 터졌다. 뭐가 그렇게 웃겼는지 나는 모르겠다. 내가 뭔가를 한 것은 아니고, 그 상황 때문이었다. 극작가의 힘. 내가 그 대사를 망칠 수도 있었다. 나중에 실제로 그런 적도 많았다. 하지만 작품에 푹 빠져서 대사를 제대로 전달하면, 아주 많은 웃음을 이끌어낼 수 있었다. 400년 전의 우스갯소리로 극장 전체를 웃게 만드는 기분은 고요한 호수에 돌멩이 하나를 던져 물수제비를 열일곱 번 뜰 때와 같다.

"*경의 가문에 그만큼 애정을 갖고 있으니까요?*" 나는 이 비겁한 편지를 내게 보낸 멍청이를 조롱했다. "*우리 가문보다 자기네 헛간을 더 사랑하는 마음이 여기 드러나 있는데.*" 대개 나는 여기서 잠시 말을 멈추고 분노를 털어내곤 했다. 헛간에 다른 사람이 있는 것 같은 소리를 들은 사람처럼 잠시 얼어붙었다가 그냥 늙은 올빼미 소리였음을 깨달은 시늉을 할 때도 있었다. 공연 때마다 나는 그 편지에 새로운 반응을 보이기 위해, 기둥이 되는 몇 가지 아이디어를 제외하고는 어떻게 접근해야 할지 뚜렷한 계획을 미리 만들지 않으려고 애썼다.

첫째, 이미 말했듯이 먼저 나는 마음이 완전히 안정된 뒤에야 편지를 읽기 시작했다. 둘째, 대사를 다섯 줄쯤 하고 난 뒤 횃불을 걸이에 걸었다. 그러면 편지를 잡고 있던 손이 혹시 떨리기 시작하더라도 비는 손으로 종이를 붙잡을 수 있었다.

횃불을 건 뒤에는 대사를 계속했다.

"*조금 더 볼까…*." 개막 공연에서 나는 양손으로 편지를 단단히 자신 있게 쥐고 이렇게 말했다. "*경이 하시고자 하는 일은 위험합니다. 그거야 당연하지. 감기에 걸리는 것도, 잠자는 것도, 술을 마시는 것도 위험하기는 마찬가지야. 하지만 내 분명히 말하는데, 멍청이 경, 위험이라는 쐐기풀 덤불에서 우리는 안전이라는 꽃을 딸 거야.*"

여기서 나는 편지를 구겨 던지는 연기를 자주 했다. 그러면 가끔 이 행동과 함께 나 자신이 사라져 버렸다(그런 경우가 자주 있었으면 좋았을 텐데). 심지어 내 숨결조차 내 것이 아니었다. 내 숨결은 관객에게서 왔다. 그들이 커다란 구름처럼 나를 에워싸고 빈 곳을 채워주는 증인들처럼 느껴졌다. 내 배 속에는 조용한 방이 하나 있다. 내 머리와 심장이 만나는 이곳에서 나는 나쁜 소식을 듣기도 전에 이미 이해하고, 자고 있을 때도 의식이 있으며, 꿈을 기억한다. 어렸을 때 견딜 수 없을 만큼 지루한 순간에 나는 이 방에 쉽게 들어갈 수 있었다. 학교로 향하는 버스의 창문을 빤히 내다보다가, 늦은 밤에 자려고 누웠을 때 천장에서 오락가락하는 헤드라이트 불빛들을 지켜보다가, 어른들이 직장 일에 대해 이야기하는 동안 접시의 음식을 깨지락거리다가. 이 방에서 나는 빨갛게 달아오른 작은 돌조각을 상상한다. 나만 가진 마법의 돌은 아니다. 개도, 사슴도, 호저도, 단풍나무도 모두 속에 갖고 있는 돌인데, 대개는 사람들이 알아차리지 못한다. 하지만 무대에서는, 내가 숨을 제대로 쉴 수 있고 관객들이 그것을 허락해 줄 때 그 방 안의 깜부기불이 부풀어 올라 확 튀면서 불길이 되어 타오른다. 내게는 그것이 연기다. 관성적인 일상생활을 할 때는 한 번도 느낀 적이 없는 평화다.

편지를 읽는 나를 잠옷 차림의 레이디 퍼시가 방해한다.

오, 나의 부군이시여, 왜 이렇게 혼자 계십니까?
지난 2주 동안 제가 무슨 잘못을 했기에
나의 해리가 침대에서 사라진 걸까요?

그녀는 겁먹은 얼굴로, 내가 잠결에 철의 전쟁, 뛰어다니는 말, 바실리스크, 대포, 포로의 몸값 등을 중얼거렸다고 설명한다. 식사도 제대로 하지 않는다고 한다. 그녀는 속눈썹을 팔랑거리며 내 배의 흉터를 부드럽게 어루만지고, 내가 몇 주 동안 자신과 사랑을 나누지 않았다고 말한다. 내가 "*흐릿한 눈빛으로 하는 생각과 저주스러운 우울*"에 빠졌다는 말도 한다. 아, 젠장, 그녀는 아름답다. 나는 그녀를 건초 속으로 던진다. 그녀는 원하는 것을 얻을 것이다. 그녀는 웃음을 터뜨리며 두꺼운 검은색 가죽 바지 위에서 내 자지를 장난스럽게 잡는다. 그리고 내가 지금 숨기고 있는 그 편지의 내용이 뭔지, 계획이 뭔지 말해주지 않으면 내 '*작은 손가락*'을 부러뜨리겠다고 말한다. 나는 그녀가 알지 못하는 비밀은 남에게 말할 수도 없으니 알려주지 않는 거라고 설명한다. 이렇게 비밀을 지키는 건 그녀의 안전을 위해서라고. 그녀는 이 대답을 좋아하지 않는다. 무릎으로 서서 내 허리띠로 장난을 친다. 우리는 건초 속에서 뜨겁고 무겁게 달아오른다. 하지만 결국 너무 뜨겁게 달아오른 홋스퍼가 헛간 문으로 달음질친다. 지금은 전쟁을 할 때다. 게다가 여자들은 믿을 수 없다.

    나는 그녀에게 설명한다.

사랑이라니! 난 그대를 사랑하지 않아,
그대에게 마음이 없소, 케이트, 지금은
인형놀이나 입술 부딪치기를 할 때가 아니야.
코피가 나고 머리가 깨져야 할 때요.

    레이디 퍼시는 기가 죽어서 조용히 대답한다. 그녀가 어떻게 그런 연기를 하는지 나는 끝내 알아내지 못했다. 마치 콘서트용 스타인웨이 피아노의 부드러운 페달을 밟는 것 같았다. 그렇게 조용히 말하는데도, 그 목소리가 코네티컷까지 울릴 것 같았다.

날 사랑하지 않아요? 그래요, 정말로?
뭐, 그럼, 사랑하지 말아요. 당신이 날 사랑하지 않으니
나도 날 사랑하지 않겠어요.

그녀는 정말 굉장한 배우였다. 레이디 퍼시가 사나운 눈으로 나를 마주 본다. 그녀는 충실한 사람이다. 지금껏 내가 가져본 최고의 친구다.

　나는 이렇게 그녀를 두고 갈 수가 없어서 부드러운 태도를 취한다.

잘 들어요, 케이트.
내가 가는 곳이라면, 당신도 갈 거요.
오늘은 내가 떠나고, 내일은 당신이야.

　개막 공연 때 2막 3장을 끝내고 무대를 벗어나기 전에 나는 무대 출구에 서서 주먹 쥔 손으로 그녀에게 작별의 손 키스를 날려 보냈다. 그렇게 기다리는 그녀를 두고 떠났다. 그녀의 머리카락과 잠옷에는 건초가 여기저기 묻어 있었다. 조명이 점점 희미해지면서 그녀의 얼굴만 환하게 보이다가 암전되자 박수갈채로 극장이 흔들렸다. 방금 오토바이 사고에서 살아난 사람처럼 내 몸이 윙윙거렸다. 언제나 그랬듯이 나는 무대 왼쪽 벽의 밧줄들 옆 어두운 곳에 숨어 무릎을 꿇고 마음을 다스렸다. 다음 등장까지 4분. 무대가 바뀌는 동안 무대 왼쪽 출구 옆에서 작은 울음소리가 들렸다. 레이디 퍼시였다. 나는 일어서서 그녀에게 다가갔다.

"괜찮아요?"

그녀는 수많은 밧줄들 뒤에서 비틀거리며 앞으로 나왔다. "저리 꺼져요."

"무슨 일이에요?"

"어떻게 나한테 그래요?" 그녀는 나를 향해 돌아서며 쏘아붙였다. 눈에서 불길이 타오르고 눈물이 흘러내렸다. "날 그렇게 붙잡다니. 팔에 멍이 들었어요. 무대에서 어떻게 나를 마구 휘두를 수 있어요?"

"아, 이런, 미안합니다. 내가 그러는 줄 몰랐어요."

"우린 매일 공연 때마다 그렇게 엉키잖아요. 당신은 내 엉덩이를 만지고, 날 밀치고, 이리저리 굴리고, 그러면서 그게 아플 줄 몰랐다고요?"

"정말 몰랐어요. 미안합니다. 우리가 하는 연기가 너무 좋아서 당신도 좋아하는 줄 알았어요."

그녀는 두 주먹으로 나를 세게 쳐서 벽으로 밀어붙였다.

"정말 미안해요." 내가 말했다. "난 당신이랑 연기하는 게 좋아요. 몰랐습니다. 내가 더 잘할게요."

그녀는 나를 가까이 끌어당겨, 부드럽고 축축하고 기분 좋은 혀를 내 입속에 쑤셔 넣었다. 10년 만에 애인을 만난 여자 같았다. 그녀는 양팔로 나를 끌어안고, 숨결로 나를 빨아들였다. 땀에 젖은 내 가죽 바지 위로 손을 미끄러뜨려, 그 연약하고 가느다란 하얀 손으로 점점 커지는 나의 거시기를 잡더니 이렇게 속삭였다.

"당신과 사랑에 빠지고 있어요. 내 말은, 상대가 당신이 아니라는 건 알아요. 그놈의 연극 때문이죠. 그래도 난 밤이나 낮이나 당신을 걱정해요. 매번 겪는 일인데, 지금은 내가 너무 늙어서 이런 짓을 감당 못 해요. 작품이 막을 내리고 다시는 당신을 만날 일이 없어질 때까지 기다리지 못하겠어요. 그냥 나랑 한 번만 해요, 네? 호텔방이든 어디든 가서 당신 물건을 내 입에 넣게 해줄래요? 당신이 내 안에서 사정하는 걸 꼭 느끼고 싶어요. 그러기 전에는 숨도 못 쉴 것 같아."

내게 신호를 주는 불빛이 켜졌다.

"다치지 마요." 그녀가 내 바지에서 손을 떼어내며 말했다. 그리고 내게 작별 키스를 했다.

우리가 지금도 연기 중인 건지, 아니, 연기를 멈춘 적이 있기는 한지 오리무중인 채로 나는 전장에 뛰어들었다.

겨우 몇 초밖에 지나지 않은 것 같은데, 나는 기운을 있는 힘껏 끌어모아 고함을 질러대고 있었다. 문자 그대로 내 입에서 피가 뿜어져 나왔다.

오, 해리, 그대는 내 청춘을 빼앗아 갔어!

전투 장면은 처음부터 계속 어긋나 있었다. 무술감독은 우리더러 오늘 평소보다 훨씬 더 느리게 움직여야 한다고 주의를 주었다. 개막 공연이라 모든 배우들의 신경이 너덜너덜한 동시에 한

껏 고양될 것을 알기 때문이었다. 우리는 그의 말을 들으려고 노력했지만, 사실 그건 중요하지 않았다. 대포 소리가 우리의 귀를 찢으며 포효하는 가운데 배우들은 칼을 들고 돌진했다. 나는 한 손으로는 단검을 빙빙 돌리고 다른 손에는 장검을 든 모습으로, 대포가 실린 낡은 수레 위로 뛰어 올랐다. (J.C.는 이런 과시적인 동작은 불필요하다고 보았다. 그는 단검과 장검 중 하나가 내 손에서 날아가 관객을 찔러버릴 것을 우려했지만, 그래도 나는 그 동작을 했다.) 나는 나의 전투 구호를 크게 외쳤다.

모두 죽자, 즐겁게 죽자!

그 순간 내가 완전히 통제를 벗어났음을 깨달았다. 핼의 잘못은 아니었다. 이 전투 전체가 잘못이었다. 내가 배에 창이 꽂히기 직전에 너무 앞으로 뛰어나가는 바람에 창은 내 아랫배를 세게 할퀸 다음 튀어 올라 턱 아래쪽을 세게 후려쳤다. 관객들이 헉하고 놀란 소리를 냈다. 참나무 판자를 이어 붙인 무대 바닥에 피가 뿌려지고, 내 갑옷에도 피가 흘러내렸다. 프린스 핼은 당황에서 벗어나 다시 창을 찔렀다. 이번에는 저절로 접히는 창을 계획대로 내 흉갑에 꽂을 수 있었다. 우리는 연기를 계속했다. 고통이 얼굴 전체로 번지는 가운데, 마침내 대사가 제대로 나왔다.

"*내 덧없는 목숨이 사라지는 것은 감당할 수 있으나, 그대가 내게서 가져간 영예는 아니야. 내 살에 꽂힌 칼보다 그것이 날 더 아프게 해.*" 나는 차분히 말했다.

고통을 상상해서 연기할 필요가 없었다. 내 얼굴 왼쪽 전체가 잇따른 주먹질에 욱신거렸다. 피를 삼키는 척 연기할 필요도 없었다. 실제로 삼켰으니까. 그 편이 훨씬 더 나았다.

"오, 난 예언할 수 있지." 나는 장갑을 낀 손으로 계속 창을 내 배에 단단히 붙들어 둔 채 말을 이었다. 온몸이 본능적으로 덜덜 떨리고, 이가 딱딱 부딪쳤다. "그러나 차갑고 조야한 죽음의 손이 내 혀 위에 놓여 있구나."

말하기가 힘든 것처럼 연기할 필요가 없었다. 정말로 무지하게 힘들었다. 부상이 얼마나 심각한지 알 수 없었지만, 아무래도 병원에 가야 하는 것 아닌가 하는 생각이 들었다. 나는 흘러나오는 내장을 주워 담으며 마지막 대사를 준비했다.

아니, 퍼시, 그대는 먼지이며 먹잇감…

나는 목이 막힌 소리를 냈다. 목구멍 뒤편에서부터 피가 꼬르륵 소리를 내며 입으로 쏟아져 나왔다.

기가 막히게 근사했다. 난 정말로 말을 다 맺을 수 없었다. 극작가가 의도한 그대로였다.

"벌레들의 먹잇감이지, 용감한 퍼시." 프린스는 나를 품에 안고 내가 미처 다 하지 못한 말을 끝맺었다. "안녕히, 용감한 이여."

나는 가만히 누워서 길게 숨을 들이쉬고 내쉬면서 천천히 숨을 쉬려고 애썼다. 그래야 내 갑옷이 들썩거리지 않았다. 전투가 끝나가는 순간에 여기저기 널브러진 죽은 군인들이 숨을 쉬려고 가습을 들썩이는 모습이 보인다면 놀라움과 긴장감이 죽어버린다. 셰익스피어의 작품에는 원래 어려운 점이 많은데, 1대대쯤 되는 배우들이 '죽은' 군인 연기를 하는 곳에서 대사를 이어가는 것도 어려운 점 중 하나다.

'젠장.' 나는 속으로 생각했다. '이 대사를 다시는 이렇게 잘할 수 없을 것 같은데.'

"올리비에가 그 대사를 어떻게 했는지 알지?" 우리 왕 에드워드가 나중에 자기 분장실에서 내게 말했다.

나는 고개를 저었다. 아직 의상을 갈아입지 않은 채 앉아서 아이스크림 샌드위치를 오른쪽 이로 씹으며, 왼쪽 얼굴에 얼음찜질을 하고 있었다. 에드워드는 적포도주를 한잔하는 중이었다. 그의 분장실은 멋지고 조용했다. 술의 색깔은 그가 입은 로브 색깔과 같았다. 늙은 왕의 얼굴은 차분하고 평온했다. 그는 화장대 앞에 앉았고, 나는 구석에 놓인 그의 침상에 웅크리고 있었다. 오늘 밤 연기가 끝난 뒤 그가 포도주를 한잔하는 자리에 이렇게 초대된 것은 내게 허락된 특별한 특전이었다. 연극은 아직도 진행 중이어서 프린스 핼의 대관식 장면을 모니터로 들을 수 있었지만, 우리의 역할은 다 끝났다. 우리 둘 다 죽은 사람이었다. 우리는 마지막에 인사할 시간만 기다리고 있었다.

"올리비에는 그 마지막 단어, '벌레들 worms'이라는 말을 홋스퍼가 미처 하지 못한다는 사실을 중심으로 홋스퍼의 성격을 구축했네. 홋스퍼가 실제로 말을 더듬는 것처럼 연기했지. 대사를 말하는 동안 w나 r로 시작하는 음절이 나올 때마다 말을 더듬은 거야.
그래서 그가 그 대사를 '먹잇감, 버… 버… 버…'라고 말하자 관객들
은 그가 원한 그대로의 반응을 보였어. 그가 쓰러져 죽기 전에…"
에드워드는 올리비에의 연기를 떠올리며 말꼬리를 흐렸다. "정
말, 어찌나 가슴이 아프던지. 정말로 믿을 수 없는 연기였네."

"젠장, 끝내주네요." 나는 얼굴에 대고 있던 얼음을 잠시 떼어내
고 말했다.

"맞아. 그렇게 훌륭한 죽음 연기는 지금껏 본 적이 없어. 내가
유일하게 죽음을 믿은 순간일세. 그런 면에서 올리비에는 놀라운
배우였어…. 무대에서 퇴장할 때조차, 그가 맡은 인물이 어디로
가는지 정말로 눈에 보이는 듯했으니까. 그가 지닌 상상력의 힘
에 다른 사람들도 끌려 들어갈 정도로… 뛰어났어."

"왜 이제야 그 얘기를 저한테 해주시는 거예요?" 나는 얼음을
다시 입에 대면서 물었다. 내 죽음을 더 믿을 만하게 만들려면 무
엇을 해야 하는지 고민스러웠다.

"내가 말했다면 자네는 올리비에의 아이디어를 훔치고 싶어졌
을걸. 그러면 절대 안 되잖아. 자네는 자네만의 핫스퍼를 만들어
내야지."

"그때 공연에 선생님도 출연하셨어요?"

"아니. 난 올리비에의 두 번째 〈햄릿〉에 출연했네. 라에르테스
역으로. 지독하게 형편없는 연기. 방금 말한 〈헨리〉에는 출연하지
않았어. 길구드가 햄 역이었지. 세상에, 길구드의 연기는 올리비
에보다도 더 뛰어났어."

"저도 그 작품을 볼 수 있으면 좋겠네요."

"그렇지. 하지만 그 작품을 봤다면 그건 자네가 나만큼 늙었다는 얘기잖아. 그런 건 우울하지."

바로 그때 내 대역이 에드워드의 분장실 안으로 고개를 빼꼼 내밀었다.

"정말 수고하셨습니다, 두 분. 진짜 끝내줬어요."

우리는 고맙다고 고개를 끄덕였다.

"입은 괜찮으세요?" 그가 물었다.

"괜찮아요." 내가 중얼거렸다.

"한 대 맞으셨잖아요." 그는 이렇게 말하고 나서 가버렸다.

"저 친구를 보면 소름이 돋아요." 내가 중얼거렸다.

"스코티 때문에? 진짜? 왜?" 왕이 물었다.

"계단통에서 저 친구가 제 대사를 읊는 소리가 들려요. 제 연기를 따라 하는 걸 지켜보다 보면, 저 친구가 제 죽음을 기다리는 것 같아요."

"그냥 자기가 맡은 일을 하는 거잖아. 명심하게. 그 대사들은 자네만의 것이 아니야. 올리비에만의 것이 아니었듯이."

나는 고개를 끄덕이고는, 아이스크림 샌드위치를 조심스레 한 입 베어 물었다. 지하에 자판기가 있어서, 나는 매번 죽는 장면을 끝낸 뒤 책상에서 25센트 동전 네 개를 찾아내 이 특별식을 즐겼다. 내가 이혼 덕분에 받은 비밀스러운 축복 중 하나는 바로 먹고 싶은 걸 무엇이든 먹으면서도 계속 깡마른 몸을 유지할 수 있다는 거였다.

"이제는 개막 공연을 잊어버리는 게 좋을 거야." 에드워드가 차분히 말했다.

"공연이 잘될 것 같아요?" 나는 오른쪽 이로 아이스크림 샌드위치를 조심조심 씹으며 물었다.

"공연? 아니면 비평? 어느 쪽을 말하는 건가?"

"둘 다?"

왕은 잠시 생각해 본 뒤 천천히 말했다. "우리 공연은 아주 훌륭해. 멋진 평을 받지 못할 리가 없어."

"그런 자신감이 좋네요."

"자신감이 아니야. 경험이지. 난 형편없는 공연도 겪어봤어. 논란이 된 공연에도 출연해 봤고. 우리 공연은 둘 다 아니야."

"J.C.는 오늘 걱정스러운 얼굴이던데요." 나는 에드워드가 내게 뒷얘기를 좀 해줄지도 모른다는 희망을 품었다.

"걱정한 게 아니야." 에드워드가 대답했다. "속이 상한 거지. 훌륭한 공연이긴 해도, 더 훌륭해질 수 있었거든."

"진짜요?" 내가 물었다.

그는 자신과 J.C.가 시카고의 굿맨 극장에서 이 작품을 공연했을 때의 이야기를 해주었다. 그때의 공연은 지금보다 훨씬 더 양식화되고 급진적이었다. 궁극적으로 뉴욕 공연의 연출이 훨씬 더 훌륭하다는 것이 에드워드의 말이었다. 다만 시카고 공연 때의 팔스타프가 전설이 됐을 뿐이었다.

"버질 스미스보다 더 나았어요?" 나는 믿을 수 없다는 듯이 물었다. 내가 보기에 버질은 디바였지만, 무대에서는 찬란했다.

"자넨 유명인들을 과대평가해." 에드워드가 내게 말했다. "부수적인 요소들에 너무 영향을 받는다고. 버질을 에워싼 화려함 같은 것. 난 그런 화려함에 지나치게 감탄하지 않네. 물론 그에게 반짝이는 부분이 없다는 얘긴 아니야. 매혹적인 화려함은 무대에서 아주 좋지. 그건 사실이야. 버질은 스타지만, 팔스타프는 시카고의 찰리 몸이었어. 중독자의 고통, 고독, 엄청나게 뚱뚱한 사람의 고통을 실감나게 표현했거든. 나는 찰리의 팔스타프를 사랑했네. J.C.도 누구보다 그걸 사랑했고. 찰리의 작품을 좀 아나?" 에드워드가 내게 물었다.

나는 아는 것이 없었다.

모니터에서 이제 새 왕이 된 프린스가 오랜 친구 팔스타프에게 하는 말이 들려왔다. *"나는 그대를 모른다, 노인이여."* 그리고 이 작품의 마지막 음악이 시작되었다. 배신의 강렬함을 인터콤으로도 느낄 수 있을 정도였다. 커튼콜까지 남은 시간은 대략 4분.

"애당초 J.C.가 그 공연을 연출하고 싶어 한 이유가 찰리야. 찰리를 중심으로 극 전체를 구축했지. 하지만 여기 뉴욕에서는 스타가 필요했네. J.C.는 찰리를 그대로 출연시키려고 할 수 있는 일을 다 했지만, 일단 버질이 관심을 표명한 뒤에는 그게 기정사실이 됐지."

왕은 천천히 포도주를 한 모금 마셨다. 십자말풀이는 그가 공연 전에 "모터를 돌리려고" 하는 워밍업이고, 포도주는 공연 후에 "잠들기 위해" 거치는 진정 과정이었다.

그는 완벽한 발음으로 말을 계속했다. "버질은 이 역할로 상을 받을 거야. 훌륭한 배우인 것도 사실이지. 하지만 찰리는 순수해. 무대에서 연기를 하는 게 아니라, 실제로 삶을 산다네. 뚱뚱한 분장도 필요 없었지. 원래 뚱뚱하니까. 게다가 훌륭한 연극배우에게 필요한 모든 단련을 거쳤어." 왕은 심술궂은 미소를 지었다. "이 작품의 대사를 완전히 알고 리듬 또한 선천적으로 알고 있기 때문에, 찰리가 아무리 술에 취해 있어도 문제가 되지 않는다는 뜻이야. 그런 상태에서도 모든 관객을 울리고, 버질 씨보다 12분 더 빨리 막이 내려오게 할 수 있었으니까. '나는 정말 놀랍지 않습니까'라고 뻐기는 버질 스미스 말이야. 하지만 브로드웨이 제작자들은 스타가 없으면 이렇게 값비싼 공연 티켓을 다 팔 수 없을 거라고 생각했기 때문에 찰리는 오늘까지 논외였지."

"무슨 뜻입니까?"

"음, 찰리가 워낙 대식가라서 오늘 공연 표를 두 장이나 샀네. 몸이 뚱뚱해서 좌석이 두 개 필요하거든. 최대한 아픔을 느낄 수 있게 일부러 개막 공연에 오려고 했지. 오늘 오후에 매표소에 와서 예매한 표를 찾아갈 때 술에 잔뜩 취해서 비틀거리고 있었다더군. J.C.가 마침 그때 로비를 지나갔는데, 찰리는 소리를 질러대기 시작했어. '나는 그대를 모른다, 노인이여.' 그러고는 J.C.에게 달려들었지. 경비원들이 찰리를 바닥에 쓰러뜨리긴 했는데, 건물 밖으로 끌어낼 수가 없었다네. 몸무게가 무려 160킬로그램 가까이 나가니까. J.C.는 코피를 흘리면서도 찰리를 부축해서 일으켜 세우고, 함께 나가서 술이나 한잔하자고 제안했지. 찰리는 싫다, 그냥 가겠다고 말하고는 유리문을 열지도 않고 그냥 통과해 버렸네.

유리가 박살났지. 진짜 굉장했다니까." 왕은 의미가 깃든 슬픈 미소를 지었다. "아까 말했듯이, 전설이 될 만해. 그러니까 알겠지? J.C.가 속이 상할 이유가 있다는 걸."

"그 뒤로 찰리는 어떻게 됐어요?" 나는 아이스크림 샌드위치를 마저 해치우면서 물었다.

"그냥 가버렸어. 그대로. 그 진정한 팔스타프께서는 틀림없이 지금 이 순간에 주정뱅이 유치장에 앉아 있을걸. 제작자들은 서둘러 새 유리를 끼우느라 오후를 다 보냈고."

"*커튼콜 자리로.*" 스피커에서 무대감독의 목소리가 울려 퍼졌다.

"절하러 가자고." 에드워드가 윙크를 하며 일어섰다. "J.C.가 버질에게 굴욕을 안기려고 마지막 인사를 허락하지 않은 이유를 이제 자네도 알 것 같지 않은가? 웃기는 일이지."

"제 생각에는 선생님이 마지막 인사를 해야 할 것 같아요." 나는 아래로 흐르는 듯한 그의 아름다운 비단 로브를 가리켰다. "그런 옷을 입었으니 마땅히 그래야죠."

"흠." 그는 음미하듯이 고개를 끄덕였다. "이건 나를 위해 만든 의상이야. 젊었을 때라면 아마 진짜를 원했겠지. 진짜 1600년대에 쓰던 천으로 만든 것. 그러면 옷에도 '캐릭터'가 생길 테니까. 하지만 이젠 나이를 먹어서 그런지 새 옷이 좋구먼. 캐릭터는 나한테 있는데, 뭐."

그는 빙긋 웃고서 밖으로 나갔다.

나는 갑주를 정돈한 뒤 왕을 따라 복도를 걸어서 무대 왼쪽 입구로 향했다.

"명성은 '흑사병'이로다." 에드워드가 나와 함께 복도를 걸어 여러 분장실 앞을 지나가면서 속삭였다. "우리는 사람들이 죽는 걸 즐겨 구경하지. 그래서 그들을 잡지에 실어주고 자만심을 마구 부채질해. 그들의 이름에 실제로 불이 붙어 폭발해 버릴 때까지. 이 시대는 지금 자네한테도 그런 짓을 하려는 중일세." 그는 계단통까지 커다란 보폭으로 천천히 걸었다. "자네는 그걸 짜릿하게 받아들일 수도 있고, 칭찬받은 듯이 남몰래 좋아할 수도 있고, 자신이 중요하거나 흥미로운 사람이라서 이런 일을 겪는다고 생각할 수도 있는데, 다 틀렸어. 자네는 그런 사람이 아니거든. 그냥 자네는 흑사병에 걸렸고, 사람들은 자네가 썩어가는 걸 구경하며 즐길 뿐이야." 그가 빙긋 웃었다. 우리는 무대 뒤편의 어둠 속으로 함께 들어갔다.

"진짜 누구보다 좋은 뜻에서 하는 말이야." 그가 더욱더 작은 소리로 속삭이며 말을 이었다. "난 자네를 믿네. 아주 어려운 역을 맡아서 훌륭하게 해내고 있다고 생각해. 만약 자네가 담배를 끊고 연기에 자신을 온전히 바친다면, 연극계에서 아주 훌륭한 삶을 꾸리면서 진지한 예술을 할 수 있을 거라는 생각도 있고. 하지만 자네 주변에는 함정 천지야. 점쟁이가 아니라도 다 보인다고. 자네가 흑사병으로 죽을 가능성이 아주 높다는 건 천리안이 아니라도 볼 수 있네."

그는 아주 천천히 계단을 올라 무대 입구로 향했다. 자칫 왕의 로브 자락을 밟아 발을 헛디디지 않으려고 주의하고 있었다. "그 병을 과소평가하지 말게. 자네보다 나은 사람들이 그 병에 먹히는 걸 나는 봤어.”

무대 입구를 통과한 뒤 왕은 목소리를 확 낮췄다. 배우들과 무대 담당자들이 어두운 무대 뒤 사방에서 바삐 움직이고 있었다. 소도구 담당자들이 밧줄을 잡아당기면 막이 일부는 내려오고 일부는 올라갔다. 음악이 쾅쾅 울렸다. 배우들은 자기 자리로 서둘러 달려갔다.

조명이 모두 꺼졌다.

공연이 끝났다. 박수갈채가 시작되었다.

왕과 나는 왼쪽 입구 뒤편의 어둠 속에 서서 밖으로 나갈 차례를 기다렸다. 우리보다 먼저 인사해야 하는 사람이 많았다. 버질과 프린스 핼은 무대 오른편에 있었다. 나는 무대 맞은편에서 두 사람의 그림자를 알아볼 수 있었다. 긴 와인색 로브 차림의 왕은 양팔을 옆에 늘어뜨리고 있었다. 곧 다가올 개막 공연 커튼콜을 기다리며, 그는 주유소에서 기름탱크가 다 차기를 기다릴 때처럼 걱정스러운 모양이었다. 기다리던 신호가 오자 왕과 나는 앞으로 걸어가 뒤쪽 벽 앞에서 팔스타프, 프린스 핼과 합류했다. 관객들은 아직 우리를 볼 수 없는 위치였다. 무대 앞쪽에서 저마다 깃발로 익살을 부리고 있는 수많은 출연진이 우리를 가리는 역할을 했다. 내 몸이 이상하게 떨렸다. 브로드웨이에서 개막 공연에 참가한 것은 이번이 처음이었다.

왕이 내게 가까이 몸을 기울였다. “지금 내가 자네한테 해줄 수 있는 조언은 하나뿐이야.” 그의 완벽한 발음이 관객들의 시끄러운 소리를 꿰뚫었다. “인생은 지루하게, 예술은 짜릿하게.”

관객들은 환호하고 휘파람을 불며 열광했다. 내 등뼈가 흐물흐물해진 것 같았다. 대포가 쾅쾅 울렸다. 새뮤얼과 우리의 땅딸막한 '군인들' 몇 명이 깃발을 흔들어댔다. 이제 금방이었다. 배우들이 무대 가장자리로 물러나자, 마지막 남은 우리 네 명의 모습이 드러났다. 박수갈채의 소리와 규모가 한층 더 높아졌다. 내 심장이 가슴속에서 날개를 펼쳤다.

나는 환호하는 얼굴들을 빤히 바라보았다. 모두 아주 행복해 보였다.

마침내 우리 넷이 무대 중앙에 도착했다. 다른 배우들이 우리를 향해 돌아서서 정중하게 무릎을 꿇었다. 관중들의 함성이 더욱 커졌다. 1200명이 박수를 치며 한 명씩 차례로 일어서는 모습을 나는 지켜보았다. 기립 박수. J.C.가 약속한 그대로였다. 라이시엄 극장의 지붕이 흔들렸다. 소리의 벽이 우리에게 다가와 우리를 감싸고 들어 올렸다.

나는 내 첫 키스를 기억한다. 미셸 샌드. 그녀의 숨결은 달콤했다. 그 애가 천사 고양이 같은 혀를 내 입술 사이로 살짝 밀어 넣었다. 심장에서 총소리가 났다. 빵. 아무 소리도 들리지 않았다. 그대로 기절할 것 같았다. 그때 그 애가 뒤로 물러났다. 내 눈을 똑바로 바라보며 방긋 웃었다. 기분이 좋았다. 내가 중요한 사람이 된 것 같아서. 내 인생이 차곡차곡 쌓여 뭔가 목적을 지닌 것으로 변해가는 것 같아서. 브로드웨이 데뷔 무대에서 기립 박수를 보고 있자니, 내가 방금 1200명과 첫 키스를 한 것 같았다. 무릎이 후들거리고, 눈은 눈물 때문에 흐려졌다. 저것이 가식인 걸 알아도, 내

게는 저것뿐이었다. 내가 혼자 인사해야 하는 순서가 되자, 나는
왕을 뒤에 두고 앞으로 나섰다. '왕 따위 알게 뭐람. 난 아직 지루
한 인생을 살 준비가 안 됐어.' 나는 속으로 생각했다.

  주여, 제게 평화를 허락하소서, 나중에.

  저는 사랑받고 싶습니다. 유명해지고 싶습니다.

  주여, 제게 흑사병을 허락하소서.

인터미션

블루진 키드

2장

7학년으로 올라가기 전, 아직 날이 덥던 9월에 나는 어떤 생각을 떠올렸다. 매일 블루진 재킷을 입고 학교에 가야겠다. 정말로 그 것만 입을 거야. 속옷은 갈아입겠지만, 매일 블루진 재킷을 입고 단추를 끝까지 잠가야지. 날씨와 상관없이. 반드시. 사람들은 나를 '블루진 키드'라고 부를 거야. 깔보듯이 그 호칭을 쓰는 사람도 있겠지만, 그래도 부러워할걸. 나는 말도 거의 하지 않을 거야. 내가 멋지다는 사실을 아무도 부정할 수 없을 만큼. 어떤 녀석들은 날 미워해서 싸움을 걸겠지만, 나는 신경 쓰지 않아. 필요하다면 싸워야지. 여자애들은 나를 좋아할 거야. 나의 담백함에 감탄할 거야. 나는 고독한 늑대가 되어, 거대한 학교 건물에서 아무런 두려움 없이 복도를 돌아다닐 거야. 블루진 재킷으로 내 심장을 단단히 감싼 채. 오른쪽 가슴 주머니에는 빅레드 계피껌 세 통을 항상 넣어두고 하루에 한 개씩 씹어야지. 딱 한 개만. 난 절제를 아는 새끼가 될 거니까. 다른 사람한테는 절대 한 개도 안 줄 거야. 그러다 완벽한 순간이 오면, 그러니까 몇 달 동안 세심하게 관찰한 뒤에 그런 순간이 오면, 우리 반에서 가장 말썽을 잘 부리고, 머리가 좋고, 못돼 처먹은 여자애한테 다가가 이렇게 말해야지. "하나 줄까?"

그러면 그 애는 주든 말든 상관없다는 듯이 이렇게 말할 거야. "그래."

그러면 바로 그 순간 그 자리에서 모두 알게 되겠지. 우리가 사귀는 사이가 되었다는 걸.

아무리 중학생이라도 다 알거든. 블루진 키드는 누구에게도 자기 껌을 주는 법이 없다는 걸.

나는 밤 12시 30분에 가죽 소파에 혼자 앉아서 이런 생각을 했다. 음악은 없고, 나는 담배를 피우지 않았다. 그냥 앉아 있었다. 공연이 끝났다. 내가 해냈다. 곧 《뉴욕타임스》가 판매대에 깔릴 것이다. 온라인에는 벌써 평이 올라와 있을 테지. 나는 그것을 읽지 않을 생각이었다. 나 자신에게 그렇게 약속했다. 그런 걸 읽어서 좋은 일이 생길 리가 없었다. 평이 나쁘면 나는 집착할 것이다. 평이 조금이라도 좋으면, 아무리 좋아도 부족한 법이지만, 어쨌든 나는 허풍선이처럼 혼자 내 등을 토닥거릴 것이고 내 연기는 무너질 것이다. 만약 기사에 내 이름이 전혀 언급되지 않는다면, 참사였다. 자신감은 연약하다. 그래서 나는 그냥 앉아 있었다.

개막 파티는 아직도 시끌벅적하게 진행 중이었지만, 내 신경으로는 그런 풍경을 감당할 수 없었다. 나는 한 시간도 채 버티지 못하고 그곳을 떠났다. 내가 무엇을 기대했던 건지 모르겠다. 소방차! 춤추는 여자들! 총! 시! 싸움! 카바레! 모르겠다. 이 모든 기대가 태번온더그린에서 무너졌다. 상당히 호화로운 곳이었다. 나는 그냥 비참했다. 누군가가 자신의 블랙베리를 볼 때마다 나는 그들의 표정을 살피며 혹시 평이 나왔는지 궁금해했다. 나도 이 업계 사람들과 오랫동안 어울렸으니, 사람들이 신문 이야기를 하지 않는다면 나쁜 소식이 실렸다는 뜻임을 알았다. 내 매니저도 그자리에 있었는데 아무 말도 하지 않았다. 제작자들은 모두 최고로 옷을 차려입고 있었다. 나는 그들의 얼굴을 보았다. 저들은 평을 읽었을까? 다른 배우들은 배우자들과 함께 멋지게 차려입고 나와서 피처럼 빨간 카펫 위에서 사진을 찍었다. 나는 사진 촬영을 위해 자리에 설 때마다 그 사진이 '마지막으로 찍힌 사진'이라는 설명과 함께 《뉴욕포스트》에 실릴 거라고 상상했다.

레이디 퍼시는 패션쇼 런웨이에서 금방 내려온 듯한 천상의 드레스 차림이었다. 긴 빨간색 머리는 복잡한 문양을 그렸다. 우리는 화장실 옆에서 키스를 시작했다. 처음에는 축하의 포옹이었으나, 급속도로 방향이 바뀌었다. 그녀의 남편은 배정된 탁자에 혼자 앉아 있었다. 그래서 나는 그곳을 떠났다. 그녀가 심장이 멎을 만큼 아름답지 않아서가 아니라, 연극 개막을 기념하는 파티에서 유부녀인 동료 배우의 얼굴을 물고 빠는 것은 현명한 일이 아니라는 사실을 알기 때문이었다. 술에 취한 그녀는 자신의 인생이 너무 싫다면서 가끔은 자동차 사고로 죽어버리고 싶다는 말을 내게 속삭였다.

"평을 읽을 거예요?" 나는 그녀에게 물었다.

"평이 아무리 좋아도 상관없어요, 윌리엄. 당신 아버지는 여전히 당신을 사랑하지 않을 거예요."

。

어렸을 때 처음으로 영화를 찍으면서 세트장으로 걸어가는 길에 이런 생각을 했던 기억이 난다. '이거야. 내가 잘하면 아버지가 날 사랑해 주실 거야.' 멍청할 정도로 단순한 소리 같지만, 어쨌든 나는 그렇게 복잡한 사람이 아니었다. 아버지가 〈헨리 4세〉 공연 기사를 읽을까? 이 공연에 대해 알고 있을까? 나는 만약 내 아들이 연극에 출연했는데 어떤 비평가가 내 아들한테 형편없다고 말하더라도 내가 그 아이를 덜 사랑하게 되지는 않을 거라는 생각으로 나 자신을 달랬다.

호텔로 돌아와 혼자 앉아 있자니 해가 뜰 때까지 몇 년이나 남은 것 같았다. 평을 읽지 않는다고 해서 마음이 편안해지지는 않았다. 내 휴대폰이 진동했다. 내가 어디로 사라졌는지 알아보려고 빅샘이 전화했음을 금방 알아볼 수 있었다. 그는 평을 읽었을 것이다. 전화기가 다시 울렸다. 샘은 평이 좋아야만 전화할 사람이었다. 아니면 혹시 내가 워낙 나쁜 평을 보고 치사량의 헤로인을 주사했을까 봐 전화한 걸까?

휴대폰이 또 덜덜 떨었다. 나는 전화를 받았다.

30분 뒤 샘과 나는 로어이스트사이드에 있는 홍키통크에인절스라는 술집에서 당구를 치고 있었다. 그도 잠이 오질 않았다고 했다. 그도 파티가 싫었는데, 자기 옷차림이 그 자리에 맞지 않는 것 같다는 점이 가장 큰 이유였다. JC페니에서 산 싸구려 재킷이 그의 거대한 몸에 걸쳐져 있었다. 조지 존스의 〈그대는 아직도 내 마음속에〉는 우리가 주크박스로 튼 다섯 번째 노래였다. 그런데도 빅샘은 아직 평에 대한 이야기를 하지 않았다. 지금 시각은 새벽 1시 30분. 잠자리에 들었어야 하는데, 샘은 정말 말솜씨가 좋은 자식이었다. 게다가 어차피 나는 오늘 끝내 잠들 수 없을 것이다. 하느님도 아신다. 나는 진저에일을 마시고 있었다. 데드와일 더와의 코카인 사건 이후 나는 금주 중이었다.

"평은 안 읽었어." 그가 흰 공으로 9번 공을 때리며 말했다. 나는 그의 말을 믿지 않았다. 그는 다음 샷을 위해 커다란 몸을 당구대 위로 쭉 펴고 있었다. "네가 원한다면 지금이라도 휴대폰으로 평을 찾아볼 수 있어. 하지만 내 생각에는 네가 그걸 읽지 않으면 훨씬 더 냉정을 유지할 수 있을 것 같아." 그는 공을 맞히지 못하고 큐대에 초크를 문지르기 시작했다. 나는 그를 잘 알기 때문에, 그가 평을 살짝 들춰 보지도 않았을 가능성은 없다는 사실을 알고 있었다. 그는 나를 사랑했다. 그러니 그가 내게 말해주지 않는다는 건 평이 나쁘다는 뜻이었다. 나는 공을 쳤지만 빗나갔다.

"사실 《뉴욕타임스》의 그 광대 놈이 예술에 대해 알긴 뭘 알겠어? 웃기지도 않지. 지금쯤 아동 포르노를 보면서 자위를 하고 있을걸. 내가 놈의 인생에 대한 평을 써보고 싶네." 샘은 웃음을 터뜨렸다. "무자비하게."

딱. 샘이 또 공을 때려서 귀퉁이 포켓에 정확히 집어넣었다.

"그 사람이 뭐라고 생각하든 상관없어." 내가 얌전히 말했다.

"그 말은 못 믿겠는데." 샘이 말했다. "하지만 신경 쓰지 않는 건 맞아. 원래 좋은 평도 있고 나쁜 평도 있는 법이야, 그렇지? 머리가 있는 사람이라면, 네가 매일 밤 네 몸에 테레빈유를 붓고 불을 붙이는 모습을 보기 위해 20달러를 추가로 지불하는 게 당연하다는 걸 알지. 넌 대피 덕보다 더 훌륭해.”

“고마워.” 나는 중얼거렸다. 샘은 좋은 사람이었다. 그는 대학 3학년 때 앞십자인대가 찢어지는 부상을 입은 뒤 연기를 시작했다. 그래서 모든 것을 항상 스포츠 훈련의 관점에서 바라보며, 팀의 일원으로서 훌륭하게 처신했다.

“네가 뭘 해야 하는지 알아?” 그가 커다란 손으로 술잔을 감싸 쥐고 말했다. “관을 사. 관을 사서 침대에 놓고 매일 거기서 자는 거야. 정신 나간 수도사들처럼. 트라피스트회니 프란체스코회니 그런 곳의 수도사들 있잖아. 그 사람들은 스스로 관을 만들어서 그 안에서 자. 본질을 잊지 않으려고. 그렇지?” 새뮤얼이 이런 헛소리를 그렇게 깊이 생각해 본 줄은 정말 몰랐다. 키가 크고 홀쭉한 그는 지금도 배우라기보다 수비를 맡은 라인맨처럼 보였다. “《뉴욕타임스》의 평은 아무것도 아냐. 아주 좋은 평을 받을 수도 있겠지. 그래서 네가 다음 영화에 출연할 때 엄청난 돈을 받을지도 몰라. 그러면 온 세상은 네가 정말 잘하고 있는 줄 알 거고. 하지만 그게 곧 네가 정말로 잘한다는 뜻은 아니야. 사람들은 나한테는 전혀 관심도 없잖아. 넌 고맙게 생각해야 돼.”

그는 바로 걸어가서 로이 로저스˙를 한 잔 더 주문했다. 왜 술을 절대 마시지 않느냐고 물었더니, 그는 큰형님 같은 태도를 버리고 처음으로 내게 마음을 열어, 왜 금주하게 되었는지를 이야기

˙   무알코올 음료의 일종.

해 주었다.

"구급차가 도착했을 때 나는 셰리든 광장에서 코피를 좍좍 쏟으면서 엄마를 부르고 있었어. 내가 무엇이든 가루로 만들 수 있는 거라면 무조건 코로 흡입하던 시절이었거든. 세인트 빈센트 병원에 실려 갔다가 퇴원하는 날 내 친구 대니얼이 차로 나를 데리러 왔는데, 약에 미친 친구들이랑 같이 네바다로 차를 몰고 가서 버닝맨**에 참가할 거라는 거야. 그게 뭔지는 너도 알지? 응?"

난 잘 몰랐지만 아는 척 고개를 끄덕였다. 내가 알기로 그것은 사막 어딘가에서 히피 지망생들이 1년에 한 번씩 모여 마약을 하는 행사였다. 샘의 이야기를 들으면 들을수록, 그냥 호텔에 있을 걸 그랬다는 생각이 강해졌다. 나는 아마 우리가 비평에 대해 이야기하기를 바랐던 것 같다.

"믿어지지 않겠지만, 네바다 사막으로 가는 동안 내내 내가 운전대를 잡았어. 다른 자식들이 가져온 술이나 마약에는 전혀 손을 대지 않았지. 그때 내가 어떤 사람이었는지 넌 모르잖아. 그때 나는 어떤 쾌락이든 금방 고통으로 바꿔놓을 수 있었어. 섹스. 마약. 친구들은 나를 '코끼리'라고 불렀지. 사막에 도착한 뒤 나는 그냥 정처 없이 돌아다니면서 마약에 미친 인간들이 마약의 도움으로 깨달음을 경험하는 모습을 지켜보았어…. 멀쩡한 정신으로 비참한 기분을 느끼면서. 그때 내가 빠져 있던 여자를 보고 싶었지만, 브루클린으로 돌아가면 약을 또 시작할 거라는 확신이 들었어.

**   네바다주 블랙록 사막에서 매년 열리는 행사.

그랬다가는 결국 죽고 말 거라는 생각도 들었지. 그렇게 하루하
고 절반이 지난 뒤 미국 인디언 노인을 만났어. 이 얘기를 들으면
네가 날 이상하게 볼지도 모르지만, 그 노인은 진짜였어. 나 같은
노스다코타 출신한테는 뭔가 친숙해 보이는 부분도 있었고. 가
족 같았다니까. 그 노인은 멀 해거드˙ 티셔츠를 입고 낡은 에어스
트림 트레일러 앞에서 채식 핫도그를 그릴에 굽고 있었어. 그 사
람과 대화를 시작했는데, 노인은 나더러 약을 끊으려고 버닝맨에
오다니 이상하대. 나는 그 노인과 계속 잡담을 나누면서 사실대
로 말했어. 엄마가 자살한 뒤로 내가 결코 앞으로 나아가지 못한
것 같다고… 아버지가 나를 정신과 상담에 보내긴 했지. 그러니까
서른 살이던 그때 나는 그 일을 극복한 줄 알았어. 하지만 항상 엄
마가 보고 싶어 미치겠다는 생각이 떠나질 않는 거야. 난 이미 엄
마가 돌아가실 때의 나이를 넘어섰는데. 엄마는 스물아홉 살에
스스로 물에 빠져 죽었거든. 인디언 노인은 자기가 나를 도울 수
있을 것 같다고 말했어. 나한테 필요한 건 마약이 아니라 좋은 약
이라고. 자기가 나를 환상으로 유도해서 엄마를 보게 만들어줄
수 있대. 하지만 그 과정에서 내가 죽을 가능성도 아주 크다고 했
어. 문자 그대로 죽는 거야. 그 인디언 노인은 이 땅의 약들은 반드
시 놀이가 아니라 치유에 사용되어야 한다고 말했어. 만약 내가
자기와 함께 그 환상 여행을 떠나서 끝까지 경험하고 나면, 다시
는 마약을 하지 않을 거래. 만약 내가 도중에 죽는다면, 그건 순전

˙   1965년에 데뷔한 미국 가수.

히 내가 죽음을 선택했기 때문이고. 노인은 사실 내가 죽든 말든 상관없었지만, 내가 사는 편을 선택하는 게 나을 거라고 했어. 안 그러면 자기가 경찰 때문에 아주 곤란해질 거라나. 그래서 나한 테 생명을 선택하겠다는 약속을 요구했지. 내가 그렇게 약속하는 게 당연하잖아, 그렇지? 그걸 어떻게 거절할 수 있겠어?"

나는 고개를 끄덕였지만, 솔직히 환상 여행을 거부할 방법을 100만 가지쯤 떠올릴 수 있었다. 또한 이 이야기를 끝까지 다 들 어도 샘에게서 《뉴욕타임스》에 나에 대해 아주 좋은 평이 실렸다 는 말을 듣지는 못할 것임을 나는 이미 알 수 있었다.

"알고 보니 그 '여행'을 하려면 어떤 황소개구리의 침을 담배처 럼 피워야 했어. 그런데 그 침이 엄밀히 말하면 독이야." 샘의 말 은 계속 이어졌다. "그걸 잘못 쓰면 죽을 수도 있다는 얘기야. 그 래도 나는 에어스트림 트레일러 안으로 들어갔어. 아주 깨끗하 고 평화로운 분위기더라고. 노인이 양초 몇 개에 불을 붙였지. 노 인의 딸이 치리카후아**의 옛 노래를 부르기 시작했어. 나는 그걸 피우기 시작했고. 솔직히 내가 죽든 살든 상관없었어. 살아야 할 이유가 없었거든. 미식축구도 못하고, 여자 친구도 없고, 엄마도 없고. 하지만 그 노인은 어딘지 따뜻하고 상냥한 사람이라서 나 는 안정감을 느꼈어. 노인의 담뱃대에 개구리 침을 가득 채워서 피우고 나니 내 머리가 깨끗해졌어. 진짜야. 그걸 피우자마자 심 장마비를 일으켰거든. 간질 환자처럼 그대로 쓰러졌어. 그러다 정

** 　아파치족의 일부.

신을 차려보니 내가 내 몸 위에 떠서 인디언 부녀가 내 손과 다리를 문지르는 모습을 지켜보고 있었어. 나는 더 높이 떠올라서 에어스트림을, 버닝맨을 굽어보았어. 모닥불에 불을 붙이고 춤을 추는 사람들이 전부 보였지. 다음 순간 나는 전깃불이 환한 미국 위로 유성처럼 휙 떠올랐어. 그다음에는 어두운 대서양 위로, 그다음에는 지구 위로. 지구가 내 발밑에서 돌고 있는 거야. 그다음에는 '아우성치는 무한' 속으로 로켓처럼 치솟았어. 알겠어? 은하수속 깊숙한 곳의 평화로운 허공으로 사라졌다는 뜻이야. 거기서들은 건… 그 소리는… 사랑의 소리였어. 사랑의 목소리들이 나를안아주는 것도 느껴졌어. 엄마였어. 엄마가 나를 사랑한다고 생각하니 심장이 멈추는 것 같은 거야. 뜨거운 오후에 찬물로 샤워할 때처럼. 엄마는 풋풋했어. 나는 웃음을 터뜨렸지. 엄마랑 함께 있다는 사실이 그냥 좋아서. 다른 사람들도 있었는데, 누군지 기억은 안 나지만 알아볼 수는 있었어. 그 사람들은 나더러 대단하다면서 아주 반가워했어."

샘은 당구장의 몽롱한 불빛 속에서 미소를 지었다. 우리는 당구대 귀퉁이에서 큐대를 들고 가만히 서 있었다. 당구장이 점점 한산해지는 중이었다.

"그 사람들 모습이 보이지는 않는데, 귀로 듣고 손으로 만질 수는 있었어. 그런데 그때 내 몸이 기분 좋게 증발하기 시작하는 거야. 내가 '나'라고 생각했던 것이 전부 구름 속에 모인 수분에 불과했던 것처럼. 그 수분이 '나'를 알아보는 모든 목소리를, 엄마의 목소리를 비처럼 내리려는 것 같았어. 우리 모두 비처럼 내릴 것 같앉어. 나는 빨리 그러고 싶어 안달이 났지. 무섭지는 않았어. 그런데 그때 그 인디언 노인이 나를 부르는 소리가 들리는 거야. 나한테 간청하는 목소리…. '약속했잖아!'라고 말하는 소리…. 그러더니 노인은 서두를 필요 없다고 일깨워 줬어. 사실 거기 있는 게 너무 좋았거든. 하지만 그 장소가 어디로 사라지는 건 아니라는 확신이 들었어. 그 장소는 어디에나 있었거든. 지금 이 술집보다 더 진짜였다고. 알겠어? 게다가 나한테는 아직 인생이 남아 있으니, 그걸 사는 게 어떻겠나 싶었지. 그래서 사람들이 잠들어 거의 의식적으로 꿈의 세계로 곧장 빠져들듯이, 나는 에어스트림으로 돌아왔어. 바로 지금 여기에 내가 배워야 하는 것이 있다는 사실을 본능적으로 느꼈지. 내가 죽을 이유가 없다는 것. 시간이 아직 많다는 것." 나는 빅샘의 따스한 갈색 눈을 빤히 바라보았다. 사람들은 항상 내가 처음 상상했던 것보다 훨씬 더 낯설다.

"그렇게 돌아왔어. 그런데 재미있는 부수 효과로, 이제 나는 죽음을 두려워하지 않게 됐어. 조금도. 하지만 그보다 훨씬 더 중요한 건, 내가 삶을 두려워하지 않는다는 거야. 모든 일이 잘될 거라는 걸, 그보다 훨씬 더 잘될 거라는 걸 알거든. 모두 잘될 거야. 하지만 마음속 가장 깊은 곳에서 아는 사실이 하나 더 있어. 내가 이곳에 있는 동안에는 '할 일'이 전혀 없다는 것. '사는 일' 외에는." 그는 말을 멈추고 순박하게 나를 바라보았다.

나는 할 말이 없었다.

"약물을 남용하는 건 세상에 태어난 것 자체를 꺾어버리는 짓이야. 그리고 말이지, 윌리엄, 너한테는 남의 인정이 약이야. 그래서 너에 대한 터무니없는 얘기들을 사방에서 읽은 다음에, 매일 네 연기를 지켜보는 게 웃기는 거야. 《뉴욕타임스》가 뭐라고 하든 거기서 도망치지 마. 그 사람들이 널 구해줄 수 있는 것도 아닌데. 여론이라는 법정이 열렸어. 그리고 너는 간통을 저지른 놈이고, 평범한 배우지. 네가 여왕을 두고 바람을 피웠다고, 알겠어? 그녀는 팝의 신이고, 넌 그냥 인간이야. 그러니까 그 사실을 정면으로 마주하는 게 좋아. 너 자신에 대해 스스로 생각을 정리할 필요가 있어. 이런 일에 너만큼 힘들어할 사람이 내 생각에는 또 있을까 싶다…. 《뉴욕타임스》는 네가 일을 잘하는지 아닌지 몰라. 젠장, 걔들은 아예 좋은 배우를 구분할 줄도 몰라. 그런 재주가 있었다면, 틀림없이 나를 분명하게 지목했겠지." 그는 웃음을 터뜨렸다.

"넌 어떻게 그렇게 똑똑해?"

"우리 어머니가 자살했으니까. 내 앞십자인대가 찢어져서 미식축구를 포기할 수밖에 없었으니까. 술을 끊을 수 있었으니까."

그는 나를 바라보았다. "알겠어? 네가 고통스럽다는 이유만으로 뭔가가 잘못됐다고 생각할 필요는 없어."

바로 그때 술집 문이 벌컥 열리더니 어떤 여자가 큰 소리로 외쳤다. "*브루스! 나 열쇠 잃어버렸어! 젠장.*"

젊은 여자가 술에 취해 키득거리며 술집 안으로 난입해 있었다. 파란색 점프수트 차림인 그녀는 자신이 섹시하다는 사실을 분명히 의식하고 있었다. 술집 안의 사람들이 모두 자기를 향해 시선을 돌리는 모습을 즐기는 기색이었다.

"오늘 밤 여자랑 자고 싶은 사람 있어요?" 그 여자가 소리쳤다. 샘과 나는 시선을 들었다. "내가 잘 데가 없거든요!" 그녀의 여자 친구가 뒤에서 깔깔 웃어댔다. 여러 남자들이 야유를 퍼붓기 시작했다. 그녀는 그들을 무시하고 샘과 내게 다가와 자신 있는 표정으로 큐대를 들었다. 그리고 내 눈을 똑바로 바라보며 말했다. "텍사스주 웨이코 출신의 집 없는 시골뜨기한테서 한 수 배울래요?"

'아, 젠장. 또야.' 나는 속으로 생각했다.

"난 그만할래." 내가 말했다.

파란 점프수트의 여자는 머큐리 호텔의 내 방으로 걸어 들어오자마자 내 딸이 키우는 흑백 강아지에게 반해버렸다. 내가 욕실에서 세수를 하고 거울을 빤히 바라보며 《뉴욕타임스》가 공연을 어떻게 생각하는지 궁금해하는 동안 그녀는 바닥에서 강아지와 뒹굴었다.

"세상에, 당신 딸이 이 강아지를 좋아해요?" 여자가 나를 향해 소리쳤다.

내가 이 여자를 데려온 건 그녀와 자기 위해서가 아니었다. 그냥 혼자 있는 것을 견딜 수 없어서였다. 또한 내가 술집에서 그녀에게 한 말, 즉 애들 방에서 자도 된다는 말이 진심이었음을 알고 그녀가 감탄할 것이라는 생각도 있었다. 그러면 내가 믿을 만한 사람처럼 보일 것 같았다. 적어도 나 자신에게는. '자아 이미지'라는 측면에서 긍정적인 바탕이 될 것 같았다.

"그래요, 당연히 좋아하죠…. 강아지잖아요. 여자애들은 강아지를 좋아해요." 나는 욕실 문 너머에서 소리쳤다.

"이 말썽꾸러기 이름은 뭐예요?" 그녀가 새된 소리로 말했다.

"나이트스노."

"나이트스노?" 그녀가 웃음을 터뜨렸다. "당신은 뭐라고 부르는데요?"

"블루진 키드." 내가 대답했다.

그 전날 밤 나는 두 아이와 같은 욕조에 들어가 목욕했다. 딸은 강아지도 목욕시키고 싶어 했지만 결국 내가 선을 그었다. 아버지 혼자 욕조에서 감당하기에는 벌거벗은 아이 둘만으로도 충분했다.

"아빠." 딸이 말했다. "이혼한 사람들이 생각을 바꿔서 다시 결혼하는 걸 뭐라고 해요?"

"아이고, 나도 모르겠는걸." 내가 말했다. "그런 걸 뜻하는 단어는 없을 거야."

"틀림없이 있어요." 딸이 말했다. "그런 일이 항상 일어날 테니까. 이혼한 상태로 계속 있는 사람은 별로 없잖아요. 내가 아는 사람 중에는 엄마랑 아빠뿐이에요."

"넌 이제 고작 유치원생이잖아. 지금보다 더 자라면, 부모가 이혼한 친구들이 더 많아질 거야."

"아서의 친구 중에도 우리 집 같은 애가 있대요." 세 살짜리 아들이 말했다.

"아서가 누군데?" 내가 물었다.

"만화에 나오는 멍청한 애예요. 진짜도 아니라고요." 딸이 말했다.

"사실 결혼한 사람들 중 절반이 이혼한다고 하더라." 나는 욕조에 등을 기대고 작은 수건의 물기를 짰다.

"그럴 리가 없어요, 아빠. 말도 안 돼. 어디서 그런 말을 들었어요?" 딸은 거의 고함을 지르다시피 했다. 물에 젖은 분홍색 얼굴에 노기가 가득했다.

"책에서 읽었어."

"아유, 아빠!" 아이가 소리쳤다.

"왜?"

"책에서 읽은 걸 다 믿으면 안 돼요!"

나는 웃음을 터뜨렸다.

"아빠랑 엄마가 이혼한 건 맞아요?" 딸은 머리에 비누를 잔뜩 묻힌 모습으로 물었다. "언제 이혼했는지 난 기억이 안 나요. 그런 일은 꼭 기억해야 할 것 같은데."

"나도 기억 안 나." 아들이 말했다.

"넌 어차피 아무것도 기억 못 하잖아. 넌 너무 어려!" 딸이 남동생에게 쏘아붙였다.

"자, 자." 나는 무릎으로 서서 아이들의 눈에 비누 거품이 들어가지 않게 살살 머리카락을 헹궈주면서 말했다. "그건 얼마 전부터 계속 진행 중이야. 너희 엄마랑 나는 서서히 멀어지다가 따로 사는 편이 모두에게 더 나을 것 같다는 생각이 든 거야."

"나한테는 더 낫지 않아." 딸이 재빨리 대답했다.

"난 좋은지 나쁜지 모르겠어." 아들이 말했다. "우리가 다 같이 살았는지 기억이 안 나."

"이것 봐요!" 딸이 욕조에서 벌떡 일어섰다. "얘는 진짜 어쩔 수가 없어요. 아무것도 기억 못 해."

나는 딸에게 말했다. "사실은 말이다, 네가 전부 기억하기 때문에 더 힘들게 느끼는 것일 수도 있어. 기억 때문에 더 힘들어질 수 있다고."

아이는 욕조 밖으로 나가 바닥에 깔아둔 목욕 수건에 앉아 울기 시작했다.

"왜 그래?" 내가 물었다.

아들이 누나를 보려고 비누 거품이 묻은 알몸으로 일어섰다.

"왜 그래?" 아들이 부드럽게 물었다.

딸은 눈에서 눈물을 퐁퐁 흘리며 나를 향해 천천히 고개를 저었다. 그리고 이렇게 고백했다. "나도 기억이 안 나."

우리 맏딸이 갓 태어났을 때 목욕을 시키다 보면, 마치 미끌미끌한 과학 실험을 하는 기분이었다. 아이가 너무나 작고 연약했다. 아직 탯줄이 떨어지지 않은 배꼽에는 커다란 플라스틱 장치가 달려 있었다. 처음 아이를 집으로 데려왔을 때, 나는 옆에 앉아서 깊은 바다 같은 아이의 눈을 빤히 바라보았다. 아무런 노력도 없이 이미 아이를 사랑했다. 그때 나는 아이에게 약속했다. 내가 네게 그놈의 수호천사인지 뭔지가 되어줄게. 그냥 아버지가 아니라, 네 머리 위에 두 날개로 떠서 천국의 말을 전하는 전령이 될게. 너를 지켜보고, 네가 재미있는 말을 하면 웃어주고, 위험에서

너를 보호하고, 네가 모자를 잊어버리지 않게 해주고… 항상 네
옆에 있을 거야. 아이 엄마는 아이를 안고 김이 피어오르는 욕조
에 몇 시간 동안이나 앉아 있곤 했다. 그러면 나는 두 사람을 씻겨
주면서 둘을 모두 사랑했다. 메리와 나는 아이가 태어난 수요일
이 되면 매주 바닐라 아이싱을 얹은 던컨하인즈 초콜릿 케이크를
아이에게 만들어주며 그 날을 기념했다. 우리는 이루 말할 수 없
을 만큼 행복했다. 오후와 저녁에는 진러미* 5000만 달러(우리가
만든 게임으로 결코 끝나는 법이 없었다)를 했다. 우리 딸이 갓 태어
난 아기이던 그 시절에는 카드 게임이 직업이 된 것 같았다…. 우
리가 하는 일이라고는 목욕하기, 기저귀 갈기, 케이크 만들기, 진
러미 하기밖에 없었다. 정말 좋았다. 한번은 메리의 말에 눈물이
줄줄 흐를 정도로 웃어대다가 내가 손을 내리는 바람에 카드가
바닥에 흩어졌던 기억이 난다.

　나는 메리가 잘 수 있게 아침에 일찍 일어나 아기를 돌봤다. 동
이 틀 무렵, 새로 병에 담은 모유를 주머니에 가득 채우고 아이와
함께 밖으로 나가 세 시간 동안 길을 오갔다. 나와 아기뿐이었다.
집으로 돌아와 메리의 품에 아기를 안겨주면, 둘 다 완전해졌다.
둘이 함께 있는 모습을 지켜보는 순간에는 네이처 채널이 우리 집
으로 옮겨 온 것 같았다. 우리는 은하의 일부였다. 우리 셋은 멀고
먼 옛날 어떤 별이 남긴 잔해 위를 걸어 미래로 향하는 호랑이였
다. 메리는 훌륭한 엄마였다. 그녀는 아기를 격하게 사랑했다. 항

•　　　카드 게임의 일종.

상 아기의 머리를 쓰다듬고, 살갗을 어루만지며 아기를 따뜻하게 해주었다. 아이를 품에서 내려놓는 법이 없었다. 아이를 울리지도 않았다. 아이를 항상 꼼꼼하게 닦아주었다. 어미 고양이 같았다.

"이건 어때?" 나는 머큐리 호텔의 욕실에서 아이들 몸의 물기를 닦아주며 이렇게 말했다. "시간이 흐르면서 깨진 부분을 모두 치유하는 가족을 뜻하는 단어를 우리가 만들자."

아이들은 멍한 표정으로 나를 보았다. 둘 다 새로 꺼낸 흰색 호텔 수건을 몸에 두르고 있었다.

"알바사이클라이온 어때요?" 딸이 금방 의견을 내놓았다.

"왜 알바사이클라이온이야?" 내가 물었다.

"'알바'는 스페인어로 아침인데, 아침은 치유예요. 사이클은 자전거를 뜻하는데, 자전거를 타면 기분이 좋잖아요. 그리고 라이온은 어… 어…" 아이가 말을 더듬었다.

"무슨 뜻인지 금방 알겠는걸." 내가 나섰다.

"네. 알바사이클라이온." 딸이 웃었다.

"그건 안 돼." 아들이 말했다. "마음대로 단어를 만들 수 없어!"

"아니, 할 수 있어." 나는 아이들에게 잠옷을 입히며 말했다. "셰익스피어가 항상 하는 일이야."

나는 바로 그 욕실에 서서 파란색 점프수트를 입은 여자가 강아지와 뒹구는 소리에 귀를 기울였다. 그리고 깊이 숨을 들이쉬며 바닥 타일을 내려다보고, 바로 이 순간 내 딸이 숨을 들이쉬는 모

습을 상상했다. 아이 엄마의 집에 있는 아이의 방과 잠에 빠져 아
이의 팔다리가 무겁게 늘어진 모습을 상상했다. 아들의 모습도
상상했다. 아들의 방을 머릿속으로 그려보았다. 잠자는 아들의 머
리카락 냄새가 기억났다.

　욕실에서 나온 나는 파란색 점프수트의 여자를 아이들 방으로
데려가 이층침대를 보여주었다.

　"우리 딸은 위층을 좋아하는데, 당신은 어디든 원하는 데서 자
면 돼요." 내가 말했다.

　"나도 아이가 있어요." 여자가 조용히 말했다.

　나는 말없이 서서 그녀를 보았다.

　"입양을 보내서, 아기는 지금 피닉스에 살아요. 적어도 전에는
그랬어요. 지금 두 살이에요." 그녀는 잠시 말을 멈췄다가 이었다.
"당신 딸은 몇 살이에요?"

　"다섯 살."

　"아래층에서 잘게요." 그녀가 슬픈 목소리로 말했다.

　"그래요."

　"위스키 좀 있어요?" 그녀가 물었다. "잠들 수 있을 만큼 취하려
면 한참 더 마셔야 할 것 같은데요."

　우리는 거실로 돌아가 평범한 커플처럼 앉아 조용한 음악을 들
으며 얼음을 띄운 위스키를 마셨다.

　"그래, 직업은 뭐예요?" 나는 가벼운 대화를 시도했다.

　그녀는 지독하게 생기가 넘쳤다. 그녀와 단둘이 있으면서 그
녀의 옷을 벗기는 생각을 머리에서 몰아내기가 어려웠다. 로커

빌리˙를 연상시키는 그녀의 냉소는 뉴욕에 어울리지 않았다. 파란색 아디다스 점프수트는 끝까지 지퍼가 올라가 있어서, 아주 거대해 보이는 젖가슴이 그 안에 갇혀 들썩거렸다.

"그런 건 묻지 마세요." 그녀가 잔 안의 얼음을 휘휘 돌리면서 말했다.

"왜요?" 나는 어색한 웃음을 터뜨렸다.

"당신한테 말하고 싶지 않으니까요. 거짓말을 한다면 내 속이 근질거릴 것 같고요."

"잠깐, 매춘부예요?" 내가 물었다.

"아니에요!" 그녀는 잔 속에 손가락을 담가 위스키에 적신 뒤 내 얼굴을 향해 튕겼다.

"그럼 왜 말하지 않겠다는 거예요?"

"당신이 날 멋대로 판단할 테니까요."

"당연히 판단하겠죠!" 나는 웃음을 터뜨렸다. "이미 당신을 좋아하는데."

"그래요. 하지만 당신은 돈 많고 유명한 영화배우잖아요." 그녀는 자신의 잔을 향해 미소를 지었다.

"아, 그래요? 그렇게 생각해요?" 아내와 헤어진 뒤 나의 물질적 재산은 기하급수적으로 줄었다. 그래서 나는 이제 대중과 똑같이 선량한 세상의 소금으로 살고 있다는 잘못된 생각을 품고 있었다.

우리는 조용히 앉아 있었다.

˙   로큰롤의 초창기 형태로, 로큰롤에 컨트리 음악이 혼합된 미국 음악.

"당신 부인은 진짜 끝내주게 섹시해요." 여자가 말했다. 용감하게 이 주제를 꺼낸 자신이 흡족한 기색이었다. "정말, 뭐랄까, 미치게 섹시해요. 부인의 음악도 좋아요. 부인에 대해 말해주세요. 전설 같은 분이잖아요. 역사상 가장 위대한 분일걸요. 인간적으로도 아주 훌륭한 사람일 것 같아요."

"아내는 언론을 멋지게 잘 다루죠." 내가 말했다.

"그분이랑 잤던 남자가 곧 나랑 잘 거라고 생각하니 좀 자랑스러워요." 그녀는 자신 있게 소리쳤다.

"흠." 나는 빙긋 웃었다.

"당신한테 상처가 되나요?"

"네?"

"그분이 이제 당신을 사랑하지 않는 거요. 언론에서 당신에 대해 떠들어대는 말도 있고…. 어떤 프로그램을 봤는데 당신한테 진짜 엄청 적대적이더라고요…. 그런 거 정말 싫죠?"

"지긋지긋하죠." 내가 말했다. "난 옛날부터 목표가 진실하다면 항상 일이 잘 풀릴 거라고 생각했어요." 나는 나를 비난하는 프로그램이 또 있었다는 말을 듣고도 대범해 보이려고 애쓰며 중얼거리듯 말했다.

"하지만 목표가 진실하지 않다면요?" 그녀가 귀엽게 물었다. "당신의 심장에 검은 기운이 아주 조금 있다면요?"

나는 멍하니 그녀를 바라보았다. 피가 멈춘 것 같았다.

"심지어 성자들도 심장에 검은 점 하나쯤은 있잖아요, 안 그래요?" 그녀가 물었다.

나는 고개를 끄덕였지만, 나의 일부는 여전히 얼어붙은 채였다.

"그 프로그램에서 당신은 섹시해 보였던 것 같아요…. 언론이 나쁜 말을 떠들어대니까 좀 나쁜 남자 같은 느낌이 난달까? 사람들이 당신에 대해 더러운 말을 떠들어댈수록, 나는 더 당신과 키스하고 싶어졌어요. 이상한가요? 전에는 그냥 꺅꺅거리는 애송이 같았어요. 그 프로그램에 나온 여자가 당신 같은 남자들을 가두는 감옥이 있으면 좋겠다고 말하기 전에는 당신과 자고 싶다는 생각을 한 적이 없어요."

"당신 직업이 뭐예요?" 나는 다시 물었다.

"말 안 할 거예요." 그녀는 능글맞게 웃었다. "부자로 사는 건 어때요? 기분이 내킬 때마다 택시를 탈 수 있는 삶은 어떤 거예요?"

"모델인가요?" 내가 물었다.

"쓸데없는 짓 하지 마세요. 난 저능아가 아니에요."

개인적으로 나는 그녀가 아주 아름답다고 생각했지만, 현재의 모델 기준에는 맞지 않는 것 같았다. 키가 겨우 157센티미터 정도밖에 안 되고, 치아가 살짝 휘어진 모습은 관능적으로 보였다.

"나한테 그럴싸한 말을 할 필요는 없어요. 이미 여기까지 왔잖아요." 그녀는 위스키를 한 잔 더 따랐다. "나한테 뭐든 원하는 대로 하면 돼요. 난 상관없으니까." 그녀는 윗입술을 반쯤 둥글게 말면서 말했다. "당신이 생각해 낸 말이라면 아마 마음에 들 거예요." 나는 그녀를 빤히 바라보았다. 바지 앞섶이 부풀기 시작했다. "그냥 날 바보로 아나 싶을 만큼 촌스러운 말만 하지 마세요."

그녀는 야생 짐승 같은 매력을 지니고 있었다. 나는 손을 뻗어 그녀를 만져보고 싶은 생각뿐이었다.

"음, 텍사스주 웨이코에서 무슨 일로 여기까지 온 거예요?" 내가 물었다.

"당연히 일 때문에 온 건 아니죠, 멍청이." 그녀는 외설적이고 은밀한 웃음을 터뜨렸다. "그리고 난 그냥 웨이코 출신일 뿐이에요. 오스틴에 살았다고요."

"오스틴에서 무슨 일을 했어요?"

"슈가스라는 데서 일했어요."

나 역시 텍사스주 오스틴 출신이니 슈가스를 알았다…. 공항에 갈 때마다 그 앞을 지나쳤다. 안에 들어가 본 적은 없어도 거기가 어떤 곳인지는 알았다.

"그럼 댄서예요?" 나는 빙긋 웃었다.

"당신 장로교회라도 다녀요? 난 스트리퍼예요."

"증명해 봐요." 내가 말했다.

"지겹게 늘어지는 이 음악을 끄면 증명할게요."

내가 틀어놓은 음악은 윌리 넬슨의 〈굿타임 찰리스 갓더블루스〉였다.

"어떤 음악이 좋아요?" 내가 물었다.

"프린스 음악 있어요?" 그녀는 파란색 점프수트의 지퍼를 내리며 물었다. 그녀는 검은색 브래지어에 하얀 민소매 티셔츠를 입고 있었다. 가슴은 가짜임이 분명했다. 크고 완벽해서, 전투기 옆구리에 그려놓는 그림과 아주 비슷했다.

"뭐든 원하는 곡을 틀어요." 내가 말했다.

그녀는 내 컴퓨터를 조작해 프린스의 〈낫싱 컴패어즈 2U〉를 틀었다.

13일하고 일곱 시간
당신이 당신의 사랑을 가져간 뒤로…

그녀는 내 커피탁자 위로 올라가서 방에 혼자 있는 십 대 소녀처럼 춤을 추었다. 나는 거울이었다. 강아지는 커피탁자 주위를 빙빙 돌면서 무슨 일이냐는 듯 마구 짖어댔다. 우리 둘 다 웃음을 터뜨렸다. 여자는 파란색 점프수트를 천천히 벗어버렸다.

그녀가 직업적인 댄서임은 분명했다. 그녀의 말은 진실이었다.

목덜미에 혀를 내민 초록색 독사의 머리가 문신으로 그려져 있었다. 뱀의 몸은 어깨를 타고 꿈틀거리며 내려가 허리까지 닿았다. 거기서 방향을 틀어 한쪽 엉덩이로 올라갔다가 반대편 엉덩이로 꾸물꾸물 내려왔다. 꼬리가 좌우로 흔들리며 엉덩이 사이의 갈라진 틈에 야하게 자리 잡았다. 그녀가 몸을 움직이면, 뱀이 그녀의 등뼈를 타고 올라가는 것처럼 보였다.

등 근육은 아주 힘차게 움직이는 것 같으면서도, 젊음의 부드러움을 간직하고 있었다. 그녀는 하얀 팬티와 속이 훤히 비치는 하얀색 민소매 티셔츠만 입은 차림으로 내 위에서 편안하게 움직였다. 그러다 내게 등을 돌리고 티셔츠를 말아올리며 뱀이 꿈틀거리는 모습을 보여주었다. 그러고는 다시 티셔츠를 내리며 나를 향해 돌아섰다.

그녀는 티셔츠를 입은 채로 브래지어의 고리를 풀어 브래지어를 바닥에 떨어뜨렸다. 그다음에는 엄지손가락으로 팬티를 잡고 서서히 아래로 내렸다. 그곳의 털이 깔끔하게 깎여 있었다.

그녀가 다시 팬티를 위로 올렸다.

그녀는 춤을 추고 나는 지켜보았다.

노래가 끝날 무렵, 그녀는 네 발로 엎드려 커피탁자 위를 기어와서 내게 키스했다.

"이 집의 주인이 자는 곳을 보고 싶어요." 그녀는 내 침실을 찾아 맨발로 거실을 나갔다.

"이리 와요, 블루진 키드." 그녀가 나를 불렀다.

강아지가 어색하게 그 뒤를 따라갔다.

'이제 시작이군. 게임이야.'

나는 위스키 병을 들고 일어섰다. 불을 끄고 복도를 걸어갔다. 그녀가 침실에서 강아지와 노는 소리가 들려왔을 때 나는 걸음을 멈췄다.

그러고는 한 번도 해본 적이 없는 행동을 했다. 그 뒤로 며칠 동안 목구멍이 타는 듯 아팠기 때문에, 나는 그때의 내 움직임을 정확히 기억한다. 나는 아직 4분의 3보다 더 남아 있는 짐빔 병을 들어 무려 1리터나 되는 술을 몇 초 만에 다 마셔버렸다. 병을 높이 들고 콸콸콸, 타는 듯 뜨거운 빈 배 속으로 전부 부어버렸다. 빈 병을 내려놓고 침실을 향해 복도의 어둠 속으로 발을 들여놓으면서, 나는 아직도 머리가 완전히 맑은 것을 깨닫고 실망했다.

새까만 내 방으로 들어가니, 젊은 연인이 내 얼굴을 붙잡고 침대로 강하게 끌어당겼다. 나는 그녀를 부드럽게 잡고 다정하게 키스했다. 8학년 이후로 여자에게 키스할 때는 항상 그랬다. 가정교육을 잘 받고 자란 남자아이처럼.

"아, 세상에." 그녀가 억지웃음을 지었다. "난 등이나 문질러달라고 온 게 아니에요. 섹스하러 온 거지." 그녀가 내 귀를 세게 깨물었다. 1만 개의 폭죽이 내 신경계를 달궜다.

"내 아파트 열쇠가 정말로 내 가방 안에 없다고 생각한다면, 당신은 내 생각보다 더 멍청한 사람이에요." 그녀는 내 귓가로 가까이 다가와 속삭였다. "성난 청년 같네요. 하지만 나랑 섹스하고 싶다면 이런 말도 받아들일 줄 알아야죠. 아플 거예요. 내 입이나 보지에 당신 좆을 넣을 생각이라면, 좀 남자답게 굴어봐요."

그녀는 주먹으로 내 두피를 꽉 쥐고 머리를 뒤로 세게 젖혔다. 목이 탁 꺾이면서 통증이 척추를 타고 내려갔다.

난 이제 내 물건이 딱딱해지지 않은 것에 대해 전혀 걱정하지 않았다.

그 뒤에 일어난 일들은 대부분 짐빔이라는 허공 속으로, 술에 흠뻑 젖은 지하의 의식세계로 사라졌다. 가끔 흐릿한 느낌들이 나를 찾아왔다. 예를 들어, 이 여자를 아프게 하는 기분이 정말 좋다는 느낌 같은 것. 그녀도 정말 좋아했다. 그녀의 가슴이 땀에 젖은 티셔츠에서 쏟아져 나오던 모습. 그녀의 팔은 몹시 가늘었다. 손목에서 그녀의 맥박이 느껴졌다. 그녀는 끝까지 팬티를 벗지 않았다. 꽉 말아 쥔 우리의 주먹을 감싼 팬티가 이리저리 뒤틀렸다. 그녀는 면으로 된 그 속옷을 죽어라 사수했다. 심지어 한창 섹

스를 할 때도. 내 양손이 그녀의 몸을 감싸고 있었기 때문에, 성
대의 진동이 손바닥으로 느껴졌다. 그녀에게서 나는 냄새가 방
에 표식을 남겼다. 단순히 정액, 땀, 싸구려 향수의 냄새뿐만 아니
라, 공포의 냄새도 있었다. 그녀가 얼마나 쉽게 울음을 터뜨렸는
지 기억난다. 그녀는 내내 울었다. 그렇게 질척질척 눈물을 흘리
며 나를 세게 끌어안았다. "빨리요." 그녀가 내 귓가에서 으르렁거
렸다. "귀여운 고양이를 다루듯이 하지 마요. 내가 부러지기라도
할 것 같아요?" 그녀는 주먹으로 나를 치고, 나를 밀어냈다가 다
시 끌어당겼다. 사방이 어둡고, 나는 너무 취해서 몸을 가누기도
힘들었다. 바닥에 중력이 없어서 벽이나 천장과 구분하기 힘들었
다. 친절한 척하지 않아도 되는 것이 아주 좋았다. 내가 욕망을 품
은 것만으로도 죄책감을 느끼던 일들을 해달라는 말을 듣는 것
도. 그녀가 나를 때릴 때마다 내가 훨씬 더 크게 불쑥불쑥 자라나
는 것 같았다. 무엇이든 수치스럽게 생각할 필요가 없었다.

　내 배 속에서 잠자고 있던 원시적인 분노가 도마뱀처럼 잠에서
깨어, 기지개를 켜고, 발길질을 하고, 주위를 갉고, 섹스를 했다.
이 도마뱀은 자기 때문에 누가 아파하든 콧방귀도 뀌지 않았다.
이 여자도 점점 자라나서 더욱더 사악하고 믿을 수 없는 사람이
되었다. 우리는 밤새 다퉜다. 한번은 내가 너무 지나치게 굴고 있
는 것 같다는 생각이 들었다. 하지만 그녀는 내 뺨을 치면서 다시
하라고 말했다. "봐요, 봐요, 봐요…. 난 약하지 않아."

　나는 그녀의 울음소리가 머큐리 호텔의 복도에 울려 퍼지는 광
경을 상상했다.

  잠에서 깼을 때 내 입술은 부어 있고, 머리카락에는 내 피가 덕지덕지 묻어 있었다. 공연 때 프린스 핼이 때린 뺨에서 난 피. 몸통 절반이 긁힌 자국으로 벌건 색이었다. 이건 파란색 점프수트를 입은 여자 때문이었다. 내 아랫배에 작지만 깊게 베인 자국이 있는 것도 이때 처음 알았다. 틀림없이 프린스 핼과 미친 듯이 싸우는 장면에서 생겼을 것이다. 시계를 보니 오후 4시였다. 케이프타운에서 돌아온 뒤 이렇게 오래 잔 것은 처음이었다. 여자는 알몸으로 태아처럼 몸을 둥글게 구부린 채 내 옆에 딱 붙어 있었다. 길게 이어진 뱀 문신을 낮에 보니 위협적이지 않았다. 그녀는 젊고 상처받은 사람 같았다.

  호텔방 천장에 예수가 아버지와 나란히 앉아 혼나고 있고, 그 주위를 천사들과 구름이 에워싼 그림이 있었다. 내가 거짓말을 지어낸 것이 아니다. 그리 훌륭한 그림은 아니었다. 아마 20년 전이나 30년 전쯤에 마약에 전 화가가 충동적으로 그린 그림일 것이다. 나는 내 위의 예수 얼굴을 빤히 바라보았다.

  '뭘 보고 있어?' 나는 혼자 웃어버렸다. 왠지 기분이 아주 좋았다. 나는 애인에게 입을 맞추고 그녀를 깨웠다. 그녀는 잠결에 묵직한 팔로 나를 감싸고 다시 울었다. 그녀의 속눈썹이 젖어드는 것이 목의 살갗에 느껴졌다. 왠지 모든 것이, 정말로 모든 것이, 그러니까 연극, 내 아이들, 뜨겁게 달아오른 지구, 해초들이 죽어서 사라지는 바다, 오존층 등 모든 것이 괜찮아질 것 같았다.

  방 안으로 들어오는 빛은 초록색이었다. 오후에는 항상 초록색이었다. 창문에 담쟁이덩굴이 워낙 많이 자라고 있어서 바람에 가늘게 떨리는 숲의 햇빛이 온 방을 가득 채웠다. 곧 다시 극장으로 가야 하는 시간이 될 것이다.

지금 생각해 보면 그때 나는 기분 좋을 일이 별로 없었는데도, 그냥 기분이 좋은 정도가 아니라 끝내주게 좋았다. 믿기지 않는다 해도 어쩔 수 없다. 내가 잘 해낼 것 같았다. 나 자신도 믿을 수 없었다. 나는 충분히 휴식을 취해서 생생해진 상태로 무대에 도착할 것이다. 망할 놈의 평은 하나도 읽지 않았으니 머릿속은 깨끗할 것이다. 하나도 읽지 않았다. 내가 해냈다. 개막 공연의 날이 지나갔다. 그날을 이기고 살아남았을 뿐 아니라, 여자와 성적인 회합도 성공적으로 마쳤다. 그래, 내가 그녀를 임신시켰거나 괴상한 성병에 걸렸을지도 모르지만, 지금은 나의 장기적인 미래에 대해 걱정할 것이 하나도 없었다. 내 거시기가 바위처럼 단단하고, 목소리가 튼튼하고, 내가 죽지 않았으니 행복하기 그지없었다. 내 몸은 소박한 것들에 감사하는 마음에 푹 빠져 있었다.

"자, 내가 해냈어, 친구들." 나는 극장에 도착해서 이렇게 말했다. 덩치 큰 새뮤얼을 포함한 남자들 몇 명이 길가에 앉아 담배 하나를 나눠 피우며 종잡을 수 없는 대화에 빠져 있었다. 나는 새뮤얼 옆에 앉아 담배 한 개비를 입에 물었다. "고약한 평을 하나도 안 읽었더니 백만장자가 된 기분이야. 무슨 시험에 합격한 것 같아. 그러니까 다들 나한테 아무 말도 하지 마. 내 머리를 깨끗하게 유지하고 싶으니까."

"상상 이상으로 평이 좋았어." 새뮤얼이 윙크를 하며 말했다.

"내심 네가 알고 싶어 할 것 같았는데." 그는 내 표정을 보고 말을 덧붙였다. "평이 나쁠까 봐, 또는 연기에 영향을 미칠까 봐 안 읽는 거잖아. 하지만 진짜 굉장한 평이 나왔으니까 너도 알아둬야 해."

나는 내 기분이 어떤지 잠시 생각해 보았다. 황홀했다.

'좋은 평이 나올 줄 알고 있었잖아.' 나는 속으로 이런 생각을 하면서도 계속 대범한 척했다.

"뭐, 별 볼 일 없는 놈이 그놈의 공연에 대해 내 기분이 어떤지 나한테 말해주지 않아도 돼." 나는 우쭐거렸다.

사람들은 박수를 치고 내 담배에 불을 붙여주었다. 마치 내가 스티브 '홋스퍼' 매퀸이라도 되는 것처럼.˙

"내 아내가 그 평을 읽고 내가 얼마나 대단한 사람인지 기억해 내고는 마침내 공연을 보러 와서 나더러 집으로 돌아오라고 간청할 것 같아?" 나는 농담을 던졌지만, 사람들이 전부 무표정한 얼굴로 가만히 앉아 있는 것을 보니 농담처럼 나오지 않은 모양이었다. 초조하고 성난 사람처럼 보인 것 같다.

내 대역인 스코티가 나를 보았다. "당신 부인은 어제 《뉴욕포스트》 1면에서 그 패션디자이너랑 딱 붙어 있던데요. 그거 봤어요?" 그는 담배를 깊이 빨아들인 뒤 말을 이었다. "그 징그러운 부자랑 당신 아내 얘기가 CNN 자막에도 계속 나왔어요. 당신이 그걸 아는지 잘 몰라서 우리 모두 차마 얘기를 꺼내지 못한 거예요."

˙   스티브 매퀸은 〈빠삐용〉 등에 출연했던 유명 영화배우.

빅샘이 나무라듯 그를 쏘아보았다.

나는 한참 동안 가만히 앉아 있었다. 대화가 끊겼다.

"젠장." 나는 큰 소리로 말했다. 그녀가 다른 사람과 자는 사이고, 그걸 모두가 안다는 사실이 왠지 굴욕적이었다. 하지만 나는 그 일에 정당하게 화를 낼 수 있는 처지가 아니었다. 우리가 한집에 살 때 내가 그녀에게 한 짓과 똑같은 일이니까.

"하나 물어보자." 내가 말했다. "며칠 전 만났을 때 아내가 나더러 목구멍으로 이상한 소리를 낸다고 했거든. 항상 그런다고. 정말로 그래?"

모두 웃음을 터뜨렸다.

"뭐야? 왜? 뭐가 그렇게 웃겨?" 내가 물었다.

"진짜." 새뮤얼이 웃으면서 입을 열었다. "너 항상 그래. 그거 진짜 으스스하고 괴상하다고!"

"진짜?" 내가 그런 짓을 한다는 건 알았지만, 다른 사람들도 쉽게 알아차릴 정도인 줄은 몰랐다.

학교 운동장에서 놀림을 당하는 아이처럼 눈시울이 뜨거워졌다.

"괜찮아." 새뮤얼이 말했다. "그런 건 별일 아니야."

나는 담배를 손가락으로 튕기고, 자리에서 일어나 극장 안으로 들어갔다. 저 자식들과는 더 이상 이야기를 할 수 없었다.

분장실에 도착하니 또 정체를 알 수 없는 쪽지가 문에 붙어 있었다. 이번에도 이름은 없었다. 헨리 밀러의 문장을 적은 것이었는데, 하느님을 만나 그 얼굴에 침을 뱉는다는 내용으로 문장이 끝났다.

"또 왔어요." 내가 크게 말했다.

이지키얼은 이미 분장실 자기 구역의 거울 앞에 앉아 있었다. 나는 가방을 털썩 내려놓고 무심하게 재킷을 벗으려 했다. 하지만 목으로 이상한 소리를 내지 않으려고 내내 숨을 참고 있었다.

"내가 목구멍으로 이상한 소리를 내요? 항상?" 내가 물었다.

"곰이 숲에서 똥을 싸나?" 그가 물었다.

나는 미소를 지으려고 애썼다. 또 울 것 같았다.

"웃기지도 않는 소리." 이지키얼이 말했다. "놈들은 항상 유명한 영화배우를 물어뜯어."

"누가요?" 나는 자리에 앉으며 물었다.

"그놈의 비평가들. 놈들이 신문에 쓴 쓰레기 같은 말 때문에 흥분하지 말고, 사실은 그게 질투라는 걸 알아둬."

나는 멍하니 그를 바라보았다.

"이번 공연에서 넌 눈부셔." 그가 말을 이었다. "처음 두 시간 동안 네가 극을 이끈다는 걸 우리 모두 알지. 비평가들은 너처럼 잘생긴 남자가 연기도 잘한다고 말하는 건 너무 쉽다고 생각해서 그러는 거야. 놈들 말을 진지하게 받아들일 것 전혀 없어. 그냥 질투에 눈이 먼 글쟁이들이니까."

나는 계속 그를 바라보았다.

한참 만에 내가 천천히 말했다. "지크, 내가 평을 읽지 않을 거라고 말했잖아요. 어제 그렇게 말했어요. 이번 작품에서 실패한다면 견딜 수 없으니까 나 자신을 보호하기 위해 그냥 그렇게 마음을 정하고 계속 앞으로 나아갈 거라고 말했어요. 웃기지도 않는 신문 따위는 하나도 보지 않을 거라고 했죠. 그리고 지크는 여기서 평에 대해 이야기하지 않을 거라고 나한테 약속했고요."

우리는 서로를 빤히 바라보았다. 우리 둘 다 꼼짝도 하지 않았다.

"알아." 이지키얼의 눈에 눈물이 차올랐다. "그래, 내가 약속했지." 그는 심호흡을 한 뒤, 한참 동안 가만히 있다가 말을 이었다. "그래도 그 얘기를 꺼낸 건 너한테 상처를 입히고 싶어서였어."

나는 그를 바라보았다.

"모두들 너한테 너무 친절하잖아, 젠장." 그는 또 깊이 숨을 들이쉬었다. "너는 팬레터가 와도 열어보지도 않고···. 온갖 예쁜 여자들이랑 떡을 치고···. 그 계집애들이 널 좋아하는 건 순전히 네가 유명하기 때문인데, 넌 미치게 섹시한 록스타인 아내가 이제 널 사랑하지 않는다는 이유로 모든 사람한테서 동정을 받고 싶어 해. 그런데 난 널 동정하지 않거든. 넌 돈도 많고, 좋은 역할도 들어오잖아. 여기로 들어오는 대본을 절반도 안 읽어보지. 그래서 내가 아주 죽을 것 같아. 문자 그대로 내 심장에 못이 박히는 것 같다고. 그래서 너한테 평이 나쁘게 나왔다고 말했어. 너는 좋은 말을 못 들었지만 나는 들었다는 걸 너한테 알려주려고. 네가 그런 평을 읽지 않아서 내가 진짜 세계적인 수준의 배우라는 걸, 그러니까 나한테 선심을 베풀 필요가 없다는 걸 알지 못할까 봐."

나는 그를 빤히 바라보았다.

"그런데 이제 보니 넌 나한테 선심조차 베푼 게 아니었던 것 같네." 그는 코를 훌쩍거리고 눈물을 닦으며 말을 이었다. "그냥 내가 너무나 고통스러워서 그래···." 이제 눈물이 그의 뺨을 타고 줄

줄 흘러내렸다. 자동차 앞 유리창을 타고 흐르는 빗물 같았다. 그의 목소리에서도 상처가 느껴졌다. "정말 미안하다…" 그는 양손에 얼굴을 묻었다. "내가 부족한 게 너무 많아. 난 진짜 그리 좋은 사람이 아니야." 그가 고개를 들었다. "용서해 줘. 제발."

분장실 안에 한참 동안 적막이 흘렀다.

"아, 젠장. 전부 나쁜 평이었어요?" 내가 물었다.

"나도 몰라. 몇 개밖에 안 읽어서…. 우리 공연에 대해서는 전부 좋은 소리만…."

"그럼 나만…."

나는 고개를 돌려 손으로 뭔가 할 일이 없는지 찾아보았다. 이러다 주먹으로 거울을 칠 것 같았다.

"공연 30분 전입니다, 신사 숙녀 여러분." 스피커에서 무대감독의 목소리가 울려 나왔다. **"모두 그린룸으로 오시기 바랍니다. 제작자들이 간단한 출연진 모임을 열자고 하십니다."**

"'출연진 모임'이라고 했잖아요, 버질. 왜 여기 계세요?" 한데 모여 있는 우리들 뒤편에서 누군가가 소리치자 출연진 전원이 폭소를 터뜨렸다. 우리가 빽빽하게 모여 있는 작은 방에는 커피, 차, 베이글, 목캔디가 준비되어 있었다. 아니, 사실 방이라기보다는 긴 복도에 마련된 반침이라는 말이 더 어울렸다. 벽 앞에는 하루에 공연을 두 번 하는 날 사람들이 잠깐 눈을 붙일 수 있는 소파들이 놓여 있다.

"하하하." 버질이 차를 잔에 따르며 웃는 소리를 냈다.

우리는 모두 수석 제작자의 말을 듣고 있었다. 우리 중에 그의 이름을 아는 사람은 별로 없었다. 어쨌든 나는 그의 이름을 몰랐다. J.C.가 아닌 다른 사람이 앞에 나서서 이야기를 하는 모습이 당황스러웠지만, J.C.가 이미 떠났다는 사실을 우리 모두 알고 있었다. 그는 파리에서 공연될 오페라 연출을 맡아 비행기로 날아가는 중이었다.

"잠시만 집중해 주십시오, 여러분." 공부벌레처럼 생긴 남자가 불안한 얼굴로 말했다. "여러분께 감사의 말씀을 드리고 싶습니다. 어젯밤 공연은 정말 훌륭했습니다. 우리 모두 평에는 신경 쓰지 말아야 한다는 걸 알지만, 저는 사업가인 만큼 신경이 쓰입니다."

모두 웃음을 터뜨렸지만, 이 짧은 회합의 목적이 무엇인지는 아무도 몰랐다.

"이번 공연이 우리에게는 큰 모험이었습니다. 저는 셰익스피어 공연을 제작해 본 적이 없고, 셰익스피어는 위대한 극작가였지만 브로드웨이에서 그의 작품이 상업적으로 항상 성공을 거둔 것은 아니니까요. 이윤에 신경 쓰지 않는 세상에는 좋아도… 자본가에게는 그렇지만도 않습니다."

그가 무슨 말을 하려는 건지 우리 모두 알 수 없었다.

"우리가 왜 네 시간짜리 셰익스피어 작품에 이만한 돈을 투자해야 하느냐고 J.C.에게 물었을 때 그는 이렇게 말했습니다. '미국 역사상 최고의 셰익스피어 공연을 내가 보장할 수 있으니까요.'… 그래서 오늘 아침, 아니 솔직히 말하면 어젯밤 《뉴욕타임스》를 펼쳤을 때…"

모두들 다시 웃음을 터뜨렸다. 내 동료 배우들은 모두 밤에 미리 인터넷판으로 우리 공연에 대한 평을 읽어볼 만큼 마음 약한 얼간이들인 것 같았다. 그들은 나처럼 파란색 점프수트와 섹스하는 스님 같은 사람들이 아니었다.

"거기서 버질의 멋진 사진을 보고…" 그가 우리의 팔스타프를 손짓으로 가리키자 그는 짐짓 얼굴을 붉히는 척했다. "'미국 역사상 최고의 셰익스피어 공연'이라는 제목을 읽었을 때 저는 제 몸을 꼬집어볼 수밖에 없었습니다!" 그는 예술 섹션의 표지를 들어 올렸다.

극장의 지하층에서 우리의 박수갈채 소리가 폭발적으로 터져 나왔다.

"정말로 그런 제목이었습니까?" 버질이 말했다. "정말로? 어디 봅시다."

제작자와 그 주변 사람들은 고개를 끄덕이며 사람들이 돌려 볼 수 있게 신문을 건넸다.

"내 햄릿은 어쩌고?" 그가 이렇게 묻자 사람들이 또 웃음을 터뜨렸다.

"우리가 브로드웨이 역사상 최고의 판매고를 기록했습니다." 제작자가 소리쳤다. "오늘 오후 3시 56분 현재, 전회 *매진*되었음을 알립니다!"

라이시엄 극장의 지하층이 환호와 박수갈채로 뒤흔들렸다. 나는 이지키얼 쪽을 바라보았다. 그는 크게 뜬 눈에 미안한 감정을 담고 나를 빤히 마주 보았다. 나는 우리의 왕 에드워드에게 시선을 돌렸다. 그는 벌써 조용하고 겸손하게 자기 분장실 쪽으로 움직이고 있었다. 마치 가짜 경보를 듣고 나왔다가 돌아가는 사람 같았다. 그는 이런 잔치 분위기에 어울리고 싶지 않은 기색이었다.

"이야기가 길었지만 제가 드리고 싶은 말씀은…" 제작자가 마무리 발언을 위해 잠시 말을 멈췄다. "특별초대석을 지금 당장 예약하세요. 남은 게 그것밖에 없으니까요!"

모두가 다시 환성을 질렀다.

"감사합니다." 제작자가 말했다. "자, 이제 위대한 공연을 해봅시다!"

우리는 모두 공연 준비를 위해 각자의 분장실로 돌아갔다.

복도에서 이지키얼이 나를 한쪽으로 잡아당겨 다른 사람들을 먼저 보냈다. "이봐, 내가 처음 연기를 배운 곳은 감옥이야. 알았어? 일리노이주 교도소로 J.C.가 연기를 가르치러 왔거든. 그건 아무도 모르는 사실이야, 알았어? 가끔 난 이런 생각을 해. 내가 마약을 끊고 날 때부터 빠져 있던 그 똥통에서 빠져나왔다는 이유만으로 형편없는 행동을 변명할 수는 없다고. 하지만 네가 날 용서해 주고 네 친구가 될 기회를 한 번만 더 허락해 준다면, 두 번 다시 널 실망시키지 않을게."

나는 그에게 화가 나지 않았다. 그가 이상한 사람이라는 건 이미 알고 있었다. 나는 개인적으로 나쁜 평을 받았다는 말에 실망했지만, 공연에 대한 평이 아주 좋았다는 소식에 들뜬 분위기 속에서 그 감정은 혼란에 빠져 사라져 버렸다.

"그래요." 나는 순하게 말했다.

"고마워." 그는 이 말과 함께 내 손을 잡아 악수하고는 자리를 떴다. 앞으로 공연할 날이 많이 남았고, 우리는 같은 분장실을 쓰는 사이였다.

나는 담배를 피우려고 밖으로 나갔다. 빅샘이 이미 나와 있었다. 우리 둘 다 무대에서 액션 장면의 합을 맞춰봐야 하는 시간이었다.

"목으로 내는 이상한 소리 걱정은 그만해." 새뮤얼이 말했다. "아무도 신경 안 써."

"그건 됐어, 샘. 난 그저 걱정을 멈추는 법을 모를 뿐이야."

"내 생각을 말하자면…" 샘이 조용히 말했다. "그건 그렇게 뛰어난 연기를 하기 위해 치러야 하는 작은 대가야."

"고마워, 친구."

"자기 연민은 도움이 안 돼, 그렇지?" 그는 미소를 지으려고 애썼다.

나는 그를 보았다. 그도 기분이 처져 있었다. 나쁜 평보다 더 나쁜 것은 아예 이름이 언급되지 않는 것이다.

"새뮤얼…" 나는 이런 말을 하고 싶지 않았지만 그래도 했다. "그 신문 갖고 있어?" 그의 가방에서 신문이 삐죽 나와 있는 것이 보였다.

"물론." 그는 신문을 내게 건넸다.

금요일 예술 섹션 표지가 바로 보였다. 한 면을 모두 차지한 버질의 컬러 사진에 '미국 역사상 최고의 셰익스피어 공연'이라는 제목이 찍혀 있었다.

나는 새뮤얼에게서 멀어져 브로드웨이 바로 옆인 46번가의 도로 턱에 앉아 혼자서 그 평을 읽었다. 새뮤얼이 액션 연습을 하려고 안으로 들어가는 소리가 들렸다. 정말로 열렬한 평이었다. 모두 즐거워하는 것도 무리가 아니었다. 그들은 이지키얼이 "실제로 불을 뿜어내는 것처럼 보이는 경이로운 재능"을 갖고 있다고 썼다. 버질의 업적이 탑처럼 우뚝 쌓이고 있다는 말도 있었다. 에드워드에게는 "국보"라는 찬사를 보냈다.

마침내 내 얘기가 나온 문단에 이르렀다. "안타깝게도, 반드시 일부러 실수를 하나 집어넣어야 하는 훌륭한 페르시아 융단처럼, 현재 미국 최고의 연출가인 J.C. 캘러핸은 영화계의 스타인 윌리엄 하딩을 전사인 홋스퍼 역에 캐스팅했다. 그는 동료 배우들과 손을 쓸 수 없을 만큼 격이 다르다." 나는 메리가 새 애인과 함께 이 글을 읽는 상상을 했다. 두 사람 모두 나를 동정하는 상상을 했다. "홋스퍼는 쉽지 않은 역할인데, 영화배우인 하딩은 W. H. 오든이 '이제는 사라진 그 옛날 기사도의 살아 있는 화신'이라고 묘사했던 인물을 표현할 능력이 없는 듯하다."

나는 여기서 멈췄다. 내 가슴으로 모여들던 먹구름이 갑자기 물러나고 햇살이 나타났다. 이 비평가는 J.C.와 내가 한참 동안 토론한 뒤 누가 봐도 뻔할 만큼 확실히, 그리고 절망적으로 오도되었다는 결론을 내린 W. H. 오든의 글을 인용하고 있었다.

《뉴욕타임스》의 이 겁 많은 얼간이는 자기가 무슨 말을 하는지도 모르고 있었다. 내 심장에서 기쁨이 터져 나왔다. 이 허연 얼굴의 풋내기보다는 내가 홋스퍼에 대해 더 잘 알았다. 나는 고개를

들고, 지나가는 버스가 일으킨 바람에 신문이 흩어지게 내버려두
었다. 상관없었다. 나는 예술을 위한 전쟁에 나선다. 세상이야 마
음대로 생각하라지. 세상이 널 실패작이라고 단정할지도 모른다.
네 가슴에 주홍 글씨를 꿰매 달고, 너를 가리켜 천박한 협잡꾼이
라고 말할지도 모른다. 모퉁이를 돌 때마다 등 뒤에서 속삭이듯
조롱을 던지는 소심한 목소리가 들릴지도 모른다. 저들이 너를
미워해서, 라디오 토크쇼에 나가 온 나라 사람들에게 수다를 떨
어댈지도 모른다. 하지만 그들 모두의 생각이 틀렸을 수도 있다.

4막

지옥의 수프가 보글보글

공연이 시작된 지도 꽤 시일이 흘렀다. 새해의 첫 화요일, 아이들은 겨울방학을 마치고 다시 유치원에 나가기 시작했다. 곧 전처가 될 아내는 억만장자인 애인이 흑해 연안에 갖고 있는 궁전에서 아이들과 얼마 전까지 함께 방학을 보냈다. 그들의 사진이 인터넷에 잔뜩 올라왔다. 발렌티노가 내 딸에게 서핑을 가르치는 사진, 내 아이들의 엄마가 해변에서 상반신을 드러낸 채 장난을 치는 모습을 담은 사랑스러운 사진. 그녀의 손가락에 새로이 자리 잡은 다이아몬드 반지를 극단적으로 클로즈업한 사진. 모래성을 쌓고 있는 내 아들을 배경으로 두 연인이 열정적으로 키스하는 모습을 담은 사진도 있었다. 내 내장 속에서 SF영화 같은 일이 벌어졌다. 미친 듯이 우울증에 빠진 내 몸에 지독히 고통스러운 종기가 생겼다.

그 종기가 처음 어떻게 시작됐는지는 잘 모르겠다. 개막 공연 때 그 자리에 베인 상처가 생겼음이 분명하다. 어쩌면 전투 중에 생겼는지도 모르겠다. 아니면 파란색 점프수트를 입은 여자 때문일 수도 있었다. 배꼽 바로 아래가 작게 베인 상처였다. 그걸 몇 주 동안 무시하고 내버려두었더니, 내 가죽 의상에 묻은 땀 때문에 상처가 감염되었다. 그러자 나는 그 감염된 상처를 강박적으로 헤집기 시작했고, 결국 그 자리에 고름이 맺혔다. 아이들이 크리스마스 연휴를 마치고 돌아올 무렵에는 내 배에서 구슬치기용 구슬만 한 크기의 종기가 고개를 내밀고 있었다. 체지방이 거의 0퍼센트(평소 적정 체중이 81.5킬로그램 정도인데, 지금은 67킬로그램이었다)라서 이 고름 주머니가 내 몸에서 기어 나오려고 애쓰는 작은 생물처럼 보였다. 아프기도 했다.

나는 아이들이 발칸반도에서 돌아온 날 아침에 아이들 엄마의 집으로 아이들을 데리러 갔다. 아내는 문으로 나오지 않았다. 아직 시차에 적응하지 못한 보모가 아이들에게 옷을 입히는 동안 기다려달라고 내게 말했다. 처음 있는 일이었다. 대개는 안으로 들어오라고 문을 열어주었는데. 발렌티노가 잠꾸러기임이 분명했다. 나는 아이들을 안아준 다음, 함께 택시를 타고 맨해튼 북쪽으로 향했다. 딸의 유치원으로 가는 길이었다.

"여행은 어땠니?" 나는 찌르는 듯한 종기의 통증을 최소화할 수 있는 자세를 찾으려고 분주히 몸을 움직이면서 아이들에게 물었다. 마치 누가 내 배꼽에 뜨거운 납물을 붓고 있는 것 같았다.

"아빠, 진짜 재밌었어요." 다섯 살 딸이 택시의 창가에 편안히 늘어진 자세로 말했다. "엄마 친구 발렌티노 아저씨 밑에서 엘프들이 일하고 있어서 우린 아무것도 할 필요가 없었어요."

아들은 나를 사이에 두고 제 누나의 반대편에 앉아서 이렇게 말했다. "귀가 이상하게 생긴 진짜 엘프는 아니야."

"그 사람들이 일을 도와주니까 발렌티노 아저씨가 엘프라고 부르는 거야. 아저씨는 진짜 재밌어…" 딸은 손가락으로 머리카락을 돌돌 말면서 말끝을 흐렸다. "항상 '말장난 아니야'라고 말하는데, 우린 전부 웃어요. 어쨌든 거기서 계속 놀았어요. 날씨는 진짜 끝내줬어요. 진짜 치유되는 느낌." 딸은 제 엄마의 말투를 완벽하게 흉내 냈다.

"풍선껌 기계랑, 영화랑, 수영장이랑, 해변이랑, 배랑, 바나나가 있어." 아들이 말을 이었다.

"진짜 바나나가 아니라…" 딸이 아들의 말을 바로잡았다. "바람을 넣어 부풀리는 노란색 배인데…"

"엘프들." 아들이 선언하듯 말했다. "엘프들이 바람을 넣어줘!"

"진짜 좋았어요." 딸은 잠시 말을 멈췄다가 좀 더 진지한 말투로 말을 이었다. 뉴욕의 풍경이 택시 차창 밖을 휙휙 지나갔다. "수건을 내가 직접 들거나 모래 장난감을 집으로 가져갈 필요도 없어요. 엘프들이 대신 해주니까."

"모래는 진짜 끝내주는 데서 수입한 거래. 그래서 엄청 특별해." 아들이 단언했다.

"평범한 모래가 아니에요." 딸이 말을 덧붙였다. "모르는 사람들의 오줌 같은 게 묻어 있는 모래랑 달라요." 딸은 내가 자기 말을 이해하는지 살피려는 듯이 나를 보았다. 나는 고개를 끄덕였다.

"발렌티노 아저씨가 줄넘기를 사서 나한테 가르쳐줬어요. 아빠, 진짜 재미있었어요. 솔직히 이제 발렌티노 아저씨 없이 아무것도 못 할 것 같아요. 아저씨는 진짜 힘들어하는 엄마랑 나를 도와줘요."

내가 기억하는 것은 여기까지다. 다시 불이 까맣게 꺼졌다.

그 화요일 저녁에 극장 안으로 들어가면서 나는 벨트 아래에서 종기가 계속 움직이며 골프공만 한 크기로 커지고 있다는 사실을 누구에게도 드러내지 않았다. 통증은 지독했다. 숨을 쉬기도 힘들 지경이었지만, 나는 무대에 올라 머리가 터져라 소리를 질러댔다. 내가 무대에서 죽음을 맞은 뒤에는 목소리가 완전히 망가져서 말을 하기도 힘들었다. 몇 달 동안 목소리가 꾸준히 나빠지고 있었다고는 해도, 이렇게까지 망가진 적은 없었다. 문장을 말할 때마다 누가 자갈을 발로 차는 것 같은 소리가 나왔다. 커튼콜을 기다리면서 나는 담배를 피우고, 무대 뒤의 자동판매기에서 매일 먹는 아이스크림 샌드위치를 샀다.

머큐리 호텔로 돌아온 뒤에는 컴퓨터를 켜서 온라인 탐색을 다시 시작했다. 아내와 아이들이 동전을 짤랑거리며 허세를 부리는 그 이탈리아인 패션계 인사와 해변에서 노는 사진을 더 찾아보는 일. 그때 아버지에게서 온 이메일이 눈에 띄었다.

아버지는 연락이 늦은 것을 사과하면서도, 어머니의 도움 없이 나와 연락할 길이 있으면 좋겠다고 말했다. 진실하고 애정이 담긴 편지였다. 아버지는 나를 사랑했다. 내 결혼 생활이 파탄나고 내 연기에 나쁜 평이 나와도 아버지는 개의치 않았다. 아버지는 내게 용기를 줄 만한 성경 구절을 인용해 놓았다. 내가 혼자 있고 싶어 할 수도 있다는 점을 이해하지만, 자기가 나를 나쁘게 볼까 봐 내가 걱정하는 게 아닌지 마음에 걸렸다고 말했다. 그는 나를 나쁘게 보지 않았다. 아버지 자신도 죄를 지은 적이 없지 않으니, 인생이란 예측 불가능하며 누구도 인생의 자유통행권을 얻지 못한다는 사실을 경험으로 알고 있다고 말했다. 아버지는 잡지에 실린 내 인터뷰를 읽어보고, 내가 심하게 고통스러워하는 것 같다는 인상을 받았다. 그래서 하루에 두 번씩 나를 위해 기도하면서, 자신이 도울 일이 있다면 무엇이든 알려주기를 바란다고 내게 말해주고 싶었다. 아버지는 자신의 전화번호를 적어두고, 내게 전화하라고 말했다. 나는 그냥 잠자리에 들었다. 너무 하찮고, 너무 늦었다.

다음 날은 공연이 두 번 있는 수요일이었다. 지난 두 달 동안 내가 고대하던 날이기도 했다. 뉴욕 시내 공립학교 10여 곳의 상급반 학생들이 영어 수업 대신 우리의 낮 공연을 보기로 예정되어 있었다. 《뉴욕타임스》가 뭐라고 떠들든 상관없었다. 진짜 사람들, 다수, 대중, 세상의 소금, 출신이 낮은 사람, 그들은 나를 사랑할 것이다. 하지만 매일 이어지는 공연 때문에 내가 계속 지쳐가는 것은 분명했다. 하룻밤 쉬고 난 뒤에도 내 목소리는 아슬아슬하게 이어졌으며, 이제는 내 배 속에서 모종의 독이 마녀의 수프처럼 부글부글 끓고 있었다.

천장에 그려진 내 형제 예수 그리스도를 빤히 보면서 나는 내 배 속의 곪은 상처에서 분노가 맥동하는 것을 느꼈다. 이젠 통증이 너무나 심해서, 목소리에 대한 걱정조차 잊을 수 있을 정도였다. 고름이 안에서부터 나를 절절 끓이고 있었다. 나는 파란 비닐봉지에 얼음을 담아 밤새 얼음찜질을 하며 침대에 누워 있었다. 내가 고열에 시달리며 흘린 땀과 얼음 녹은 물 때문에 두 시간 만에 침대보가 흠뻑 젖어버렸다.

그래도 종기는 계속 커졌다.

동이 틀 무렵 내 매트리스는 무거운 스펀지 같았다. 열은 정점을 찍었고, 종기는 커다란 플로리다 오렌지만 한 크기였다. 무대에 오를 수 없을 것 같아서 나는 겁에 질렸다. 병원에 가봐야 했다. 심각한 문제가 생긴 듯했다.

나는 아침 6시 23분에 벨뷰 병원에 도착해 비틀비틀 응급실로 들어갔다. 하루에 2회 공연을 하는 수요일이었다. 오후 2시에 시작하는 오후 공연은 내가 결코 빠지지 말아야 하는 중요한 공연이었다. 나는 내 대역이 무대에 오른다는 발표를 듣고 학생들이 서로 이야기하는 모습을 상상했다. '야, 우리 같은 관객은 자기랑 격이 안 맞는다는 거지. 신경도 안 쓰는 거네.' '자기가 엄청 인기인인 줄 아나봐!' '오늘 안 나올 줄 알았어.' '어차피 난 그 인간 영화도 싫어해.'

응급실 간호사들은 내가 옛날에 출연한 영화 덕분에 나를 알아보고, 피를 흘리는 얼간이들보다 내 순서를 앞으로 당겨주었다. 얼간이들은 나를 쏘아보기만 했다. 나는 병원 직원들의 사진 요청에도 응했다. 상관없었다. 그들이 신속하게 관심을 보여주는 것이 반가웠다. 의사는 내 배를 보더니 즉시 수술을 해야 한다고 말했다. 내가 지극히 위험한 상태라고. 이 고름 덩어리가 터져서 고름이 혈관 안으로 들어간다면, 패혈증인지 뭔지가 발생할 수 있다는 것 같았다. 나는 고열로 머리가 몽롱해서 의사의 말에 귀를 기울일 수 없었다.

"오후 1시에 여기서 나갈 수 있을까요?" 내가 물었다.

"네?"

"브로드웨이에서 〈헨리 4세〉 공연을 하는데, 오후 프로그램이 있어요. 저녁에도 공연이 또 있고요."

"음, 그쪽에 전화해서 오늘은 못 갈 것 같다고 알리는 게 나을 겁니다." 의사가 차분히 말했다.

"무슨 소리예요?" 나는 갑자기 정신이 번쩍 들었다.

"오늘은 확실히 공연을 못 할 거고요, 십중팔구 내일도 안 될 겁니다."

"안 돼요. 공연에 빠질 수 없어요. 그냥 빨리 해주시면 안 돼요? 돈이라면 얼마든지 드릴게요."

"돈 문제가 아닙니다." 그는 무구한 표정으로 웃었다. "전신마취 수술을 할 건데, 그러면 빨라야 내일이나 퇴원할 수 있습니다. 죄송합니다. 그게 병원 규칙이에요." 그는 정말로 평범한 사람 같은 태도로 말했다.

나는 꼼짝도 할 수 없었다.

"월요일에 하면 안 될까요? 제가 쉬는 날인데요." 나는 조용히 물었다.

그는 멍한 표정으로 나를 보았다.

"사실 일요일 저녁이 제일 좋겠어요." 내가 말을 이었다. "오후에 공연이 있긴 한데, 그 뒤로는 화요일 저녁까지 공연이 없거든요. 그러면 거의 48시간 동안 회복할 수 있어요." 이 방법을 생각하니 기분이 좋았다.

"지금 바로 치료하지 않으면, 선생님은 일요일쯤 이 세상 사람이 아닐 가능성이 높습니다. 아시겠어요?" 의사는 여전히 웃는 얼굴이었다. "그보다 훨씬 먼저 시력을 잃을 수도 있고요."

"꼭 마취를 해야 하나요?" 나는 고개를 들었다. 새로 떠오른 가능성 덕분에 희망이 나를 채웠다.

"분명히 말씀드리지만, 선생님 자신이 마취를 원하게 될 겁니다." 의사가 쿡쿡 웃었다. "제 말을 믿으세요."

"아뇨, 안 그래요." 나는 심각한 얼굴로 말했다. "오늘 오후 2시 공연에 오를 수만 있다면 무슨 짓이라도 할 거예요. 부탁합니다."

"대역이 있지 않나요?"

"오늘 할렘의 공립학교 학생들을 위해 오후 공연을 할 거예요. 그 무대에 빠질 수는 없습니다. 거기에 빠지면 제 자신이 부끄러워서 견딜 수 없을 거예요…. 부탁합니다. 그 아이들은 영화배우를 보고 싶어서 오는 거라고요. 그러니 제가 없으면 크게 실망하겠죠. 그 아이들에게는 큰 의미가 있는 일이에요. 중요한 일입니다."

"불쾌한 말씀을 드리려는 건 아니지만, 제 생각에 그 아이들은 그냥 아무 생각이 없을 것 같은데요."

"잘 모르셔서 그래요. 이건 제 인생이에요. 이 작품에서 연기하

는 게 저한테는 실제 인생보다 더 중요해요. 실제 인생은 한심하
니까. 제가 없이 오늘 공연이 시작된다면… 그건 선생님이 수술대
에 누운 환자를 두고 그냥 나와버리는 것과 같아요. 이해가 되나
요?"

"그런 것 같네요…." 의사는 나를 유심히 살펴보았다. "하지만 지
금 말씀도 제대로 못하시잖아요. 목소리는 괜찮은 겁니까?"

"목소리는 괜찮아질 거예요…." 나는 이 문제에 대해 잊고 있었
다. "아침에는 항상 목소리 상태가 이래요."

"그냥 잠시 쉬는 게 어떨까요? 때로는 우리 몸이 우리에게 말을
겁니다. 그런데 지금 선생님의 몸은 휴식이 필요하다고 소리를
지르고 있어요. 이틀 정도 병원에 입원해서 몸을 추스른 다음에
더 건강해진 상태로 무대에 다시 서는 겁니다." 의사는 뒤에 서 있
는 간호사 같은 여자에게 시선을 돌렸다. 스물다섯 살이나 스물
여섯 살쯤으로 보이고, 새까만 머리에 까만 눈, 가무잡잡한 피부
를 지닌 여자였다. 이름표에는 이탈리아식 이름이 적혀 있었다.

"제가 그쪽 연출자와 직접 이야기하겠습니다." 의사가 말을 이
었다. "아니면 무대감독이라든가…. 제 아내가 배우라서 저도 그
쪽 세계에 대해 잘 알아요."

나는 바스락거리는 하얀 종이를 깔아둔 진찰대에 앉아, 제복 차
림의 간호사와 의사를 앞에 두고 울었다. 진찰실 안에는 내가 훌
쩍거리는 소리뿐이었다.

"제발, 제발요. 제가 이렇게 빌게요. 제발. 이 종기를 어떻게 해
도 좋으니까 제가 무대에 설 수 있게 해주세요. 오늘 꼭 무대에 서

야 해요. 몸에 휴식이 필요한 건 저도 알아요. 휴식을 취할 겁니다. 하지만 오늘은 휴식보다 좋은 연기를 해야 해요. 쉬는 날 병원에 오겠습니다. 아니면 오늘 밤에 공연이 끝난 뒤에라도. 뭐든 할테니 제발. 목소리도 잘 추스를게요. 오늘 공연은 절대 빠질 수 없습니다. 그렇다고 저를 찔러대는 이놈의 종기를 그대로 두고서는 걸어다닐 수도 없어요."

진찰실 안에 긴 침묵이 흘렀다.

젊은 이탈리아인 간호사가 모나리자 같은 미소를 지으며 의사를 보았다. 내게 연민을 느끼는 것 같았다. 의사가 다시 나를 보았다.

"만약 마취 없는 수술을 원하신다면 다른 사람을 부르겠습니다." 그는 어깨를 으쓱했다. "옛날 경찰 영화에 나왔을 때 선생님을 좋아했습니다. 노보카인 주사를 놓아드리겠지만, 그래도 엄청 아플 겁니다. 이건 특히 극도로 아플 거예요. 배는 아주 예민한 부위라서. 그리고 강한 항생제를 드릴 테니 반드시 드셔야 합니다. 목소리에 도움이 될 스테로이드제도 처방해 드리죠. 하지만 공연과 공연 사이에 반드시 저한테 전화하고, 내일 아침 눈뜨자마자 저한테 오겠다고 약속하셔야 합니다."

나는 고마운 마음으로 고개를 끄덕였다.

"그리고…" 그가 상냥한 표정으로 활짝 웃었다. "2월 14일 공연의 특별초대석 표 두 장이 필요합니다." 그는 간호사에게 윙크를 했다. "아내를 위해서요." 그가 다시 나를 보았다. "아시겠습니까?"

나는 미소를 지으려고 했다. "해피 밸런타인데이."

두 사람은 그 작은 방에 나를 한 시간 넘게 혼자 내버려두었다.

나는 미칠 것 같았다. 수의사의 진찰실에서 순서를 기다리는 늑대가 된 심정이었다. 계속 서성거리면서 내 배를 만져보고, 이런저런 물건을 들어서 만지작거리는 것을 멈출 수 없었다. 의사가 생각을 바꿀까 봐 걱정이었다. 만약 그렇게 된다면, 나는 죽어라 도망치기로 했다.

나는 억지로 자리에 앉아 다른 생각을 하려고 했다. 벽에 붙어 있는 은하수 포스터에는 아주 작은 파란색 행성을 가리키는 작은 빨간색 화살표가 있고, 그 옆에 '현 위치'라는 말이 적혀 있었다.

내가 그 포스터를 100만 년쯤 바라본다 해도 상황이 바뀌지는 않았을 것이다. 나는 여전히 뭐가 어떻게 돌아가는지 알지 못했다. 그러다 문득 정신을 차려보니 진찰대에서 자고 있다가 자그마한 중년 여성 의사의 손에 깨어난 참이었다. 나는 시간을 확인했다. 아직 오전 9시 30분도 되지 않았다.

"일어나세요, 하딩 씨." 의사가 나를 흔들었다. 그녀의 뒤에는 아까 보았던 그 젊은 이탈리아인 간호사와 하얀 옷을 입은 커다란 남자가 있었다. 그가 내 몸을 끈으로 고정하려고 불려 온 사람임을 나는 즉시 알아차렸다. 의사는 제임스 본드 영화에 나오는 악당 같았다. 목소리는 거칠고 냉혹했으며, 작고 뾰족한 치아는 커피와 담배로 변색되어 있었다.

"마취가 싫으시다고요?" 그녀가 도구들을 늘어놓으며 물었다. 나는 아무 말도 하지 않았다.

"아무 문제 없을 겁니다. 심지어 많이 아프지도 않을 거예요." 의사는 말을 하면서 준비를 계속했다. "나는 베트남 야전병원에서 간호사로 일했습니다. 그때는 하다못해 술 한 방울도 먹이지 못하고 이보다 훨씬 더 큰 수술을 했어요."

의사가 주사기를 들어 내가 이제 곧 어떤 주사를 맞을지 보여주었다.

"지금이 제일 아플 겁니다, 하딩 씨. 그 감염 부위에 주사를 몇 방 놓으면, 허리 부위에 감각이 없어질 거예요. 마취를 거절하신 건 잘한 일입니다. 요즘은 약물을 너무 남용하는 게 문제예요."

마취 없는 수술을 생각한 것이 잘한 일이라는 의사의 말에 나는 더욱 겁이 났다. "셔츠 올리세요." 의사가 말했다. "일단 제가 한번 보죠."

그녀는 내 종기를 빤히 바라보며 손으로 찔러댔다. 그러고는 복부 여러 곳을 손가락으로 찔렀다. 나는 그녀의 뭉툭한 손가락이 부어오른 부위에 가까워질 때마다 아파서 몸을 뒤틀었다.

"좋습니다. 상당히 크네요, 그렇죠? 통증도 심하고." 의사는 주사기를 들었다. "걱정 마세요, 순식간에 끝날 겁니다. 브루스." 그녀가 덩치 큰 개자식을 불렀다. "환자분의 팔을 붙들어 줘요. 알리사는 환자분 다리 위에 앉고."

그 뒤로 18분 동안 나는 한 번도 경험하지 못한 통증을 겪었다. 이가 빠지고 녹슨 칼이 내 몸을 가르고 상처 속을 범하는 것 같은 기분이었다. 간호사가 방을 나갔을 때, 나는 내 배를 붙들고 있었다. 얼굴과 셔츠는 땀, 콧물, 눈물로 완전히 흠뻑 젖은 상태였다. 종기는 제거되었다. 내 배에 생긴 주먹만 한 구멍에 멸균 거즈가 잔뜩 박혀 있었다.

  젊은 이탈리아인 간호사는 마지막으로 방을 나가면서 거의 사과하는 것 같은 표정으로 내게 물었다. "괜찮으시겠어요?"

  "모르겠어요." 내가 말했다. "이혼 절차를 밟는 중이에요."

  "유감이에요. 저도 신문에서 읽었어요." 간호사는 계속 손으로 문고리를 잡은 채 말을 이었다. "저는 5월에 결혼할 예정이에요."

  "행운을 빌어요." 내가 말했다. 간호사는 슬픈 미소를 지어 보이고는 밖으로 나갔다.

(이제는 종기가 없어진) 피 나는 배를 한 손으로 붙잡고 다른 손에는 한번 써보시라고 공짜로 준 진통제가 가득한 봉지를 든 채로 휘청휘청 병원 밖으로 나오니 기분이 괜찮았다. 문제없이 무대에 오를 수 있을 것 같았다.

  중요한 건 그것뿐이었다.

  내 분장실 문에 또 인용문이 붙어 있었다. 이번에는 베르톨트 브레히트의 작품에서 가져온 것으로, 더러운 연못의 물풀 속에 맨살이 드러난 팔을 둥둥 띄우는 것과 사랑을 비교한 문장이었다. 나는 복도에 누가 숨어 있지 않은지 두리번거렸다. 레이디 퍼시?

  무대에 발을 디뎠을 때, 아, 시팔(놀라워라, 놀라워라), 상태가 괜찮았다. 조명등은 내게 신성한 부름이었다. 길르앗·의 유향이며,

----

·   고대 팔레스타인의 요르단강 동쪽 땅. 질 좋은 유향의 산지였다고 성경에 기록되어 있다.

치유의 힘을 지닌 젊음의 샘물이며, 영원으로 통하는 나의 도약
대였다. 배에는 붕대가 아플 정도로 단단히 감겨 있었지만, 숨을
한 번씩 쉴 때마다 기분이 좋았다. 무거운 바벨을 들 때 기분이 좋
은 것과 같았다. 아프지만, 동시에 내가 생생히 살아 있다는 느낌
이 들었다. 점점 힘이 생기는 기분이었다.

내가 왕에게 새로운 똥구멍을 뚫어주는 첫 장면 이후에는 상태
가 훨씬 더 좋아졌다. 운을 맞춘 대사를 읊을 때마다 내 목소리가
점점 강해졌다. 스테로이드 주사가 효과를 발휘하고 있었다. 아,
젠장, 내가 홈런을 쾅쾅 때려대는 배리 본즈가 된 기분이었다. 무
대를 성큼성큼 가로지르는데, 공립학교의 어린 학생들이 나를 보
고 해롱거리며 속삭이는 소리가 들렸다. "저기 나왔어!" 내가 출
연했던 영화 제목들이 숨죽인 소리로 통로를 넘나들었다. 나는
사람들의 주목을 받는 것이 좋다. 순간적으로 객석 뒷줄에서 아
내의 아름다운 검은 머리를 본 것 같았는데…. 심지어 그녀의 이
목구비까지 다 보이는 것 같기도 했다. 그녀가 학생들을 위한 오
후 공연에 왔을까? 왜 오겠어? 혹시 지금밖에 시간을 낼 수 없어
서? 무대에서 내려온 뒤 나는 검은 막 너머로 관객들을 빤히 바라
보았다. 내가 제대로 본 건지 확신할 수 없었다.

분장실로 돌아온 나는 상처 부위에 가죽 허리띠를 둘렀다. 아파
도 신경 쓰지 않았다. 상반신을 드러냈을 때 여자아이들이 기겁
하지 않게 상처를 가려야 했다.

이번 공연은 남달랐다. 어쩌면 이 무대에 서기 위해 종기를 잘
라내며 겪은 일 때문인지도 모른다. 마법처럼 나아진 목소리 때

문일 수도 있었다. 무료로 입장한 학생 관객들이 객석에 가득하다는 사실 때문일 수도 있었다. 학생들이 지루해할 때는 무대에서 금방 알 수 있었다. 학생들은 예의바르지 않았다. 어떤 장면이 지루해지면, 학생들이 몸을 꼼지락거리면서 휴대폰 화면을 들여다보는 것이 느껴졌다. 하지만 연기로 학생들의 감정을 움직이는 데 성공한다면? 오, 주여, 그거야말로 달콤했다. 까다로운 버질 스미스도 신나게 즐기고 있었다. 무대를 아주 찢어놓는 중이었다. 학생들이 웃어대는 바람에 공연 시간이 점점 늘어나는데도, 공연은 여전히 평소보다 몇 분쯤 빠르게 진행되고 있었다. 발동이 걸린 공연이 신나게 돌아갔다. 평소에는 관객들이 예의바르게 쿡쿡 웃던 지점에서, 이 오후 공연의 관객들은 왁자한 웃음을 터뜨렸다. 내가 칼을 칼집에서 찢듯이 빼는 장면에서 일반적인 관객들은 조용히 침묵했지만, 오늘의 관객들은 겁에 질려 비명을 질렀다. 배우들이 음탕한 농담을 던지기만 하면 다들 웃겨 죽겠다며 무릎을 치고 깔깔 웃어댔다. 주점 장면에서 여자 배우들이 상의를 벗었을 때는 교사들이 부리나케 통로를 돌아다니며 학생들을 진정시켜야 했다. 내가 앞장서 돌격하는 장면에서는 상급반 학생들이 모두 나와 함께 돌격할 것 같았다.

1막의 끝에서 두 번째 장면에서 반란을 일으킨 내 동료 중 한 명(내 대역인 스코티가 얌전하게 연기했다)이 달려 들어와 웨일스 공이 아버지인 국왕과 함께 오고 있다고 내게 알려준다. "*타조처럼 깃털로 장식한*" 군단을 이끌고 나와 싸우러 온다는 말에 나는 아프리카의 북처럼 강력한 목소리로 고함을 지른다. "**올 *테면 오라***

고 해!"

가엾은 내 대역이 움츠러들었다. 내가 움직일 때마다 검은 가죽 옷이 소리를 냈다. 나는 칼을 빼들고 소리쳤다. *"화려하게 꾸민 희 생 제물처럼."* 공연 때마다 내가 가장 좋아하는 장면이 이거였다. *"눈에서 불을 뿜는 전장의 여신에게 뜨겁게 피 흘리는 그들을 바 치리니. **우리가 놈들을 바칠 거야!"***

그러고 나서 나는 내 병사들 사이를 돌아다니며 그들의 갑주를 쿡쿡 찔러보고, 그들의 어깨를 두드려주며 격려한다. 반드시 두려 움을 죽여야 한다. 무엇으로 죽일까? **용기로!**

마지막으로 모두가 사랑하는 장면이 있었다. 내가 심복인 빅샘 의 뺨을 세게 치는 장면. 그러면 그가 곧바로 더욱 세게 내 뺨을 치는데, 여기서 관객들은 깜짝 놀란다. 뺨을 맞은 나는 유쾌한 웃 음을 폭발적으로 터뜨린다. ***나 지금 발동 걸렸어!*** 짧게 자른 머리 에서 땀방울이 허공을 날았다.

내 부하들은 대학교 남학생회의 아이들이 벌이는 야단법석 같 은 이런 분위기를 좋아했다. 나도 좋아했다.

*"자, 내 말을 한번 보자꾸나. **천둥**처럼 나를 태우고 갈 녀석이 니!"* 나는 잠시 쉬었다가, 장난스럽게 손톱을 살피는 시늉을 하며 혀짧은소리를 흉내 냈다. *"웨일스 공의 가슴을 향해."*

부하들이 모두 폭소를 터뜨렸다. 가엾은 웨일스 공의 자라다 만 거시기를 나의 묵직한 모습과 비교한 것이 별난 유머로 받아들여 졌음이 분명했다.

"해리 대 해리." 나는 내 적과 나의 이름이 같다는 얄궂은 상황

을 좀 더 진지한 말투로 지적하며 말장난을 했다. "뜨겁게 달아오른 말과 말, 둘 중 하나가 *시체가 되어 쓰러질 때까지 결코 서로에게서 떨어지지 않으리라!*"

이 말이 끝난 뒤 나의 멋진 부하들은 제멋대로 소란스럽게 환성을 질러댔다. 나를 우러러보는 그들의 시선은 '주머니에 진짜 정액이 들어 있는 남자로군!'이라고 말하는 것 같았다.

그때 나의 다른 부하 한 명이 무대로 뛰어 들어와 비굴한 겁쟁이처럼 굴면서 내게 왕의 군대가 이제 3만 명까지 늘어났으니 조심하라는 말을 전하려고 했다.

"*4만이어도 상관없어! 오, 제군들, 인생은 짧다! 그 짧은 시간을 비열하게 보내자니 너무 길었어! 기왕 살 거라면, 왕들을 짓밟으며 살겠다!*"

부하들은 내 말에 잘 어울리는 함성과 긍정의 대답으로 응답했다.

"*죽는다면?*" 나는 마치 진심인 듯 이 질문을 던지고는 곧 스스로 답했다. "*용감한 죽음을. 왕들이 우리와 함께 죽으리라!*"

이렇게 내 말을 정리한 뒤 나는 창, 철퇴, 도끼 등 죽음의 도구들을 들어 부하들에게 나눠주기 시작했다.

"*고귀한 전쟁의 도구들을 울려라. 그 음악에 맞춰 우리 모두 포옹하자.*"

우리는 북소리가 둥둥 울리는 가운데, 전사들답게 서로를 깊이 포옹했다. 아, J.C.는 정말 실력이 좋았다. 북소리가 사람들의 영혼을 두드렸다. 이 공연은 아마추어들을 위한 것이 아니었다. 반드시 정밀해야 했으며, 실제로도 그러했다. 우리는 악기들을 완벽히 조율한 오케스트라였다. 아이폰에 중독되고, 컴퓨터에 집착하고, 트위터와 포르노에 열중하고, 연극을 싫어하는 십 대들이 객석에서 최면에 걸린 듯 집중하고 있었다. 원래 셰익스피어를 봐야 하는 사람들이 바로 이들이다. 《뉴욕타임스》가 아니다! 많이 배운 사람들이 아니다. 그냥 평범한 사람들. 극장에서 셰익스피어의 음악을 제대로 연주하기만 한다면, 작품이 스스로 살아난다. 객석의 아이들은 척추를 울리는 오르가슴처럼 이 연극을 느끼고 있었다.

이런 무대에 서지 못하느니 차라리 등뼈가 부러진 채 지옥으로 직행하는 편이 나았다.

나는 빅샘을 양팔로 끌어안고 인근 주까지 다 들릴 만큼 큰 소리로 말했다. *"천국에서 지상까지, 우리 중 일부는 이런 인사를 할 기회를 두 번 다시 얻지 못할 테니."* 우리는 자신이 죽을지도 모른다는 것을 알았지만 개의치 않았다. 우리의 대의는 정당했고, 우리의 배짱은 화강암처럼 단단했다. 우리의 심장은? 지극히 건강했다.

"자, 모두 신속히 집합하라." 나는 두 개의 검을 모두 검집에서 빼내며 말을 이었다.

이제 내가 절대적으로 좋아하는 대사를 말할 차례였다. 그래서 나는 더 이상 시간을 끌지 않고 깊이 숨을 들이쉬어 발바닥까지 산소를 전달했다. 그리고 쓰러진 대포 수레 위로 뛰어 올라가 나의 지친 반란군을 보았다. 내 앞의 십 대들은 시기심에 어쩔 줄 모르며 난리를 피우고, 내 뒤에서는 포탄이 빨간 불꽃을 피워 올리고, 음악 소리가 쿵쿵 도시의 지하에서 울려대는 가운데 나는 양 손으로 검을 빙빙 돌리며 포효했다. *"운명의 날이 다가왔다! 모두 죽자! 즐겁게 죽자!"*

그 수요일 오후에 당당한 '진짜' 사람들 앞에서, 할렘과 브롱크스와 그 밖의 지역에서 온 공립학교 학생들 앞에서 자라다 만 웨일스 공이 내 배를 찔렀을 때, 안으로 접혀 들어가게 되어 있는 칼날이 명치 아래의 정해진 자리를 곧바로 찔렀을 때, 나는 내 망령에게 붙들렸다. 아주 잠깐 동안. 내 아내와 섹스를 하고 내 아이들과 모래성을 짓는 그 이탈리아인 패션 천재를 생각할 때보다 더 아팠다. 《뉴욕타임스》 연극 비평가의 말보다 더 아팠다. 야전병원 간호사로 일했다는 벨뷰 병원의 그 의사보다 더 아팠다. 내 망령은 사실들로 나를 공격했다. 사실들이 항상 내게 우호적이지는 않다.

웨일스 공은 내 배를 찔렀다. 그 뒤에 객석에서 자발적으로 터져 나온 환호에 나는 완전히 경악했다. 내가 *"오, 해리, 그대는 내 청춘을 빼앗아 갔어"*라는 마지막 대사를 시작하기도 전에 모든 관객이 꼬박 30초 동안 자발적으로 미친 듯이 박수갈채를 보냈다.

그들은 나를 미워했다.

그들은 프린스 핼을 사랑했다.

그들은 내가 죽어서 좋아하고 있었다.

믿을 수가 없었다. 내가 죽어가며 독백을 하는 동안 내내 그들은 프린스 핼에게 환호를 보냈다. 그들은 내 말을 한마디도 듣지 않았다. 종기는 사라졌지만 눈물과 피로 얼룩진 내 몸이 바닥에 털썩 쓰러지자 그들은 또다시 기쁨의 소리를 질렀다.

　나는 바닥에 누워 있었다. 스테로이드가 여전히 내 성대에 작용하고, 내 배에는 붕대가 단단히 둘러져 있었다. 관객들은 프린스 핼을 사랑했다. 그들은 그의 정복을 기리고, 그의 행동을 찬양하고, 나를 무너뜨린 그를 자랑스러워했다.

　그때까지 줄곧 나는 그들이 나를 사랑하는 줄 알았다. 그때까지 줄곧 나는 잘못 생각하고 있었다. 프린스 핼의 대사가 얼마나 찬란한지가 문득 귀에 들어왔다. 그는 풋내기가 아니었다. 그의 목소리는 유창했다. 그의 몸짓은 겸손했다. 말하는 모습만 봐도 그가 좋은 사람임을 직감적으로 알 수 있었다. 그가 뛰어난 배우라는 사실도 알 수 있었다. 그는 매일 리허설 때 피넛버터 샌드위치와 바나나를 점심 도시락으로 가져왔다, 젠장. 그러니 당연히 좋은 사람일 수밖에 없었다.

　프린스 핼의 뒤를 이어 버질의 팔스타프 목소리가 누워 있는 내 몸 위에서 또렷이 들려오기 시작했다. 또렷하고 울림이 있는 목소리였다. 가장 나이 많고 가장 힘센 고래가 어린 새끼들에게 노래를 불러주는 것처럼 그의 대사가 관객들을 그 자리에 붙들어두는 것 같았다. 그의 목소리는 자석과 같아서 따라가지 않을 수가 없었다. 버질은 웃기면서도 감동적인 연기를 동시에 보여줄 수 있었다. 그는 거만하고 자기밖에 모르는 디바가 아니었다. 출연진 중 그 누구보다도 더 재능이 많고 더 열심히 노력하는 사람일 뿐이었다.

　나의 대역인 스코티 또한 내 위에서 말하고 있었다. 그와 버질이 함께 나오는 짧은 장면이었다. 그의 연기가 좋았다. 심지어 관객들이 두어 번 웃음을 터뜨리기도 했다. '나는 왜 저 친구가 나 대신 무대에 오르게 하지 않았을까? 난 정상이 아니야. 여러 면에서.'

나는 시체가 되어 바닥에 모래 자루처럼 누워 있었다.

'그러니까 내가 "**나쁜 놈**"인 건가?' 나는 속으로 자문했다. '거룩하신 성모시여! 난 나쁜 놈이 되기 싫어. 영웅이 되고 싶다고. 난 이 사람들을 위해서라면 무엇이든 못할 일이 없는데, 이 사람들은 날 싫어해서 내 죽음에 박수를 쳤어.'

"그래, 이제 알겠지!" 장면이 끝난 뒤 무대에서 걸어나가는 나를 향해 국왕 에드워드가 이렇게 말했다.

동료 배우들이 복도에 한가로이 서서, 분장실로 돌아가는 나를 지켜보았다. 이지키얼은 지금까지 한 번도 본 적이 없는 따뜻한 동료의 표정을 짓고 분장실 문간에 서 있었다. 모두들 나를 유심히 바라보며 내가 어떻게 반응하는지 살폈다. 그들의 연민이 나를 더 비참하게 만들었다. 스코티는 어깨를 으쓱하는 것 같았다. '내가 뭐랬어요.' 왕은 내게 미소를 지으며 시를 읊었다.

우리는 변하느니 파멸하리라
두려움 속에 죽으리라
순간의 십자가를 올라가느니
우리의 환상이 죽게 하리라.

"누가 한 말인지 아나?" 그가 물었다.

"아뇨." 내가 대답했다.

"W. H. 오든." 그가 미소를 지었다. "오든이 그리 멍청한 사람은 아니잖아, 안 그래?"

공연이 끝났을 때 내 속옷은 붕대에서 배어 나온 피로 빨갛게 물들어 있었다. 나는 커튼콜을 위해 무대로 나가자마자 사랑해 마지않는 진정한 세상의 소금인 공립학교 친구들에게서 즐거운 야유를 받았다. 내가 허리를 숙여 인사할 때 객석에서 "우우우우우 우우우" 하는 소리가 자발적으로 유쾌하게 합창처럼 터져 나온 것을 부정할 수 없었다. 나는 양팔을 옆으로 힘없이 늘어뜨렸다. 혹시 아내인가 싶었던 사람을 찾아보았으나, 그녀는 그냥 영어 교사였다. 나는 고개를 깊이 숙였다. 이제는 무대에서 뛰어내려 프린스 핼에게 쏠리는 관심을 빼앗을 생각이 없었다.

나는 내 망령을 보고 내 처지를 알았다.

오후 공연이 끝난 뒤 잠깐 요기도 하고 담배도 한 대 피울 요량으로 분장실에서 나오는데 왕이 내게 신호를 보냈다. "내가 J.C.와 처음 작업했을 때, 런던 RSC에 미국인이라고는 우리 둘밖에 없었네. J.C.는 저 위대한 제임스 홀 경을 보조했고, 나는 〈말괄량이 길들이기〉에서 순진한 처녀 같은 남자를 연기했지." 그는 등 뒤로 손을 돌려 자신의 분장실 문을 잠그며 말했다. "어쨌든, 중요한 건 그게 아니고… 출연진 중에 어린 사내아이가 있었어. 여덟 살인가 아홉 살인가…. 매일 커튼콜 때 녀석은 아주 정교하고 복잡해서 우스꽝스럽기 짝이 없는 방식으로 허리를 숙여 인사했지." 다른 배우들은 우리보다 먼저 극장을 줄줄이 빠져나가고 있었다. 다음 공연까지 남은 시간은 한 시간 반에 불과했다. 모두들 식사를 하고 눈을 좀 붙이려고 서두르는 중이었지만, 왕은 신중한 걸음으로 느릿느릿 복도를 걸었다.

"그런 이상한 인사를 그 아이에게 가르쳐준 사람은 아무도 없었네. 배우란 마땅히 그렇게 행동해야 한다고 그 꼬마 녀석이 생각했을 뿐이야. 녀석은 모자를 벗고, 정수리가 거의 땅에 닿을 만큼 허리를 숙이면서 한쪽 다리를 어색하게 밖으로 미끄러뜨렸어." 왕이 그 인사법을 흉내 내는 모습이 마치 관절염 환자 같았다. "녀석이 처음 그 인사를 했을 때 관객은 진심으로 애정을 쏟아내며 자리에서 벌떡 일어났지. 우리 연출자는 무대 뒤로 달려와 출연진과 녀석 부모에게 그 인사에 대해 아이에게 절대 말하지 말라고 속삭였어. 제발 그대로 놔두라고. 그 공연 기간 중에 그건 순수하고 마법 같고 가장 진실한 순간이었네." 우리는 계속 걸었다. "아무도 아이에게 그 인사에 대해 말하지 않았지. 그래서 매일 밤 관객들은 엄청난 갈채를 보냈어. 지독한 평을 받았는데도. 그 인사가 아니었다면 정말 가치 없는 공연이었는데도. 무슨 말인지 알겠나?"

내가 그의 말을 알아듣고 싶은 건지 잘 알 수 없었다.

이제 우리는 극장 뒷문 바로 안쪽에 가만히 서 있었다. 밖에서 차가운 거리가 우리를 기다렸다.

"자네의 홋스퍼 연기가 절대적으로 천재적인 건, 관객이 자네가 맡은 인물을 증오한다는 사실을 자네가 짐작도 못 했다는 데 있어. 홋스퍼가 무슨 에이브러햄 링컨이라도 되는 것처럼 이 역할에 달려든 걸 보니 자네는 이 작품을 보거나 관련 자료를 많이 읽지 않은 모양이야. 지켜보는 데 정말 재미있었네. 자네는 변명을 한 적도 없고, 호감 가는 사람이 되려고 노력한 적도 없지. 피에 굶주린 반역자인 그 인물이 원래는 착한 사람이라는 자신의 생각을 추호도 의심하지 않았어. 조금 전 내가 말한 꼬마 녀석처럼, 그것도 무지에서 나온 천재성이긴 하네. 그래도 천재성인 건 맞아. 오늘 저녁에 자네는 진짜 시험과 맞닥뜨릴 거야. 자네가 지금까지 받은 교육과 상관없이 계속 연기할 수 있겠나?"

"끝내주네요." 나는 아픈 배를 계속 부여잡고 대답했다. "빨리 무대에 오르고 싶어요." 나는 왕을 위해 문을 열어주었다.

"나도 마찬가지야." 그는 빙긋 웃으며 혼란스러운 브로드웨이로 걸어 나갔다.

무대 쪽 출입구 앞에서 학생들이 줄을 서서 버스를 기다리고 있었다. 나는 녀석들의 눈에 띄기 전에 곧장 방향을 돌려 다시 안으로 들어갔다.

그 망할 놈의 어린 녀석들이 싫었다.

내가 언제 나쁜 놈이 됐지? 내가 어렸을 때는 모두 나를 좋아했다. 언제 일이 어긋난 거야? 1년 전 내 서른두 번째 생일날인가? 그때 우리는 LA에 있었다. 아내가 거기서 앨범을 녹음 중이라 온 가족이 일시적으로 서해안으로 이주해 살고 있었다. 녹음은 아내에게 몹시 힘든 작업이었다. 춤을 배우고, 뮤직비디오 촬영을 대비해 권투로 몸매를 가꾸고, 오토바이를 배우고, 상어들과 함께 물탱크 안에서 헤엄쳐야 했다. 새 앨범을 내기 위해 슈퍼스타가 해야 하는 거지 같은 일들은 많고도 많았다. 게다가 매니저는 아내에게 '평생 최고의 몸매'를 요구했다. 24시간 내내 국부 보호대를 걸친 트레이너가 집에 상주하고, 특별히 배달된 음식만 먹고, 마사지사가 우리 침실까지 들어와야 한다는 뜻이었다. 폴란드 출신인 뮤직비디오 촬영감독이 아내의 다크서클을 지적하자, 아내는 밤에 아이들의 접근을 막아 조금이라도 더 수면 시간을 확보해야 했다. 항상 아이들을 돌봐주는 보모 군단도 대략 스물일곱 명이나 되었다. 일거리가 없는 배우라서 집에만 있는 남편인 내게는 총신이 짧은 38구경 권총으로 내 뒤통수를 날려버리고 싶어지는 환경이었다. 나는 아이들을 돌보는 일 말고 할 일이 없는데, 그 일을 해주는 진짜 직원들이 집에 있었다. 아무 쓸모가 없어진 나는 발작을 일으키기 직전이었다. 나는 체육관에도 다니고, 보모들이 점심을 먹는 동안 아이들을 데리고 해변에도 가고, 담배도 많이 피우고, 피아노도 치고, 아이들을 촬영장에 데려가 '엄마 파워 점심'을 먹이고, 이런저런 회의에도 나갔다.

내 서른두 번째 생일에 우리는 스튜디오에서 아이들과 생일 기념 점심을 먹었다. 메리의 일이 끝난 뒤에는 마침 뉴욕에서 LA에 와 있던 내 친한 친구 두 명과 함께 저녁을 먹으러 갈 예정이었다. 그런데 그날 오후에 독특한 일이 일어났다. 아내가 백보컬 녹음을 감독하고 있던 RCA 녹음스튜디오 주차장에서 산책 중에 나는 새빨간 장미색의 68년식 셸비 코브라를 보았다. 잡지를 제외하고, 그렇게 순수한 색의 셸비 코브라를 실제로 본 것은 처음이었다. 나를 아는 사람이라면 그것이야말로 내 꿈의 자동차임을 알 것이다. 스티브 매퀸이 〈불리트〉에서 몰던 자동차와 비슷하지만, 훨씬 더 멋지다. 힘도 더 세다. 나는 그 차를 자세히 보려고 다가갔다. 공장에서 방금 나온 차였다. 가죽에 미친 자동차이기도 했다. 라디오, 좌석, 라이터 등 세세한 부분이 모두 체리색이었다. 젠장, 이 녀석의 엔진덮개 아래에는 440 엔진이 있고, 주행거리는 1900 킬로미터 정도밖에 되지 않았다. 검은 레이스 팬티를 입고 바주 카포를 든 메릴린 먼로보다 더 섹시한 예술작품이었다. 번호판을 보니 근처 자동차 대리점에서 발행된 것이었다. 오늘 구입한 차였다. 판매전표가 대시보드에 있었다. 나는 메리의 팀에서 운전을 맡은 친구들 중 한 명에게 다가가 이 코브라가 왜 여기 있는 거냐고 물었다. 뮤직비디오에 쓸 겁니까? 그 운전기사는 갑자기 이상하게 굴면서, 그건 뮤직비디오에 쓸 차가 아니라고 말했다. 누구 차인지도 모르겠다고 했다. 그가 한 번도 본 적이 없는 차였다.

그는 거짓말에 엄청 서투른 사람이었다. 그가 뭔가를 숨기고 있음이 분명했다. 왜지? 문득 이런 생각이 들었다. '세상에, 내 아름답고 멋지고 상냥한 아내는 내가 이 차를 세상 무엇보다 원하는 걸 알아. 하지만 즐거운 마음으로 사기에는 값이 너무 비싸서 내가 내 돈으로 이걸 살 일은 없다는 것도 알지. 아내는 내가 요즘 힘든 걸 알고 나를 위해 아주 놀라운 일을 해주려고 한 거야. 그래서 68년식과 똑같이 생긴 이 새 자동차를 산 거야. "여보, 내가 샀어. 요즘 가족을 위해 당신이 많은 걸 희생했잖아. 고마워. 당신은 사랑받는 사람이야. 요새 거세된 것 같은 기분이었지? 그래서 당신 생일을 맞아 내가 당신의… 솔직히 말할게… 다소 큰 편인 그 물건을 상징적으로 돌려주기로 했어"라고 말하려고.'

아내가 나를 깊이 이해해 준다는 느낌이 들었다. 내가 불필요한 사람이 되면서 나의 남성성 또한 크게 흔들린다는 것을 아내는 알고 있었다. 때로 남자는 그냥 남자가 될 필요가 있다는 것을 아내는 이해했다. 비록 그렇게 많은 돈을 쓴 것은 좀 그렇지만 그것은 사랑에서 우러나온 행동이었으므로 나는 아내를 용서했다. 아이들과 점심을 먹는 동안 나는 기대감으로 머리가 어지러웠다. '아내가 언제 하려나? 그걸 나한테 언제 줄까?' 오, 아내가 화장실에 가거나 AD가 내게 다가올 때마다… '지금이구나. 침착하자. 모르는 것처럼 굴어.' 나는 이런 생각을 했다. 하지만 점심시간이 끝났는데도 아내는 내게 차를 주지 않았다. 이제는 내 짐작을 확신할 수 없었다. 아내의 운전기사가 나와 아이들을 집으로 데려다주기로 했고, 헤어지기 전에 아내는 저녁 식사 약속을 위해 7시쯤 만나자고 말했다.

"좋아." 내가 말했다.

나는 차가 출발할 때 아내의 운전기사인 스티브에게 물었다. "그 셸비 코브라 봤어요?"

"아뇨." 그는 환한 웃음을 억지로 참으며 말했다. 가치를 따질 수 없는 귀한 표정이었다. 나는 확신했다. 젠장, 그 차는 내 거야. 어쩌면 아내가 그 코브라를 집까지 몰고 올 생각인지도 모른다. 우리가 그 차를 타고 멋지게 저녁 식사를 하러 갈 수 있게. 휘리릭 7시가 되자 아내에게서 전화가 왔다. 뮤직비디오 촬영이 늦어지고 있다고. 스티브를 보낼 테니 촬영장으로 나올래? 그러면 촬영장에서 곧장 친구들과의 생일파티 장소로 가면 되니까 약속에 늦더라도 많이 늦지는 않을 거야.

"좋지." 내가 말했다. 아내의 말이 무슨 뜻인지 알 것 같았다…. 나도 그걸 걱정하고 있었다. 코브라는 수동기어인데, 메리는 그런 차를 운전할 줄 몰랐다. 그래서 약속 장소로 갈 때 내가 차를 운전할 수 있게 스티브를 시켜 나를 데려가는 거라는 확신이 들었다. '머리를 좀 썼는데.' 나는 속으로 생각했다. 스티브를 기다리는 동안 나는 친구에게 전화를 걸어 새 코브라가 생겼다고 수다를 떨었다. 메리가 얼마나 못되고 끝내주는 여자인지 알리고 싶었다. "그렇잖아. 진짜 끝내주는 마누라야!" 내가 말했다.

"젠장, 부러워 죽겠네!" 친구가 수화기 속에서 소리를 질렀다. 그 말을 들으니 기분이 너무 좋았다. 나는 그냥 빙긋 웃기만 했다. 혼자 히죽거릴 생각은 없었다. 나는 그런 사람이 아니었다.

차가 RCA 경내로 들어갈 때 나는 느긋해지려고 애썼다. 내가 깜짝 놀라는 것이 메리에게 중요하다는 걸 알기 때문에 연기를 잘하고 싶었다… 감쪽같이 속이고 싶었다. 촬영장에 가보니 아직도 촬영이 한창 진행 중이었다. 스태프 한 명이 곧장 나갈 수 있을 거라고 내게 말했다. 오늘이 내 생일이라는 걸 모두 아는지, 아내의 촬영을 최대한 빨리 끝내려고 바짝 긴장하고 있었다. 나는 무심하게 두리번거리며 코브라를 찾았다. 다른 곳으로 옮겨놓은 모양이었다. '흠, 어떻게 할 건지 궁금하네.'

아내는 재빨리 촬영을 마치고, 급히 의상을 벗었다. 그러고는 정신을 차려보니 우리는 스티브가 모는 차를 타고 약속 장소로 가고 있었다. 나는 이해가 가지 않았다. 아내는 왜 내게 곧바로 차를 주지 않는 거지? 다른 선물을 준비한 것 같지도 않은데…. 나는 코브라가 따라올 것이라고 여전히 자신하고 있었으므로, 왜 이렇게 복잡한 연극을 하는지 알 수 없었다. 그때 아내가 내게 단서를 주었다….

"스티브가 식당 밖에서 기다리다가 우리를 집까지 데려다줘야 할 것 같아. 스티브도 괜찮대…. 그러니까 우리는 마음껏 술을 마실 수 있어."

"좋아. 스티브가 괜찮다면야." 나는 착한 스티브에게 고개를 끄덕였다. 똑똑하기도 하지. 코브라를 만난 첫날부터 음주 운전을 할 수는 없는 일이었다. 정말 빈틈이 없다니까. 철저해. 가끔 나는 아내에게 감탄했다. 우리가 집에 돌아가면 그 반짝이는 빨간색 로켓이 기다리고 있을 것이다. 아내는 저녁 식사 중에 내게 열쇠를 줄 생각인 것 같았다. 틀림없었다. 아주 좋은 계획이었다. 나는 숨을 깊이 들이쉬었다.

식사를 위해 자리에 앉은 뒤 모든 것이 무너졌다. 아내는 스튜디오에서 너무 오랜 시간을 보냈을 때나 인터뷰를 너무 많이 했을 때 가끔 드러내는 거만한 말투를 썼다. 모든 사람이 자기 말을 받아 적고 있다고 생각하는 사람처럼 평소보다 2데시벨쯤 큰 목소리였다. 아내는 한없이 거드름을 피우고, 자기 앨범 프로듀서가 천재라는 말을 계속 늘어놓았다. 얼굴에 아직 100만 킬로그램쯤 되는 화장품을 바르고 있는 상태였기 때문에 조금 무서워 보였다. 그때 유대인인 내 친구가 이스라엘 여행에 대해 이야기하기 시작했다. 자신과 가족들에게 정말 의미 있고, 깨달음을 주는 여행이었다고. 모르는 것이 없는 나의 유명 스타 아내께서는 그 기회를 놓치지 않고 팔레스타인인들의 권리에 대한 자신의 의견을 속사포처럼 말하기 시작했다. 입을 다물어버린 내 친구를 전쟁광 시온주의자로 취급하며 한없이 훈계를 늘어놓았다. 피곤하고 긴장된다는 말로도 부족할 지경이었다. 코브라 얘기는 단 한 번도 나오지 않았다. 케이크가 나오고, 친구들이 내게 선물을 주었다. 나는 고마운 마음으로 모든 선물을 풀어보았다. 아내는 가방에서 준비한 선물을 꺼냈다. 나는 짤랑거리는 열쇠 소리가 들리는지 귀를 기울였지만, 아무 소리도 들리지 않았다.

아내가 준비한 것은 거의 완성 직전 단계까지 직접 뜬 목도리였다. 지난 2주 동안 아내가 그 목도리를 벼락치기로 뜨는 모습을 나도 보았다. 그녀에게서 그 선물을 받고 나는 웃었다.

"설마 진짜야?" 내가 물었다. "이 목도리를 주는 거야? 이게 내 선물이라고?"

집으로 돌아오는 차 안에는 근엄한 침묵이 흘렀다. 스티브도 덫에 갇힌 듯한 기분이었을 것이다. 집이 가까워질 때 내가 마침내 속을 털어놓았다. "오늘 촬영장에서 셸비 코브라를 봤는데, 난 그게 당신이 준비한 내 생일 선물인 줄 알았어. 멍청했지. 그런 생각을 하다니. 여기 LA에서 할 일이 없으니 내가 점점 미쳐가는 것 같아. 당신이 좋아하는 일을 하느라 바쁜 건 좋아. 하지만 난 숨이 막혀. 당신도 그걸 알고 나한테 그 웃기는 차를 사준 줄 알았어. 내가 실패했어도 당신은 날 비난하지 않고, 내가 요즘 힘든 걸 이해한다는 뜻으로. 내가 얼마나 노력했는지 안다는 뜻으로 그걸 사준 줄 알았다고⋯. 솔직히 당신이 그 차를 산 게 아니라서 기뻐. 진짜 엄청나게 비싼 차니까. 그리고 그 멋진 차를 받았어도 나는 결국 똑같이 헤매는 처지였을 거고⋯. 아니, 뭐, 똑같지는 않을지 몰라도, 그렇잖아⋯."

휙휙 스쳐가는 LA 도로의 가로등 불빛들이 우리 얼굴을 환히 비추는 가운데 나는 미소를 지으려고 애썼다.

"셸비 코브라가 뭐야?" 아내가 물었다.

나는 무대 뒤의 텅 빈 복도를 걸었다. 타일 바닥을 내 발이 조용히 디뎠다.

메리는 끝내 공연을 보러 오지 않을 것 같았다. 왜 오겠는가? 내가 나쁜 놈인데.

나의 극 중 아내인 레이디 퍼시가 분장실에서 나왔다. 다음 공연 때까지 쉬는 시간 중에 잠깐 눈을 붙이기 전, 차를 한 잔 타 먹으려고 가는 중이었다. 그녀는 항상 그랬다. 하루에 두 번 공연이 있는 날에는 중간 휴식 시간에 눈을 붙였다. 미인에게는 음식보다 더 필요한 것이 휴식이다.

레이디 퍼시 역을 맡은 배우는 이미 결혼한 사람이었다. 텅 빈 극장에 그녀와 단둘이 남아 있기에는 지금 시기도 좋지 않았다. 나는 붕대를 갈고 다시 몸을 추슬러야 했다. 그녀의 맨발이 그린 룸의 타일 바닥을 부드럽게 디뎠다. 흘깃 보니 그녀가 하얀 레이스 잠옷만 입고 있는 것이 눈에 들어왔다. 브래지어도 팬티도 없이 그 옷만 입고 내게 등을 돌리고 있었다.

"차를 타는 걸 좀 도와줄래요?" 그녀가 조용히 말했다. "괜찮죠? 잠시 뜨거운 대화를 나누고 싶은데요." 그녀는 내게 한 번도 시선을 돌리지 않은 채, 찻잔 두 개에 담긴 재스민 티백 두 개에 뜨거운 물을 부었다. 곧 복도 전체가 그녀의 것이 된 것 같은 냄새가 났다.

레이디 퍼시는 내가 만나본 미국 여배우들 중 틀림없이 가장 우아한 사람이었다. 섬세하게 입으로 불어서 만든 유리 같았다. 그녀 특유의 매혹적인 관능이 거기서 나왔다. 나는 그녀가 두려웠다. 나보다 한 살이 많았는데, 육체적으로 가장 매혹적인 시기는 아직 오지 않은 것 같았다. 그녀의 아름다움에는 저급하거나 조잡한 부분이 전혀 없었다. 초록색 눈과 종소리 같은 목소리만으로도 그녀는 이미 전설이 되어가고 있었다. 세월은 결코 그녀를 건드리지 못했다. 그럴 것처럼 보였다. 그녀는 밝은 빨간색 머리를 길게 길렀고, 피부는 백지처럼 하얀색이었다. 그녀를 만질 때마다 나는 쭈뼛거렸다. 내가 그만큼 깨끗한 사람인지 알 수 없었다. 2막 3장에서 나는 반투명한 옷을 입은 그녀와 함께 농장의 짐

승들처럼 건초더미 속을 뒹군다. 일주일에 여덟 번씩 우리는 그
렇게 했다. 이지키얼은 여자 행세를 하는 것이 여배우들의 큰 문
제라고 말하곤 했다. 나는 지극히 신경을 써서 퍼시 부인을 피해
다녀야 했다. 만약 내가 너무 무뚝뚝하게 굴거나 너무 거리를 두
면 무대에서 우리의 연기에 영향이 미칠 터였다. 그럴 수밖에 없
었다. 그것을 피할 방법은 없었다. 솔직히 나는 그녀에게 감탄하
고 있었으므로, 그녀에게서 존중받고 싶었다. 내가 그녀에게 너무
마음이 끌려서, 그리고 그녀의 남편을 너무나 존중하기 때문에
그녀를 피해 다니는 것처럼 그녀에게 보여야 했다. 우리가 무대
에서 연기의 합을 제대로 보여줄 수 있는 방법은 그것뿐이었다.
반드시 은밀해야 했다.

　"용감하게 내 방으로 들어올 수 있어요?" 그녀가 짐짓 부끄러운
척 이 말을 하고는 돌아서서 나를 바라보았다. "아니면 나와 단둘
이 되는 걸 계속 피해 다닐 건가요?"

　나는 분장실의 위험을 알고 있었다. 지루함은 훌륭한 최음제
였다.

　"난 당신을 무서워하지 않아요." 나는 조금 허풍을 떨었다. 내가
지금 곤란한 상황에 빠졌음을 그녀의 행동에서 알 수 있었다. 신
년 전야부터 나는 레이디 퍼시 앞에서 계속 고개를 들 수 없는 상
태였다. 리허설과 공연이 이어지던 몇 주, 몇 달 동안 신년 전야에
우리가 함께 시간을 보낼 것이라고 추파가 섞인 암시를 보내며
계속 그녀의 지나친 접근을 막았기 때문에, 그녀는 자기 남편과
출연진과 대중과 파파라치의 눈을 피해 우리가 서로의 품에 몸을

던질 수 있게 상황을 조종하는 데 12월 31일까지 많은 노력을 기울였다. 그녀의 남편은 장래가 유망하고 유능한 몬트리올 출신의 연출가였다. 그는 연말연시에 아이를 데리고 캐나다의 본가에 갈 예정이었으므로, 시계가 자정을 칠 때 그녀는 혼자 있을 터였다.

그녀는 또한 출연진 전원이 내셔널 아츠클럽에서 열리는 신년 축제에 초대되게 손을 썼다. 정장을 입고 가야 하는 자리였다. 그녀는 무대 쪽 출입구 앞에서 우리를 태워 갈 승합차도 빌렸다. 모두 분장실에서 옷을 갈아입고 파티장으로 곧장 갈 수 있게 하기 위해서였다. 승합차 안에는 차갑게 식힌 샴페인 여섯 병이 있었다. 게다가 그녀의 가방에는 엑스터시가 가득했다. 차를 타고 가는 동안 들을 음악도 준비되어 있었다. 모든 것이 완벽했다.

우리는 파티장에서 정말로 즐거운 시간을 보냈다. 나는 약을 하지 않았지만 그녀에게는 말하지 않았다. 턱시도, 드레스, 티파니의 보석… 이 모든 것이 우리를 다른 시대로 옮겨놓았다. 지금보다 더 웅장하고 더 완벽했던 뉴욕으로. 새해를 알리는 자정 종소리가 울리자, 레이디 퍼시는 내게 윙크하며 일부러 남들 눈에 잘 띄게 여자 친구인 섀넌(주점 장면에 나오는 여배우)의 입술에 로맨틱한 키스를 했다.

우리 둘 사이의 비밀 약속에 대해 아는 사람은 하나도 없었다. 우리는 따로 은밀하게 파티장을 나가 머큐리 호텔에서 만날 예정이었다. 그것이 우리의 계획이었다. 하지만 나는 출연진 중 약 절반을 상대로 이야기를 하다가 나도 모르게 불쑥 이렇게 말했다. "우리 모두 머큐리 호텔의 내 방으로 가서 기타도 치고, 노래도 부르면서 노는 게 어때요?"

　사람들은 하나같이 좋아하며 폭발적인 반응을 보였다. 진짜 좋은 생각이라고.

　그녀는 끝내 나타나지 않았다. 사람들이 여러 무리로 나눠져 각각 택시를 잡아 타는 동안 그녀는 사라졌다. 그렇게 해서 나는 진짜 아내뿐만 아니라 극 중 아내 앞에서도 기를 펼 수 없게 되었다. 샤넬 No.5의 냄새가 잔뜩 배어 있고 촛불만 어슴푸레하게 켜져 있는 분장실에서 레이디 퍼시와 단둘이 있게 되었을 때, 그녀가 말했다. "당신 도대체 어떻게 된 거예요? 왜 그렇게 2월의 얼굴*을 하고 있는 거예요?"

　나는 셔츠를 올려 상처를 보여주었다.

　"세상에, 윌리엄!" 그녀가 비명을 질렀다. "무슨 일이에요?" 그녀는 손으로 내 배를 부드럽게 문지르며 상처를 자세히 살폈다. "앉아서 웃옷을 벗어봐요."

　나는 시키는 대로 하면서, 어쩌다 내 배가 피로 물들게 됐는지 설명했다.

　"누워요." 그녀는 다 이해했다는 듯이 고개를 끄덕이며 부드럽게 말했다. "내가 닦아줄게요."

　그녀는 작은 화장실로 들어갔다. 그녀가 따뜻한 물로 수건을 적시는 소리가 들렸다. 나는 그녀의 분장실에 있는 푹신한 싱글침

----

* 셰익스피어의 〈헛소동〉에 나오는 표현. '서리와 폭풍과 구름이 가득한 표정'이라고 묘사되어 있다.

대에 누웠다. 너무 피곤했다.

"당신이 나 때문에 겁먹은 거 알아요, 윌리엄. 일전에 내가 너무 강하게 나갔죠. 공연이 시작된 뒤로 내가 바보같이 굴었고요. 당신이 나랑 단둘이 있는 걸 피하는 이유를 이해한다고 말하고 싶었어요." 그녀가 화장실 안에서 말했다. "나는 그런 당신이 더 좋아요." 눈을 떴을 때 내 눈에 보인 것은, 긴 딸기색 머리카락 아래 그녀의 얼굴에 진 그림자뿐이었다.

"당신은 누가 너무 직진해서 다가오면 도망치는 사슴 같아요. 이해했어요. 하지만 난 당신한테 원하는 게 전혀 없어요. 언젠가는 당신도 남의 사랑을 받는 법을 배워야 할 거예요." 그녀는 돌아서서 나를 향해 걸어왔다.

그녀의 하얀 손이 조용히 누워 있는 내 몸에 따뜻한 수건을 올려서 가볍게 눌렀다. 기분이 좋았다. 목 근육의 긴장이 풀렸다.

"당신이 내 남편을 생각하는 걸 알아요." 사실이었다. 나는 그와 어느 정도 안면이 있기 때문에, 그가 머리도 좋고 덩치도 상당하다는 걸 알고 있었다. "그것 역시 내가 당신을 좋아하는 이유예요. 당신이 나랑 가까워지고 싶어 하지 않는 거 알아요. 하지만 우리는 이미 가까워요, 알아요?" 그녀는 젖은 수건을 떼어내 다시 따뜻한 물로 적시려고 화장실로 돌아갔다. "우리가 서로의 앞에 불쑥 나타난 데에는 다 이유가 있을 거라는 얘기예요. 분명히 말하지만, 지금 벌어지는 일은 우리 책임이 아니에요."

'지금 벌어지는 일?' 나는 눈을 감고, 반드시 금욕적으로 굴어야겠다고 결심했다. 이 유부녀와 가까워지고 싶지 않았다. 앞으로 고작 3주 반만 지나면 공연도 끝이었다. 게다가 1시간 반 뒤에 우리는 다시 무대에 올라가야 했다, 젠장. 나는 할 수 있을 것이다.

"불안해하지 말아요, 작은 사슴. 내가 울면서 당신 호텔방 앞에 나타날 일은 없을 테니." 그녀가 화장실에서 말했다. "나는 남편을 사랑하니까 절대 남편과 헤어지지 않아요. 남편이 내 곁을 떠나게 할 생각도 없고요. 남편이 바람을 피우는데, 가끔 난 그 기분이 궁금해요." 그녀는 내게 돌아왔지만, 곧바로 다시 수건을 올려 내 몸을 닦아내지는 않았다. 그녀는 한 손에 따뜻한 수건을 들고, 다른 손으로 내 머리카락을 어루만졌다.

"남편과 내가 사랑에 빠졌을 때는 우리가 한 사람이 된 것 같았어요. 몬트리올의 모든 골목에서, 무대 뒤에서, 무대 위에서, 우리는 하나가 되려고 했어요. 무슨 뜻인지 알겠어요? 내가 임신했을 때 우리가 느낀 열정은 절대 깨지지 않는 티타늄처럼 단단했어요. 그 유대감으로 우리는 영원히 연결되어 있어요. 그렇다고 해서 일주일에 여덟 번씩 당신과 건초더미 속을 뒹구는 데 전혀 문제가 없는 건 아니에요. 남편을 사랑하면서 동시에 당신한테도 사랑을 느끼거든요. 난 당신이 결혼 생활에서 자유로워지는 모습을 지켜보면서 궁금해졌어요. 별로 궁금해하고 싶지 않은 일들이. 당신은 이해하죠?" 그녀는 내 배를 천천히 닦으면서 물었다. 그녀의 따스함이 내 배에서 천천히 원을 그리고 있었다.

나는 거미줄에 걸린 귀뚜라미처럼 눈을 감았다. 이제부터 다가올 일을 피할 수 없을 것 같았다.

"당신이 얼마나 불안한지 느껴지네요. 하지만 봐요, 난 섹스가

기도와 같다고 생각해요. 정말로요. 우리는 우리가 모든 것과 상
호 연결되어 있다는 걸, 뭐랄까, 조금은 동물적인 감각으로 이해
하죠. 모든 생명이 어떻게든 한데 묶여 있다는 걸. 섹스는 그 유대
를 표현하는 우리의 방식일 수 있어요." 그녀는 따뜻한 물이 내 배
에 똑똑 떨어지는 것을 내버려두었다가 수건으로 닦아냈다. "그
래요, 섹스가 다른 형태일 수도 있죠. 격렬하거나 신경질적이거
나." 이제 그녀는 나를 계속 닦아주면서 가장 아픈 부위에 심각할
정도로 가까워지고 있었다. 나는 숨도 제대로 쉴 수 없었다. "하지
만 최선의 형태일 때 섹스에는 치유의 능력이 있어요."

그녀는 몸을 기울여 내 이마에 입을 맞췄다. 정숙한 키스였다.
그녀의 입술이 젖어 있었다.

"우리가 무대에 있을 때 당신도 그걸 느낀다는 걸 알아요. 마치
우리가 폭풍을 피해 산 아래에 안전하게 숨어 있는 것 같은 느낌,
그렇죠?" 그녀는 이렇게 속삭이면서, 배로 가는 압력을 줄이기 위
해 내 바지 단추를 풀고, 수건을 위험할 정도로 아래로, 아래로 움
직였다. 아픈 부위와는 거리가 먼 곳으로.

"셰익스피어도 틀림없이 그걸 느꼈어요." 그녀는 다시 일어서
서 화장실로 돌아가 수건을 물에 헹궜다. 나는 다시 숨을 쉬었다.
그녀가 화장실 불을 끄자, 분장실이 어두워졌다. 작은 백단향 양
초 세 개만 깜박거릴 뿐이었다.

도대체 무슨 말을 해야 할지, 아니면 이 방을 나가기 위해 어떤
핑계를 대야 할지 생각나지 않았다.

"배우들한테는 진짜 직업이 없다는 사람들의 말이 나는 이해가

안 가요. 배우들의 삶이 멍청하다고 하던가…” 그녀의 형체가 내 발 근처에서 움직이는 것이 느껴졌지만, 어둠 때문에 눈에 보이는 것은 하나도 없었다.

“아뇨, 나의 유일한 소명은 공연예술에 평생 완전히 헌신하는 거예요.” 그녀는 내 부츠를 한 짝씩 차례로 벗겼다. 내 발이 자유로워졌다.

그녀는 마른 수건을 가져와, 맨살이 드러난 내 가슴과 배에 놓고 물기를 빨아들였다. “진실을 말할까요?” 그녀가 속삭였다. “몇 주 전 나는 여기 분장실에서 무릎 꿇고 기도했어요. 정말로. 우리를 위해 기도했어요. 당신을 삼켜버리고 싶다고 고백했죠. 당신이 날 완전히 삼켜버리면 좋겠다는 것도. 그랬더니 선명한 목소리가 이렇게 묻는 거예요. *그게 누구에게 도움이 되겠는가?* 그 순간 당신에게는 연인이 필요하지 않다는 걸 분명히 알았어요. 당신에게 필요한 건 친구예요. 나한테도 연인은 필요 없어요. 남편이 있으니까. 우리가 공유하는 이 감정…. 이 감정은 사랑이 아니에요. 사랑과 비슷하지만 다른 이름이 있어요…”

이건 내가 잘 아는 분야가 아니라서 나는 눈을 꼭 감았다. 그녀는 양초를 하나씩 차례로 불어 껐다. 연기 냄새가 섞인 백단향 냄새가 분장실을 가득 채웠다.

“섹스는…” 그녀가 속삭였다. “우리에게 유일하게 건전한 악덕이에요. 나를 창조한 원천이 무엇이든, 당신을 창조한 원천과 같아요. 당신의 머리카락을 이렇게 만지고 있어도…” 어둠 속에서 그녀는 말을 그대로 행동에 옮겼다. “우리가 반드시 그 신성한 원천에 더 가까워지지는 않지만, 그래도 외로움과 쓸쓸함은 줄어들어요, 그렇죠?" 그녀는 나를 향해 몸을 기울여 어둠 속에서 나를 보고 있었다. 그녀가 내 명치에 한 손을 놓았다. 내 가슴이 부풀었다가 꺼졌다. 그녀의 손이 섬세하게 춤을 추듯 움직이며, 아직도 내 배 근처에서 빨갛게 끓고 있는 통증 부위로 위험스러울 만큼 가까이 다가갔다. 어둠 속에서 그녀의 입술이 튀어나와 내 입술에 처음으로 키스했다. 아주 짧은 한 순간.

"오늘 오후에 객석의 아이들이 박수를 쳤을 때 당신이 마음을 다친 걸 알아요. 분명히 알아요. 하지만 너무 남들이 예측한 대로 움직이지 말아요. 무대에 나가서 나쁜 사람이 돼요. 난 당신이 나쁘게 굴 때 좋아요." 그녀는 손가락으로 내 코와 입술을 쓸었다.

"난 그저…." 나는 말을 하려고 애쓰다 말았다. 그녀가 손으로 내 입을 막았다.

"걱정은 그만. 같이 기도해요." 그녀가 내 위에서 조용히 말했다. 어둠 속에서 그녀의 숨소리가 한참 동안 들렸다. 그녀는 움직이지 않았다. 내가 잠에서 깼을 때 그녀는 없었다. 아주 오랜만에 처음으로 푹 자고 일어난 것 같았다.

내 분장실 문에 익명의 인용문이 또 붙어 있었다. T. S. 엘리엇, 연극에 대해, 공허하게 우르릉거리는 날갯짓, 어둠의 움직임, 빛의 적막함.

감정을 가지고 한 번 더. 그 수요일 저녁 공연은 눈부시게 시작되었다. 나는 내 망령을 보고도 겁을 먹지 않았다고 왕에게 증명하는 데 온 힘을 다했다. 장미가 아직 활짝 피어 있었다. 나는 그 어느 때보다 훨씬 더 훌륭하게 이 역을 연기할 수 있었다. 착한 사람도 아니고, 나쁜 놈도 아니고, 그냥 진실만.

1막 3장. 내가 왕과 함께 나오는 첫 장면. 나는 예전처럼 화가 나서 펄펄 뛰면서, 좋은 것은 왕의 몫으로 남겨두었다. 하지만 이번에는 "고추가 축 처지고 목살도 늘어진 시팔놈"이라고 말하는 것 같은 분위기를 조금 더 솔솔 뿌렸다.

"*전하, 저는 포로를 부정하지 않았습니다!*" 내가 입을 열었다.

왕이 내게 보조를 맞췄다.

그는 주위에 늘어선 자신의 기사들에게 고개를 돌리고 나를 가리키며 말했다. "*저자는 포로를 부정하고 있소. 그러나 한 가지 조건과 단서가 있군. 우리가 우리 돈으로 자기 처남인 멍청이 모티머의 몸값을 치러야 한다는 것.*" 왕은 엄청나게 큰 소리로 조롱하듯 웃어댔다. "*반역자를 고향으로 데려오려고 우리의 얄팍한 금고를 다 털어야 하나?*"

"반역자 모티머라니요!" 나는 경악한 표정으로 물었다. "*모티머는 한 번도 흔들리지 않았습니다, 전하, 오로지 **전쟁의 운명** 때문에!*" 나는 마지막 대사를 쾅쾅 박아 넣었다. 나쁜 자식.

바로 이 순간 왕이 자주 그랬듯이 내 앞으로 다가와 내 얼굴에 셰익스피어의 구절들을 흩뿌렸다. "*황량한 산에서 굶주림에 시달리라고 해!*" 누가 더 엄숙한지를 왕이 이렇게 보여주자 내 얼굴 피부가 거의 벗겨진 것 같았다.

"그대가 틀렸어, 퍼시, 그대가 틀렸어!" 그가 다시 비난했다. "부끄럽지도 않은가? 포로들을 내게 보내지 않으면, 내게서 좋은 대접을 받지는 못할 거야!"

그날 왕은 나의 전율을 느끼고 있었다. 나는 아무것도 잃지 않았음을 그에게 증명하는 중이었고, 그도 연기에 평소보다 더 힘을 주었다. 얼굴은 진홍빛으로 달아오르고, 콧구멍이 분노로 벌름거리고, 눈은 자줏빛이었다. 그가 말을 이었다. "내 피가 그동안 너무 차갑고 온화했지! 내 인내심을 시험하는데, 이제부터는 내 본연의 모습이 될 테니 그리 알게." 왕은 효과를 위해 잠시 말을 멈췄다가, 마지막 대사 한마디로 객석을 조용하게 만들었다. "강력하고 두려운 대상으로!"

왕의 눈동자가 허옇게 뒤로 넘어가고, 혀가 죽은 소의 혀처럼 입 밖으로 쭉 늘어지더니 그가 쓰러졌다. 트럭 짐칸에서 수박이 떨어질 때처럼 뭔가가 철퍽 깨지는 소리가 크게 났다. 나는 무대 중앙에 서서, 비스듬히 쓰러진 그를 내려다보았다.

이건 원래 일어나지 말아야 할 일이라는 사실을 관객들은 알지 못했다. 너무나 사실적인 연기에 푹 빠진 나머지 그들은 사람이 죽는 모습을 눈앞에서 목격하면서도 움찔거리지도 않았다. 모두 행복한 미소를 희미하게 짓고 있었다. 내 앞에 인간의 바다가 있었다. 나는 그들을 보며 말문이 막혔다. 그들은 좋아하고 있었다. 한층 더 높은 곳에 앉아서 내려다보고 있었다.

나는 배를 한 대 맞은 듯 꼼짝도 못 하고 서 있었다. 왕의 궁정 장면인 1막 3장에 등장하는 모든 배우들은 내 뒤 20미터쯤 떨어진 곳에 서서 나를 지켜보았다. 나는 아무 말 없이 객석을 빤히 바라보았다. 그 시간이 영원처럼 길었다. 관객 한 명이 나와 눈을 마주쳤다. 40대의 아시아인으로, 멋진 정장을 입은 대단한 미남이었다. 나는 아주 꽉 막힌 목소리로 그에게 말했다. 양말 한 짝이 내 입을 막고 있는 것 같았다. "여러분 중에 의사 선생님 계십니까?"

아무도 내 말을 듣지 못했다. 그때 이런 생각을 한 기억이 난다. '조심해, 윌리엄! 목소리가 망가지지 않게 정신 차려.' 내 발 옆에 한 남자가 죽어 있었다. 친구이자 멘토이자 망할 놈의 성자 겸 영웅이자 *왕!* 그런데 나는 큰 소리로 도움을 요청하지 않고 조용히 혼자 웅얼거리며 멍한 표정으로 조명등을 올려다보았다. 무대감독이 조치를 취해주기를 바라면서. 지금 내가 신중해야 할 때인가?

"여러분 중에 의사 선생님 계십니까? 배우가 쓰러졌습니다. 심장 발작 같아요." 이지키얼이 앞으로 나섰다. 이지키얼의 목소리 덕분에 내게 드리워진 어두운 주문이 걷힌 것처럼 나도 말을 할 수 있었다.

"조명 켜요." 나는 조종실을 향해 말했다. *"여러분 중에 의사 선생님 계십니까?"* 내가 이지키얼의 말을 되풀이했다. 우리 둘이 객석을 향해 직접 이렇게 말하자 관객들도 꿈에서 깨어나는 것 같았다.

멋진 정장을 입은 그 아시아인 남자가 걱정스러운 얼굴로 무대에 올라왔다. "제가 한번 보죠." 그가 조용히 말했다. "제가 의사입니다."

우리는 에드워드에게 다가가 그를 내려다보았다. 조명이 켜지고, 무대감독의 목소리가 스피커에서 울려 나왔다. ***"신사숙녀 여러분, 잠시 휴식 시간을 갖겠습니다. 밖으로 이동해 주시기 바랍니다."***

아무도 움직이지 않았다. 내 눈에는 에드워드가 확실히 죽은 것처럼 보였다. 안색을 비롯해서 모든 것이 정상이 아니었다. 가슴도 움직이지 않았다. 회색 혀가 무대 바닥에 힘없이 늘어져 있었다.

소도구 담당인 데이비드가 다가와 에드워드의 가슴을 눌러대기 시작했다. 나는 "그만둬! 이미 죽었어"라고 말하고 싶었지만 이제 에드워드의 몸을 감싼 왕의 로브 주위에 너무나 많은 사람이 모여들고 있어서 자연스레 뒤로 밀려났다. 극장 안내원들이 관객들을 출입구로 유도하려고 했지만, 1000명이 넘는 관객들은 제자리에 멍하니 서서 불안하게 들썩이고 있었다. 누구도 무대에서 시선을 떼지 않았으나, 왕은 이미 이곳을 떠난 뒤였다.

만약 소원이 말이라면*

'만약 소원이 말이라면 거지가 그 말을 탈 것이다'라는 스코틀랜드 속담에서 나온 말. '바라는 것만으로 모든 것을 얻을 수 있다면 인생이 얼마나 쉽겠는가'라는 뜻.

참으로 어둠이 주를 떠나 숨지 못하며 밤이 낮처럼 빛을 내나니 주께
는 어둠과 빛이 다 같으니이다.

- 시편 139편 12장

아버지가 내게 또 편지를 보내면서 이 성경 구절을 맨 앞에 썼다.
내가 잘 아는 구절이었다. 견진성사 때 암기한 구절이었으니까.
결핍 때문인지 분노 때문인지 하여튼 나는 평소와 달리 아버지에
게 답장을 썼다. 날 돕겠다던 말이 진심이라면 도와달라고. 공연
이 끝나는 주말에 내가 아이들을 데리고 있어야 하는데 아이들
을 봐줄 사람은 없고, 네 시간짜리 셰익스피어 연극 공연이 금요
일에 1회, 토요일에 2회, 일요일 3시에 마지막 공연 1회가 있었다.
아버지가 와서 손을 빌려주신다면 감사하겠어요. 하지만 나는 아
버지가 오지 않을 것을 알고 있었다.

　아버지는 이렇게 답했다. "금요일 공연 전에 그곳에 가서 토요
일 2회 공연을 마칠 때까지 있을 수 있지만, 일요일 아침에는 돌
아와야 한다. 월요일부터 직장에서 큰일이 시작되거든."

　아버지는 약속을 지켰다. 내 남동생 두 명과 함께 휴스턴에서 뉴욕으로 왔는데, 셋 다 나를 돕는 데에 완전히 열심이었다. 열네 살과 열두 살인 동생들은 아이들을 아주 잘 봐주었다. 그동안 아버지와 나는 서로를 떠봤다. 지난 세월 동안 우리가 가끔 만난 적이 있었으므로, 화해를 시도한 것 역시 처음이 아니었다. 아버지는 아이들이 태어났을 때, 그리고 그 뒤로 몇 번 더 나를 만나러 왔다. 하지만 대개 내가 아버지에게 화를 내며 사과를 요구하거나 감정이 격해져서 아버지를 만나려 하지 않았다. 매번 우리는 치유를 기대했지만, 결국은 조용한 실망으로 만남을 끝냈다.

　"잘못을 되돌릴 수는 있어." 이제 쉰한 살이 된 아버지가 남부 사투리가 살짝 섞인 말씨로 이렇게 말했다. "하지만 잘못이 마법처럼 좋은 일로 변할 수는 없지."

　토요일 2회 공연이 모두 끝난 뒤 우리는 6번 애비뉴를 걷고 있었다. 나는 담배를 피우면서도 아버지가 어떻게 생각할지 전혀 걱정하지 않았다. 아이들에게는 담배를 숨겼지만, 부모에게는 아니었다. 에드워드가 왕을 연기하는 걸 아버지가 봤다면 정말 좋았을 거라는 말과 왕이 마지막 공연 무대에 다시 설 때까지 아버지가 뉴욕에 머물 수 있다면 좋겠다는 말을 내가 아버지에게 방금 한 참이었다. 에드워드는 죽었다. 딱 7분 동안. 마지막 공연은 그의 첫 귀환 공연이 될 것이다. 심장 발작 때문에 그는 18회의 공연 무대에 서지 못했다. 무대까지 올라온 응급구조사들이 전기로 그의 심장을 되살린 뒤, 서둘러 병원으로 데려갔다. 그날 공연은 취소되었다. J.C.가 불려 오기는 했으나 너무 늦게 도착했다. 그는 텅 빈 무대 옆에 앉아 조용히 울었다. "아직 안 돼, 테디. 아직 안 돼. 여행은 끝나지 않았어. 제발, 아직 안 돼."

"모든 게 항상 좋게만 해결되는 건 아니지. '다 잘되는' 건 없어." 아버지가 말했다. 우리는 강아지에게 저녁 산책을 시키는 중이었다. 자정이 가까웠지만, 뉴욕의 불빛들은 여전히 밝았고 인도는 택시의 헤드라이트 불빛을 받아 반짝였다. 관리가 부실한 상점들에는 크리스마스와 신년 장식이 더러워진 채 아직도 걸려 있었다.

"세월이 흐른다고 저절로 치유되는 건 없어. 세월이 흘러 잊을 수는 있어도, 그렇게 흘려보내는 것만으로 잘못을 바로잡을 수는 없지. 원인을 찾아 거슬러 올라가서 부서진 곳을 치유해야 해."

방금 공연을 보고 온 아버지는 셰익스피어 덕분에 철학자가 되었다.

공연이 끝나고 무대 뒤로 왔을 때 아버지는 스타를 만난 팬처럼 얼빠진 얼굴로 모든 배우들을 만났다. 내 생각에 아버지는 12학년 이후로 연극을 본 적이 없었던 것 같다. 아버지는 무대 뒤의 복도를 서성거리며 특유의 정중한 태도로 모두와 악수하며 찬사를 보냈다. 사람들이 모두 아버지를 아주 예의바르게 대하는 모습이 흥미로웠다. 아버지가 나 외에 다른 사람과 어울리는 모습을 보는 것은 내게 드문 일이었다.

아버지는 왕의 대역에게 과장된 태도로 접근해, 어떤 대사를 언급했다. '아들들아, 너희가 어떤 인간인지!' 대역 배우는 나를 뒤돌아보았다. 그는 이지키얼과 아주 절친한 친구였다. 우리가 자리를 뜰 때 그 두 사람은 서로 끌어안고 있었다.

"휴스턴의 내 지인들은 대부분 평생 며칠을 제외하고는 항상 자기 미래를 스스로 좌우할 수 있다는 거짓 주문에 푹 빠져서 살아가지. 사회도 그런 망상을 뒷받침하고…. 그런데 웃기는 건, 우리가 상처를 입어 약해졌을 때 우리의 사랑이 진정한 힘을 얻는 다는 거야. 그리스도가 그랬던 것처럼, 알겠니? 그렇게 못 박혀서 피를 흘릴 때."

아버지는 조금밖에 남지 않은 담배를 마지막으로 빨아들이는 나를 바라보았다. 나는 아버지의 말을 이해하지 못했지만, 자신의 종교적 열정에 대해 부드러운 목소리로 말하는 아버지가 매력적이라는 사실은 알 수 있었다. 내가 기억하는 한, 아버지의 믿음은 아버지에게 신체의 일부처럼 생생한 현실이었다. 언제든 편안한 때면 아버지는 내내 예수 이야기만 했다.

아버지가 말을 이었다. "우리가 하늘을 쳐다보며 십자가를 향해 기도하는 것은 상처를 두려워할 필요가 없다는 뜻이다. 상처를 입는 것이 이 삶의 의미니까. 이해하기 힘든 것은 알지만, 우리가 상처를 입으면 다친 심장이 활짝 열려. 그걸 막으려 하면 안 된다. 내가 하고 싶은 말이 그거야…. 너의 머리든 의지든, 네가 부르는 이름이 무엇이든, 하여튼 네가 개인적으로 중요하게 생각하는 것이 믿음으로 변하게 해야 한다."

내가 아는 대부분의 성인 남자들은 남성성이라는 가면을 쓴다. 그리고 그 가면이 곧 그들의 얼굴이 되어버린다. 그들이 세상을

향해 자신의 정체를 밝히는 방법이 그것이다. 하지만 아버지에게
는 그런 방법이 없다. 아버지에게는 꾸밈이 없어서 사람들의 무
장을 해제시키는 순수함이 있다.

"분명히 말하지만, 내가 말한 '믿음'은 하느님이 존재한다는 그
'믿음'이 아니야…. 세상에 *사랑*이 존재할 수 있다는 가능성에 완
전히 마음을 여는 것이 곧 믿음이지."

머큐리 호텔에서 10분쯤 되는 거리에 항상 늦게까지 문을 여는
술집이 있다. 강아지도 데리고 들어갈 수 있는 곳이다. 아버지와
나는 그 술집 안으로 들어갔다. 가죽 재킷을 입은 남자 동성애자
두 명이 문간에서 심한 애정 행각을 벌이고 있었다. 수염이 침에
축축하게 젖어 있었다. 아버지는 그 사람들을 그냥 지나쳤다. 바
에 놓인 바구니에는 핼러윈 때 쓰고 남은 오래된 사탕이 몇 개 담
겨 있었다.

아버지는 술집 안이 춥지 않다며 좋아했다. 텍사스 사람답다.
뺨은 붉게 달아오르고, 안경을 쓴 눈은 밝게 반짝였다.

우리는 천천히 바로 다가갔다.

내가 아버지에게 바텐더를 소개했다. 아버지가 맥주를 주문하
는 동안 두 사람은 서로를 친절하게 대했다. 나는 위스키와 진저
에일을 주문했다. 바텐더가 다른 곳으로 옮겨 가자 우리도 바를
떠나 구석 자리의 테이블에 앉았다. 머리 위에서 초록색 버드와
이저 네온사인이 먼지를 뒤집어쓰고 반짝였다.

"먼 길을 돌아가는 방식이긴 해도, 혹시 뭔가가 크게 잘못됐다
는 생각이 들 때, 사실은 네 안에서 뭔가가 스스로를 '바로잡는' 중

일 수도 있어." 아버지는 천천히 환한 미소를 지으며 두꺼운 안경을 벗었다. 아버지의 눈이 즉시 평소보다 훨씬 작아졌다.

이 시기 내내 나는 연료가 다 떨어진 승합차, 또는 사람들이 항상 기름을 채우고 고장 난 곳을 고치려고 하는 어떤 물건 같았다. 내가 어딜 가든 사람들은 나를 보살피려고 했다. 내게 조언을 해주고, 내가 마음을 추스르게 해주려고 했다. 나는 사람들의 말을 들으며 항상 조금 허를 찔린 기분이었다. 그 자리를 떠날 순간만, 담배를 피우러 갈 순간만 기다렸다. 누군가 다른 사람을 기다렸다…. 그런데 그날 그 술집에서 나는 줄곧 아버지를 기다리고 있었음을 깨달았다.

"하지만 그냥 상황이 악화되는 것일 수도 있지. 확실히 알 수 있는 방법은 전혀 없어." 아버지가 소리 내어 웃었다.

나는 위스키 한 잔을 비우고 또 한 잔을 시켰다. 우리 둘 사이에 잠시 침묵이 흘렀다. 술집 구석에 자리한 두 대의 텔레비전에서는 스포츠 하이라이트를 계속 보여주었다. 우리 강아지는 내 발 옆에서 먹고 남은 감자튀김을 핥았다. 아버지가 다시 안경을 쓰자 눈이 커졌다. 60대 남자가 어두운 술집을 가로질러 화장실 옆의 한참 젊은 여자에게 다가오고 있었다.

"자유." 아버지가 속삭였다. "내가 말하는 게 그거야. 모든 것으로부터의 자유가 아니야. 그런 건 중요하지 않지. 우리가 원하는 건 특정한 일을 위한 자유다…. 꼭 그래야 하는 경우라면, 우리 자신의 이기적인 의지로부터의 자유, 타인을 사랑할 자유를 원할 수도 있고…. 현실을 위한 자유. 왠지 나는 우리가 이해하지 못하는 것 같다. 인생에서 가장 귀중한 현실은 계속 숨겨두는 게 중요하거든. 달이 왜 있겠니?" 아버지가 빙긋 웃었다. *"내가 내 입을 열어 비유로 말하되 창세로부터 은밀히 간직된 것들을 말하리라. 마태복음 13장 35절."*

아버지와 내가 보통 이렇게 긴 대화를 나누는 주제는 NFL, 성경, 영화뿐이었다. 우리는 미식축구 경기의 특정한 장면이나 영화 대사를 유난히 잘 기억했다. 셰익스피어가 아버지를 자극한 건지, 아니면 내가 많은 상처를 입고 약해진 것처럼 보인 탓인지, 하여튼 아버지는 내게서 반격이 날아올 걱정 없이 무슨 이야기든 자유롭게 해도 괜찮을 것 같다고 생각한 모양이었다.

"네 어머니와 이혼한 뒤로 나는 거의 죽을 뻔했다." 아버지가 말했다. "너를 잃을까 봐 무서웠어. 여자와 함께할 수 없게 될까 봐, 무엇도 사랑할 수 없게 될까 봐…."

아버지가 손을 뻗어 내 팔을 살짝 건드렸다. "봐라, 하느님은 지금도 노력하고 계셔. 내 생각에는 그렇다, 윌리엄. 네가 너 자신, 인간관계, 소유물, 감정, 행동, 일은 물론 네 자신의 성공까지 모든 것을 소재로 만든 가짜 우상으로부터 널 해방시키려고. *한 알의 밀이 땅에 떨어져 죽지 아니하면 홀로 남거니와. 요한복음 12장 24절.* 자유는 뺄셈이다, 알겠니? 예를 들어, 너는 나를 잃고 마음의 상처를 입었지. 나도…."

'아하! 이제 나오는군. 오늘 이런 대화를 하게 된 이유.' 나는 속으로 생각했다. 아버지는 하고 싶은 말을 하기 위해 차츰 기어를 올리고 있었다.

"넌 내 소유가 아니다. 너는 내가 만들어낼 수 있는 어떤 것보다 큰 존재야. 네가 어렸을 때는 내가 너를 제대로 사랑해 주지 못했지. 내가 너무 큰 고통 속에 있었으니까. 내가 아직 다 자라지 못했으니까. 네 어머니는 지극히… 복잡한 사람이었다." 아버지는 신중하게 말을 골랐다. "그리고 나는 너를 실망시켰지." 아버지는 어두운 술집 안에서 군더더기 없는 미소를 지었다.

"하지만 여러 면에서 네가 아주 훌륭하게 자란 건 내가 너를 제대로 사랑해 주지 못한 때문인 것 같구나. 내가 마음의 짐을 벗으려 하는 것처럼 들리겠지만, 내 말은 그런 뜻이 아니다. 내 말은… 마음의 짐을 벗은 건 내가 아니라 너야. 알겠니? 나는 네 동생들과 훨씬 더 많은 시간을 보냈는데, 그 아이들한테 한번 물어봐라. 그러면 너의 어린 시절이 그 애들과 크게 다르지 않았다는 걸 알게 될 거야." 아버지는 소리 내어 웃었다. "그러니 네 성공은 너의 공인 거지. 그렇다고 내가 부끄러워하지 않는다는 뜻은 아니다…. 당연히 부끄럽지. 내가 너한테 상처를 준 것이 너무 미안하고. 나는 과거로 거슬러 올라가 우리 사이에 생긴 상처의 근원을 찾아내려고 오랫동안 노력했다. 내가 되돌아가서 치유해 줘야 하는 순간이 언제일까? 정확히 찾아내기가 어렵더구나."

나는 완전히 말문이 막혔다. 내가 이런 대화를 기다린 것이 아마도 10만 년쯤은 되는 것 같았다. 마른 들판에 비가 내린 것처럼, 나는 모든 것을 빨아들였다.

"이제는 구체적인 것을 바라면서 기도하지 않아…" 아버지의 목소리에 점점 힘이 붙었다. "*내가 깨어 있으니 지붕 위의 한 마리*

외로운 참새 같으니이다. 시편 102편 7절. 너와 나 사이의 치유를 위해 기도하지 않는다. 네게 용서를 구하지도 않아. 심지어 우리의 건강을 바라지도 않는다. 그냥… 아무것도. 무엇을 위해 기도해야 마땅한지조차 내가 모른다는 사실을 진심으로 깨달았거든. 언제나 나는 사랑에 대한 이해가 깊어지기만을 기도할 뿐이다. 그뿐이야."

아버지는 깊이 숨을 들이쉬었다. 내게서 뭔가 말을 듣고 싶어 한다는 걸 알았지만, 나는 꼼짝도 할 수 없었다. 침묵을 견딜 수 없게 되자 아버지가 말을 이었다.

"내 생각에는 말이다, 윌리엄, 내가 그동안 천국에 대해 아주 많이 생각한 것 같아. 우리가 죽은 뒤에는 어떻게 될까. 오늘 네 공연을 보면서 이 생각을 많이 했다. 우리가 천국에서 뭘 하게 될까?"

"글쎄요, 아버지. 정말로 천국이 있다고 생각하세요?"

"물론이지. 그게 없다면 우리가 어디서 영원을 보내겠니?"

강아지가 닭 날개 하나를 물고 있어서 나는 억지로 그것을 빼앗았다.

"영원에 대해 생각하다 보면, 네가 열여덟 살 때 내게 전화를 걸어 연극학교에 갈 돈을 요구했던 일이 생각나."

"열일곱 살이었어요."

"내가 널 지지해 주지 못했지. 미안하다."

"괜찮아요. 덕분에 더 노력하게 되었으니까. 그뿐이에요."

"내가 널 못 믿어서 그런 게 아니야. 연기자라는 직업을 못 믿은 거지, 알겠니?"

"알아요."

"네가 정말로 그 일로 생계를 해결할 수 있을 것 같지 않았다. 하지만 오늘 그 많은 배우들을 보면서… 다들 얼마나 멋지던지… 내가 보험업에 내 평생을 바친 것이 생각났다…. 우습지. 천국에서는 보험이 필요하지 않을 거야. 전혀. 반면 시와 노래와 농담은 아주 많이 필요할 테지. 사람들은 너의 재주를 높이 평가할 거다. 네가 생계를 해결할 수 있는지 여부는 중요하지 않아. 셰익스피어가 중요해질 거다. 너 또한 아주 귀해질 거고, 윌리엄. 나는 가만히 앉아서 너의 목소리를 들으며, 내가 엉뚱한 곳에 인생을 소비했음을 깨닫겠지."

아버지가 미소를 짓고, 우리는 남은 술을 다 마셨다. 강아지는 안달하며 내 발을 잡아끌었다.

"이제 그만 가죠." 내가 속삭였다. "더 있으면 제가 술에 취할 거예요."

우리는 계산을 하고 나와 머큐리 호텔로 다시 걸어가기 시작했다. 나는 내 옆에서 걷고 있는 남자를 이해하려고 애썼다…. 그는 내가 어렸을 때 영화에서 본 어떤 배우와 거의 비슷해 보였다. 하지만 이제는 분장이 지워져서 그의 본모습이 드러나 있었다.

우리는 머큐리 호텔 안으로 들어갔다. 어떤 약쟁이가 로비의 소파에 앉아서 아이스크림 한 통을 게걸스레 먹고 있었다. 프런트에서는 젊은 남자 두 명이 숙박비를 놓고 바트와 입씨름 중이었다.

"도와줄까요?" 내가 물었다.

"아뇨." 그가 빙긋 웃었다.

아버지와 나는 침묵 속에서 엘리베이터를 타고 7층으로 올라
갔다.

우리는 오랜 역사를 자랑하는 복도의 그림자 속을 걸어 우리 방
앞에 도착했다. 나는 열쇠를 찾으려고 주머니를 뒤졌다.

우리는 20년 만에 처음으로 나란히 서서 이를 닦았다.

"난 호텔 수건이 좋더라. 너는?" 아버지가 물었다.

"여기까지 와서 아이들을 봐주셔서 고마워요." 내가 말했다. "동
생들을 데려오신 것도, 공연을 보러 오신 것도 고맙고요."

"아이고, 이런, 윌리엄." 아버지는 아주 다정하고 행복한 얼굴로,
소파에서 자고 있는 동생들을 손짓으로 가리켰다. "오늘은 오랜
만에 최고로 행복한 날인 것 같다. 아마 이따 울다가 잠들걸." 아
버지는 정말 기쁘다는 듯이 웃었다. "괜찮지?"

"괜찮죠." 나는 미소를 지었다. "저도 항상 그러는데요."

우리는 세수를 하고, 불을 끄고, 함께 침대에 누웠다. 아버지와
같은 침대에서 잔 것이 언제 적 일인지 하느님만 아실 것이다.

"한 가지 더 사과하고 싶은 게 있어." 아버지가 어둠을 향해 말
했다.

"세상에, 아버지." 나는 웃음을 터뜨렸다. "몇 가지는 아침을 위
해 남겨두세요."

"네 아홉 번째 생일 기억나니? 내가 차를 몰고 애틀랜타로 간
날." 아버지가 물었다.

나는 아무 말도 하지 않았다.

"다음 날 내가 오스틴의 집에 도착했을 때 네 엄마한테서 전화

가 왔다. 아주 흥분해서 날 다시 받아들이겠다고 했지. 너랑 같이 사는 집으로 다시 들어오라고. 그런데 나는 그럴 수 없었어." 아버지의 목소리가 고통으로 갈라지면서 내 목소리와 비슷해졌다. "그냥 그럴 수 없었어. 네 엄마가 진심이라고 믿지 않았거든. 또 나한테 상처를 입히려고 할 것 같았어. 그런데 나는 너무… 뭐랄까, 약했어." 아버지는 마지막 단어를 무슨 저주처럼 말했다. "다시 노력했다가 일이 잘 안되면 내가 무너질 것 같았다. 죽거나 뭐 그렇게 될 것 같아서. 그래서 미안하다. 내가 강하지 못해서. 그렇게 약한 내가 오랫동안 아주 미웠다."

"아버지." 나는 속삭이듯 말했다. "아버지가 강하지 못해서 그런 게 아니에요. 똑똑해서 그런 거예요. 원한다면 제 어린 시절의 일부를 놓쳤다고 아쉬워하셔도 되지만, 아버지는 절대, 절대, 절대 엄마와의 결혼 생활을 유지할 수 없었을 거예요. 틀림없어요. 제가 아버지보다 엄마를 훨씬 더 잘 아니까."

"네가 그렇게 생각하는 건 이해해." 아버지가 감정이 복받쳐서 갈라진 목소리로 말했다. "하지만 사실 네가 아는 엄마와 내가 아는 여자는 달라."

우리는 다시 조용해졌다.

"저는 그저 아버지가 와주셔서 기뻐요. 정말로 기뻐요."

우리는 이불을 덮고 나란히 누워 있었다. 우리 사이에 안전거리를 확보한 채.

"그때 내가 네 엄마한테 곧장 되돌아갔어야 한다고 말하는 게 아니야." 아버지가 조용히 말했다. "그때 겁을 낸 것이 미안할 뿐이다."

아버지는 영국식으로 말씨를 바꿔서 말을 덧붙였다. "피치, 지독하게 멍청하고 지독하게 오만했던 나를 용서해 줄 수 있겠나?"

"아아." 나는 이 대사를 알아듣고 빙긋 웃었다. "할 수 있지. 용서하네."

마지막 공연 날이 되었다. 무슨 이유 때문인지 나는 갑자기 처음처럼 심하게 긴장했다. 아버지와 동생들을 택시에 태워 공항으로 보낸 뒤, 아이들을 데리고 1선 지하철을 타려고 서둘러 움직였다.

지하철을 타고 극장으로 가는 도중, 아들이 나를 보며 말했다. "아빠, 진짜 걱정이 있어요." 아이는 외투 밑에 아직 스타워스 잠옷을 입고 부츠를 신은 차림으로 내 무릎에 앉아 있었다.

"그래? 뭔데?"

"저한테 음주 문제가 있는 것 같아요."

"진짜?" 내가 물었다.

"네. 진짜, 진짜 안 하려고 했는데 안 돼요. 아침에도 마시고, 오후에도 마셔요. 하루에 두 잔이 넘어요."

"뭘 마시는데?"

"그거요, 전부."

"전부?"

"오렌지주스가 많아요."

"그건 아무 문제가 없는데."

"없어요?"

"응."

"텔레비전에서는 하루에 두 잔 이상 마시면 문제라고 했어요. 그런데 저는 그것보다 훨씬 더 많이 마셔요, 아빠. 진짜예요."

"그 사람들이 말하는 건 술이야." 나는 웃음을 터뜨렸다.

"아." 아들은 잠시 가만히 있다가 말했다. "그게 뭔데요?"

"맥주나 포도주 같은 것. 샴페인도. 주스랑 물은 얼마든지 마셔도 돼."

아들은 나를 끌어안았다. 나도 아이를 마주 끌어안았다. 옆에서 딸이 무슨 일인가 싶은 얼굴로 우리에게 몸을 기댔다. 우리는 그냥 빙긋 웃으면서 딸도 안아주었다.

나를 괴롭히는 문제들이 모두 그런 거라면, 그냥 거대한 오해의 소산이라면 좋을 텐데.

우리는 완전히 충전된 아이패드, 동물 인형, 색연필을 들고 극장에 도착했다. 내 분장실 문에는 마지막 인용문이 붙어 있었다. 파괴의 기쁨에 관한 도스토옙스키 인용문이었다.

나는 그 쪽지를 떼서 안으로 가지고 들어가, 다른 인용문들이 모두 붙어 있는 거울에 테이프로 붙였다. 메모가 이제는 1톤쯤 되는 것 같았다. 나의 이 비밀 팬이 두고 간 인용문은 모두 합해 거의 서른 개였다. 누군지는 지금도 전혀 알 수 없었다. 이지키얼도 나도 수상쩍게 주변을 배회하는 사람을 본 적이 없었다. 쪽지의 수신인은 분명히 나였다. 모든 쪽지를 문에 고정한 테이프에 검은 잉크로 "W___에게"라고 적혀 있기 때문이었다.

한동안 나는 레이디 퍼시가 쪽지를 두고 가는 줄 알았지만, 직접 그녀에게 물어보고 아니라는 걸 알았다. 그다음에는 에드워드 왕인가 했는데, 그가 병원에 입원했을 때도 쪽지는 계속 나타났다. 그다음에는 혹시 내 대역인 스코티가 보내는 건가 싶어서 걱정스러웠으나, 필체가 아닌 것 같았다.

무대감독이 인터콤으로 에드워드를 환영했다.

2주가 넘도록 우리는 우리의 왕 없이 무대에 올랐다. 그의 대역은 상당히 유능했다. 에드워드가 그리워지는 장면이 여럿 있었지만, 그 밖의 장면에서는 대역의 연기가 조금 더 낫다고 말할 수도 있었다. 그가 더 재미있다는 데에는 이견이 없었다. 그는 에드워드가 그냥 흘려버린 장면에서 많은 웃음을 이끌어냈다. 에드워드는 내가 같이 일해본 배우들 중 가장 훌륭하고 가장 현명했다. 하지만 공연은 어떤 의미에서 그가 없을 때 더 좋았다. 다만 내가 그것을 받아들이지 못했을 뿐이다. 에드워드가 있을 때 공연은 더 깊이 있고, 더 감수성을 자극하고, 더 슬펐다. 대역인 제롬이 연기할 때는 공연 시간이 6분 빨라졌고, 분노와 유머가 확연히 늘었다. 우리는 에드워드가 빠진 18회 공연에서 모두 기립 박수를 받았다. 마치 아무것도 변하지 않은 것 같았다. 나는 에드워드가 나오는 〈헨리 4세〉가 더 좋았지만, 이 '발견되지 않은 보석'이 나오는 공연을 보게 돼서 행운이라고 생각하는 관객이 많다는 사실을 알고 있었다. 이 모든 것이 내게 영향을 미쳤다. 만약 에드워드도 대체 가능하다면….

에드워드가 심장 발작을 일으키고 며칠 뒤, 그가 나를 만나고 싶어 한다고 무대감독이 내게 알렸다. 병원으로 찾아가니 그는 나를 보자마자 반색했다.

"이런, 이제 내 교육이 완성되었군." 내가 소독약 냄새를 풍기는 하얀 병실로 들어가자 그가 말했다.

"무슨 소리예요?"

"내가 연극에서 가장 유명한 대사를 가르쳤잖아!"

나는 멍하니 그를 보았다.

"여러분 중에 의사 선생님 계십니까! 이제 자네는 무슨 역할이든 할 수 있어." 그가 소리 내어 웃었다. "그래, 나는 죽음의 세계에서 돌아왔네. 얼마간은."

그의 병실에는 어긋난 곳이 하나도 없었고, 공기는 적막했다. 그의 분장실과 똑같았다.

"음, 감사합니다." 내가 말했다.

"목소리 상태가 엉망이네."

"어떻게 하면 될까요?" 나는 긁히는 목소리로 말했다. "계속 나빠지기만 해요."

"먼저, 말을 많이 하면 안 돼." 그는 내게 앉으라고 손짓했다.

"무대에 서지 못할까 봐 무서워요." 내가 속삭였다. "지금도 아침에 눈을 뜨면 가장 먼저 드는 생각이, 목소리가 잘못되면 당신과 마지막 공연을 하지 못할 텐데예요."

그는 멍한 얼굴로 나를 빤히 바라보았다.

"바이올리니스트 마이클 라빈 아나?" 왕이 물었다.

나는 고개를 저었다.

"라빈은 독특한 공연 공포증이 있었어. 활을 떨어뜨릴 거라고 걱정하는 증세였는데, 그 걱정이 워낙 심해서 다른 생각은 거의 할 수 없을 지경이었네. 공연 전에는 항상 끊임없이 손을 건조하게 닦아내면서 정신이 산만해지고 흐트러지기 시작했지. 어느 공연장에서 공연하든, 실내 온도에 강박적으로 집착했기 때문에 점점 함께 일하는 사람들에게 힘든 상대가 됐다네…" 왕은 잠시 말을 멈추고 나를 위아래로 훑어보았다. "라빈은 더 이상 연주를 즐길 수 없었어. 활을 떨어뜨리면 어쩌나 하는 생각만 머릿속에 가득했으니까. 관객들이 경악해서 놀란 소리를 낼 거라고 상상했지. 내가 겉으로 보이는 모습과 달리 잘 정돈된 상태가 아니라는 걸 사람들이 알아차릴 거다… 웃으며 나를 놀릴지도 모른다, 비평가들은 나더러 아마추어라고 할 거다, 만약 내가 활을 떨어뜨린다면 연주를 계속할 수나 있을까? 라빈은 이런 걱정 때문에 아무것도 생각할 수 없었어. 투어가 이어지는 동안 그의 손에는 점점 땀이 흥건하게 차게 되었지. 한 번도 미끄러진 적이 없는 활이 손에 편안히 감기지 않게 되었고. 콘서트가 있는 날이면 아침에 깰 때마다 불안감이 온몸을 가득 채웠어. 그래서 어느 날 빈의 최고 공연장에서 연주할 때 라빈은 협연자들에게 곡의 어느 부분이 지난 뒤 자기가 일부러 활을 떨어뜨릴 거라고 미리 말했네. 활을 떨어뜨렸다가 주우면 연주를 다시 시작하라고. 연주자들은 모두 악보에 그 부분을 표시했지. 라빈은 자기가 한 말을 실천에 옮겼어. 정말로 활을 떨어뜨린 거야. 청중은 놀라서 탄성을 질렀고. 라빈은 활을 주워서 연주를 계속했는데… 모든 것이 훌륭했어. 어떤 비평가는 심지어 그가 최고의 연주를 했다고 썼을 정도니까. 알겠나?

그가 활을 떨어뜨린 사실을 언급한 사람은 한 명도 없었어."

나는 고개를 저었다. 그의 말을 알아듣지 못했다고.

"자넨 목소리가 잘못될까 봐 걱정한 나머지 매일 무대에서 일부러 목소리를 망가뜨리려는 것처럼 굴잖아. 자네의 공포증이 현실을 만들어내고 있다는 얘기야."

에드워드는 몸을 앞으로 기울여 비단처럼 매끄럽고 연륜이 느껴지는 목소리로 속삭였다. "무서워할 것 없네. 자네가 공연에 한 번 빠지더라도 세상에는 아무 일도 없을 거야…. 자네도 마찬가지고. 자넨 지금 자신의 두려움에 지고 있어. 자넨 이 공연에 반드시 있어야 하는 존재가 아닐세. 나도 그렇고, 버질도 그래. 공연에 의미 있는 기여를 하는 것이 우리가 할 수 있는 최선이지만, 우리 중 어느 누구도 공연에 반드시 필요하지는 않아. 대역들의 리허설을 봤는데, 특히 스코티의 연기가 아주 좋더군."

에드워드는 게토레이를 한 모금 마셨다. "스코티는 자네와 다르지. 그래도 아주 훌륭한 홋스퍼야. 좀 마시겠나?" 에드워드가 빨간색 게토레이가 들어 있는 물병을 가리켰다.

나는 고개를 끄덕였다.

"어땠어요?" 내가 물었다. 마치 내가 죽은 사람을 만나러 왔다가 진짜 질문을 딱 하나 던진 것 같은 기분이었다.

"무슨 소리야? 공연에 빠진 거?"

나는 고개를 끄덕이고 게토레이를 한 모금 마셨다. 내 목구멍 구석구석의 너덜너덜해진 부분을 음료수가 달래주었다.

"활을 떨어뜨린 다음에는 공연에 한두 번쯤 빠져."

에드워드는 내 얼굴을 보고, 내게는 그것이 얼마나 어려운 일인지 깨달은 것 같았다.

"여행 중에 눈앞의 순간에 정신을 집중하지 않으면 목적지에 도착한 뒤에도 정신을 집중할 수 없네. 알겠나?" 왕이 빙긋 웃었다. "문제는 두려움이야. 자네 목소리가 아니라."

나는 알아듣지 못했지만 그냥 고개를 끄덕였다. 그러고는 최대한 조용한 목소리로 물었다. "무엇에 대한 두려움이에요?"

"나도 확실히는 모르지. 자넨 사람들한테 강해 보이고 싶은데, 실제로는 그리 강하지 않을까 봐 두려워하는 것 같아." 그가 능글맞게 웃었다. "하지만 이건 모르지? 우린 이미 다 알고 있어."

나는 앉은 채로 꼼짝도 하지 않았다.

"난 항상 독수리가 된 상상을 하네." 왕이 말을 이었다. "멍청한 소리 같지만, 내가 상상하는 독수리는 날갯짓을 해서 공중으로 떠오르는 모습이 아니야, 알겠나? 나는 현재를 비틀어서 허상을 만들어내려 하지 않아. 반박할 수 없는 현실을 있는 그대로 받아들이지."

그가 내게 미소를 지었다.

"속임수에 넘어가지 말게. 실제 현실만큼 신나는 건 하나도 없어. 이다음 순간이 지금 이 순간보다 더 훌륭하진 않아. 지금 이 순간. 우리 인생의 모든 순간은 불멸이야. 알겠나? '사느냐 죽느냐'는 자살할까 말까 자문하는 말이 아닐세. 깨어 있는 정신으로 자신의 인생에 집중하겠는가를 묻는 거지. 오늘이 다른 곳으로 이어지는 징검다리가 아니라는 걸 알겠어?"

  왕은 나를 바라보았다. 병원은 전화벨 소리, 삐걱거리며 지나가는 휠체어 소리, 인터콤으로 들려오는 안내방송 소리로 소란스러웠다.

  "극장에서 연기하는 것이 나한테 이렇게나 고귀한 직업인 이유가 바로 이거야. 무대에서 그 순간에 집중하려고 애쓰다 보면, 인생에 집중하는 능력을 배양할 수 있는 기회가 생긴다네. 모든 환상과 혼란에서 벗어나 명징한 현재에 살게 되는 거지. 우리 인생은 현재에 집중하려고 우리가 매 순간 기울이는 노력으로 구성되어 있어. 진정한 현재를 사는 능력이 커질수록 철이 드는 거야. 무대는 그런 능력을 발전시킬 수 있는 플랫폼일세."

  나는 미소를 지었다.

  "자네가 지금 가슴이 아픈 건 알아. 목소리도, 아내도, 가족도 잃었으니 감당하기 힘들겠지. 하지만 걱정 말게. 우리 심장은 아주 유연하거든. 난 심장 발작을 두 번 겪었어. 심장이 산산이 박살 났는데도 난 이렇게 살아 있잖아." 그는 빙긋 웃으며 자신의 맥박을 짚었다. "극작가들이 우리한테 일깨워 주는 말이 있지. '그대의 불행을 살아내고 사랑하라!'"

  왕은 내게 함께 대사 연습을 하자고 요청했다. 우리는 한 시간 넘게 대사를 주고받았다. 그는 내게 극장으로 돌아가 자신이 뇌 손상을 입지 않았으므로 공연을 마무리할 수 있다는 사실을 모두에게 알리라고 엄격히 지시했다. 그는 마지막 공연 때나 무대로 돌아올 예정이었다. 제롬이 대역으로 최대한 오랫동안 무대에 서게 해서 사람들이 "그의 행운을 기뻐하기보다는 나를 그리워하게 되기를" 바란다고 했다.

"대역이 딱 한 번만 무대에 서게 하면 안 돼. 어차피 공연에 한 번 빠질 거라면, 최소한 세 번은 빠져야 돼." 그는 병상에 누워 내게 이렇게 말했다. "처음 무대에 섰을 때는 모든 대역이 '눈부신' 연기를 하지. 순전히 들뜬 상태로 연기를 하니까. 그리고 사람들은 대역이 작품을 완전히 망치지 않아서 정말 다행이라고 생각하네. 우리는 흥분이 완전히 가라앉아서 대역의 연기가 평범하게 받아들여지게 된 다음에 무대로 돌아가서 다시 연기를 해야 돼."

우리는 게토레이를 좀 더 나눠 마셨다. 그는 나와 아내의 사이가 어떻게 되어가고 있는지 물었다.

"뭐, 괜찮아요." 내가 대답했다. "이유는 모르겠지만, 하여튼 모든 일이 어떻게든 잘 해결될지 모른다는 희망을 아직 품고 있어요."

"음, 내가 무슨 말을 할 것 같은가?" 에드워드가 웃음을 터뜨렸다. "만약 소원이 말이라면 거지가 그 말을 탈 것이다." 그는 폭소를 터뜨렸다.

"내가 제임스를 잃지 않았다면, 내 인생에는 흠이 하나도 없었을 거야." 그가 말을 이었다. "두 번 이혼했지만, 궁극적으로 그건 내게 괴로운 일이 아니야…" 어둠이 그의 몸을 훑고 지나갔다. "제임스. 그건 아주 엉망이지." 그는 하얀 스티로폼 컵에 든 밝은 빨간색 음료수를 한 모금 마시고는 턱을 닦은 뒤 레녹스힐 병원의 12층 창밖을 똑바로 바라보았다.

그는 자신의 외아들인 제임스가 스물세 살 때 자살했다고 말했다. 어쩌면 조울병을 앓고 있었는지도 모른다. 무서워서 사실을 털어놓지 못하는 게이였는지도 모른다. 에드워드가 같이 있어준 시간이 너무 없었는지도 모른다. 그는 이 중에 무엇이 답인지 알지 못했다.

"그 애가 죽었을 때 나는 다짐했네. 이 비극에 나를 맡겨버리지는 않겠다고. 지금도 그건 잘했다고 생각해. 그 순간에 머무르지 않고 발을 떼어 앞으로 나아갔으니까. 아들이 그립지 않다는 얘기가 아니야. 그 일에 대해 내가 져야 할 큰 책임을 매일 어깨에 지고 다니지 않는다는 말도 아니고. 다만 세상에는 나보다 나쁜 아버지들이 분명히 있다는 사실로 나를 위로할 뿐일세. 아들이 자살하지 않았어도 형편없는 아버지들이 있잖아."

병원 직원이 들어와 에드워드의 상태를 확인했다. 그가 혈압을 재고 링거병을 살피는 동안 왕은 그에게 전혀 주의를 기울이지 않았다.

"내가 제임스한테 더 애정을 기울였어야 하는 건 맞네. 하지만 지금 와서 내가 뭘 어떻게 할 수는 없지. 우리가 내리는 결정이 중요하다고 자네에게 말해주는 것 외에는." 그는 고개를 돌려 나를 똑바로 바라보았다. 병원의 불빛을 받은 그의 푸른 눈이 무서울 정도로 선명했다.

"모든 결정이 중요하네. 어떤 때는 시간이 휙휙 지나가고 달력의 페이지가 달라져도 우리는 매일 하는 사소한 일들이 전혀 중요하지 않다고 자신을 속일 수 있어…. 아니면 모두 미리 예정된 거라고 속이거나. 하지만 아니야. 우리는 자신의 행동을 딛고 걸

는 걸세. 햄릿의 대사를 연습한다면, 아주 많이 연습한다면, 무대
에서 때가 됐을 때 그 대사를 관객에게 잘 전달할 수 있겠지. 연습
하지 않으면 전달하지 못할 테고. 운은 의도의 잔재야. 아버지가
아들 옆에 있어주는 걸 가장 중요하게 생각한다면… 그 아들이 무
사히 자랄 가능성이 높아. 알겠나?" 그는 나를 정면으로 바라보았
다. 병원의 하얀 불빛이 검버섯이 핀 그의 얼굴을 정면으로 때렸
다. "내 말은, 건강한 결혼 생활을 하려면 두 사람이 힘을 합쳐야
되지만, 좋은 아버지가 되는 건… 자네 노력만으로 충분하다는 거
네."

마지막 공연이 있던 일요일에 우리는 일찍 무대로 불려 나갔다.
액션 연습 30분 전에 왕이 등장하는 복잡한 장면들을 처음부터
끝까지 연습해 보면서 에드워드의 상태를 확인하기 위해서였다.
그는 모든 것을 쉽게 기억해 내고, 연습하는 동안 내내 우스갯소
리를 했다. 하지만 마지막 무대에 올라가기 전에 나는 그가 덜덜
떨고 있는 것을 보았다. 그는 레몬을 띄운 차를 마시며 목캔디를
빨아 먹는 중이었다. 그의 약한 모습을 보고 나는 그를 한층 더 사
랑하게 되었다. 무대로 나간 직후에는 그의 목소리가 갈라지기
직전인 십 대 아이의 목소리처럼 흔들렸다. 그러나 곧 그는 리듬
을 찾아 여느 때처럼 힘차게 대사를 했다. 공연이 끝날 무렵에는
위풍당당한 모습이었다.

　나는 그의 연기를 그렇게 좋아하는 이유를 기억해 냈다. 그는
우리 모두가 더 훌륭한 연기를 하게 만들었다. 제롬처럼 재미있

지는 않았다. 그는 왕이었으므로, 멍청한 농담은 우리 몫이었다. 내 것인 줄 알았던 객석의 웃음이 사실은 우리 것이었음을 나는 이제야 깨달았다. 관객들이 웃은 것은 나의 노련한 연기 때문이 아니었다. 왕이 곁눈질로 나를 흘깃거리는 모습이 더 많은 웃음을 이끌어냈다. 그가 빠진 18회 공연 내내 나는 우리가 함께 등장하는 첫 번째 장면을 끝내고 퇴장할 때 박수를 받지 못했다. 그 이유를 알지 못했는데, 그가 돌아온 뒤 홋스퍼가 퇴장할 때 다시 자발적인 박수가 터졌다. 그가 무엇을 했기에 내게 그런 반응이 쏟아진 건지 나는 지금도 모른다.

그 마지막 공연의 시작이 내게는 좋지 않았다. 6개월 동안 차분한 모습을 유지하던 나는 액션 연습에서 이성을 잃었다. 헨리 4세의 액션 장면은 길고 강렬했다. 오후 3시 공연의 액션 연습은 오후 2시였다. 나는 한 번도 연습에 빠진 적이 없었다. 그 연습을 쉽게 생각하는 사람이 많았지만 나는 그러지 않았다. 프린스 핼도 그런 적이 없었다. 물론 에드워드 역시 입원했을 때를 빼고는 한 번도 연습에 빠지지 않았다. 하지만 팔스타프는 딱 한 번만 나왔다. 마지막 그날만. 공연 때마다 그의 대역이 대신 액션 연습에 참여했다. 나는 그의 의도적인 불참에 몹시 화가 났다. 그가 이 공연의 다른 참가자들을 조금도 생각하지 않는 것 같았다.

　마지막 날 그는 국부보호대, 가죽 부츠, 검을 차는 띠, 산타 모자만 걸치고 나타났다. 모두 재미있어하며 친근한 태도로 왁자하게 웃음을 터뜨렸다. 산타클로스 같은 수염, 토실토실한 배, 털북숭

이 다리를 드러내 일부러 황당한 모습을 연출한 것 같았다.

"연습 준비가 됐어." 그가 사타구니 근처에서 검을 위험하게 휘둘러 대며 선언하듯 말했다. 내 이성이 뚝 끊겼다.

"야, 이 늙은이야. 당신이 괴물같이 훌륭한 배우라서 다른 배우들이랑 연습 같은 건 안 해도 된다고 생각하든 말든 난 상관없어. 하지만 우리를 조롱하진 말아야지. 우리 모두 시간을 내서 1주일에 8회 공연을 위해 연습하고 있어. 공연 중에 아무도 다치지 않은 건 우리 덕분이라고."

나는 내 칼을 들었다. "매일 무대에서 나는 이걸 당신의 그 뚱뚱한 배에 쑤셔 넣는 생각을 했어. 그러고는 이렇게 말하는 거지. '미안하네, 늙은이. 당신이 연습에 한 번이라도 왔다면… 이런 일을 피할 수 있었을지도 모르는데.'"

모두 꼼짝도 하지 않았다. 나는 땀을 뻘뻘 흘렸다.

"당신은 우리의 프로 의식을 빨아먹는 거머리 새끼야." 나는 이런 표현을 생각해 낸 것이 자랑스러웠다. 그래서 속으로 100만 번이나 이 말을 되풀이했다.

"당신이 우리랑 친해지려고 애쓰지 않는 건 상관없어. 당신은 하느님이 당신을 제일 사랑한다고 생각하는 것 같으니까. 근데 이거 알아? *난 당신을 제일 사랑하지 않아. 내가 보기에 당신은 자기중심적인 허풍선이야.* 당신은 아마추어고, 중간에 말을 멈출 때가 너무 많고, 다른 사람들이랑 함께 일하는 법을 전혀 몰라. 솔직히 난 당신이 최악의 배우라고 생각해. 다른 사람들의 실력까지 깎아버리는 배우야."

극장 전체가 쥐 죽은 듯이 조용했다.

그때 버질이 아주 소심하게 말했다. "자네가 나한테 화를 내는 것 같은데?"

그러자 모든 사람이 또 폭소를 터뜨렸다. 나는 칼을 손에서 놓고 처음으로 액션 연습에 불참했다.

나는 분장실로 돌아가 마음을 가라앉히려고 애썼다. 아이들은 옷방에 있었다. 의상을 담당한 여성 직원들은 우리 애들이 마음대로 돌아다니면서 단추를 정리하고 재봉틀을 장난감처럼 갖고 노는 것을 친절하게 허락해 주었다. 내가 왜 그렇게 화를 냈을까? 나도 나 자신을 이해할 수 없었다. 나는 진정하려고 애썼다. 내가 왜 버질에게 그렇게 화가 난 거지? 《뉴욕타임스》에 그가 천재라고 칭찬하는 멍청한 기사가 실린 것이 큰 영향을 미쳤다. 그는 마지막 공연을 앞두고 또 신문 문화 섹션의 표지를 장식했으며, 기사는 그의 팔스타프 연기를 금세기 최고 중 하나로 꼽았다. 그래서 우리 모두 조금 쓸모없는 존재가 된 것 같았다.

이지키얼이 들어와 삼촌처럼 내 어깨를 두드려주었다. 몇 분만 지나면 마음이 다 진정돼서 그에게 사과할 수 있을 것 같았다. 하지만 그 전에 누가 분장실 문을 두드렸다. 버질이었다. 그가 고개만 빼꼼 안으로 내밀고 눈을 반짝이며 말했다. "자네 아직도 투덜이 곰인가?"

"여기서 꺼져." 나는 고함을 질렀다. "그런다고 내가 웃을 줄 알아?"

그는 문을 닫았다. 그러고는 복도에서 머큐시오*의 '퀸맵'** 발언을 기운차게 읊었다.

오, 그래, 퀸맵이 네게 다녀갔군.
요정들의 산파인 그녀는
기껏해야 공깃돌만 한 크기로 나타나지,
시의원의 집게손가락에서…

그는 복도를 오락가락하면서 계속 대사를 읊었다. 그의 연기가 끝나자 무대 뒤 공간에 박수 소리가 가득 울려 퍼졌다. 버질 스미스와 함께하는 삶은 이런 것이었다. 이지키얼은 나를 바라보며 어깨만 으쓱했다.

결국 나는 웃음을 터뜨렸다.

"우리가 매일 액션 연습을 할 때 저 사람은 뭘 했는지 알아? 미친 듯이 목소리 워밍업을 했어. 생각해 봐. 저 사람을 질투하면서 시간을 낭비하지는 말자고. 대신 교훈을 얻어야지. 네가 네 목소리를 관리하는 데 좀 더 시간을 쏟고 모든 사람과 친하게 지내려고 애쓰는 시간을 좀 줄이면, 네가 목으로 미친놈처럼 킁킁 소리를 내지 않아도 될 거야. 그러다 보면 언젠가 개인 분장실을 갖게 될지도 모르지. 팔스타프처럼."

*   〈로미오와 줄리엣〉에 나오는 로미오의 친구.
**   한밤중에 잠든 사람에게 장난을 친다는 요정.

"난 룸메이트가 있는 게 좋아요." 내가 말했다.

"그냥 그렇다고. 생각해 봐."

거울에 붙여놓은 익명의 인용문들과 공연 첫날 어머니가 보낸 카드 옆에 J.C.의 편지가 같이 붙어 있었다. 공연 중반쯤에 온 그 편지를 나는 매번 공연 전에 읽었다.

타블로이드 신문들의 뜨거운 존재인 홋스퍼에게,

당신이 계속 새로운 걸 배워나가고 있다는 걸 압니다. 계속 그렇게 하세요. 내가 '약강격'이라는 말을 할 때마다 당신은 잠이 쏟아지는 것 같지만, 약강 5보격의 기본 원칙이 가장 잘 표현된 곳은 베토벤 교향곡 5번의 첫 부분입니다. 일반적인 인식과는 달리 4비트가 아니라, 2비트 두 쌍입니다. 맨 앞에는 쉬는 박자가 들어가고요. 그렇게 해서 5비트가 만들어집니다. 간단히 표현하자면, 단숨에 말하기에 딱 맞는 길이입니다. 이유는 나도 모릅니다. 그냥 그런 겁니다. 매번 공연 전에 베토벤 교향곡 5번을 들으세요.

음악은 음표로 이루어져 있습니다. 언어를 구성하는 것은 단어죠. 둘 다 의사소통이 목적입니다. 음악은 감정의 언어, 마음의 언어입니다. 말은 마음의 음악이고요. 연극은 이 둘을 결혼시킨 겁니다. 그것이 우리의 임무입니다. 생각과 경험이 음악처럼 느껴지게 하는 것. 글을 읽는 독자는 물음표 '?'를 눈으로 보지만, 관객은 그 물음표를 귀로 들을 수 있어야 합니다. '그리고' '무엇' '그러나' '또는' '만약' 같은 단어들은 필수적입니다. 어느 것 하나 버릴 수 없습니다. "…약약 그것으로 끝난

다면." "만약 그것으로…"* 이 두 표현은 서로 다른 세상의 것처럼 다릅니다.

우리는 '만약'이라는 단어를 들으면, 선택이라는 개념과 맞닥뜨렸음을 압니다.

셰익스피어는 말을 자유자재로 다뤘습니다. 당신은 셰익스피어를 능가할 만큼 똑똑하지 않으니까 그의 글을 고치려고 하지 마세요. 이해하려고 노력하세요. 언어가 어색하거나 모순으로 느껴진다면, 그 이유를 생각하세요. 모든 단어는 신중하게 선택된 겁니다. 내 말을 믿어요. 우연은 없습니다. 't'와 'd'는 모두 그 자리에 꼭 있어야 합니다. 모음마다 느낌이 다릅니다. 운문이냐 산문이냐? 변덕스러운 결정은 절대 내리지 마세요. 〈햄릿〉의 절정 부분을 생각해 봐요. 재주를 부리는 운문이 아니라 소박한 산문을….

"우리는 전조에 저항하네.

참새가 떨어지는 데에는 특별한 섭리가 있어. 만약 지금이 그때라면 나중은 아니겠지. 나중이 아니라면 지금일 것이고. 지금이 아니라 해도, 언젠가는 그때가 올 거야. 우리는 준비하는 수밖에. 내버려두게."**

　　　　　　　　　　　훌륭한 공연을 기원합니다.

　　　　　　　　　　　　　　　　J.C.

나는 이 편지가 아주 좋았다. 't'와 'd'를 언급한 부분만 빼고 전부.

　・　　　〈맥베스〉의 한 구절.
　・・　　〈햄릿〉에서 햄릿의 대사.

마지막 공연 날, 무대에 오를 준비를 하던 중에 이지키얼이 개똥 철학을 몇 가지 더 풀어놓았다. "여자들을 보면 말이야… 특히 내가 흑인 남자로서 하는 말인데… 그들의 인생에서 최고의 섹스를 해주지 못한다면 왠지 내가 남자로서 떨어지는 것 같단 말이지. 그러면서도 여자들의 행동을 보면, 내가 내 물건 돌리는 실력을 다른 여자한테 발휘하는 게 훌륭하고 고상한 자아를 팽개치는 짓 같아. 여자들은 항상 두 개를 다 원해." 그는 세상에서 가장 중요한 지식을 자기 머리에만 전부 담아두기가 힘들다는 듯이 숨을 내쉬었다. "여자들의 손에 네 인생의 고삐를 쥐여주면, 넌 결국 진흙탕에 빠지고 말 거야."

나는 평소처럼 흉터를 붙이고 있었다.

이지키얼은 분장실 의자에 왕처럼 앉아 말을 계속했다. "대중문화나 사람들의 말을 잘 들어보면, 모두 특정한 종류의 남자가 훌륭하다고 말해. 어떤 종류일까? 부유한 종류지. 바로 거기에 여자들의 목소리가 있어. 여자들은 자기 남자가 재산에 집착하기를 바란다고. 그렇게 해서 우리는 전등 불빛을 유지하기 위해 우리에 갇혀 계속 수레바퀴를 돌려야 하는 신세라는 걸 알아차리지 못해. 알겠어? 하지만 부유한 사람들도 대부분 비참한 신세라는 걸 우리는 모두 알지, 안 그래?"

"이런 말을 하게 돼서 미안하지만, 많은 부자들은 사실 상당히 행복할걸요." 나는 공연 전 팔굽혀펴기를 바닥에서 시작하며 숨 가쁜 소리로 말했다.

이지키얼이 나를 향해 몸을 숙였다. "옛날에 내가 출연했던 그

입에 담을 수 없는 텔레비전 드라마의 주연 자식 말이야." 그는 마지막 공연이 전혀 걱정되지 않는 모양이었다. "그 아치 벙커라는 십새끼는 한심한 미친놈이었어. 놈이 하느님보다 더 부자였냐고? 당연하지. 그래도 죽은 거미만큼 비참했다고."

"5분 전." 무대감독의 목소리가 모니터 속에서 들려왔다.

나는 팔굽혀펴기를 끝내고 일어서서 내 몸의 혈관들이 다시 안정되기를 기다렸다. 이 작품이 처음 막을 올렸을 때, 이지키얼과 나는 공연을 앞두고 별로 대화를 나누지 않았다. 하지만 지금은 미용실에서 만난 할머니들처럼 수다를 떨었다.

"좀 헷갈리는데요." 내가 말했다. "여자가 문제예요, 돈이 문제예요?"

"마흔 살까지 기다려봐, 똑똑이. 그러면 알게 될 거야." 그는 한숨을 내쉬며 말을 이었다. "인생은 완만한 경사의 쭉 뻗은 오르막길이 아니야. 지식과 재능을 조금씩 쌓아서 결국 부처처럼 깨달음에 도달하는 게 아니라고. 아주 징글징글한 습지야. 진창이야. 발 한번 떼기가 내내 엄청 힘들어. 오르막길이었다가 내리막길이었다가 제자리에서 비틀린 길이었다가." 이지키얼은 완전히 평온한 얼굴로 다시 자리에 앉아 아무렇지 않게 차를 마시며 거울 속 자신을 바라보았다. 그의 입은 잠시도 쉬지 않았다.

"내 말은, 아무도 말하고 싶어 하지 않는 사실이 하나 있는데, 그건 망할 여자들의 실력이 워낙 좋아서 자기네가 지금 고삐를 쥐고 있다는 사실조차 감출 능력이 있다는 거야. 사디스트가 마조히스트를 통제하는 거지, 알겠어?"

나는 마지막 공연을 위해 의상을 차려입으면서 질문을 던졌다. "그럼 제 아내와 저의 경우 누가 사디스트고 누가 마조히스트죠? 우리 둘 다 상처 입는 쪽은 자신이라고 생각하는 것 같은데요."

"너희 둘 중에 희생자는 없어!" 내가 상대를 해주자 이지키얼이 들뜬 목소리를 냈다. "네가 뭘 해야 하는지 알아? 아주 좋은 요령이니까 내 말 잘 들어. 이건 진짜 굉장한 거야. 완전 장난 아니라고. 농담하는 거 아니야. 넌 네 마음을 창처럼 사용해야 돼. 너의 애정, 남들에게 약점으로 여겨지는 부분, 네가 취약한 부분, 사랑, 따스함으로 싸워야 한다고. 그게 요령이야. 술수 같은 건 없어. 완전히 마음을 열고 세상의 모순을 받아들이는 거야. 예를 들어, 미국에서 흑인 남자로 태어난 것이 내 인생에서 가장 좋은 일이자 가장 나쁜 일이라고 생각하는 식이지. 둘 다 진실이야. 열린 마음에 사랑과 애정을 담고 모순을 받아들여. 무슨 말인지 알겠어?"

내 아들과 딸이 분장실로 들어왔다. 나는 마지막 무대로 나가기 전에 아이들을 위해 아이패드를 켜고 헤드폰을 꽂아줄 시간을 간신히 낼 수 있었다.

마지막 공연 전에 나는 지난 여든두 번의 공연 때마다 했던 일을 그대로 했다. 무대 왼쪽의 반투명한 검은색 막 뒤에 서서 객석을 바라보며 아내를 찾는 일.

이렇게 정신 나간 희망을 품는 것이 내 병의 일부였다. 내 시야는 줄곧 어긋나 있었다. 바다에서 파도에 세게 얻어맞아 하늘이 어느 쪽인지 방향을 알지 못하고 고개를 들었다가 모래가 깔려 있는 바다 밑바닥에 머리를 박을 때와 비슷했다. 나는 만약 메리가 공연을 보러 온다면 내가 해낼 수 있을 거라고 믿었다. 우리 결혼 생활을 위해 한 번 더 애써볼 수 있을 거라고. 우리의 결합이 고통스러운 실패로 끝날 운명이라고 거의 확신하면서도, 그래도 나는 이혼하기 싫었다. 아이들과 헤어져 있을 때면 아이들이 너무 보고 싶어서, 내 균형 감각이 영원히 망가진 것 같은 느낌을 지울 수 없었다. 내 이內耳의 액체가 평형을 잃은 것은 메리와 헤어진 탓인 것 같았다. 나는 메리가 공연을 보러 올 것이라고 확신했다. 내가 얼마나 열심히 노력하고 있는지 보러 올 것이라고. 내가 가치 있는 일에 참여한 것을 보고 처음 사랑에 빠졌을 때의 내 모습을 기억해 낼 것이라고. 비록 지금의 나는 그때의 나와 거의 닮지 않았지만. 무대 옆에서 나는 객석에 앉은 1200명의 얼굴을 훑어보았다. 모두의 눈을 차례로 바라보았다. 아내는 없었다.

아직.

앞줄 중앙과 오른쪽에 빈 좌석이 두 개 있었다. 만약 아내가 온다면, 늦게 와서 아주 좋은 자리에 앉을 것이다. 그러니까 어쩌면. 하지만 내 생각과 어긋나는 사실들이 줄줄이 튀어나왔다. 나는 그저 내가 틀렸기를 바랄 뿐이었다. 지구의 자전 방향이 내가 알던 것과 다르거나, 개가 말을 할 수 있거나, 눈보라 속에서도 꽃이 필 수 있기를 바라는 것과 같았다. 지루하게 길어진 이혼 과정의 불편함을 피할 수만 있다면 무엇이든 좋았다. 돌아가야 하는 거리가 얼마나 되는지 알지 못할 때는 처음부터 다시 시작하는 일이 아주 불가능해 보인다.

○

〈헨리 4세〉의 마지막 공연은 산토끼 한 마리를 쫓는 굶주린 코요
테 무리처럼 흘러갔다. 아주 빨랐다는 뜻이다. 평범하게 보이던
일상적인 대화에 힘이 가득 들어갔다. 이런 단순한 연기도 두 번
다시 할 수 없음을 알기 때문이었다. 무대 뒤의 어둠 속에서 밧줄
과 막 사이로 종종걸음을 치고, 무대 등장 시간을 맞추려고 뛰어
가고, 거대한 통에서 함께 무기를 드는 일상적인 모습, 화려한 부
분을 떠받치는 아주 사소한 부분들도 모두 마찬가지였다. 지금은
마법에 손을 대고 마법을 유지하는 일이 가능할 것 같았다. 아주
잠깐 동안이지만.

　왕이 내게 콧방귀를 뀌며 무대에서 퇴장한 뒤, 나는 숙부에게
이렇게 말한다.

　모티머의 몸값을 지불하지 않겠답니다.
　내 혀에 모티머의 이름을 담지 말랍니다.
　그래도 나는 잠든 왕을 찾아가
　귓가에서 속삭일 겁니다. *모티머!*

　이 부분에서 항상 큰 웃음이 터졌다. 이제 다시는 그 웃음소리
를 듣지 못할 것이다. 나는 이 농담의 타이밍에 많은 노력을 기울
였는데, 이제는 그것도 과거가 되었다. 언제쯤이면 내가 이 대사
를 아예 기억도 못 하게 될지 궁금했다.

　레이디 퍼시와 나는 무대에서 아주 즐거운 시간을 보냈다. 우리

는 서로의 눈에서 신뢰를 보았다. 마침내 나는 그녀의 몸을 만질 때도, 그녀가 내 몸을 만질 때도 편안해졌다. 이 많은 사람 앞에서 그녀는 내가 자신의 엉덩이를 부드럽게 잡는 것을 허용할 만큼 날 신뢰했다. 나는 곧바로 퇴장하면서 이런 대사를 읊었다.

와서 내가 말에 오르는 걸 보겠소?
말 등에 앉아
그대를 영원히 사랑하겠다 맹세하리다.

그녀는 한 손으로 나를 붙잡고 다른 손으로 키스를 날렸다.
자리를 뜨면서 누군가에게 사랑한다고 말하는 건 왜 이리 쉬운가?
홋스퍼가 죽은 뒤 나는 담배를 피우고 아이스크림 샌드위치를 먹었다. 그리고 내 아이들이 있는 곳으로 가서 아이스크림을 각각 하나씩 쥐여주었다. 딸은 전체 분장실에서 머리를 땋아주는 손에 자신을 맡기고 있었고, 아들은 남자 분장실에서 빅샘을 비롯한 여러 남자 배우들과 함께 비디오게임을 하며 용을 죽이고 있었다. 나는 객석 뒤쪽으로 몰래 나가서 작품의 끝부분을 보기로 했다. 나는 어둠 속에 서서 버질이 연기하는 '자정의 종소리' 장면을 보았다.
조명은 개와 늑대의 시간 어디쯤에 있을 것 같은 푸르스름한 새벽빛이었다. 내 눈에 눈물이 고였다. 미니멀한 무대가 훌륭했다. 아예 무대 장치라고 할 만한 것이 없었다. 그 때문인지 눈이 배우

를 향했다. 이 세상에 버질 스미스와 그의 친구인 매스터 섈로밖
에 없는 것 같았다.

"*자정의 종소리가 들렸네, 매스터 섈로.*" 팔스타프가 말했다.

"*들렸어… 들렸어….*"

무정하게 현재를 표시하면서 과거를 버리는 시계의 똑딱 소리
가 자연스러운 것처럼, 약강격 리듬이 버질에게 자연스럽게 어울
렸다. 심장의 박동 소리 같기도 했다. 에너지를 준다는 점에서. 버
질은 내 가슴속의 박동을 조절했다. 극장 안 모든 사람의 심장에
그의 손이 닿아 있었다.

우리 공연의 마지막 날 팔스타프를 연기하는 버질 스미스를 지
켜보는 기분은 전설적인 록 콘서트를 볼 때와 같았다. 지미 헨드
릭스가 세인트루이스의 공원에서 고작 200명을 위해 빗속에서
연주를 해 모두를 놀라게 했던 때처럼…. 다만 버질의 연기가 더
슬프고, 더 웃기고, 더 웅장했다. 간단히 말해서 대본이 더 좋았다.
사람을 도취하게 만들지만 건강했다. 추수감사절 만찬에 곁들인
적포도주처럼, 사람들을 전장으로 이끄는 잔 다르크처럼, 끝내기
홈런처럼, 그렇게 기분이 좋았다.

그러나 우울하게 가슴을 찌르는 감각도 있었다. 언제나 시기심
이 위협적으로 느껴질 만큼 가까이에서 빙빙 돌았다. 우리들 모
두와 비교해서 그가 얼마나 훌륭한 배우인지 가늠하기가 힘들었
다. '왜 하필 저 사람입니까, 주님?'

마지막 커튼콜에서 마지막으로 허리 숙여 인사하면서 나는 아
내가 앉았으면 했던 두 좌석이 여전히 비어 있는 것을 보았다. 아

내는 이제 공연을 보지 못할 것이다. 공연은 끝났다. 왜 그녀가 올 것이라고 생각했는지 모르겠다. 내가 아내에게 손을 뻗지 못했던 바로 그 이유 때문에 아내가 공연장에 오지 않은 것인지도 모른다. 우리 둘 다 서로를 놓아 보내고 있었다. 우리는 미친 듯이 서로를 사랑했다. 수많은 젊은 연인들이 그렇듯이. 우리는 시를 쓰고, 별을 보고, 서로를 끌어안은 채 밤을 꼬박 새웠다. 그녀의 배 안에서 아기가 자라는 것을 함께 지켜보고, 그 아기를 세상으로 불러낸 우주의 마법과 힘과 박동에 홀린 나머지 곧바로 또 아기를 만들었다. 그러다 보니 사랑하면서도 동시에 툭툭 말다툼을 벌이는 연인들처럼 일상생활에서 무시할 수 없는 불평과 불만을 느끼게 됐다. 왜 나를 위해 이렇게 해주지 않았어? 당신이 어떻게 그래? 약속했잖아! 난 달라질 줄 알았어! 나도 노력했어! 노력은 무슨! 당신이 거짓말했어! 결혼 생활에 대한 내 감정이 이 연극에 대한 내 감정을 점점 닮아가기 시작했다. 애달플 때도 있고, 고통스러울 때도 있고, 하기를 잘했다 싶기도 하고, 끝나서 다행이다 싶기도 했다. 이 모든 감정이 어떻게 동시에 진실일 수 있는지 이해가 가지 않았지만, 정말로 진실이었다.

마지막 인사를 끝낸 뒤 우리는 무대 뒤 복도에서 서로를 수없이 끌어안고 큰 소리로 외쳤다. 샴페인을 따는 소리가 펑 하고 울리고, 의상들이 여기저기 날아다녔다. 내 분장실로 들어가니 두 아이가 바닥에 앉아 딸의 아이패드로 〈애니〉를 보고 있었다. 딸이 눈물이 글썽한 눈으로 나를 올려다보았다. 그리고 헤드폰을 벗으며 내 품으로 뛰어들었다.

"왜 그래?" 나는 아이의 작고 사랑스러운 몸을 안아주며 물었다.

"아빠, 저 노래 속으로 들어가고 싶어요."

"무슨 노래를 말하는 거야? 무슨 뜻이지?"

"애니가 엄마랑 아빠를 잃어버렸다면서 부르는 노래요. 내가 저 노래 속으로 들어가고 싶어요." 아이는 나를 있는 힘껏 끌어안 았다.

"그게 무슨 소리야?" 나는 아이를 들어 올려 눈물에 젖은 파란 눈을 마주 보았다.

"나도 몰라요. 아빠는 그런 적 없어요? 어떤 노래가 너무 좋아 서 그 안으로 들어가고 싶은 적?" 딸은 간청하는 눈빛으로 나를 보았다.

"있지." 내가 말했다. "네가 무슨 말을 하는지 정확히 알지. 그 럴 때는 방법이 있어." 나는 음모를 꾸미는 사람처럼 말을 이었다. "네가 자란 뒤에도 노래 안으로 들어가고 싶은 마음이 그대로라 면 내가 방법을 가르쳐줄게."

나는 아들에게 뽀뽀하려고 허리를 숙였다.

아들이 시선을 들었다. "끝났어?"

"응, 다 끝났어." 내가 말했다.

"아빠 검 갖고 놀아도 돼?"

집으로 돌아가기 전에 나는 이제 텅 빈 극장 안으로 아이들을 데리고 가 무대를 마지막으로 한 번 더 보았다. 믿을 수가 없었 다. 연극이 끝난 지 아직 한 시간도 채 되지 않았는데, 일꾼들이 벌 써 바닥 널을 뜯어내고 있었다. 무대로 통하는 뒷문이 열려서 차가운 바람이 들어오며 눈발도 함께 데려왔다. 아이들은 의상부의 누군가가 준 파란색과 초록색 빛 막대를 휘둘러 대고 까르르 웃어대며 객석 통로를 뛰어다녔다. 망치, 눈, 로비에서 큰 소리로 떠들면서 술을 마시는 사람들, 아이들의 웃음소리…. 내 가슴으로 모두 감당하기가 힘들었다.

이지키얼이 텅 빈 객석 중앙에 앉아 나를 불렀다. 나는 그 옆에 앉았다.

"아프지?" 그가 빙긋 웃었다.

나는 고개를 끄덕였다.

내 대포가 실려 있던 수레의 널빤지들을 일꾼들이 다소 거칠게 떼어내고 있었다. 몇 달 동안 매일 밤 내가 그 위에 올라서서 검을 휘두르며 홋스퍼의 성가인 *"모두 죽자, 즐겁게 죽자!"*를 외쳤는데.

끝났다. 다시는 없을 것이다. 배우 서른아홉 명의 땀방울이 무대 위에 문자 그대로 흩뿌려져 있고, 나무로 된 세트 곳곳에 누군가가 긁어서 표시한 자국이 있었다. 그 모든 것이 이제 쓰레기통 행이었다. 의상의 솔기에 붙여두었던 우리 각자의 이름이 뜯겨나갈 것이고, 의상은 대여점으로 돌아가 언젠가 또 다른 배우가 입게 될 날을 기다릴 것이다.

나는 아이들을 내 집이 된 머큐리 호텔로 데려왔다. 택시 뒷좌석에서 아들은 내 무릎에 앉았고, 딸은 이제 희미해져 가는 빛 막대를 계속 가지고 놀았다.

아들이 제 손가락을 빤히 보면서 말했다. "아빠 엄지의 지문이

나무의 나이테랑 엄청 비슷해."

"아니, 나무의 나이테는 태양 주위를 도는 행성들의 길을 닮았어." 딸이 말했다.

"아냐, 누나의 눈알 안쪽은 별이랑 은하를 닮았어. 나무가 아니라."

"초신성은 해파리처럼 생겼어." 딸이 지적했다.

"그건 그렇지만 눈알이랑 비슷하기도 해."

"우리 심장이랑 핏줄 같은 거, 그게 우리 몸속에 있지 않을 때는 가끔 해파리처럼 생겼어."

"아빠, 우리 몸속에 전부 해파리가 있어?" 아들이 물었다.

"초신성도?" 딸이 다그쳤다.

나는 둘을 한꺼번에 바라보면서 말했다. "하늘이 왜 파란색이냐는 질문은 어디로 간 거지?"

나는 택시비를 지불하고 머큐리 호텔 앞에서 내렸다. 이제 눈이 본격적으로 펑펑 내리고 있었다. 아들은 떨어지는 눈발을 향해 고개를 들고 커다란 눈송이를 입으로 받았다. 따뜻한 로비로 들어온 뒤 아이는 얼굴을 온통 발갛게 물들인 채로 한숨을 내쉬며 말했다. "눈이 따뜻하기만 하면 딱 좋은데."

나는 아이들을 재웠다. 그날 밤 아이들에게 책을 읽어주는 내 목소리에는 자신감이 있었고, 아이들은 금방 잠들었다. 나는 호텔 청소부 한 명에게 돈을 조금 쥐여주고, 내가 출연진 파티에서 돌아올 때까지 텔레비전을 보면서 거실에 있어달라고 부탁했다. 그녀는 멋진 노부인이었다. 아이들이 그 부인을 좋아해서 호텔 로비에서 그녀의 도움으로 자주 딸기 레모네이드를 팔았다. 부인이 내 전화번호를 알고 있었으므로 나는 걱정하지 않았다.

술집으로 가는 택시 안에서 나는 문자를 확인했다. 놀랍게도 J.C.의 문자가 들어와 있었다. 그는 뉴욕에 있지만 파티에는 오지 않겠다고 말했다. 술에 취한 사람들도 싫고, 우리 공연처럼 일이 잘 풀렸을 때는 사람들이 그것을 연출자의 공으로 돌리는 경향을 보이는 것도 싫다고 했다. 그는 공연에 한 번도 빠지지 않은 내게 고맙다고 말했다. 자신이 이 작품을 지금까지 여섯 번 연출했는데, 홋스퍼 역의 배우가 처음부터 끝까지 내내 함께한 적은 처음이라고 했다.

"마지막으로 한마디 하자면, 당신이 담배를 끊을 때까지 내가 다시 당신을 캐스팅하는 일은 없을 겁니다. 예술가들의 역사를 보면, 시대의 채찍질이나 조롱보다 자기 파괴가 그 꿈같은 사람들이 스러지는 데 더 큰 역할을 했어요. 그러니까 열심히 자신을 돌보세요. 좋은 밤 보내시고요." 그는 전화를 끊었다.

나는 조용한 택시 안에 앉아 J.C.의 말을 생각했다. 내가 공연을 한 번도 빼먹지 않은 것이 그에게는 중요한 일이었다. 나는 욕심을 버리고 자신을 대체 가능한 존재로 기꺼이 볼 수 있어야 한다는 에드워드 왕의 충고와 그의 말을 비교해 보았다. 누구 말이 옳은지 알 수 없었다. 두 사람이 서로에게는 무슨 말을 하려나?

파티는 왠지 쓸쓸했다. 공연이 끝났으니 이야기할 것이 없었다. 빅샘을 빼고 모든 사람이 고주망태가 돼서, 질척거리는 말투로 서로에게 사랑한다고 말했다. 브로드웨이의 유서 깊은 술집인 조 앨런스에서 술 취한 사람들과 이리저리 부딪치며 움직이는 와중에도 나는 레이디 퍼시를 피하려고 애썼다. 그녀가 남편과 함께 와 있는데 굳이 어색하게 작별 인사를 나누고 싶지 않아서였다. 그녀도 나를 피했으니 어렵지 않았다. 나는 버질이 어디 있는지 찾아보았다. 당신에게서 엄청난 계시를 얻었다고 말하고 싶었다. 낮에 내가 벌컥 화를 낸 것도 사과하고 싶었다. 그가 보이지 않아서 나는 또다시 화가 났다. 버질은 왜 한 번만이라도 그냥 평범한 사람처럼 이런 자리에 나타나지 않는 거지?

이지키얼이 현자처럼 말했다. "이봐, 버질은 평범한 사람이 아닌데 왜 평범한 척해야 돼?"

어느샌가 내 앞에 잘 모르는 여자 배우가 서 있었다. '주점 아가씨' 중 한 명으로 주로 그 장면에만 나오는 배우였다. 나는 그녀와 함께 출연하는 장면이 전혀 없어서 공연 기간 내내 별로 접점이 없었다. 3막 1장이 시작되면 그녀는 알몸으로 거울 앞에 서 있다. 팔스타프는 뭐라고 떠들어대면서 자신의 거시기를 찾으려고 한다. 좋은 장면이었다. 그리고 이 배우는 거기서 용감하고 재미있는 연기를 했다. 하지만 솔직히 말해서 그녀에게는 불완전하고 위험한 분위기가 있었다. 그런 그녀가 술에 취해 내 앞에 서서 내 손에 쪽지를 슬쩍 쥐여주었다.

거기에 적힌 필체와 그녀의 표정을 보고 나는 그녀가 바로 내 비밀 팬임을 금방 알아차렸다.

"누가 당신에게 매일 비밀 메모를 보내는데 누군지 궁금하지도 않았어요?" 그녀가 아주 싫은 표정으로 물었다. 상처받은 눈빛이었다. 나로 인한 상처가 아니라, 마지막 공연이 다 끝나버렸다는 데서 온 상처.

나는 뭐라고 주섬주섬 대답하려 했지만 그녀가 내 말을 잘랐다.

"누가 당신을 생각하고, 당신의 고통을 보고 손을 뻗었는데, 당신은 하다못해 고맙다는 말을 할 생각도, 그걸 인정해 줄 생각도 없어요?"

"고마워요."

"아무래도 모두가 당신을 알아봐 주는 데 익숙해진 모양이네요."

"당신이 준 인용문들이 좋았어요." 내가 진심으로 말했다. "하나도 빠짐없이 전부."

"흥, 웃기시네." 그녀가 고함을 질렀다. 사람들이 하나둘 이쪽으로 시선을 돌렸다. "내가 얼마나 열심히 했는데. 이 작품과 당신을 정말로 소중하게 생각했어요. 당신을 걱정하느라 내가 아플 것 같았다고요. 당신이 너무 마르고 슬퍼 보여서. 그런데 당신은 내 이름도 모르죠?"

어색한 침묵이 흘렀다. 그러다 천만다행으로, 내 입에서 무의식적으로 대답이 흘러나왔다. "섀넌. 섀넌 매쿼리. 주점 장면에서 훌륭해요."

"훌륭했죠. 과거형으로." 그녀는 돌아서서 우리를 빤히 바라보는 사람들에게 말했다. "이제 우리는 모든 것을 잊고 예의바르게 이곳을 떠나야 하지만 난 예의를 차리기 싫어요. 잊고 싶지도 않아요. 게다가 J.C.는 여기에 올 수도 없대요? 버질은 기대도 안 했어요. 그 뚱보. 하지만 난 매일 밤 당신들 모두를 위해 옷을 벗었어요.

우리 모두 같이 뭔가를 해냈다고요. 그런 일이 없었던 것처럼 굴고 싶지 않아요. 이번 공연이 그리울 거예요. 진짜 그리울 거예요." 그녀는 다시 나를 향해 돌아섰다. "하지만 당신은 싫어요. 자기가 무슨 기사라도 되는 줄 아나. 아마 또 다른 작품이 있겠죠. 어디 아프리카 오지 같은 데서 영화라도 찍나요? 난 다음 일자리가 없으니 내일 일어나서 여러분 모두와 이야기하고 싶어요…" 그녀는 울음소리를 꾹꾹 삼켰다. "이 작품 진짜 싫어. 당신도 진짜 싫어…"

"그냥 하찮은 연극일 뿐이에요." 빅샘이 말했다.

"내 하찮은 인생보다는 나아요."

그녀는 울음을 터뜨리며 빅샘의 가슴을 때렸다. 그가 그녀를 부드럽게 잡자, 그녀의 친구 여러 명이 그녀를 안아주며 진정하라고 말했다.

"진정하기 싫어!" 그녀는 소리를 지르며 술집 뒤편의 화장실로 달려갔다. 빅샘이 끝까지 그 뒤를 쫓아갔다. 혼란 속에서 나는 그녀가 마지막으로 건넨 쪽지를 쥔 채로 눈이 내리는 밖으로 살짝 빠져나왔다.

섀넌 매쿼리

뉴저지주 그로버스 밀

스콧 애비뉴 28

08550

(여긴 부모님 집인데, 여기서 영원히 사실 거예요.

꼭 연락 주세요.)

그녀에게 편지를 쓰면 좋겠지만, 쓰지 않을 걸 알았다. 담배나 한 대 피우고 들어올 예정으로 나간 나는 얼굴에 닿는 찬 기운을 느끼면서 다 끝났음을 깨달았다. 빅샘에게, 이지키얼에게 작별 인사를 하고 싶었으나 하지 않았다. 눈 쌓인 길바닥을 내려다보고, 사방에서 움직이는 노란 택시들의 소용돌이치는 불빛을 올려다본 뒤 나는 한 걸음, 한 걸음 움직였다.

머큐리로 돌아와 방으로 올라가서 청소부를 집으로 보냈다. 아이들은 곤히 자고 있었지만 강아지는 소변을 봐야 했기 때문에, 나는 눈이 오는데도 개를 데리고 밖에 나가 재빨리 산책을 했다. 술기운 때문에 머릿속이 아직 윙윙거리는 상태로 혼자 목구멍으로 소리를 내며 목소리를 확인했다. 아마 이번이 마지막일 듯싶었다. 내가 해냈다. 불안감에 나타난 틱 증상이 처음 나타날 때처럼 신비롭게 사라져 갔다. 고개를 들어 보니, 떨어지는 눈송이들이 유성우 속의 별들 같았다. 눈송이가 반짝이는 길바닥에 떨어지면, 주위의 온 우주가 희미하게 가물거리며 기도를 했다. 바람에 뺨이 얼얼했다. 마치 우주 공간을 걷고 있는 것 같았다. 아니면 차가운 바다 밑바닥을 걷고 있거나. 모든 소리가 작게 줄어들고 안전한 곳.

다른 겨울들과 눈보라의 기억이 함께 체를 통과해 떨어지는 것 같았다. 이혼남으로서 내 미래가 보였다. 화가 나고 불편한 얼굴로 학부모-교사 회의에 참석한 모습. 추수감사절에 공항에서 그녀와 아이들을 주고받는 모습. 아들의 결혼식 때 서로 다른 테이블에 앉은 모습. 내 미래에 줄줄이 늘어선 이런 광경들이 다 보였다. 심지어 내가 다시 사랑에 빠져 언젠가 행복해질 것도 직감적으로 깨달았다. 나는 눈발 속을 걸었다. 순간적으로 나의 전 생애, 내 앞에 아직 남은 삶이 보였다. 이제 뒤로 밀려난 세월과 크게 다르지 않을 터였다.

지난 몇 달 동안 내 결혼 생활이 무너지는데도 나는 아내를 사랑한다면 아내 곁에 머물러야 한다고 믿었다. 하지만 새로 내리는 눈의 가벼움 속을 걸으면서 나는 정말로 그녀를 사랑하지만 헤어질 거라고 분명히 말할 수 있었다. 세상에 그녀 같은 여자는 없었다. 내가 그녀에게 나를 바친 것, 이 아이들을 얻은 것은 똑똑한 행동이었다. 이렇게 놀라운 아이들의 아빠가 된 나는 행운아였다. 하지만 결혼 생활이 모종의 이유로 나를 헝클어놓았기 때문에 곧게 펴질 필요가 있다는 사실도 분명히 알 수 있었다. 이건 선택의 여지가 없는 일이었다. 나는 우리 결혼 생활을, 우리 사랑을 무척 자랑스러워했다. 자신의 노력으로 아름다운 깃털을 갖게 됐다고 생각하며 우쭐거리는 공작새 같았다.

나는 주위를 둘러보며, 넓고 분주한 도시가 눈에 갇혀 딱 멈춰버린 평화로운 모습을 받아들였다. 강아지가 펄쩍펄쩍 뛰고, 컹컹 짖어대고, 몸을 비틀며 미끄러졌다. 지금 이 시간에 깨어서 이런 적막을 목격하게 된 것이 말도 못하게 감사하다는 생각이 곧바로 들었다. '난 절대 죽고 싶지 않아. 영원히 살고 싶어.' 뉴욕이 도시의 장난감 복제품 같았다. 고요하고 비현실적이었다. 우리 주위로 떨어지는 눈송이들이 각각 독특한 모양을 하고 있다고들 한다. 하지만 그들은 모두 아래로 떨어지고 있으며, 하나같이 여섯 개의 꼭짓점을 갖고 있고, 사람의 손바닥에서 녹는다. 무엇이 그리 다른가?

　걸어서 다시 머큐리로 돌아오자 로비가 비어 있었다. 움직이는 것이 하나도 없었다.

　늙고 졸린 바트조차 보이지 않았다. 나는 침묵 속에 서서 엘리베이터를 기다렸다. 칭 하는 소리와 함께 엘리베이터 문이 열렸는데, 거기 타면 안 될 것 같았다. 나는 뒤로 물러나 문이 닫히게 두었다. 그리고 개와 함께 계단을 올라가기로 했다.

　머큐리 호텔의 뒤쪽 계단은 마법에 걸린 성의 작은 계단 같다. 아주 오래되고 다정한 냄새가 난다. 탁한 하얀색 대리석으로 만들어진 계단은 좁다. 그런데도 왠지 웅장하게 느껴진다. 옛날에도, 앞으로도 영원히 이 자리에 있을 것처럼. 묵직한 돌로 된 각 단의 중앙에는 살짝 움푹 들어간 곳이 있다. 오랜 세월 동안 계속 위로 올라가기만 하는 사람의 발길이 만들어놓은 길이다. 처음에는 닳은 자국이 훤히 보인다. 하지만 위로 올라갈수록 점점 쉽게 알아볼 수 없다. 한 단씩 올라가다 보면, 자신이 많이 닳은 선을 따라가는 것 같은 기분이 든다. 높이 올라갈수록 계단은 더 좁고 가팔라진다. 사람의 발이 만들어놓은 길을 찾아내기가 더 힘들다. 각 층에는 이제 번호가 붙어 있지 않다. 숨이 턱에 차서 층계참에 도착하면, 중간쯤 어딘가에서 발길에 다져진 길이 완전히 사라진다. 보이는 것은 새로 뻗은 계단뿐이다.

감사의 말

나와 함께 일한 적이 있는 모든 배우들이 내게 준 영감과 우정에
감사하고 싶다. 에릭 시모노프, 조던 패블린, 마크 리처드에게도
감사한다. 나의 첫 독자이자 가장 절친한 친구이며, 사업 파트너
이자 공동 양육자이자 아내이자 마지막 독자인 라이언 호크에게
도 고마움이라는 즐거운 빚을 졌다. 마지막으로 우리 가족 모두
에게 감사를 표하고 싶다. 특히 다음의 둘.

M	L
RAY	GREEN
Y	V
A	O
	N